责任编辑：高玉琪
封面设计：蒋宏工作室

图书在版编目（CIP）数据

林语堂经典作品/林语堂著．—北京：当代世界出版社，2007.9

ISBN 978-7-80115-512-2-01

Ⅰ．林… Ⅱ．林… Ⅲ．散文-作品集-中国-现代 Ⅳ．I266

中国版本图书馆 CIP 数据核字（2002）第 002730 号

出版发行：当代世界出版社
地　　址：北京市复兴路 4 号（100860）
网　　址：http：//www.worldpress.com.cn
编务电话：（010）83907528
发行电话：（010）83908410（传真）
（010）83908408
（010）83908409
经　　销：全国新华书店
印　　刷：北京才智印刷厂印刷
印　　张：21
字　　数：330 千字
版　　次：2007 年 9 月第 2 版
印　　次：2010 年 1 月第 3 次
书　　号：ISBN 978-7-80115-512-2-01/I·65
定　　价：23.80 元

现代文学名家名作文库

林语堂

经典作品选

林语堂
经典作品选
论幽默
论读书

默

当代世界出版社

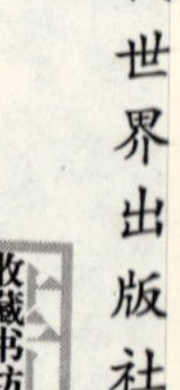

目　录

读书的艺术

此为十月二十六日为约翰大学讲稿。后得光华大学之邀，为时匆促，无以应之，即将此篇于十一月四日在光华重讲一次。

诸位，兄弟今日重游旧地，以前学生生活苦乐酸甜的滋味，都一一涌上心头。不但诸位所享弦诵的快乐，我能了解，就是诸位有时所受教员的委屈磨折，注册部的挑剔为难，我也能表同情。兄弟今日仍在读书时期，所不同者，不怕教员的考试，无虑分数之高低，更无注册部来定我的及格不及格，升级不升级而已。现就个人所认为理想的方法，与诸位学友通常的读书方法比较研究一下。

余积二十年读书治学的经验，深知大半的学生对于读书一事，已经走入错路，失了读书的本意。读书本来是至乐之事，杜威说，读书是一种的探险，如探新大陆，如征新土壤；佛兰西也已说过，读书是“魂灵的壮游”，随时可以发现名山巨川，古迹名胜，深林幽谷，奇花异卉；到了现在，读书已变成仅求幸免扣分数留班级一种苦役而已。而且读书本来是个人自由的事，与任何人不相干，现在你们读书，已经不是你们的私事，而处处要受一些不相干的人的干涉，如注册部及你们的父母妻室之类。有人手里拿一书本，心里想我将何以赡养父母，俯给妻子，这实在是一桩罪过。试想你们看《红楼》，《水浒》，《三国志》，《镜花缘》，是否你们一己的私事，何尝受人的干涉，何尝想到何以赡养父母，俯给妻子的问题？但是学问之事，是与看《红楼》《水浒》相同。完全是个人享乐的一件事。你们若不能用看《红楼》《水浒》的方法去看《哲学史》，《经济学大纲》，你们就是不懂得读书之乐，不配读书，失了读书之本意，而终读不成书。你们能真用看《红楼》《水浒》的方法去看哲学，史学，科学的书，读书才能“成名”。若用注册部的方法读书，你们最多成了一个“秀士”“博士”，成了吴稚晖先生所谓“洋绅士”，“洋八股”。

我认为最理想的读书方法，最懂得读书之乐者，莫如中国第一女诗人李清照及其夫赵明诚。我们想象到他们夫妇典当衣服，买碑文水果，回来夫妻相对展玩咀嚼的情景，真使我们向往不已。你想他们两人一面剥水果，一面赏碑帖，或者一面品佳茗，一面校经籍，这是如何的清雅，如何得了读书的真味，易安居士于《金石录后序》自叙他们夫妇的读书生活，有一段极逼真极活跃的写照。她说："余性偶强记，每饭罢坐归来堂，烹茶指堆积书史，言某事在某书某卷第几页第几行，以中否角胜负，为饮茶先后。中即举杯大笑，至茶倾覆怀中，反不得饮而起。甘心老是乡矣！故虽处忧患困穷，而志不屈，……收藏既富，于是几案罗列，枕席枕籍，意会心谋，日往神授，乐在声色狗马之上。……"你们能用李清照读书的方法来读书，能感到李清照读书的快乐，你们大概也就可以读书成名，可以感觉读书一事，比巴黎跳舞场的"声色"，逸园的赛"狗"，江湾的赛"马"有趣。不然，还是看逸园赛狗，江湾赛马比读书开心。

什么才叫做真正读书呢？这个问题很简单，一句话说，兴味到时，拿起书本来就读，这才叫做真正的读书，这才是不失读书之本意。这就是李清照的读书法。你们读书时，须放开心胸，仰视浮云，无酒且过，有烟更佳。现在课堂上读书连烟都不许你抽，这还能算为读书的正轨吗？或在暮春之夕，与你们的爱人，携手同行，共到野外读《离骚》经，或在风雪之夜，靠炉围坐，佳茗一壶，淡巴菰一盒，哲学经济诗文史籍十数本，狼藉横陈于沙发之上，然后随意所之，取而读之，这才得了读书的兴味。现在你们手里拿一书本，心里计算及格不及格，升级不升级，注册部对你态度如何，如何靠这书本骗一只较好的饭碗，娶一位较漂亮的老婆——这还能算为读书，还配称为"读书种子"吗？还不是沦为"读书谬种"吗？

有人说，如林先生这样读书方法，简单固然简单，但是读不懂如何，而且成效如何？须知世上决无看不懂的书，有之便是作者文笔艰涩，字句不通，不然便是读者的程度不合，见识未到。各人如能就兴味与程度相近的书选读，未有不可无师自通，或事偶有疑难，未能遽然了解，涉猎既久，自可融会贯通。试问诸位少时看《红楼》《水浒》何尝有人教，何尝翻字典？你们的侄儿少辈现在看《红楼》《西厢》，又何尝须要你们去教？许多人今日中文很好，都是由看小说史记得来的，而且都是背着师长，偷偷摸摸硬看下去，那些书中不懂的字，不懂的句，看惯了就自然明白。学问的书也是一样，常看下去，自然会明白；遇有专门名词，一次不懂，二次不懂，三次就懂了。只怕诸位不得读书之乐，没有耐心看下去。

所以我的假定是学生会看书，肯看书；现在教育制度是假定学生不会看书，不肯看书。说学生书看不懂，在小学时可以说，在中学还可以说，但是在聪明学生，已经是一种诬蔑了。至于已进大学还要说书看不懂，这真有点不好意思吧！大约一人的脸面要紧，年纪一大，即使不能自己喂饭，也得两手拿一只饭碗硬塞到口里去，似乎不便把你们的奶妈干娘一齐都带到学校来给你们喂饭，又不便把大学教授看做你们的奶妈干娘。

至于“成效”，我的方法可以包管比现在大学的方法强。现在大学教育的成效如何，大家是很明了的。一人从六岁一直读到二十六岁大学毕业，通共读过几本书？老实说，有限得很。普通大约总不会超过四五十本以上。这还不是跟以前的秀才举人相等？从前有一位中了举人，还没听见过《公羊传》的书名，传为笑话。现在大学毕业生就有许多近代名著未曾听过名字，即中国几种重要丛书也未曾见过。这是学堂的不是，假定你们不会看书，因此也不让你们有自由看书的机会。一天到晚，总是摇铃上课，摇铃吃饭，摇铃运动，摇铃睡觉。你想一人的精神是有限的，从八点上课一直到下午四五点，还要运动，拍球，那里还有闲工夫自由看书呢？而且凡是摇铃，都是讨厌，即使摇铃游戏，我们也有不愿意之时，何况是摇铃上课？因为学堂假定你们不会读书，不肯读书，所以把你们关在课堂，请你们静坐，用“注射”“贯输”的形式，由教员将知识注射入你们的脑壳里。无如常人头颅都是不透水的，所以知识注射普通不大成功。但是比如依我方法，假定你们是会看书，要看书，由被动式改为发动式的，给你们充分自由看书的机会，这个成效如何呢？间尝计算一下，假定上海光华，大夏或任何大学，有一千名学生，每人每期交学费一百圆，这一千名学费已经合共有十万圆。将此十万圆拿去买书，由学校预备一间空屋置备书架，扣了五千圆做办公费（再多便是罪过），把这九万五千圆的书籍放在那间空屋，由你们随便胡闹去翻看，年底拈阄分配，各人拿回去九十五圆的书，只要所用的工夫与你们上课的时间相等，一年之中，你们学问的进步，必非一年上课的成绩所可比。现在这十万圆用到那里去，大概一成买书，而九成去养教授及教授的妻子，教授的奶妈，奶妈又拿去买奶妈的马桶，这还可以说是把你们的“读书”看做一件正经事吗？

假定你们进了这十万圆书籍的图书馆，依我的方法，随兴之所至去看书，成效如何呢？有人要疑心，没有教员的指导，必定是不得要领，杂乱无章，涉猎不精，不求甚解。这自然是一种极端的假定，但是成绩还是比现在大学教育好。关于指导，自可编成指导书及种种书目。如此读了两年可以抵过在大学上课四年。第一样，我们须知道读书的方法，一方面要几种精读，一方面也要尽量涉猎翻览。两年之中能大概把二十万圆的书籍，随意翻览。知其书名作者内容大概，也就不愧为一读书人了。第二样，我们要明白，学问的事决不是如此呆板。读书必求深入，而欲求深入，非由兴趣相近者入手不可。学问是每每互相关连的。一人找到一种有趣味的书，必定由一问题而引起其他问题，由看一本书而不得不去找关系的十几种书，如此循序渐进，自然可以升堂入堂，研磨既久，门径自熟；或是发现问题，发明新义，更可触类旁通，广求博引，以证己说，如此一步一步的深入，自可成名。这是自动的读书方法。较之现在上课听讲被动的方法，如东风过耳，这里听一点，那里听一点，结果不得其门而入，一无所获，强似多多了。第三，我们要明白，大学教育的宗旨，对于毕业的期望，不过要他博览群籍而已（be a well - read man）并不是如课中所规定，一定非逻辑八十分，心理七十五分不可，而也不是说心理看了一百八十三页讲义，逻辑看了二百零三页讲义，便算完事。这种的读书，便是犯了孔子所谓“今汝画”的毛病。所谓博览群籍，无从定义，最多不过说某人“书看得不少”，某人“差一点”而已，那里去定什么限制？说某人“学问不错”，也不过这么一句话而已，那里可以说某书一定非读不可，某种科目是“必修科目”。一人在两年中翻览这二十万圆的书籍，大概他对于学问的内容途径，什么名著杰作版本，笺注，总多少有一点把握了。

现在的大学教育方法如何呢？你们的读书是极端不自由，极端不负责。你们的学问不但有注册部定标准，简直可以称斤两的，这个斤两制，就是学校的所谓“七十八分”“八十六分”之类，及所谓多少“单位”。试问学问之事，何得称量斤两？所谓英国史七十八分，逻辑八十六分，如何解释？一人的逻辑，怎么叫做八十六分？且若谓世界上关于英国史的知识你们百分已知道了七十八分，世上岂有那样容易的事？但依现在制度，每周三小时的科目算三单位，每周二小时的科目算二单位，这样由一方块一方块的单位，慢慢堆叠而来，叠成多少立方尺的学问，于是某人“毕业”，某人是“秀士”了。

你想这笑话不笑话？须知我们何以有此大学制呢？是因为各人要拿文凭，因为要拿文凭，故不得不由注册部定一标准，评衡一下，就不得不让注册部来把你们“称一称”。你们如果不拿文凭，便无被称之必要。但是你们为什么要文凭呢？说来话长。有人因为要行孝道，拿了父母的钱，心里难过，于是下定决心要规规矩矩安心定志读几年书，才不辜负父母一番的好意及期望。这个是不对的，与遵父母之命媒妁之言恋爱女子一样的违背道德。这是你们私人读书享乐的事，横被家庭义务的干涉，是想把真理学问孝敬你们的爸爸妈妈老太婆。只因真理学问，似太渺茫，所以还是拿一张文凭具体一点为是。有人因为想要得文凭学位，每月可以多得几十块钱，使你们的亲卿爱卿宁馨儿舒服一点。社会对你们的父母说，你们儿子中学毕业读了三十本书，我可给他每月四五十圆，如果再下二千圆本钱再读了三十本书，大学毕业，我可给他每月八九十圆。你们父母算盘一打，说“好”，于是议成，而送你们进大学。于是你们被称，拿文凭，果然每月八九十圆到手，成交易。这还不是你们被出卖吗？与读书之本旨何关，与我所说读书之乐又何关？但是你们不能怪学校给你们称斤两，因为你们要向他拿文凭，学堂为保持招牌信用起见，不能不如此。且必如此，然后公平交易，童叟无欺。处于今日大规模生产品（mass production）之时期，不能不划定商货之品类（Standardization of products）。学问既然成为公然交易的商品，秀士，硕士，博士既为大规模生产品之一，自然也不能不“划定”一下。其实这种以学问为交易之事，自古已然。如子张学干禄；子曰：“三年学，不至于谷，未易得也。”（关于往时“生员”在社会所作的孽，可参观《亭林文集生员论》上中下三篇。）

到了这个地步，读书与入学，完全是两件事了，去原意远矣。我所希望者，是诸位早日觉悟，在明知被卖之下，仍旧不忘其初，不背读书之本意，不失读书的快乐，不昧于真正读书的艺术。并希望诸位趁火打劫，虽然被卖，钱也要拿，书也要读，如此就两得其便了。

论读书

——十二月八日复旦大学演讲稿，又同十三日大夏大学演讲

本篇演讲只是谈谈本人对于读书的意见，并不是要训勉青年，亦非敢指导青年。所以不敢训勉青年有两种理由：第一，因为近来常听见贪官污吏到学校致训词，叫学生须有志操，有气节，有廉耻；也有卖国官僚到大学演讲，劝学生要坚忍卓绝，做富贵不能淫威武不能屈的大丈夫。孟子曰，人之患在好为人师，料想战国的土豪劣绅亦必好训勉当时的青年，所以激起孟子这样不平的话。第二，读书没有什么可以训勉。世上会读书的人，都是书拿起来自己会读。不会读书的人，亦不曾因为指导而变为会读。譬如数学，出五个问题叫学生去做，会做的人是自己脑里做出来的，并非教员教他做出，不会做的人经教员指导，这一题虽然做出，下一题仍旧非指导不可，数学并不会因此高明起来。我所要讲的话于你们本会读书的人，没有什么补助！于你们不会读书的人，也不会使你们变为善读书。所以今日谈谈，亦只是谈谈而已。

读书本是一种心灵的活动，向来算为清高。"万般皆下品，惟有读书高。"所以读书向称为雅事乐事。但是现在雅事乐事已经不雅不乐了。今人读书，或为取资格，得学位，在男为娶美女，在女为嫁贤婿，或为做老爷，踢屁股；或为求爵禄，刮地皮；或为做走狗，拟宣言；或为写讣闻，做贺联？或为当文牍，抄账簿；或为做相士，占八卦；或为做塾师，骗小孩……诸如此类，都是借读书之名，取利禄之实，皆非读书本旨。亦有人拿父母的钱，上大学，跑百米，拿一块大银盾回家，在我是看不起的，因为这似乎亦非读书的本旨。

今日所谈，亦非指学堂中的读书，亦非指读教授所指定的功课。在学校读书有四不可。（一）所读非书　学校专读教科书，而教科书并不是真正的书。今日大学毕业的人所读的书极其有限。然而读一部小说概论，到底不如读《三国》《水浒》，读一部历史教科书，不如读《史记》。（二）无书可读　因为图书馆极有限。（三）不许读书　因为在课室看书，有犯校规，例所不许，倘是一人自晨至晚上课，则等于自晨至晚被监禁起来，不许读书。（四）书读不好　因为处处受注册部干涉，毛孔骨节，皆不爽快。且学校所教非慎

思明辨之学，乃记问之学。记问之学不足为人师，《礼记》早已说过。书上怎样说，你便怎样答，一字不错，叫做记问之学。倘是你能猜中教员心中要你如何答法，照样答出，便得一百分，于是沾沾自喜，自以为西洋历史你知道一百分，其实西洋历史你何尝知道百分之一。学堂所以非注重记问之学不可，是因为便于考试。如拿破仑生卒年月，形容词共有几种，这些不必用头脑，只需强记，然学校考试极其便当，差一年可扣一分？然而事实上与学问无补，你们的教员，也都记不得。要用时自可在百科全书上去查。又如罗马帝国之亡，有三大原因，书上这样讲，你们照样记，然而事实上问题极复杂。有人说罗马帝国之亡，是亡于蚊子（传布寒热疟）。这是书上所无的。

今日所谈的是自由的看书读书：无论是在校，离校，做教员，做学生，做商人，做政客，闲时的读书。这种的读书，所以开茅塞，除鄙见，得新知，增学问，广识见，养性灵。人之初生，都是好学好问，及其长成，受种种的俗见俗闻所蔽，毛孔骨节，如有一层包膜，失了聪明，逐渐顽腐。读书便是将此层蔽塞聪明的包膜剥下。能将此层剥下，才是读书人。并且要时时读书，不然便会鄙吝复萌，顽见俗见生满身上，一人的落伍，迂腐，冬烘，就是不肯时时读书所致。所以读书的意义，是使人较虚心，较通达，不固陋，不偏执。一人在世上，对于学问是这样的：幼时认为什么都不懂，大学时自认为什么都懂，毕业后才知道什么都不懂，中年又以为什么都懂，到晚年才觉悟一切都不懂。大学生自以为心理学他也念过，历史地理他亦念过，经济科学也都念过，世界文学艺术声光化电，他也念过，所以什么都懂。毕业以后，人家问他国际联盟在哪里，他说“我书上未念过”，人家又问法西斯蒂在意大利成绩如何，他也说“我书上未念过”，所以觉得什么都不懂。到了中年，许多人娶妻生子，造洋楼，有身份，做名流，戴眼镜，留胡子，拿洋棍，沾沾自喜，那时他的世界已经固定了：女子放胸是不道德，剪发亦不道德，社会主义就是共产党，读《马氏文通》是反动，节制生育是亡种逆天，提倡白话是亡国之先兆，《孝经》是孔子写的，大禹必有其人——意见非常之多而且确定不移，所以又是什么都懂。其实是此种人久不读书，鄙吝复萌所致。此种人不可与深谈。但亦有常读书的人，老当益壮，其思想每每比青年急进，就是能时时读书，所以心灵不曾化石，变为古董。

读书的主旨在于排脱俗气。黄山谷谓人不读书便语言无味，面目可憎。

须知世上语言无味面目可憎的人很多，不但商界政界如此，学府中亦颇多此种人。然语言无味，面目可憎，在官僚商贾则无妨，读书人是不合理的。所谓面目可憎，不可作面孔不漂亮解，因为并非不能奉承人家，排出笑脸，所以“可憎”；胁肩谄笑，面孔漂亮，便是“可爱”。若欲求美男子小白脸，尽可于跑狗场，跳舞场，及政府衙门中求之。有漂亮脸孔，说漂亮话的政客，未必便面目不可憎。读书与面孔漂亮没有关系，因为书籍并不是雪花膏，读了便会增加你的容辉。所以面目可憎不可憎，在你如何看法。有人看美人专看脸蛋，凡有鹅脸柳眉皓齿朱唇都叫做美人。但是识趣的人若李笠翁看美人专看风韵，李笠翁所谓三分容貌有姿态等于六七分，六七分容貌乏姿态等于三四分。有人面目平常，然而谈起话来，使你觉得可爱；也有满脸脂粉的摩登伽，洋囡囡，做花瓶，做客厅装饰甚好，但一与交谈，风韵全无，便觉得索然无味。黄山谷所谓面目可憎不可憎，亦只是指读书人之议论风采说法。若《浮生六记》的芸，虽非西施面目，并且前齿微露，我却觉得是中国第一美人。男人也是如是看法。章太炎脸孔虽不漂亮，王国维虽有一条辫子，但是他们是有风韵的，不是语言无味面目可憎的。简直可认为可爱。亦有漂亮政客，做武人的兔子姨太太，说话虽然漂亮，听了却令人作呕三日。

至于语言无味（着重“味”字），那全看你所读是什么书及读书的方法。读书读出味来，语言自然有味，语言有味，做出文章亦必有味。有人读书读了半世，亦读不出什么味儿来，那是因为读不合的书，及不得其读法。读书须先知味。这味字，是读书的关键。所谓味，是不可捉摸的，一人有一人胃口，各不相同，所好的味亦异。所以必先知其所好，始能读出味来。有人自幼嚼书本，老大不能通一经，便是食古不化勉强读书所致。袁中郎所谓读所好之书，所不好之书可让他人读之，这是知味的读法。若必强读，消化不来，必生疳积胃滞诸病。

口之于味，不可强同，不能因我之所嗜好以强人。先生不能以其所好强学生去读，父亲亦不得以其所好强儿子去读。所以书不可强读，强读必无效，反而有害，这是读书之第一义。有愚人请人开一张必读书目，硬着头皮咬着牙根去读，殊不知读书须求气质相合。人之气质各有不同，英人俗语所谓“在一人吃来是补品，在他人吃来是毒质”。因为听说某书是名著，因为要做通人，硬着头皮去读，结果必毫无所得。过后思之，如作一场恶梦。甚且终身视读书为畏途，提起书名来便头痛。萧伯纳说许多英国人终身不看《莎士比亚》，就是因为幼年塾师强迫背诵种下的果。许多人离校以后，终身不再看诗，不看历史，亦是旨趣未到学校迫其必修所致。

所以读书不可勉强，因为学问思想是慢慢胚胎滋长出来。其滋长自有滋长的道理，如草木之荣枯，河流之转向，各有其自然之势。逆势必无成就。树木的南枝遮荫，自会向北枝发展，否则枯槁以待毙。河流过了矶石悬崖，也会转向，不是硬冲，只要顺势流下，总有流入东海之一日。世上无人人必读之书，只有在某时某地某种心境不得不读之书。有你所应读，我所万不可读。有此时可读，彼时不可读。即使有必读之书，亦决非此时此刻所必读。见解未到，必不可读，思想发育程度未到，亦不可读。孔子说五十可以学易，便是说四十五岁时尚不可读《易》经。刘知几少读古文《尚书》，挨打亦读不来，后听同学读《左传》，甚好之，求授《左传》，乃易成诵。《庄子》本是必读之书，然假使读《庄子》觉得索然无味，只好放弃，过了几年再读。对《庄子》感觉兴味，然后读《庄子》，对《马克斯》感觉兴味，然后读《马克斯》。

且同一本书，同一读者，一时可读出一时之味道出来。其景况适如看一名人相片，或读名人文章，未见面时，是一种味道，见了面交谈之后，在看其相片，或读其文章，自有另外一层深切的理会。或是与其人绝交以后，看其照片，读读文章，亦另有一番味道。四十学《易》是一种味道，五十而学《易》，又是一种味道。所以凡是好书都值得重读的。自己见解愈深，学问愈进，愈读得出味道来，譬如我此时重读 Lamb 的论文，比幼时所读全然不同，幼时虽觉其文章有趣，没有真正魂灵的接触，未深知其文之佳境所在。也许我们幼时未进小学，或进小学而未读过地理，或读地理而未觉兴味；然今日逢闽变时翻看闽浙边界地图，便觉津津有味。一人背痈，再去读范增的传，始觉趣味。或是叫许钦文在狱中读清初犯文字狱的文人传记，才别有一番滋味在心头。

由是可知读书有二方面，一是作者，一是读者。程子谓《论语》读者有此等人与彼等人，有读了全然无事者，亦有读了不知手之舞之足之蹈之者。所以读书必以气质相近，而凡人读书必找一位同调的先贤，一位气质与你相近的作家，作为老师。这是所谓读书必须得力一家。不可昏头昏脑，听人戏弄，庄子亦好，荀子亦好，苏东坡亦好，程伊川亦好。一人同时爱庄荀，或同时爱苏程，是不可能的事。找到思想相近之作家，找到文学上之情人，必胸中感觉万分痛快，而魂灵上发生猛烈影响，如春雷一鸣，蚕卵孵出，得一新生命，入一新世界。George Eliot 自叙读《卢骚自传》，如触电一般。尼采师叔本华，萧伯纳师易卜生，然皆非及门弟子，而思想相承，影响极大。当二子读叔本华易卜生时，思想上起了大影响，是其思想萌芽学问生根之始。因为气质性灵相近，所以乐此不疲，流连忘返，流连忘返，始可深入，深入后，然后如受春风化雨之赐，欣欣向荣，学业大进。

谁是气质与你相近的先贤，只有你知道，也无需人家指导，更无人能勉强，你找到这样一位作家，自会一见如故。苏东坡初读《庄子》，如有胸中久积的话，被他说出，袁中郎夜读徐文长诗，叫唤起来，叫复读，读复叫，便是此理。这与“一见倾心”之性爱（love at first sight）同一道理。你遇到这样作家，自会恨相见太晚，一人必有一人中意的作家，各人自己去找去。找到了文学上的爱人，他自会有魔力吸引你，而你也自乐为所吸，甚至声音相貌，一颦一笑，亦渐与相似。这样浸润其中，自然获益不少，将来年事渐长，厌此情人，再找别的情人，到了经过两三个情人，或是四五个情人，大概你自己也已受了熏陶不浅，思想已经成熟，自己也就成了一位作家。若找不到情人，东览西阅，所读的未必能沁入魂灵深处，便是逢场作戏，逢场作戏，不会有心得，学问不会有成就。

知道情人滋味，便知道苦学二字是骗人的话。学者每为“苦学”或“困学”二字所误。读书成名的人，只有乐，没有苦。据说古人读书有追月法，刺股法，及丫头监读法。其实都是很笨。读书无兴味，昏昏欲睡，始拿锥子在股上刺一下，这是愚不可当。一人书本排在面前，有中外贤人向你说极精彩的话，尚且想睡觉，便应当去睡觉，刺股亦无益，叫丫头陪读，等打盹时唤醒你，已是下流，亦应去睡觉，不应读书。而且此法极不卫生。不睡觉，只有读坏身体，不会读出书的精彩来。若已读出书的精彩来，便不想睡觉，故无丫头唤醒之必要。刻苦耐劳，淬励奋勉是应该的，但不应视读书为苦。视读书为苦，第一着已走了错路。天下读书成名的人皆以读书为乐；汝以为苦，彼却沉湎以为至乐。必如一人打麻将，或如人挟妓冶游，流连忘返，寝食俱废，始读出书来。以我所知国文好的学生，都是偷看几百万言的《三国》

《水浒》而来，决不是一学年读五六十页文选，国文会读好的。试问在偷读《三国》《水浒》之人，读书有什么苦处？何尝算页数？好学的人，于书无所不窥，窥就是偷看。于书无所不偷看的人，大概学会成名。

有人读书必装腔作势，或嫌板凳太硬，或嫌光线太弱，这都是读书未入门路，未觉兴味所致。有人做不出文章，怪房间冷，怪蚊子多，怪稿纸发光，怪马路上电车声音太嘈杂，其实都是因为文思不来，写一句，停一句。一人不好读书，总有种种理由。“春天不是读书天，夏日炎炎最好眠，等到秋来冬又至，不知等待到来年。”其实读书是四季咸宜。古所谓“书淫”之人，无论何时何地可读书皆手不释卷，这样才成读书人样子。顾千里裸体读经，便是一例，即使暑气炎热，至非裸体不可，亦要读经。欧阳修在马上厕上皆可做文章，因为文思一来，非做不可，非必正襟危坐明窗净几才可做文章。一人要读书则澡堂，马路，洋车上，厕上，图书馆，理发室，皆可读。而且必办到洋车上理发室都必读书，才可以读成书。

读书须有胆识，有眼光，有毅力。胆识二字拆不开，要有识，必敢有一自己意见，即使一时与前人不同亦不妨。前人能说得我服，是前人是，前人不能服我，是前人非。人心之不同如其面，要脚踏实地，不可舍己耘人。诗或好李，或好杜，文或好苏，或好韩，各人要凭良知，读其所好，然后所谓好，说得好的道理出来。或竟苏韩皆不好，亦不必惭愧，亦须说出不好的理由来。或某名人文集，众人所称而你独恶之，则或系汝自己学力见识未到，或果然汝是而人非。学力未到，等过几年再读，若学力已到而汝是人非，则将来必发现与汝同情之人。刘知几少时读《前后汉书》，怪前书不应有《古今人》表，后书宜为更始立纪。当时闻者责以童子轻议前哲，乃“赧然自失，无辞以对”，后来偏偏发现张衡范晔等，持见与之相同。此乃刘知几之读书胆识。因其读书皆得之襟腑，非人云亦云，所以能著成《史通》一书。如此读书，处处有我的真知灼见，得一分见解是一分学问，除一种俗见，算一分进步，才不会落人圈套，满口滥调，一知半解，似是而非。

谈涵养

中国旧有教育，标举“涵养”二字，注重德性之熏陶，与现代所谓教育，趋重学分不同。有学分，未必有学问，有学问，未必有涵养。中国认学问与涵养为一事，此为中国传统教育之一大特点，与德国教育注重鸿博精研，法国教育注重艺术陶养不同，而与英国教育之注重性格培成亦大迥异。英国之所谓性格，原文为character不但中文不可译，法德文皆不可译，因此字含义，特指坚毅、恒心、镇静、蕴藉、临危不惧、见义勇为、服从纪律、谨守礼俗等成分，而坚毅、恒心、服从纪律等尤由户外运动得来。故英人之视运动如生命、如宗教。此言英国民性者所不可不知。英人有此注重德性之“教育”，所以无论寄身南北，远涉重洋，只消七八人，或二三十人，在非洲、在澳洲、在印度、在埃及之一小城，便能成一种自治团体，而统驭他族。大英帝国之造成，实基于此。中国教育虽也以陶养德性为前提，然其所认为目标之涵养，却大不相同了。大概英国式的陶养，性格越养越刚，中国式的陶养，越养越柔，到了优柔寡断地步，已经德高望重了。虽然儒家学说，并非如此，然在历史上，却是如此的结果。因为“涵养”两字，含义注重忍辱负重，和平达观，不露锋芒，喜怒不形于色，不轻易得罪人，不吃眼前亏，聪明的计算等。所以中国没受教育的人如危崖，如峭壁，如苍松，如古柏，如饿狼，如鹰隼，如雄马，如箭猪，如荆棘，如锉刀，如李逵，如武松，如泼妇，如一切不易对付的东西。受过涵养的人如面条，如汤团，如肥猪，如家禽，如驯羊，如蜗牛，如西湖风景，如雨花台石，如绣球，如风轮，如柳絮，如棉花，如悬疣，如谭延闿，如黎元洪，如好好先生，如一切圆滑的东西。

谈言论自由

一、论人与兽之不同

今天所演讲的是言论自由，所以鄙人也想在此地自由言论。诸位知道这是不可能的事。凡一人声明要言论自由畅所欲言时，旁人必捏一把冷汗。假使那人果然将他心里的感想或是对亲友邻舍的意见和盘托出，必为社会所不容。社会之存在，都是靠多少言论的虚饰，扯谎。我们所求的不过是有随时虚饰及说老实话的自由而已。

语言向来是人的专长，鸟兽所知道的只有饥啼痛吼等表示本能需要的号呼而已。如马鸣，牛嘶，虎啸都不出于这本能需要的范围。所以老虎吃人，只会狂吼为乐，却不会说，“我吃你，是因为你危害民国。”这是人与兽之不同。所以何芸樵主席反对现代小学课本“鹅姊姊说，狗弟弟说”这种文字，鄙人十分同情。《伊索寓言》一书，专门替鸟兽造谣，谤毁兽类与人类一样的奸诈。假定鸟兽能读这种故事，他们也不会懂得。比方狐狸看见树上葡萄吃不着，只有走开，决不会无聊地骂酸葡萄。惟有人类才有这样的聪明。因为鸟兽没有语言，所以也没有名，遂也没有正名哲学。因此，假定狐狸要强迫农民种鸦片，也必不会正勒种鸦片捐之名为“懒捐”。如果会，这狐狸便不老实了。

二、论喊痛的自由

我们须知，人类虽有其语言，却比禽兽不自由的多。萧伯纳过沪时说，惟一有价值的自由，是受压迫者喊痛之自由，及改造压迫环境之自由。我们所需要的，正是喊痛的自由，并非说话的自由。人类所说的话真不少，却很少能喊痛。因为人的语言已经过于纤巧曲折，所以少能直接了当表示我们本能的需要。这也是人与兽的一点不同。譬如猫叫春是非常自由，而很有魄力的。中国的百姓却不然。他痛时只会回家咒骂，而且怕人家听见。

有人以为做人只须说话，毋须喊痛。鄙意不然。又有人以为民生比民权重要，现在中国内地的百姓已经活不了，还谈到什么民权？其实不然，活不了时也得喊一声，才有鸟兽的身份，否则只有死之一路。这种喊痛的自由才是与我们的生活有关系的，比什么哲学理论都好。从前于右任先生等党国先进所办的《民吁》，《民呼》报，意思就是为民喊痛。不过民吁民呼，总是悲痛不雅之音，不会悦耳，所以做官的人所愿听的不是民吁民呼，而是民赞民颂。

三、言论系讨厌的东西

中国向有名言道：病从口入，祸从口出，又谓知人秘事者不祥，又谓防民之口甚于防川。由此可以推知言论是讨厌的东西，岂容你自由？所以好言人是非者，人家必骂为狗："狗嘴吐不出象牙。"只有称赞颂扬人的，人人喜欢，奉为象。政府所喜欢的，也是守口如瓶的顺民，并非好喊痛的百姓。比如此刻有侦探在坐，必认为林某人讨厌，而认守口如瓶之诸位是比我好的国民。不过天生人有口，就是要发言论。若大家守口如瓶，结果必变成一个闷葫芦。

我们须知，言论自由是舶来思想，非真正国产。因为言论自由与守口如瓶莫谈国事的宝训是不两立的。在中国的经书中及传说中，个人找不到言论自由说。惟有一条，稍微准许言论自由。这就是一句我国格言，叫做"笑骂由他笑骂，好官我自为之"。不过这与言论自由说稍微不同。因为骂不痛时，你可尽管笑骂，骂得痛时，"好官"会把你枪毙。

四、民之自由与官之自由

因为言论是讨厌的东西，所以自己要说话而防别人说话，是人的天性。结果在德谟克拉西未实现的国，谁的巴掌大，谁便有言论自由，可把别人封嘴。所以中国说话自由的，只有官，因为中国的官巴掌比民的巴掌大。如"敬告中国民众"，提倡孔孟班禅，做国歌，发通电都是官说话的自由。我们愿意听也得听，不愿意听也得听。然而我们现在提倡的，是在法律范围以内，官民都有同等的自由，这就讨厌了。我们须明白，百姓自由，官便不自由，官自由，百姓便不自由。百姓言论可以自由，官僚便不能自由封闭报馆。百姓生命可以自由，官僚便不能自由逮捕扣留人民。所以民的自由与官的自由成正面的冲突。民权保障同盟提倡民权必为官僚所讨厌、而且民权保障愈认真，讨厌之程度愈大，这是大家必须彻底了悟的。诸位须彻底觉悟，爱自由是人类的通性，官民一律。假定我是官，我也必爱任意杀头的自由。从前吾乡张毅师长头痛或不乐时，就开一条子，由监狱中随便提出一二犯人枪毙，医他的头痛，这是多么痛快的事。现在张毅已死了，所以我报告此事，十分安全。

五、论魏忠贤所以胜利

话虽如此，百姓未免太苦了。所以我们必求民权保障。中国自来也有梗直敢言的书生，如东汉之清议及明末的东林党人。但是因为没有法律保障，所以不久便失败。东林党人虽然联名疏劾魏忠贤，魏忠贤只须在皇帝面前一哭，便可把东林党人罢免处置。中国的精神文明也只到此田地而已。忠直之士到底死于宦官之手，东汉如此，明末也如此，明末就有人比东林党人如宋朝宋江等一百零八淮南盗贼。党人倒后，便有宦官党崔呈秀等起而代之，时人称为“五虎五彪十狗十孩儿四十孙儿”。然而，党人终于灭亡，而虎、彪、狗、孝子顺孙终于胜利了。因为中国向来没有人权的保障。

我们须知笔端舌端虽然一样可以杀人（口诛笔伐），总没有枪端利害。在笔端与枪端交锋之时，定然是枪端胜利，而笔端受宰割。所谓人权保障，言论自由，就是叫笔端舌端可以不受枪端的干涉，也就是文人与武人之争。论理文人应该联合战线，要求笔锋舌锋自由的保障。然而事实上文人政客未必拥护言论自由，因为文人已经投降武人的麾下，自己站在枪杆后面，对照的是枪头，并不是枪口，所以也不觉得争言论自由重要了。这是历史上数见不鲜的事实。

六、论商女所以必唱后庭花的理由

中国今日之最大弱点，谁也知道是国民漠视国事，如一盘散沙。须知这各人自扫门前雪的态度，并非国民的天性，乃因不得人权保障，法律不能卫人，所以人人不得不守口如瓶以自卫。中国青年谁没有一腔热血，注意政治时局。但是到了廿五，三十年纪，人人学乖了，就少发议论，少发感慨。四十者比三十者更乖。所以如此者，是从经验得来，并非其固有的本性。假定今日有人权保障，国民必另有一番气象。以历史为证，东汉太学生也都关心国事，尚气节，遇事直言，到了党锢的摧残，而直言之士杀戮几百剿家灭族以后，风气便大不同。由是而有魏晋清谈之风，读书人谈不得国事，只好走入乐天主义，以放肆狂悖相效率。有的佯狂，有的饮酒，如阮籍饮酒二斗，吐血三升，天下称贤。所谓贤，就是聪明，因为能在不许谈国事之时谈私事，纵欲以求人生之快。这是人权被剥夺时，社会必有的反应，古今同然。今日跳舞场生意之旺盛，就是人民被压迫，相戒莫谈国事，走入乐天主义的合理的现象。商女虽然也知亡国恨，但是既然不许开抗×会，总也有时感觉须唱唱后庭花解闷的需要。……

说诚与伪

我们今日，我敢相信是已经开明的社会，开通的社会，而我们的人生观，也已多少受过西方文化的洗礼。个人之尊严，女子之地位，以及人生之欲望，父子之关系，男女的关系与以前道学说法，常有格格不入之势。这自然与伦理的建设，生出密切的问题。如果复兴文化，不是复古而已，我们对孔、孟之道德应有深一层的认识，不可装一副道学面孔，唱唱高调，便已自足。孔子曰言之必可行。西方伦理乱，我们不可学他乱，而我们自己的伦理，也得认识孔、孟的真传，不为宋儒理学所蔽，始能合乎现代人的人生观。我想现代西方的人生观，比我们切实无伪，而孔道可与现代思想融洽无间的，就是诚之一字。

原来，圣人教人得人情之正，如此而已。所以百世以俟圣人而不惑。所以孔子的道理，无论如何打不倒。这是我们应首先明白的。而儒家之立场，却不在揖让进退，繁文缛节。泣泪、泣血、抆泪、拭泪是繁文，不是礼之本。繁文可以改，而与孔子之道无异。圣人之教，只在日用伦常，得中道而行，原没有什么玄虚的话。如男女平等关系，关雎之义，夫妇为人伦之始，至为明显。教外无旷夫，内无怨女，男有室，女有归，是孔子的理想社会。所以文王思后妃，夜不成眠，至寤寐思服，辗转反侧，不为孔子所黜。汉儒解“窈窕淑女”（漂亮女郎）为住在深宫的女子，可见这时汉儒的思想已经僵化，不敢作比较近人情的说法。

孔子达情主义（戴东原所谓“顺民之情，逐民之欲”），何以变为道学之形式主义？性与天道夫子不得而闻。老子讲天道，就要人绝圣弃智，做到无思无欲，如初生之犊境地。这是做不到的。佛家本来是出世思想，以情欲为烦恼，以人生为苦海，故欲斩断情丝，悠然物外，而以七情为六贼。晋唐还不怎样，儒为儒，佛为佛，而士大夫，大家室，也很少道学虚伪粉饰气氛。宋儒出，受了佛教的煊染，也来谈心说性（子所罕言之性），乃排脱情欲，专讲一个抽象而无所附丽的“性”（唐李翱已有复性之论）必欲做到“人欲净尽，天理流行”局面。这样反孔子达情主义，已甚显然了。无如情不可灭，欲不可遏；到了欲不可遂，情不可达，自然非矫情粉饰不可，自己装门面，对人责以严，遂成道路冷酷的世界。大家屏气敛息，正襟危坐，怕闻钟声，以免为物欲所入，以为心学，以为功夫，惟恐未到枯木死灰地步。黄氏日抄说：吕希哲习静，仆夫溺死不知（我想当时是坐在轿内）。张魏公符离之败，杀三十万人，而夜卧甚甜。这才叫做心学，叫做功夫。这是用世之学吗？叶名琛“不战、不和、不守、不降、不死、不走”的六不主义，静是静极了。可以应付西方主动的民族吗？

人生在世，无一事非情，无一事非欲。要在诚，诚便是真，去伪崇真。做文做人，都是一样。红楼梦佳文，也是一“真”字而已。史湘云醉卧牡丹下，不大体统；晴雯骂麝月磨牙，也欠斯文；然红楼梦之所以为文学，正在此等真处，如见其肺肝然。虚伪的社会不然，上下相率而为伪，说话立言做文章，都是预备做给人家看的，说给人家听的。于是高谈党论，辞言义正，篇篇是门面语，句句是得体文章，摇膝吟之，朗诵读之，都是好文章，而与人生之真实何与？谁还有一句衷心之论，肺腑之言，见之笔端？这是思想硬化，文学枯竭，性灵摧残之原因。

古代礼教思想之硬化，恐怕青年人不大清楚，而古代礼教之束缚，也不甚明白。袁子才“读丧礼或问”，记了两条，真是咄咄怪事，可以为例：“余读刘古塘丧礼或问序，而不觉辗然也。某公居丧屏妻，自期有七月之后，因见母，教见其妻，而心动，强抑苦禁，谆谆以告人。”原来古礼除服祭谓之“禫”，仪礼有“禫而从御”的话，郑氏解为服期满以御妇人，后人遂有居父母丧屏妻异寝之礼，至少丧中九月以后，妻有孕，乃大惭德，使君子踧踖不安，袁子才评曰：“以妻待之乎，不以妻待之乎？以妻待之，则所居之丧，即妻之丧也……虽日日见何害？不以妻待之，则专视为媟亵荡心之具，而此外无一事焉，虽终身不见何益？夫至于隔绝夫妻至期又七月之久……一旦相见，勃勃然有男女之思，又何尤焉？”这便是道学弄出来的玩意儿，甚矣古礼之难守也！且见母是孝思不匮，是公，见妻是私，所以必要说“因见母教见其妻”，未免夺情。这便是道学面孔，又丧礼或问引汉朝第五伦矫情之情，与此相符，伦在丧中，“兄子有疾，一夜十往，还竟安眠。己子有疾，终夜不往，夜竟不眠。”袁子才评曰：“伦贪远其子之名，而至于夜不一往，则未悉其病状，情固未安，而欲往之情，卒难遏禁，又安得眠？”所以子才刺其“贪爱兄之名”，而做出“矫情钓誉”的行为。

这种悖情矫饰，虚伪铺张的风气，卒成为千年来中国特有的行文做事，专尚门面的风气。由孔子达情主诚的主义，变为冷酷夺情的主义，所以演出很多的人寰惨剧，所以有“三从四德”的话。夫死从子，致母道于何地？未闻引起大儒的驳斥。所以大丈夫宜案，宜八面玲珑，而女子却应该轰轰烈烈有贞的勇气。所以压迫命妇不得改嫁，夫婚夫死，女子须保守贞节，终身守寡，甚或有逼媳殉夫自尽之恶俗。

我看清朝能对这假道学抗议力争者，只有戴东原，袁子才、俞正燮、李汝珍几数人而已。李汝珍讽刺缠足制度（镜花缘）。俞正燮反对纳妾，谓妇人之妒乃属自然，并非恶德。且举闽俗，有人家子死，家人悬索梁上，逼得媳妇投环，或置鸩杯中，逼其自尽，而全家乐坐待旌表烈妇之美名（癸已类稿）。袁子才反对以女人为尤物，其收女弟子，在男女同学之今日，可谓开风气之先，他用心理的批评，揭穿道学之假面具，批却导款，可谓一针见血。他所不喜者，是道学之虚伪刻薄（“溪刻以为清，俭其外，贪其中”，见清说）。他不但反对理学（“宋儒非天”，见与程藏园书，又书复性书后，斥理欲之辨最清楚），且反对道统观念（代潘学士答雷翠庭祭酒），更根本推翻“经”的观念（“疑非圣人所禁”），又谓“六经者，文章之祖，犹人家之有高曾也。高曾之言，子孙自宜听受，然未必其言之皆当也。六经之言，学者自宜参究，亦未言之皆醇也。”（见答惠定宇第二书。）

以子才之通脱，自然遭时人的反对。当时浙东学士章学诚，尤能针砭子才之错处，因为章学诚也是通才，文章义理，有过人的见地。但是，实斋斥子才收女弟子，代刊诗词，为伤风败俗，便是实斋不及子才之处，在道学场中，不能截破藩篱。戴东原所见的社会，与俞正燮所见相左尚不甚远，致有“以理杀人”的愤语。戴谓“此理欲之辨，适成忍而残杀之具”（见疏证卷下，论权）。又谓：“酷吏以法杀人，后儒以理杀人。浸浸乎舍法而言理，视民如异类焉。闻其呼号之惨，而情不相通。死矣！不可救矣！”（见与某书）章学诚评戴氏谓：“戴氏笔之于书，多精深谨严。至腾之于口，则丑詈程朱，诋侮董韩。”（据钱穆所见章氏遗书钞本，答邵二云书）说他“笔舌分用”。这样戴氏愤怒之情之语，犹不仅孟子字义疏证及原善诸书所见。这也是文学史上一重公案。我们要明白戴氏何以骂尽理学，要先明白他所以口诛笔伐的背景。

读书与风趣

黄山谷说："三日不读书，便语言无味，面目可憎。"这是一句名言，含有至理。读书不是美容术，但是与美容术有关。女为悦己者容，常人所谓容不过是粉黛卷烫之类，殊不知粉黛卷烫之后，仍然可以语言无味，面目可憎。男女都是一样。我想到谢道蕴的丈夫王凝之。我想凝之定不难看，况且又是门当户对。道蕴所以不乐，大概还是王郎太少风趣。所以谢安问他侄女"王郎逸少子，甚不恶，汝何恨也？"道蕴答道："一门叔父，则有阿大，中郎；众从兄弟复有封、胡、羯、末，不意天壤之中，乃有王郎。"我个人断定，王郎是太不会说话，太无谈趣了。所以闺中日与一个虚有其表的郎君对坐，实在厌烦。李易安初嫁赵明诚，甚相得。何以？故因为志趣相同。后来明诚死于兵乱，易安再嫁一位什么有财有势的蠢货，懊悔万分。道蕴辩才无碍，这我们知道的。凝之弟王献之与宾客辩论，词穷理屈。这位嫂子倒能遣侍女告诉小叔"请为小郎解围"。乃以青绫步障自蔽，把客人驳倒。这样看来，王郎也是一位语言无味的蠢才无疑，人而无风趣，不知其可也。

凡人之性格，都由谈吐之间可看出来。王郎太无意见了。处于今日，道蕴问他看电影，他也好，道蕴说不去，他也好。要看西部电影他也好。要看艳情电影，他也好。这样不把道蕴气死了吗？《红楼梦》大观园姊妹，都是在各人的说话中表达出来。平儿之温柔忠厚，凤姐之八面玲珑，袭人之伶俐涵养，晴雯之撒泼娇憨，黛玉之聪慧机敏，宝钗之厚重大方，以至宝玉之好说怪话，呆霸王之呆头呆脑，都由他们的说话中看出。你说读书所以养性也可以，说读书可以启发心灵，增加风趣也可以。只是语言无味，面目可憎，断断不可以。

或谓清谈可以误国。我说清谈可以误国，不清谈也可以误国。理学家"无事袖手谈心性，临危一死报君王"。一样的误国。东晋亡于清谈之手，南宋何尝不亡于并不清谈者之手？所以以亡国之罪挂在清谈上头是不对的。纣王亡于妲己，你想这个昏君，没有妲己就可以不亡吗？虐主暴君亡国，都得找一个替身负罪。由于昏君暴主政治不良，武人跋扈，像嵇康洁身自好的人犹不能免于一死。所以清谈是虐政生出来的，不是虐政由清谈生出来的。向来儒家，倒果为因，不思之甚。

言志篇

古人言士各有志，不过言志并不甚易。在言志时，无意中还是“载道”，八分为人，二分为己，所以失实，况且中国人有一种坏脾气，留学生炼牛皮，必不肯言炼牛皮之志，而文之曰“实业救国”。假如他的哥哥到美国学农业，回来开牛奶房，也不肯言牛奶房之志，只说是“农村立国”。《论语》言志篇，子路，冉求，公西华，各有一大篇载道议论，虽然经“夫子哂之”，一点也尚不敢率尔直言，须经夫子鼓励一番，谓“何伤乎？亦各言其志也!”始有“春服既成”一段真正言志的话。不图方巾气者所必吐弃之小小志尚，反得孔子之赞赏。孔子之近情，与方巾气者之不近情，正可于此中看出。此姑且撇过不谈。常言男子志在四方，实则各人于大志之外，仍不免有个人所谓理想生活。要人挂冠，也常有一番言志议论，便是言其理想生活。或是归田养母，或是出洋留学，但这也不过一时说说而已。向来中国人得意时信儒教，失意时信道教，所以来去出入，都有照例文章，严格的言，也不能算为真正的言志。

据说古希腊有圣人代阿今尼思，一日正在街上滚桶中晒日，遇见亚力山大帝来问他有何所请。代阿今尼思客气的答曰：请皇帝稍为站开，不要遮住太阳，便感恩不尽了。这似乎是代阿今尼思的志愿。他是一位清心寡欲的人，冬夏只穿一件破衲，坐卧只在一只滚桶中。他说人的欲愿最少时，便是最近于神仙快乐之境。他本有一只饮水的杯，后来看见一孩子用手掬水而饮，也就毅然将杯抛弃，于是他又觉得比前少了一种挂碍更加清净了。

代阿今尼思的故事，常叫人发笑，因为他所代表的理想，正与现代人相反。近代人是以一人的欲愿之繁多为文化进步的衡量。老实说，现代人根本就不知他所要的是什么。在这种地方，发现许多矛盾，一面提倡朴素，又一面舍不得洋楼汽车。有时好说金钱之害，有时却被财魔缠心，做出许多尴尬的事来。现代人听见代阿今尼思的故事，不免生羡慕之心，却又舍不得要看一张真正好的嘉宾的影片。于是乃有所谓言行之矛盾，及心灵之不安。

自然，要爽爽快快打倒代阿今尼思主张，并不很难。第一，代阿今尼思生于南欧天气温和之地。所以寒地女子，要穿一件皮大氅，也不必于心有愧。第二，凡是人类，总应该至少有两套里衣，可以替换。在书上的代阿今尼思，也许好像一身仙骨，传出异香来，而在实际上，与代阿今尼思同床共被，便不怎样爽神了。第三，将这种理想贯注于小学生脑中，是有害的，因为至少教育须养成学子好书之心，这是代阿今尼思所绝对不看的。第四，代阿今尼思生时，尚未有电影，也未有 Mickey Mouse 的滑稽影戏画，无论大人小孩说他不要看 Mickey Mouse，一定是已失其赤子之心，这种朽腐的魂灵，再不会于吾人文化有什么用处。总而言之，一人对于环境，能随时注意，理想兴奋，欲愿繁复，比一枯槁待毙的人，心灵上较丰富，而于社会上也比较有作为。乞丐到了过屠门而不大嚼时，已经是无用的废物了。诸如此类，不必细述。

代阿今尼思所以每每引人羡慕者，毛病在我们自身。因为现代人实在欲望太奢了，并且每不自知所欲为何物。富家妇女一天打几圈麻将，也自觉麻烦。电影明星在灯红酒绿的交际上，也自有其觉到不胜烦燥，而只求一小家庭过清净生活之时。朝朝寒食，夜夜元宵之人，也有一旦不胜其腻烦之觉悟。若西人百万富翁之青年子弟，一年渡大西洋四次，由巴黎而南美洲，而尼司，而纽约，而蒙提卡罗，实际上只在躲避他心灵的空虚而已。这种人常会起了一念，忽然跑入僧寺或尼姑庵，这是报上所常见的事实。

我想在各人头脑清净之时，盘算一下，总会觉得我们决不会做代阿今尼思的信徒，总各有几样他所求的志愿。我想我也有几种愿望，只要有志去求，也并非绝不可能的事。要在各人看清他的志操，有相当的抱负，求之在己罢了。这倒不是外方所能移易。兹且举我个人理想的愿望如下，这些愿望十成中能得六七成，也就可算为幸福儿了。

我要一间自己的书房，可以安心工作。并不要怎样清洁齐整。不要一位 Story of San Michele 书中的 Madamoiselle Agathe，拿她的揩布到处乱揩乱擦。我想一人的房间，应有几分凌乱，七分庄严中带三分随便，住起来才舒服，切不可像一间和尚的斋堂，或如府第中之客室。天罗板下，最好挂一盏佛庙的长明灯，入其室，稍有油烟气味。此外又有烟味，书味，及各种不甚了了的房味，最好是沙发上置一小书架，横陈各种书籍，可以随意翻读。种类不要多，但不可太杂，只有几种心中好读的书，及几次重读过的书——即使是天下人皆詈为无聊的书也无妨。不要理论太牵强板滞乏味之书，但也没什么一定标准，只以合个人口味为限。西洋新书可与《野叟曝言》杂陈，《孟德斯鸠》可与《福尔摩斯》小说并列。不要时髦书，……，T.S.Elliot，Jame Joyces等，袁中郎有言，“读不下去之书，让别人去读”便是。

我要几套不是名士派但亦不甚时髦的长褂，及两双称脚的旧鞋子。居家时，我要能随便闲散的自由。难然不必效顾千里裸体读经，但在热度九十五以上之热天，却应许我在佣人面前露了臂膀，穿一短背心了事。我要我的佣人随意自然，如我随意自然一样。我冬天要一个暖炉，夏天一个浇水浴房。

我要一个可以依然故我不必拘牵的家庭。我要在楼下工作时，听见楼上妻子言笑的声音，而在楼上工作时，听见楼下妻子言笑的声音。我要未失赤子之心的儿女，能同我在雨中追跑，能像我一样的喜欢浇水浴。我要一小块园地，不要有遍铺绿草，只要有泥土，可让小孩搬砖弄瓦，浇花种菜，喂几只家禽。我要在清晨时，闻见雄鸡喔喔啼的声音。我要房宅附近有几棵参天的乔木。

我要几位知心友，不必拘守成法，肯向我尽情吐露他们的苦衷。谈话起来，无拘无碍，《柏拉图》与《品花宝鉴》念得一样烂熟。几位可与深谈的友人，有癖好，有主张的人，同时能尊重我的癖好与我的主张，虽然这些也许相反。

我要一位能做好的清汤，善烧青菜的好厨子。我要一位很老的老仆，非常佩服我，但是也不甚了了我所做的是什么文章。

我要一套好藏书，几本明人小品，壁上一帧李香君画像让我供奉，案头一盒雪茄，家中一位了解我的个性的夫人，能让我自由做我的工作。酒却与我无缘。

我要院中几棵竹树，几棵梅花。我要夏天多雨冬天爽亮的天气，可以看见极蓝的青天，如北平所见的一样。

我要有能做我自己的自由，和敢做我自己的胆量。

论政治病

曲斋老人解“父母惟其疾之忧”，说要人常患政治病，病就是下台，所以做父母的每引为忧。我想政治病，虽不可常有，亦不可全无，姑把我的意见，写下来如左：

我近来常常感觉，平均而论，在任何时代，中国的政府里头的血亏，胃滞，精神衰弱，骨节酸软多愁善病者，总比任何其他人类团体多，病院，疗养院除外。自袁世凯之脚气，至孙中山之肝癌，以及较小的人物所有内外骨皮花柳等科的毛病合起来，几乎可充塞任何新式医院，科科住满，门门齐备了。在要人下野电文中比较常见的，我们可以指出：脑部软化，血管硬化，胃弱，脾亏，肝胆生石，尿道不通，牙蛀，口臭，眼红，鼻流，耳鸣，心悸，脉跳，背痈，胸痛，盲肠炎，副睾丸炎，糖尿，便闭，痔漏，肺痨，肾亏，喇叭管炎，……还有更文雅的，如厌世，信佛，思反初服，增进学问，出洋念书，想妈妈等（毛病就在古文的不是，“养疴”二字若不是那样风雅，就很少人要生病了。）…… 总之，人间世上可有之病，五官脏肺可反之常，应有尽有了。只有妇科不大有，其理由是中国女子上台下台者尚少，不然一定子宫下坠，卵巢左倾等等，也都不至无人过问了。同时一人可以兼有数病，而精神衰弱必与焉。

我已说过，政治病虽不可常有，亦不可全无。各人支配一二种，时到自有用处。凡上台的人，都得先自打算一下：我是要选那一种呢？病有了，上台后，就有恃无恐，说话声音可以放响亮些。比方你是海军总长，而想提出一扩充海军增加预算的议案在阁议上通过，你若没有膀胱发炎或是失眠症，那个预算便十九没有通过的希望。假定你膀胱不能发炎，而财政部长却能血管硬化（血压太高），他便占优势，而你立下风了，财政部长要对你说：“在这国帑空虚民穷财尽之时，你若坚执增加预算，我只好血压增高而辞职了。”那时你有什么办法？但假使你有膀胱发炎，你便有法宝在身了。你说：“你真不给我钱，我膀胱就得发炎了。”这样旗鼓相当，财政部长，遂亦无话可说，此时行政院长，若有点机智，他必拉你在旁附耳说："老兄，你也不必这样坚持，财某的脾气是你所晓得的。我上回风湿都压不住他。他说要血压高，就一定血压高起来，在这外攻内患之时，大家应当精诚团结才好。所以兄弟说，你也不必坚执膀胱炎不炎了。改为失眠何如？你到汤山静养几天，而我也劝劝财某血压不要一定高，改为感冒，和衷共济，大事化为小事，小事化为无事，不就得了吗？"不一会你已经驱车直出和平门（?）在汤山的路上了，而那海军预算提案也正在作宰予的昼寝。

我并非说，我们的要人的病都是假的。患痔漏的要人，委实痔漏，怔忡症的政客也委实怔忡。我知道阎锡山真正患过长期痢疾，那是阿米巴作祟。社会已经默认痢疾是阎先生的专门了，而我并不反对。同样的，冯玉祥上泰山时，也真正有咳嗽。我们所要指出的是，凡要人都应该有相当的病菌蕴伏着，可为不时之需，下野时才有货真价实的病症及医生的证书可以昭示记者。假定我做官，我不想发糖尿，尿而可糖，未免太笑话，西医的话本来就靠不住。大概肠胃中任何症都使得。我打算要有一个完全暴弃的脾胃及颓唐萎靡的神经。

我所以取消化病者，有以下的理由。做了官，这种病必定会发的，而且也合乎"吾从众"的古训。自然，我此刻有十分健全的脾胃，除了橡皮鞋以外，咽得下去的保管消化得来。但是无论你先天赋与的脾胃怎样好，也经不起官场酬应中的糟蹋。我知道，做了官就不吃早饭，却有两顿中饭，及三四顿夜饭的饭局。平均起来，大约每星期有十四顿中饭，及廿四顿夜饭的酒席。知道此，就明白官场中肝病胃病肾病何以会这样风行一时。所以，政客食量减少消化欠佳绝不稀奇。我相信凡官僚都贪食无厌；他们应该用来处理国事的精血，都挪起消化燕窝鱼翅肥鸭焖鸡了。据我看，除非有人肯步黄伯樵冯玉祥的后尘，减少碗菜，中国政客永不会有精神对付国事的。我总不相信，一位饮食积滞消化欠良的官僚会怎样热心办公救国救民的。他们过那种生活，肝胃若不起了变化，不是奇事。我意思不过劝劝他们懂一点卫生常识，并提醒他们，肾部操劳过甚，是不利于清爽的头脑的。有人说谭延闿满腹经纶，我却说他满腹燕窝鱼翅。谭公为什么死啊？

闲话不提，总而言之，我们政府中比世界任何政府中较多团结，脚气，肺痨，痔漏，神经衰弱，肚肠传染，膀胱发炎，肾部过劳，脾胃亏损，肝部生癌，血管硬化，脑汁糊涂的人物，人人在鞠躬尽瘁为国捐躯带病办公，人人皮包里公文中夹杂一张医生验症书，等待相当时机，人人将此病症书招示记者赶夜车来沪，进沪西上海疗养院“养病”去。疗养院的外国医生那里知道那早经传染的脏肺及富于微菌的尿道，是他们政治上斗争的武器及失败后撒娇的仙方。

论幽默

One excellent test of the civilization of a country I take to be the flourishing of the comic idea and comedy; and the test of true comedy is that it shall awaken thoughtful laughter.

——*George Meredith*: "*Essay on Comedy*"

我想一国文化的极好的衡量，是看他喜剧及俳调之发达，而真正的喜剧的标准，是看他能否引起含蓄思想的笑。

——麦烈蒂斯：《喜剧论》

上 篇

幽默本是人生之一部分，所以一国的文化，到了相当程度，必有幽默的文学出现。人之智慧已启，对付各种问题之外，尚有余力，从容出之，遂有幽默——或者一旦聪明起来，对人之智慧本身发生疑惑，处处发现人类的愚笨，矛盾，偏执，自大，幽默也就跟着出现。如波斯之天文学家诗人荷麦卡奄姆，便是这一类的。三百篇中《唐风》之无名作者，在他或她感觉人生之空泛而唱"子有车马，弗驰弗驱，宛其死矣，他人是愉"之时，也已露出幽默的态度了。因为幽默只是一种从容不迫达观态度，《郑风》"子不我思，岂无他人"的女子，也含有幽默的意味。到第一等头脑如庄生出现，遂有纵横议论捭阖人世之幽默思想及幽默文章，所以庄生可称为中国之幽默始祖。太史公称庄生滑稽，便是此意，或索性追源于老子，也无不可。战国之纵横家如鬼谷子淳于髡之流，也具有滑稽雄辩之才。这时中国之文化及精神生活，确乎是精力饱满，放出异彩，九流百家，相继而起，如满庭春色，奇花异卉，各不相模，而能自出奇态以争妍。人之智慧，在这种自由空气之中，各抒性灵，发扬光大。人之思想也各走各的路，格物穷理，各逞其奇，奇则变，变则通。故毫无酸腐气象。在这种空气之中，自然有谨愿与超脱二派，杀身成仁，临危不惧，如墨翟之徒，或是儒冠儒服，一味做官，如孔丘之徒，这是谨愿派。拔一毛以救天下而不为，如杨朱之徒，或是敝屣仁义，绝圣弃智，看穿一切如老庄之徒，这是超脱派。有了超脱派，幽默自然出现了。超脱派的言论是放肆的，笔锋是犀利的，文章是远大渊放不顾细谨的。孜孜为利及孜孜为义的人，在超脱派看来，只觉得好笑而已。儒家斤斤拘执棺椁之厚薄尺寸，守丧之期限年月，当不起庄生的一声狂笑。于是儒与道在中国思想史上成了两大势力，代表道学派与幽默派。后来因为儒家有“尊王”之说，为帝王所利用，或者儒者与君王互相利用，压迫思想，而造成统一局面，天下腐儒遂出。然而幽默到底是一种人生观，一种对人生的批评，不能因君王道统之压迫，遂归消灭。而且道家思想之泉源浩大，老庄文章气魄，足使其效力历世不能磨灭。所以中古以后的思想，表面上似是独尊儒家道统，实际上是儒道分治的。中国人得势时都信儒教，不遇时都信道教，各自优游林下，寄托山水，怡养性情去了。中国文学，除了御用的廊庙文学，都是得力于幽默派的道家思想。廊庙文学，都是假文学，就是经世之学，狭义言之，也算不得文学。所以真有性灵的文学，入人最深之吟咏诗文，都是归返自然，属于幽默派，超脱派，道家派的。中国若没有道家文学，中国若果真只有不幽默的儒家道统，中国诗文不知要枯燥到如何，中国人之心灵，不知要苦闷到如何。

老子庄生，固然超脱，若庄生观鱼之乐，蝴蝶之梦，说剑之喻，蛙鳖之语，也就够幽默了。老子教训孔子的一顿话：“子所言者，其人与骨皆已朽矣，独其言在耳。吾闻之，良贾深藏若虚，君子盛德，容貌若愚。去子之骄气与多欲，态色与淫志，若是而已，”无论是否战国时人所伪托，司马迁所误传，其一股酸溜溜气味，令人难受。我们读老庄之文，想见其为人，总感其酸辣有馀，温润不足。论其远大遥深，睥睨一世，确乎是真正 Comic spirit（说见下）的表现。然而老子多苦笑，庄生多狂笑，老子的笑声是尖锐，庄生的笑声是豪放的。大概超脱派容易流于愤世嫉俗的厌世主义，到了愤与嫉，就失了幽默温厚之旨。屈原贾谊，很少幽默，就是此理。因谓幽默是温厚的，超脱而同时加入悲天悯人之念，就是西洋之所谓幽默，机警犀利之讽刺，西文谓之“郁剔”（wit）。反是孔子个人温而厉，恭而安，无适，无必，无可无不可，近于真正幽默态度。孔子之幽默及儒者之不幽默，乃一最明显的事实。

我所取于孔子，倒不是他的踧踖如也。而是他燕居时之恂恂如也，腐儒所取的是他的踧踖如也。而不是他的恂恂如也。我所爱的是失败时幽默的孔子，是不愿做匏瓜系而不食的孔子，不是成功时年少气盛杀少正卯的孔子。腐儒所爱的是杀少正卯之孔子，而不是吾与点也幽默自适之孔子。孔子既殁，孟子犹能诙谐百出，逾东家墙而搂其女子，是今时士大夫所不屑出于口的，齐人一妻一妾之喻，亦大有讽刺气味，然孟子亦近于郁剔，不近于幽默，理智多而情感少故也。其后儒者日趋酸腐，不足谈了。韩非以命世之才，作《说难》之篇，亦只是大学教授之幽默，不甚轻快自然，而幽默非轻快自然不可。东方朔枚皋之流，是中国式之滑稽始祖，又非幽默本色。正始以后，王何之学起，道家势力复兴，加以竹林七贤继出倡导，遂涤尽腐儒气味，而开了清谈之风。在这种空气中，道家心理深入人的性灵，周秦思想之紧张怒放，一变而为恬淡自适，如草木由盛夏之煊赫繁荣而入于初秋之豪迈深远了。其结果，乃养成晋末成熟的幽默之大诗人陶潜。陶潜的责子，是纯熟的幽默。陶潜的淡然自适，不同于庄生之狂放，也没有屈原的悲愤了。他《归去来辞》与屈原之《卜居渔父》相比，同是孤芳自赏，但没有激越哀愤之音了。他与庄子，同是主张归返自然，但对于针砭世俗，没有庄子之尖利。陶不肯为五斗米折腰，只见世人为五斗米折腰者之愚鲁可怜。庄生却骂干禄之人为豢养之牛待宰之彘。所以庄生的愤怒的狂笑，到了陶潜，只成温和的微笑。我所以言此，非所以抑庄而扬陶，只见出幽默有各种不同。议论纵横之幽默，以庄为最，诗化自适之幽默，以陶为始。大概庄子是阳性的幽默，陶潜是阴性的幽默，此发源于气质之不同。不过中国人未明幽默之义，认为幽默必是讽刺，故特标明闲适的幽默，以示其范围而已。

庄子以后，议论纵横之幽默，是不会继续发现的。有骨气有高放的思想，一直为帝王及道统之团结势力所压迫。二千年间，人人议论合于圣道，执笔之士，只在孔庙中翻筋斗，理学场中检牛毛，所谓放逸，不过如此，所谓高超，亦不过如此。稍有新颖议论，超凡见解，即诬为悖经叛道，辩言诡说，为朝士大夫所不齿，甚至以亡国责任，加于其上。范宁以王弼何晏之罪，浮于桀纣，认为仁义幽沦，儒雅蒙尘，礼坏乐崩，中原倾覆，都应嫁罪于二子。王乐清谈，论者指为亡晋之兆。清谈尚不可，谁敢复说绝圣弃智的话？二千年间之朝士大夫，皆负经世大才，欲以佐王者，命诸侯，治万乘，聚税敛，即作文章抒悲愤，尚且不敢，何暇言讽刺？更何暇言幽默？朝士大夫，开口仁义，闭口忠孝，自欺欺人，相率为伪，不许人揭穿。直至今日之武人通电，政客宣言，犹是一般道学面孔。祸国军阀，误国大夫，读其宣言，几乎人人要驾汤武而媲尧舜。暴敛官僚，贩毒武夫，闻其演讲，亦几乎欲愧周孔而羞荀孟。至于妻妾泣中庭，施施从外来，孟子所讥何人，彼且不识，又何暇学孟子之幽默？

然幽默究竟为人生之一部分。人之哭笑，每不知其所以，非能因朝士大夫之排斥，而遂归灭亡。议论纵横之幽默，既不可见，而闲适怡情之幽默，却不绝的见于诗文。至于文人偶尔戏作的滑稽文章，如韩愈之送穷文，李渔之逐猫文，都不过游戏文字而已，真正的幽默，学士大夫，已经是写不来了。只有在性灵派文人的著作中，不时可发现很幽默的议论文，如定盦之论私，中郎之论痴，子才之论色等。但是正统文学之外，学士大夫所目为齐东野语稗官小说的文学，却无时无刻不有幽默之成分。宋之平话，元之戏曲，明之传奇，清之小说，何处没有幽默？若《水浒》之李逵，鲁智深，写得使你时而或哭或笑，亦哭亦笑，时而哭不得笑不得，远超乎讽谏褒贬之外，而达乎幽默同情境地。《西游记》之孙行者，猪八戒，确乎使我们于喜笑之外，感觉一种热烈之同情，亦是幽默本色。《儒林外史》几乎篇篇是摹绘世故人情，幽默之外，杂以讽刺。《镜花缘》之写女子，写君子国，《老残游记》之写玙姑，也有不少启人智慧的议论文章，为正统文学中所不易得的。中国真正幽默文学，应当由戏曲传奇小说小调中去找，犹如中国最好的诗文，亦当由戏曲传奇小说小调中去找。

中 篇

因为正统文学不容幽默，所以中国人对于幽默之本质及其作用没有了解。常人对于幽默滑稽，总是取鄙夷态度，道学先生甚至取嫉忌或恐惧态度，以为幽默之风一行，生活必失其严肃而道统必为诡辩所倾覆了。这正如道学先生视女子为危险品，而对于性在人生之用处没有了解，或是如彼辈视小说为稗官小道，而对于想象文学也没有了解。其实幽默为人生之一部分，我已屡言之，道学家能将幽默摒弃于他们的碑铭墓志奏表之外，却不能将幽默摒弃于人生之外。人生是永远充满幽默的，犹如人生是永远充满悲惨，性欲，与想象的。即使是在儒者之生活中，做出文章尽管道学，与熟友闲谈时，何尝不是常有俳谑言笑？所差的，不过在文章上，少了幽默之滋润而已。试将朱熹所著《名臣言行录》一翻，便可见文人所不敢笔之于书，却时时出之于口而极富幽默味道。试举一二事为例：

(赵普条) 太祖欲使符彦卿典兵，韩王屡谏，以为彦卿名位已盛，不可复委以兵柄。上不听，宣已出。韩王复怀之请见。上曰，卿苦疑彦卿何也？朕待彦卿至厚，彦卿能负朕耶？王曰，陛下何以能负周世宗？上默然，遂中止。

此是洞达人情之上乘幽默。

昭宪太后聪明有智度，尝与太祖参决大政。及疾笃，太祖侍药饵，不离左右。太后曰，汝知所以得天下乎？上曰，此皆祖考与太后之馀庆也。太后笑曰：不然。正繇柴氏。使幼儿主天下耳。

太祖所言，全是道学话，粉饰话。太后却能将太祖建朝之功抹杀，而谓系柴氏主幼不幸所造成。这话及这种见解，正像萧伯纳令拿破仑自述某役之大捷，全系其马偶然寻到摆渡之功，岂非揭穿真相之上乘幽默？

关于幽默之解释，有哲学家亚里斯多得，柏拉图，康德，哈勃斯(Hobbes)，伯克森，弗劳特诸人之分析。伯克森所论，不得要领，弗劳特太专门。我所最喜爱的，还是英小说家麦烈蒂斯在剧论中的一篇讨论。他描写俳调之神一段，极难翻译，兹勉强粗略译出如下：——

假使你相信文化是基于明理，你就在静观人类之时，窥见在上有一种神灵，耿耿的鉴察一切。……他有圣贤的头额，嘴唇从容不紧不松的半开着，两个唇边，藏着林神的谐谑。那像弓形的称心享乐的微笑，在古时是林神响亮的狂笑，扑地叫眉毛倒竖起来。那个笑声会再来的，但是这回已属于莞尔微笑一类的，是和缓恰当的，所表示的是心灵的光辉与智慧的丰富，而不是胡卢笑闹。常时的态度，是一种闲逸的观察，好像饱观一场，等着择肥而噬，而心里却不着急。人类之将来，不是他所注意的；他所注意是人类目前之老实与形样之整齐。无论何时人类失了体态，夸张、矫揉，自大，放诞，虚伪，炫饰，纤弱过甚；无论何时何地他看见人类懵懂自欺，淫侈奢欲，崇拜偶像，作出荒谬事情，眼光如豆的经营，如痴如狂的计较，无论何时人类言行不符，或倨傲不逊，屈人扬己，或执迷不悟，强词夺理，或夜郎自大，惺惺作态，无论是个人或是团体；这在上之神就出温柔的谑意，斜觑他们，跟着是一阵如明珠落玉般的笑声。这就是俳调之神（The comic spirit）。

这种的笑声是和缓温柔的，是出于心灵的妙悟。讪笑嘲谑，是自私，而幽默却是同情的，所以幽默与谩骂不同。因为谩骂自身就欠理智的妙悟，对自身就没有反省的能力。幽默的情境是深远超脱，所以不会怒，只会笑，而且幽默是基于明理，基于道理之参透。麦烈蒂斯说得好，能见到这俳调之神，使人有同情共感之乐。谩骂者，其情急，其辞烈，惟恐旁观者之不与同情。幽默家知道世上明理的人自然会与之同感，所以用不着热烈的谩骂讽刺，多伤气力，所以也不急急打倒对方。因为你所笑的是对方的愚鲁，只消指出其愚鲁便罢。明理的人，总会站在你的一面。所以是不知幽默的人，才需要谩骂。

麦烈蒂斯还有很好的关于幽默嘲讽的分辩：

假使你能够在你所爱的人身上见出荒唐可笑的地方而不因此减少你对他们的爱，就算是有俳调的鉴察力；假使你能够想象爱你的人也看出你可笑的地方而承受这项的矫正，这更显明你有这种鉴察力。

假使你看到这种可笑，而觉得有点冷酷，有伤忠厚，你便是落了嘲讽（Satire）的圈套中。

但是设使你不拿起嘲讽的棍子，打得他翻滚叫喊出来，却只是话中带刺的一半褒扬他，使他自己苦得不知人家是否在伤毁他，你

> 便是用揶揄（Irony）的方法。
>
> 假使你只向他四方八面的奚落，把他推在地上翻滚，敲他一下，淌一点眼泪于他身上，而承认你就是同他一样，也就是同旁人一样，对他毫不客气的攻击，而于暴露之中，含有怜惜之意，你便是得了幽默（Humour）之精神。

麦烈蒂斯所论幽默之本质已经很透辟了。我尚有补充几句，就是关于中国人对于幽默的误会。中国道统之势力真大，使一般人认为幽默是俏皮讽刺，因为即使说笑话之时，亦必关心世道，讽刺时事，然后可成为文章。其实幽默与讽刺极近，却不定以讽刺为目的。讽刺每趋于酸腐，去其酸辣，而达到冲淡心境，便成幽默。欲求幽默，必先有深远之心境，而带一点我佛慈悲之念头，然后文章火气不太盛，读者得淡然之味。幽默只是一位冷静超远的旁观者，常于笑中带泪，泪中带笑。其文清淡自然，不似滑稽之炫奇斗胜，亦不似郁剔之出于极警巧辩。幽默的文章在婉约豪放之间得其自然，不加矫饰，使你于一段之中，指不出哪一句使你发笑，只是读下去心灵启悟，胸怀舒适而已。其缘由乃因幽默是出于自然，机警是出于人工。幽默是客观的，机警是主观的。幽默是冲淡的，郁剔讽刺是尖利的。世事看穿，心有所喜悦，用轻快笔调写出，无所挂碍，不作滥调，不忸怩作道学丑态，不求士大夫之喜誉，不博庸人之欢心，自然幽默。

下　篇

幽默有广义与狭义之分，在西文用法，常包括一切使人发笑的文字，连鄙俗的笑话在内。（西文所谓幽默刊物，大都是偏于粗鄙笑话的，若《笨拙》，《生活》，格调并不怎样高。若法文 Sourire 英文 Ballyhoo 之类，简直有许多“不堪入目”的文字。）在狭义上，幽默是与郁剔，讥讽，揶揄区别的。这三四种风调，都含有笑的成分。不过笑本有苦笑，狂笑，淡笑，傻笑各种的不同，又笑之立意态度，也各有不同，有的是酸辣，有的是和缓，有的是鄙薄，有的是同情，有的是片语解颐，有的是基于整个人生观，有思想的寄托。最上乘的幽默，自然是表示“心灵的光辉与智慧的丰富”，如麦烈蒂斯氏所说，是属于“会心的微笑”一类的。各种风调之中，幽默最富于情感，但是幽默与其他风调同使人一笑，这笑的性质及幽默之技术是值得讨论的。

说幽默者每追源于亚里斯多德，以后柏拉图，康德之说皆与亚氏大体相符。这说就是周谷城先生（《论语》廿五期《论幽默》）所谓“预期的逆应”，就是在心情紧张之际，来一出人意外的下文，易其紧张为和缓，于是脑系得一快感，而发为笑，康德谓“笑是紧张的预期忽化归乌有时之情感”。无论郁剔及狭义的幽默，都是这样的。佛劳德在《郁剔与潜意识之关系》一书引一例甚好：

> 某穷人向其富友借二十五元。同日这位朋友遇见穷人在饭店吃一盘很贵的奶浆沙罗门鱼。朋友就上前责备他说：“你刚来跟我借钱，就跑来吃奶浆沙罗门鱼。这是你借钱的意思吗？”穷人回答说：“我不明白你的话。我没钱时不能吃奶浆沙罗门鱼，有钱时又不许吃奶浆沙罗门鱼。请问你，我何时才可以吃奶浆沙罗门鱼？”

那富友的发问是紧张之际，我们对那穷人同情，以为他必受窘了，到了听穷人的答语，这紧张的局面遂变为轻松了。这是笑在神经作用上之解说。同时另有一说，也是与此说相符的，就是说，我们发笑时，总是看见旁人受窘或遇见不幸，或做出粗笨的事来，使我们觉得高他一等，所以笑。看人跌倒，自己却立稳，于是笑了，看人凄凄皇皇热衷名利，而自己却清闲超逸，于是也笑了。但是假如同作京官而看同级的人擢升高位，便只有眼红，而不会发笑；或者看他人被屋压倒而祸将及身，也只有惊皇，不会发笑。所以笑之发源，是看见生活上之某种失态而于己身无损，神经上得一种快感。常人每好读骂人的文章，就是这样道理。或是自述过去受窘的经过，旁人未有不发笑。然在被笑者，常是不快的，所以有所谓老羞成怒之变态。幽默愈泛指世人的，愈得各方之同情，因为在听者各以为未必是指他个人，或者果指他一阶级，他也未必就是这阶级中应被指摘之分子。例如《论语》骂京官，京官读了仍旧可以发笑，或者骂大学教授，“温故”讲义而四处“支薪”，大学教授也可以受之无愧，因不十分迫近本身也。所以两方争辩，愈涉及个人，如汪精卫与吴稚晖之对骂，愈不幽默，而易渗人酸辣成分；反之，愈是空泛的，笼统的社会讽刺及人生讽刺，其情调自然愈深远，而愈近于幽默本色。

在这由紧张达到和缓的转变，其中每有出人意外（即“逆应”）的成分。其陡转的工夫，或由于字义之双关，（此系最皮毛之幽默，但也有双关得机警自然，实在佳妙的。）有的是出于无赖态度，（如上举穷人一例。）有的是由于笑话中人的冥顽，有的是由于参透道理，看穿人情。大概此种陡转，出于慧心，如公孙大娘舞剑，如天外飞来峰，没有一定的套板。善诙谐者，自出机智。如 Lloyd George 一次在演讲，有女权运动家起立说：“你若是我的丈夫，我必定给你服毒。”氏对口应曰：“我若是你的丈夫，我定把毒吃下。”这种地方，只在人随机应变。无盐见齐宣王愿备后宫，实在有点无赖，也是一种幽默。然无赖，或胡闹，易讨人厌。好的幽默，都是属于合情合理，其出人意外，在于言人所不敢言。世人好说合礼的假话，因循不以为怪，至一人阐发真理，将老实话说出，遂使全堂哗笑。这在佛劳德解释起来，是由于吾人神经每受压迫抑制（inhibition），一旦将此压迫取消，如马脱羁，自然心灵轻松美快，而发为笑声。因此幽默每易涉及猥亵，就是因为猥亵之谈有此放松抑制之作用。在相当环境，此种猥亵之谈是好的，是宜于精神健康。据我经验，大学教授老成学者聚首谈心，未有不谈及性的经验的，所谓猥亵非礼，纯是社会上之风俗问题，在某处可谈，在某处不可谈。英国中等阶级社交上言辞之束缚，每比贵族阶级更甚。大概上等社会及下等社会都很自由的，只有读书的中等阶级最受限制。又法国所许的，在英国或者不许，英国所许的，中国人或者不许。时代也不同，英国十七世纪就有许多字面令人所不敢用的，莎士比亚时代也是如此，但现代人之心灵不定比莎士比亚时人清洁，性之运用反益加微妙了。在中国，如淳于髡答齐威王谓臣饮一斗亦醉一石亦醉，威王问他既然一斗而醉，何以能饮一石，淳于髡谓在皇上侍侧一二斗便醉；若有男女杂坐，“握手无罚，目眙不禁，前有堕珥，后有遗簪，可八斗而醉”；及“日暮酒阑，合尊促坐，男女同席，履舄交错，杯盘狼藉，堂上烛灭，主人留髡而送客，罗襦襟解，微闻芗泽，当此之时，髡乐甚，可饮一石。”这段虽然不能算为猥亵，但可表示所谓取消神经抑制，及幽默滑稽每易流于猥亵之理。张敞为妻画眉，上诘之，答曰夫妇之间，岂但画眉而已？亦可表示幽默，使人发笑，常在撇开禁忌，说两句合情合理之话而已。

这种说近情话的滑稽，有数例为证。德国名人 Keyserling 编著《婚姻书》邀请各国名家撰论，并请萧伯纳作一文关于婚姻的意见。萧伯纳回信说，“凡人在其太太未死时，没有能老实说他关于婚姻的意见，”一语破的，比书中长篇大论精彩深长，Keyserling即将该句列入序文中。相传有人问道家长生之术，道士谓节欲无为，餐风宿露，戒绝珍肴，不近女人，可享千寿。其人曰，如此则千寿复有何益，不如夭折，亦是一句近情的话。西洋有一相类故事，谓某塾师好饮，饮必醉，因此没有生徒，潦倒困顿。有人好意规劝他说："你的学问很好，只要你肯戒饮，一定可以收到许多生徒。你想对不对？"那塾师回答道："我所以收生徒教书者，就是为要饮酒。不饮酒，我又何必收生徒呢？"

以上所举的例，可以阐明发笑之性质与来源，但是都属于机智的答辩，是归于郁剔滑稽一门的。在成篇的幽默文字，又不同了，虽然他使人发笑的原理相同。幽默小品，并非此种警句所合成的，不可强作，亦非能强作得来。现代西洋幽默小品极多，几乎每种普通杂志，要登一二篇幽默小品文。这种小品文，文字极清淡的，正如闲谈一样，有的专用土白俚语作时评，求其淡入人心，如Will Rogers一派，有的与普通论文无别，或者专素描，如Stephen Leacock，或者是长议论，谈人生，如G. K. Chesterton，或者是专宣传主义如萧伯纳。大半笔调皆极轻快，以清新自然为主。其所以别于中国之游戏文字，就是幽默并非一味荒唐，既没有道学气味，也没有小丑气味，是庄谐并出，自自然然畅谈社会与人生，读之不觉其矫揉造作，故亦不厌。或且在正经处，比通常论文更正经，因其较少束缚，喜怒哀乐皆出之真情。总之西洋幽默文大体上就是小品文别出的一格。凡写此种幽默小品的人，于清淡之笔调之外，必先有独特之见解及人生之观察。因为幽默只是一种态度，一种人生观，在写惯幽默文的人，只成了一种格调，无论何种题目，有相当的心境，都可以落笔成趣了。这也是一句极平常的话，犹如说学诗，最要是登临山水，体会人情，培养性灵，而不是仅学押平仄，讲蜂腰鹤膝等末技的问题。

因此我们知道，是有相当的人生观，参透道理，说话近情的人，才会写出幽默作品。无论哪一国的文化，生活，文学，思想，是用得着近情的幽默的滋润的。没有幽默滋润的国民，其文化必日趋虚伪，生活必日趋欺诈，思想必日趋迂腐，文学必日趋干枯，而人的心灵必日趋顽固。其结果必有天下相率而为伪的生活与文章，也必多表面上激昂慷慨，内心上老朽霉腐，五分热诚，半世麻木，喜怒无常，多愁善病，神经过敏，歇斯的利，夸大狂，忧郁狂等心理变态。《论语》若能叫武人政客少打欺伪的通电宣言，为功就不小了。

恋爱和求婚

有一个问题可以发生；中国女子既属遮掩深藏，则恋爱的罗曼斯如何还会有实现的可能？或则可以这样问：年轻人的天生的爱情，怎么样儿的受经典的传统观念之影响？在年轻人，罗曼斯和恋爱差不多是寰宇类同的，不过由于社会传统的结果，彼此心理的反应便不同。无论妇女怎样遮掩，经典教训却从未能逐出爱神。恋爱的性质容貌或许可以变更，因为恋爱是情感的流露，本质上控制着感觉，它可以成为内心的微鸣。文明有时可以变换恋爱的形式，但也绝不能抑制它。“爱”永久存在着，不过偶尔所蒙受的形象。由于社会与教育背景之不同而不同。“爱”可以从珠帘而透入，它充满于后花园的气空中，它拽撞着小姑娘的心坎。或许因为还缺少一个爱人的慰藉，她不知道什么东西在她心头总是烦恼着她。或许她倒并未看中任何一个男子，但是她总觉得恋爱着男子，因为她是爱着男子，故而爱着生命。这使她更精细的从事刺绣而幻化的觉到好像她正跟这一幅虹彩色的刺绣恋爱着，这是一个象征的生命，这生命在她看来是那么美丽。大概她正绣着一对鸳鸯，绣在送给一个爱人的枕套上，这种鸳鸯总是同栖同宿，同游同泊，其一为雌，其一为雄。倘若她沉浸于幻想太厉害，她便易于绣错了针脚，重新绣来，还是非错误不可。她很费力的拉着丝线，紧紧地，涩涩地，真是太滞手，有时丝线又滑脱了针眼。她咬紧了她的樱唇而觉得烦恼，她沉浸于爱的河涛中。

这种烦恼的感觉，其对象是很模糊的，真不知所烦恼的是什么；或许所烦恼的是在于春，或在于花，这种突然的重压的身世孤寂之感，是一个小姑娘的爱苗成熟的天然信号。由于社会与社会习俗的压迫，小姑娘们不得不竭力掩盖住她们的这种模糊而有力的愿望，而她们的潜意识的年轻的幻梦总是永续的行进着。可是婚前的恋爱在古时中国是一个禁果，公开求爱真是事无前例，而姑娘们又知道恋爱便是痛苦。因此她们不敢让自己的思索太放纵于“春”“花”“蝶”这一类诗中的爱的象征，而假如她受了教育，也不能让她多费工夫于诗，否则她的情愫恐怕会太受震动。她常忙碌于家常琐碎以卫护她的感情之圣洁，譬如稚嫩的花朵之保护自身，避免狂蜂浪蝶之在未成熟时候的侵袭。她愿意静静地守候以待时机之来临，那时恋爱变成合法，而用结婚的仪式来完成正当的手续。谁能逃免纠结的情欲的便是幸福的人。但是不管一切人类的约束，天性有时还是占了优势。因为像世上一切禁果，两性吸引力的锐敏性，机会以尤少而尤高。这是造物的调剂妙用。照中国人的学理，闺女一旦分了心，甚么事情都将不复关心。这差不多是中国人把妇女遮掩起来的普遍心理背景。

小姑娘虽则深深遮隐于闺房之内，她通常对于本地景况相差不远的可婚青年，所知也颇为熟悉，因而私心常能窃下主意，孰为可许，孰不惬意。倘因偶然的机会她遇到了私心默许的少年，纵然仅仅是一度眉来眼去，她已大半陷于迷惑，而她的那一颗素来引以自傲的心儿，从此不复安宁。于是一个秘密求爱的时期开始了。不管这种求爱一旦泄露即为羞辱，且常因而自杀；不管她明知这样的行为会侮蔑道德规律，并将受到社会上猛烈的非难，她还是大胆的去私会她的爱人。而且恋爱总能找出进行的路径的。

在这两性的疯狂样的互相吸引过程中，那真很难说究属男的挑动女的抑是女的挑动男的。小姑娘有许多机敏而巧妙的方法可以使人知道她的临场。其中最无罪的方法为在屏风下面露出她的红绫鞋儿。另一方法为夕阳斜照时站立游廊之下。另一方法为偶尔露其粉颊于桃花丛中。另一方法为灯节晚上观灯。另一方法为弹琴（古时的七弦琴），让隔壁少年听她的琴挑。另一方法为请求她的弟弟的教师润改诗句，而利用天真的弟弟权充青鸟使者，暗通消息；这位教师倘属多情少年，便欣然和复一首小诗。另有多种交通方法为利用红娘（狡黠使女）；利用同情之姑嫂；利用厨子的妻子；也可以利用尼姑。倘两方面都动了情，总可以想法来一次幽会。这样的秘密聚会是极端不健全的；年轻的姑娘绝不知道怎样保护自身于一刹那；而爱神，本来怀恨放浪的卖弄风情的行为，乃挟其仇雠之心以俱来。爱河多涛，恨海难填，此固为多数中国爱情小说所欲描写者。她或许竟怀了孕！其后随之以一热情的求爱与私通时期，软绵绵的，辣泼泼的，情不自禁，却是因为那是偷偷摸摸的勾当，尤其觉得可爱可贵，惜乎通常此等幸福，终属不耐久啊！

在这种场合，什么事情都可以发生。少年或小姑娘或许会拂乎本人的意志而与第三者缔婚，这个姑娘既已丧失了贞洁，那该是何等悔恨。或则那少年应试及第，被显宦大族看中了，强制的把女儿配给他，于是他娶了另一位夫人。或则少年的家族或女子的家族阖第迁徙到辽远的地方，彼此终身不得复谋一面。或则那少年一时寓居海外，本无意背约，可是中间发生了战事，因而形成无期的延宕。至于小姑娘困守深闺，则只有烦闷与孤零的悲郁。倘若这个姑娘真是多情种子，她会患一场重重的相思病，（相思病在中国爱情小说中真是异样的普遍?）她的眼神与光彩的消失，真是急坏了爹娘，爹娘鉴于眼前的危急情形，少不得追根究底问个清楚，终至依了她的愿望而成全了这桩姻事，俾挽救女儿的生命，以后两口儿过着幸福的一生。

“爱”在中国人的思想中因而与涕泪，惨愁，与孤寂相揉和，而女性遮掩的结果，在中国一切诗中，掺进了凄惋悲忧的调子。唐以后，许许多多情歌都是含着孤零消极与无限悲伤，诗的题旨常为闺怨，为弃妇，这两个题目好像是诗人们特别爱写的题目。

符合于通常对人生的消极态度，中国的恋爱诗歌是吟咏些别恨离愁，无限凄凉，夕阳雨夜，空闺幽怨，秋扇见捐，暮春花萎，烛泪风悲，残枝落叶，玉容憔悴，揽镜自伤。这种风格，可以拿林黛玉临死前，当她得悉了宝玉与宝钗订婚的消息所吟的一首小诗为典型，字里行间，充满着不可磨灭的悲哀：

依今葬花人笑痴，
他年葬依知是谁？

但有时这种姑娘倘遇运气好，也可以成为贤妻良母。中国的戏曲，固通常都殿以这样的煞尾：“愿天下有情人都成眷属。”

给玄同[1]先生的信

玄同先生：

我刚刚读过你的写在《半农给启明[2]的信底后面》的大著，使素非“激昂慷慨”的我也要跟人家“瞪眼跳脚拍桌子”，忍不住也来插说几句，也借此可以聊补我对于《语丝》逃懒足足两个整月之过。近来正想做一点文章，适来了先生潇洒幽默之大文，再好的题目没有了。

未入正题，先说一句闲话：半农先生的信里头有一句恭维先生的话而为先生所璧还者（我是先读先生之“璧还”然后读半农先生之原璧）。半农想念启明先生之温文尔雅，先生之激昂慷慨，尹默[3]先生之大棉鞋与厚眼镜……此考语甚好，先生何必反对？但是我觉得这正合拿来评近出之三种周刊：温文尔雅，《语丝》也（此似乎于自夸，姑置之）；激昂慷慨，《猛进》也；穿棉大鞋与戴厚眼镜者，《现代评论》也（《现代评论》的朋友们不必固谦，因为穿大棉鞋与戴厚眼镜者学者之象征也；《现代评论》固冠冕堂皇威仪棣棣的学者无疑，且不失其“ㄓㄣㄊㄌㄇㄣ”身份者也）。固然，激昂慷慨不必限于《猛进》，温文尔雅不必限于《语丝》。此亦犹厚眼镜（学者之象征）不必为尹默先生所独有，而可于玄同身上求之耳。

闲话少说，言归正传。先生的“欧化的中国”论及“各人自己努力去变象”的话，说的痛快淋漓，用不着弟来赞一词。此乃弟近日主张，且视为惟一的救国办法，明白浅显，光明正大，童稚可晓，绝不容疑惑者也。故不妨借题发挥来多说几句。弟近有“孙中山非中国人”（即思想欧化精神欧化习惯欧化的中国人）之论，其见地主张，完全与先生所持一致。弟本来以为民国通共有一位伟人，近日细想，此一伟人乃三分中国人，七分洋鬼子（此乃痛

---

① 钱玄同，文学理论家，著名文字音韵学家，教授。

② 周作人，现代散文家。半农：刘半农，现代文学家，语言学家。

③ 沈尹默，现代诗人，著名书法家。

心话，若有人以为兜玩笑的话，也只好由他去罢），然则欲再造将来的伟人，亦惟在再造七成或十足的洋鬼子而已，此理之最明者也。半农先生在巴黎想起青云阁琉璃厂来，因而有“中国国民内太多外国人”的谬论（只可当他为谬论），谓“在国外鬼混了五年，所得到的也只是这一句话”。此乃半农在外留学五年所致。若是仅留学一年半载，或回国天天看国内日报张三打李四，王五请赵六喝白干的新闻，只会感觉到国内外国人太少，不会有外国人太多之叹。即以弟个人而言，今日之主张，亦系回国后天天看报之结果，此弟一年来思想之变迁也。

今日谈国事所最令人作呕者，即无人肯承认今日中国人是根本败类的民族，无人肯承认吾民族精神有根本改造之必要。近日孙先生之死，虽有了不少的名士照例来奉扬，助祭，做挽联，察其语调，一若甚舒服自在者然，而真实为国悲感者绝少，一若高调一唱，将来中国定然有望。惟其不肯承认今日中国人是根本败类，奴气十足，故尚喜欢唱高调，尚相信高调之效力（废督裁兵咯，国民会议咯，护宪咯，拒贿咯……等等花样甚多），故此高调终为高调而不能成为事实。惟其不肯承认今日中国人是根本败类，故尚有败类的高调盈盈吾耳（如先生所举“赶走直脚鬼”，“爱国”及“国民文学”三种，及什么“国故”“国粹”“复辟”都是一类的东西），尚没人敢毅然赞成一个欧化的中国及欧化的中国人，尚没人觉得欧化中国人之可贵。此中国人为败类一条不承认，则精神复兴无从说起。

诚然今日最重要的工作在于“针砭民族卑怯的瘫痪，消除民族淫猥的淋毒，切开民族昏愦的痈疽，阉割民族自大的风狂”（启明先生的话）。然弟意既要针砭，消除，切开，阉割，何不爽爽快快行对症之针砭术，给以根治之消除剂，施以一刀两断猛痛之切开，治以永除后患剧烈的阉割。今日中国政象之混乱，全在我老大帝国国民癖气太重所致，若惰性，若奴气，若敷衍，若安命，若中庸，若识时务，若无理想，若无热狂，皆是老大帝国国民癖气，而弟之所以信今日中国人为败类也。欲一拔此颓丧不振之气，欲对此下一对症之针砭，则弟以为惟有爽爽快快讲欧化之一法而已。固然以精神复兴解做“复兴古人之精神”，亦是一法。然弟有两个反对理由。第一，此种扭扭捏捏三心两意的办法，终觉得必无成效。且若我们愿意退让以求博一般社会之欢心，则退让将无已时，而中国之病本非退让所能根治者也。治此中庸之病，惟有用不中庸之方法而后可耳。(试以日本维新时代态度与中国革命后态度比较一下此点便明。)第二,“古人之精神”,未知为何物,在弟尚是茫茫渺渺,到底有无复兴之价值,尚在不可知之数。就使有之,也极难捉摸,不如讲西欧精神之明白易见也。或者唐宋中国人不如两汉中国人,两汉中国人不如周末中国人也不一定,如是则古人之精神或有可复者,故周末尚可出一个孟轲讲“善养吾浩然之气”,及墨翟之讲兼爱,此乃其时精神未死之证。即如孔子,也非十分呆板无聊,观其替当时青年选必读诗三百篇,《陈风》《郑风》选得最多,便可为证。(说到这个,恐话太长,姑置之。惟我觉得孔子,由活活泼泼的世故先生老练官僚变为考古家,由考古家变为圣人,都是汉朝经师之过。今日吾辈之职务,乃还孔子之真面目,让孔子做人而已。使孔子重生于今日,当由大理院起诉,叫毛郑赔偿名誉之损失。)总而言之,就使古人有比较奋勇活泼之气,然既一厄于儒墨之争,再厄于汉时十四博士之经学,三厄于宋明人之理学(《大学》《中庸》是宋人始列入四书是中国人之成败类自宋朝始之证),古人之精神已一无复存,此种之精神复兴恐怕不大容易讲吧,除非有一位费希特来重新替我们讲给我们听古人是如何精神法子。弟史识浅陋,未知吾兄有以教我乎?

野马跑得太远了,赶快收束吧。总而言之,我近来每觉得精神复兴之必要,因为无论国事或教育,所感觉进步最大的魔障,乃吾人一种颓丧习气之空气,在此空气内,一切维新都可变出唱戏式的笑话,三十年前中国人始承认有科学输入之必要,二十年前始承认政治政体有欧化之必要,十年前始承认文学思想有欧化之必要。精神之欧化,乃最难办到的一步,且必为“爱国”者所诋诬反对:然非此一步办到,昏愦卑怯之民族仍是昏愦卑怯之民族而已。弟尝思精神复兴条件适足以针砭吾民族昏愦,卑怯,颓丧,傲惰之痈疽者六,书于左方以待参考,不复多赘(这也可谓不识时务之我的一点鄙见,一笑):

1 非中庸(即反对“永不生气”也)。

2 非乐天知命(即反对“让你吃主义”也,他咬我口,我必还敬他一口)。

3 不让主义(此与上实同。中国人毛病在于什么都让,只要不让,只要能够觉得忍不了,禁不住,不必讨论方法而方法自来。法兰西之革命未尝有何方法，直感觉忍不住，各人拿刀棍锄耙冲打而去而已，未尝屯兵秣马以为之也)。

4　不悲观。

5　不怕洋习气。求仙，学佛，静坐，扶乩，拜菩萨，拜孔丘之国粹当然非吾所应有，然磕头，打千，除眼镜，送讣闻，亦当在屏弃之列。最好还是大家穿孙中山式之洋服。

6　必谈政治。所谓政治者，非王五赵六忽而喝白干忽而揪辫子之政治，乃真正政治也。新月社的同人发起此社时有一条规则，请在社里什么都可来（剃头，洗浴，喝啤酒)，只不许打牌与谈政治，此亦一怪现象也。

玄同先生！因为你的一篇大文，使我诌了一大堆的废话，未知有当否，然这回我对于《语丝》的义务可尽了。顺颂“欧”安，并问“化”祺，不宣。

一九二五，四，七，弟语堂

论语丝文体

岂明先生在《答伏园论“语丝的文体”》一文中说起《语丝》的缘起，并把《语丝》的特色精神表白的剀切详尽，使一班读者借此可以明白《语丝》的性质，并且使《语丝》自己的朋友也自己知道《语丝》之所以为贵。这虽然有点似乎自夸，但是总比以何种目标，何种“使命”自豪的机关报胜一筹，因为《语丝》始终就没有什么“使命”。《语丝》只是（如岂明先生所说）“我们这一班不伦不类的人借此发表不伦不类的文章与思想的东西。”所以有时忽而谈《生活之艺术》，有时忽而谈“女子心理”，忽又谈到孙中山主义，忽又谈到胡须与牙齿，各人要说什么便说什么。但是他的宝贵就在这一点。“办一个小小周刊，不用别人的钱，不说别人的话”，要表白得比岂明的话更确当实在不容易，除非我还可以补一句，就是“甚至于不用自己的钱”，这一点并不十分容易，若是合以上二条观之。但是那篇里头还有几句话很可以值得注意，很有意味的——“大家要说什么都是随意，惟一的条件是大胆与诚意，或如洋绅士所高唱的所谓‘费厄泼赖’（fair play）”。这句话引起我一些意思，不妨来插说几句，或者也不仅以关于《语丝》的文体为限。

一

“不说别人的话”即有“诚意”，这一样就不容易，我想凡能与此条件相符的，有真正诚意的人，他的言论都是有益于世，即使其人的思想十分的“辉弹”我个人还是相信其有益。也许有人以为若江亢虎章士钊一流人如此其“辉”如此其“弹”蔑以加矣的复辟崇孔一类的思想，即使加以“诚意”条件，难道还是有益吗？但是一细想，这问题又未免太理想了。章士钊，江亢虎之流根本就没有所谓思想，更提不到思想之诚意不诚意。昨天在英文《导报》发现江亢虎对西洋绅士讲书经，初看时未免惊异，但是以为学术原与政见无关，江参政于复辟之余未尝不可以随便讲学，后来一拜读，什么二帝三王之德政咯，尧舜政治为世界最古之民主政治咯，《书经》的文是最好的文范咯，“文明”即“文学之明”咯，“文以载道”咯都来了，甚至于今古文篇数且分不清楚，于是乃恍然大悟政治思想不清的人要叫他于学术有清晰的思想“压根儿”（借用玄同语）就没有这回事。思想不清的人，根本就没有自己的思想，自然没有所谓“诚意”，自然不会“不说别人的话”。至于思想本非不清的人，却仍旧可以乏诚意，这是我们所谓“文妖”。近来观察一些名流的议论，有文存的及无文存的，使我渐渐越发相信吴稚晖[①]的《野蛮文学论》。尽管你的笔墨如何高明，尽管你的文存文集如何风行一时，尽管你什么主义唱的高入云际，一察其人的行径，又是其文足道，其人不足观（惭愧的很，我就是曾经佩服过《甲寅》文字的一个人）这就是其文章未尝包藏着诚意的思想——此非野蛮文学而何？何况徒以文字行一时者岂独《甲寅》一家而已！

二

野蛮文学而外，还有一种思想的蟊贼根本不能“不说别人的话”的，就是一种自号为中和稳健，主持公论的报纸。世界上本没有“公论”这样东西，凡是诚意的思想，只要是自己的，都是偏论，“偏见”。若怕讲偏见的人，我们可以决定那人的思想没有可研究的价值；没有“偏见”的人也就根本没有同我们谈话的资格。因为他所谈的“公论”都是一种他人的议论调和而成的，“甲方固然有几分是处，乙方又何尝绝无理由。”其实这种人又何必出来说话，除非以为既身居于文人学子之列不能不照例出来说几句，完全为面子关系，所谓“中和”者以此，所谓“稳健”者亦以此，并没有什么稀奇。我们每每看这种人及这种报的自号中和，实益以见其肉麻，惟有加以思想之蟊贼的尊号，处之与“耗子，痨虫，鳄鱼”同列而已。因为我们宁愿看张勋的复辟，而不愿看段祺瑞之誓师马厂，宁愿见金梁的阴谋奏摺而不愿闻江亢虎的社会主义宣传，宁愿与安福系空拳奋斗而不愿打研究系的嘴巴，于政治如此，于思想界亦如此。因为最可怕的就是这种稳健派的议论，他们自身既无贯彻诚

---

① 国民党政客。他原是清末举人，曾先后留学日本、英国。1905年参加同盟会，自称无政府主义者，是资产阶级民主革命中的右翼。

意的主张，又能观望形势与世推移，在两方面主张之中谋保其独立的存在，“年年姐姐十八岁”其实只是思想之蟊贼而已。因为虎狼猛兽我们可以扑灭，蟊贼，狐狸，耗子，痨虫我们却是无法提防。所以张勋可以一蹶不振，段祺瑞却反要变为民国功人，安福派可一攻则破，而研究系却仍旧可以把握政权。我们听张勋的大谈复辟尚觉得其有些人气，若说段祺瑞张起捧张冯起捧冯，忽而命孙督苏忽而命郭督奉的执政府，实在无聊已极无话可说，简直与苏扬妓女的倚门卖笑伎俩无异，分不出谁是娼妇谁是政府。其实政界如此，言论界亦如此，野鸡生涯实不限于野鸡也。我们听折中稳健派的谈复古，还不觉得怎么样，因为他们本不足惜，若是听他们也来讲革命二字却免不了要不胜肉麻之至。

三

以上因为谈“偏见”之重要，及人之不可无偏见夹叙些不相干的话，实则因为要有强毅贯彻偏见的人并非易易，但是同时我们要承认惟有偏见乃是我们个人所有的思想，别的都是一些贩卖，借光，挪用的东西。凡人只要能把自己的偏见充分的诚意的表示都是有价值，且其价值必远在以调和折中为能事的报纸之上。所以我主张《语丝》绝对不要来做“主持公论”这种无聊的事体，《语丝》的朋友只好用此做充分表示其“私论”“私见”的机关。这是第一点。第二，我们绝对要打破“学者尊严”的脸孔，因为我们相信真理是第一，学者尊严不尊严是不相干的事。即以骂人一端而论，只要讲题目对象有没有该骂的性质，不必问骂者尊严不尊严，等要派代表赴赛会时再挑一位尊严学者不迟。数月前曾经拜读某名流批评近来论坛的肤浅鄙薄或者就是指没有学者态度而言。个人觉得学者态度与“绝不生气”的中庸主义是分不清楚的。

Taine曾经问得好，倘是我们发现吾侪同类中有一条“鳄鱼”（此乃Taine的“鳄鱼”，广义的，非吴稚晖的“鳄鱼”，狭义的）历史家的责任是不是要单取学者科学的态度来充分描写颂扬他，还是要不要下一个评判，要不要骂他？个人以为骂人不骂人全在其人（一）有没有感觉非骂不可的神感，（二）敢不敢骂。因为大家公认，骂本有相当的用处，世界绝没有人不承认奸臣是该骂的，或者不承认背义弃信的朋友，不贞之妇，不孝之子是该骂的，但是我们觉得骂不贞操的思想家似乎比骂不贞操的妇女更加重要，所以惟一的问题是该骂之范围与定义而已，有人觉得段祺瑞章士钊该骂，有的便觉得他们情有可原。此见仁见智，本不能相迫。若以为章士钊很好，段祺瑞很好，也就让他很好。大概所以不骂的人，原因都是因为它们觉得样样都很好很满意的。我前曾经同一位留学生谈话，那时在曹锟时代，因顺便讲到我们还得革命一次，忽然把他吓得非同小可，这回同他又谈到段祺瑞，说起一些不敬的话，也弄得他不大肯回答我。所以骂与不骂全在其人，愈有锐敏的思想的人，他以为该骂的对象愈多，有感到骂人的神感的人，自然也同时感到骂人的神圣。自有史以来，有重要影响于思想界的人都有骂人的本能及感觉其神圣，当耶稣大闹耶路撒冷圣殿怒鞭兑换商时，简直与鲁智深大闹瓦官寺一样，并没有什么学者态度可言。所以尼采[①]不得不骂现代欧人，萧伯纳[②]不得不骂英人，鲁迅不得不骂东方文明，这都是因为其感觉之锐敏迥异常人所致，所以骂人之重要及难能可贵也就不用说了，若有人以为吴稚晖骂章士钊便是失了学者尊严，吴稚晖只能回答：谁要你的野蛮学者的尊严！这也是可与以上所说偏见之重要的话联合起来，凡有独立思想，有诚意私见的人都免不了多少要涉及骂人。我们若读过 H.G.Wells，Shaw，Mark Twain 骂人的文章也就知道骂人之难能可贵，他们那种怒气做来的文章，读起来真可使我们生起勇气，并不像学者所做无人气的文章一样。所以我说，骂人本无妨，只要骂的妙。何况以功能言之，有艺术的骂比无生气的批评效力大得多。即以文学革命而言，虽然是胡适之[③]平心静气理论之功，也未始非陈独秀“四十二生的大炮”及钱玄同谩骂“选学妖孽与桐城谬种”以与十八妖魔宣战之力。由是观之，骂人之不可以已明矣。

四

所以说第一只是没有感觉骂人之必要，第二是不敢骂人，这两种是不骂

① 德国哲学家。唯意志论和“超人哲学”的鼓吹者。
② 英国剧作家、批评家。
③ 资产阶级文人。其《文学改良刍议》与陈独秀的《文学革命论》是文学革命兴起的标志。

人之真因，与学者态度无涉，除非学者都是一些甄无畏蒋士都先生，所以要骂不骂似在于人，只要骂的有艺术，此外于《语丝》并不应有何条件限制。再有一件就是岂明所谓“费厄泼赖”。此种“费厄泼赖”精神在中国最不易得，我们也只好努力鼓励，中国“泼赖”的精神就很少，更谈不到“费厄”惟有时所谓不肯“下井投石”即带有此义。骂人的人却不可没有这一样的条件，能骂人，也须能挨骂。且对于失败者不应再施攻击，因为我们所攻击的在于思想非在人。以今日之段祺瑞章士钊为例，我们便不应再攻击其个人。即使仪哥儿，我们一闻他有了痨病，倘有《语丝》的朋友要写一封公开的信慰问他，我也是很赞成的。大概中国人的“忠厚”就略有费厄泼赖之意，惟费厄泼赖决不能以“忠厚”二字了结他。此种健全的作战精神，是“人”应有的，大概是健全民族的一种天然现象。不可不积极提倡。

祝土匪

莽原社诸朋友来要稿，论理莽原社诸先生既非正人君子又不是当代名流，当然有与我合作之可能，所以也就慨然允了他们。写几字凑数，补白。

然而又实在没有工夫，文士们（假如我们也可冒充文士）欠稿债，就同穷教员欠房租一样，期一到就焦急。所以没工夫也得挤，所要者挤出来的是我们自己的东西，不是挪用，借光，贩卖的货物，便不至于成文妖。

于短短的时间，要做长长的文章，在文思迟滞的我是不行的。无已，姑就我要说的话有条理地或无条理地说出来。

近来我对于言论界的职任及性质渐渐清楚。也许我一时所见是错误的，然而我实在还未老，不必装起老成的架子，将来升官或入研究系时再来更正我的主张不迟。

言论界，依中国今日此刻此地情形，非有些土匪傻子来说话不可。这也是祝《莽原》恭维《莽原》的话，因为《莽原》即非太平世界，《莽原》之主稿诸位先生当然很愿意揭竿作乱，以土匪自居。至少总不愿意以“绅士”“学者”自居，因为学者所记得的是他的脸孔，而我们似乎没有时间顾到这一层。

现在的学者最要紧的就是他们的脸孔，倘是他们自三层楼滚到楼底下，翻起来时，头一样想到是拿起手镜照一照看他的假胡须还在乎？金牙齿没掉么？雪花膏未涂污乎？至于骨头折断与否，似在其次。

学者只知道尊严，因为要尊严，所以有时骨头不能不折断，而不自知，且自告人曰，我固完肤也，呜呼学者！呜呼所谓学者！

因为真理有时要与学者的脸孔冲突，不敢为真理而忘记其脸孔者则终必为脸孔而忘记真理，于是乎学者之骨头折断矣。骨头既断，无以自立，于是“架子”，木脚，木腿来了。就是一副银腿银脚也要觉得讨厌，何况还是木头做的呢？

托尔斯泰曾经说过极好的话，论真理与上帝孰重。他说以上帝为重于真理者，继必以教会为重于上帝，其结果必以其特别教门为重于教会，而终必以自身为重于其特别教门。

就是学者斤斤于其所谓学者态度，所以失其所谓学者，而去真理一万八千里之遥。说不定将来学者反得让我们土匪做。

学者虽讲道德，士风，而每每说到自己脸孔上去；所以道德，士风将来也非由土匪来讲不可。

一人不敢说我们要说的话，不敢维持我们良心上要维持的主张，这边告诉人家我是学者，那边告诉人家我是学者，自己无贯彻强毅主张，倚门卖笑，双方讨好，不必说真理招呼不来，真理有知，亦早已因一见学者脸孔而退避三舍矣。

惟有土匪，既没有脸孔可讲，所以比较可以少作揖让，少对大人物叩头。他们既没有金牙齿，又没有假胡须，所以自三层楼上滚下来，比较少顾虑，完肤或者未必完肤，但是骨头可以不折，而且手足嘴脸，就使受伤，好起来时，还是真皮真肉。

真理是妒忌的女神，归奉她的人就不能不守独身主义，学者却家里还有许多老婆，姨太太，上炕老妈，通房丫头。然而真理并非靠学者供养的，虽然是妒忌，却不肯说话，所以学者所真怕的还是家里老婆，不是真理。

惟其有许多要说的话学者不敢说，惟其有许多良心上应维持的主张学者不敢维持，所以今日的言论界还得有土匪傻子来说话。土匪傻子是顾不到脸孔的，并且也不想将真理贩卖给大人物。

土匪傻子可以自慰的地方就是有史以来大思想家都被当代学者称为“土匪”“傻子”过。并且他们的仇敌也都是当代的学者，绅士，君子，士大夫……。自有史以来，学者，绅士，君子，士大夫都是中和稳健；他们的家里老婆不一，但是他们的一副面团团的尊容，则无古今中外东西南北皆同。

然而土匪有时也想做学者，等到当代学者夭灭殇亡之时。到那时候，却要请真理出来登极。但是我们没有这种狂想，这个时候还远着呢，我们生于草莽，死于草莽，遥遥在野外莽原，为真理喝彩，祝真理万岁，于愿足矣。

只不要投降！

打狗释疑

兆麟先生：

狗之该打，世人类皆同意。弟前说勿打落水狗的话，后来又画鲁迅先生打落水狗图，致使我一位朋友很不愿意。现在隔彼时已是两三个月了，而事实之经过使我益发信仰鲁迅先生“凡是狗必先打落水里而又从而打之”之话。

所谓“讨狗檄文”，“对狗宣战”，其实不算一回事。中国人酷爱和平，所以一听宣战就怕，而中国之不长进亦系坐此酷爱和平之故。无论何事都是犹豫两可，都是“至于政治问题，静候国人公决，鄙人绝不过问”的取巧办法。不过等到自己上台时又是“当此国事飘摇之期，惟有仍本匹夫有责之义”的十分负责。在公私利害冲突时谁也不肯得罪谁，于是乃演成今日永远爱和平而永远不能和平之现象，三进两退，年年姐姐十八岁，永无个了结。所以今日的希望，只要大家不怕战，有个《猛进》周刊，更应有个《猛退》周刊，双方对击，才能击出一个进步来。历史上的进步都是由异力相冲来的，是曲折的，不是直行的。果然有人开倒车，就应拼命开倒车，若法国的保皇党固亦旗帜鲜明一个保皇党，中国的开倒车者，开后三步，一见笑于人，心气已馁，即时开过来同你敷衍，所以将来死，亡，灭族也就死亡，灭族在这灰色的敷衍及怕战上面。

在西洋国度，政治思想混乱时期，对方在报上互相攻击，绝对不算一回事。法人所谓 le bon combat，英人亦有 fight a good fight 之语，对于打架并不一定认为不吉祥之事。“战斗性”本为人类应有的，中国人之不好战则个人意见以为在于受文明太久时间的关系，春秋战国初秦时国民性未必懦弱至此，观荆轲聂政张良伍子胥之事可知。西人去封建制度时期未远，于此最多不过三四世纪，这已是我们的明末了，他们才脱出封建制度，所以战斗之本能（pugnacious instinct）尚十分显现。美人电影多有混揪混打之段，即迎合美国普通社会心理。中国人若没法子，还是多看这种片子吧！前美国社会学名教授 Ross 来华十月著“变化的中国”一书，里头就提到在中国街上很少看见小孩打架与美国不同。到过外国的人都能够证明洛斯所言之不谬。

总而言之，今日报上的一点点辩论，不但不足悲，而且是可喜的现象。若使鲁迅，岂明，冯文炳，董秋芳，等等素来讲话的人沉默下去，那才是值得“天鹅绒”的悲哀，大家爱和平，反没有和平。若惨案后教育界之沉默使我想起来，实要毛骨悚然。因为爱和平，才有这种惨案的发生。就使再屠杀四十八个学生，教育界的反响——也不过如此！为什么不再屠杀？

鲁迅先生已经说了，将来亡国也就亡在沉默中。“沉默呵，沉默，不在沉默中爆发，就在沉默中灭亡”（《语丝》七十四期）。

无论哪一国，政府中人大都是坏的，所以要政府好，惟在有强有力的民意监视。这回民意的监视如何呢？全中国养成这百分之一的读书识字的知识阶级可以代表民意。但是读书识字便好了吗？看看我们的知识阶级哼不哼？我初到国务院看屠尸横列时第一感想就是军人太无知识，所以最要紧还是提倡无论哪一种拼音文字。但是细想呢，这是教育问题吗，读书识字问题吗？主使屠杀的人，都不是曾留过学的吗？不识字？这不是教育问题，简直是中国人要好不要好问题，是要不要做人问题。

总之，生活就是奋斗，静默决不是好现象，和平更应受我们的咒诅。倘是大家不能肉搏击斗，至少亦得能毁咒恶骂，不能毁咒恶骂，至少亦须能痛心疾首的憎恶仇恨，若并一点恨心都没有，也可以不做人了。这种东西，吾无以名之，惟称他为帝国主义者心目中的“顶呱呱的殖民地的好百姓”。

前清故旧大臣曾称我们为“猛兽”。我们配吗？

刚才因为我家里小姐听见邻家耍猴儿，叫我也叫他来院子里耍一耍。不打算一跨进门不见猴先见叭儿狗，委实觉得好笑。想打他又像无冤无仇的。后来看他走圈儿，往东往西，都听主人号令，十分聪明，倒也觉得有几分可爱。狗之危险，就在这一点，而且委实有点像猫，难怪鲁迅要恶他甚于蛇蝎。这总算是我对叭儿狗见识的长进吧。并此奉闻。

一九二六，四，十七

冢国絮语解题

我小的时候就不喜欢谈鬼，一走过坟坑便要毛发悚然。近来却略略不同了。因为每天走过的坟坑真有可观，而且门前一举目就是整千整百成行成列的土堆及碑石，倒觉得鬼之虚无渺茫，不易看到。上海灵学会诸公，如肯留住公冢一两个月，大概也就不再想灵学下去。

我住在镇北关大约已有两月，总算可以处之泰然，连一个鬼梦也没做。不过有时觉得在冢国里做生人也是无聊，有时候反觉得既在荒冢上，一切的人类既死了，我们尚活着，根本就不应该。若不是真正没鬼，总必为鬼所讨厌。所以有几位朋友劝我写一点东西，也就慨然答应：一来，是尽一点义务；二来，也可以减少坟上的寂寞。

自然絮语是应该在花间柳下讲的，而且是侯门闺秀的事。但是如果一个人遇着没有花间柳下可以坐谈，而且恰恰坐在坟中碑石上，也不便叫那个人就沉默下去以待毙。

这一点却须声明，冢国上所讲的大概不是好话，不会使读者十分舒服，或者要使一部分十分不舒服。也许有人专门喜欢听闺淑在王府园中，或琼华殿里的闲谈；或是专门喜欢读歌颂太平的文章，但是喜欢读歌颂太平的人根本就可以不管到坟上的人们——不管是活的，还是死的，还是半生不死的及半死不生的。

不过也不一定。在冢国里歌颂太平或者还不至于，但是也不必痛哭流涕，看惯了哭坟的人，大概自己没有眼泪。而且我似乎生下来眼泪就不一定十分敷用。

听惯了半夜里海洋的呻吟，和海风的孤啸的人，大概再用不着于白昼里长叹息。这冢国里连海洋也是常患失眠症的。有时候她失眠吁气的声音反可做大人们的催眠歌。

世上的人不分老少都是一样，都喜欢听歌，所以可以误认失眠者的吁叹为催眠歌。而且一听了就瞌睡下去。

世上长大的小孩实在不少。非躺在摇篮就不肯睡觉。这也是歌颂太平文章之所以特别多的理由。

但是身在家国之中的人要略不同。如果不想睡觉，与左右及坟里的人一样，只好拒绝 lullaby 的声音，而多闻闻阿摩尼阿。他们以为文章越酸辣是越好的。

这都不必勉强。有人以为海洋山川虫豗鱼鳌都会唱 Te Deum 歌颂上帝的功德，有人却要于夜静星稀的时候，在鬼蜮国里，荒冢场中，在海洋的浩叹及草虫的悲鸣中，听出宇宙的一大篇酸辣文章。喜欢瞌睡的人尽管瞌睡下去；不喜欢瞌睡而愿意多延长一点半生不死的苦痛的人，也就在家国里谈谈笑笑。

说避暑之益

我新近又搬出分租的洋楼而住在人类所应住的房宅了。十月前，当我搬进去住洋楼的分层时，我曾经郑重的宣告，我是生性不喜欢这种分租的洋楼的。那时我说我本性反对住这种楼房，这种楼房是预备给没有小孩而常川住在汽车不住在家里的夫妇住的，而且说，除非现代文明能够给人人一块宅地，让小孩去翻筋斗捉蟋蟀弄得一身肮脏痛快，那种文明不会被我重视。我说明所以搬去那所楼层的缘故，是因那房后面有一片荒园，有横倒的树干，有碧绿的池塘，看出去是枝叶扶疏，林鸟纵横，我的书窗之前，又是夏天绿叶成荫冬天子满枝。在上海找得到这样的野景，不能不说是重大的发现，所以决心租定了。现在我们的房东，已将那块园地围起来，整理起来，那些野树已经栽植的有方圆规矩了，阵伍也渐渐整齐了，而且虽然尚未砌出来星形八角等等的花台，料想不久总会来的。所以我又搬出。

现在我是住在一所人类所应住的房宅，如以上所言。宅的左右有的是土，足踏得土，踢踢瓦砾是非常快乐的，我宅中有许多青蛙蟾蜍，洋槐树上的夏蝉整天价地鸣着，而且前晚发现了一条小青蛇，使我猛觉我已成为归去来兮的高士了。我已发现了两种的蜘蛛，还想到城隍庙去买一只龟，放在园里，等着看龟观蟾蜍吃蚊子的神情，倒也十分有趣。我的小孩在这园中，观察物竞天择优胜劣败的至理，总比在学堂念自然教科书，来得亲切而有意味。只可惜尚未找到一只壁虎。壁虎与蜘蛛斗起来真好看啊！……我还想养只鸽子，让他生鸽蛋给小孩玩。所以目前严重的问题是，有没有壁虎？假定有了，会不会偷鸽蛋？

由是我想到避暑的快乐了。人家到那里去避暑的可喜的事，我家里都有了。平常人大不觉悟，避暑消夏旅行最可纪的事，都是那里曾看到一条大蛇，那里曾踏着壁虎蝎子的尾巴。前几年我曾到过莫干山，到现在所记得可乐的事，只是在上山路中看见石龙子的新奇式样，及曾半夜里在床上发现而用阿摩尼亚射杀一只极大的蜘蛛，及某晚上曾由右耳里逐出一只火萤。此外便都忘记了。在消夏的地方，谈天总免不了谈大虫的。你想，在给朋友的信中，你可以说“昨晚归途中，遇见一条大蛇，相觑而过”，这是多么称心的乐事。而且在城里接到这封信的人，是怎样的羡慕。假定他还有点人气，阅信之余，必掷信慨然而立曰：“我一定也要去。我非请两星期假不可，不管老板高兴不高兴!”自然，这在于我，现在已不能受诱惑了，因为我家里已有了蛇，这是上海人家里所不大容易发现的。

避暑还有一种好处，就是可以看到一切的亲朋好友。我们想去避暑旅行时，心里总是想着：“现在我要去享一点清福，隔绝尘世，依然故我了。”弦外之音，似乎是说，我们暂时不愿揖客，鞠躬，送往迎来，而想去做自然人。但是不是真正避暑的理由，如果是，就没人去青岛牯岭避暑了。或是果然是，但是因为船上就发现你的好友陈太太，使你不能达到这个目的。你在星期六晚到莫干山，正在黄昏外出散步，忽然背后听见有人喊着：“老王!”你听见这样喊的时候，心中有何感觉，全凭你自己。星期日早，你星期五晚刚见到的隔壁潘太太同她的一家小孩也都来临了。星期一下午，前街王太太也翩然莅止了。星期二早上，你出去步行，真真出乎意外，发现何先生何太太也在此地享隔绝尘世的清福。由是你又请大家来打牌，吃冰淇淋，而陈太太说：“这多么好啊！可不是正同在上海一样吗?”换句话说，我们避暑，就如美国人游巴黎，总要在 I’Opera 前面的一家咖啡馆，与同乡互相见面。据说 Montmartre 有一家饭店，美国人游巴黎，非去赐顾不可，因为那里可以吃到真正美国的炸团饼。这一项消息，Anita Loos 女史早已在《碧眼儿日记》郑重载录了。

自然，避暑还有许多益处。比方说，你可以带一架留声机，或者同居的避暑家总会带一架，由是你可以听到年头年底所已听惯的乐调，如《璇宫艳》舞，《丽娃栗妲》之类。还有一样，就是整备行装的快乐高兴。你跑到永安公司，在那里思量打算，游泳衣里淡红的鲜艳，还是浅绿的淡素，而且你如果是卢骚陶渊明的信徒，还须考虑一下：短统的反翻口袜，固然凉爽，如鱼网大花格的美国“开索”袜，也颇肉感，有寓露于藏之妙，而且巴黎胭脂，也是“可的”的好。因为你不擦胭脂，总觉得不自然，而你到了山中避暑，总要得其自然为妙。第三样，富贾，银行总理，要人也可以借这机会带几本福尔摩斯小说，看一点书。在他手不释卷躺藤椅上午睡之时，有朋友叫醒他，他可以一面打哈一面喃喃地说，“啊！我正在看一点书。我好久没看过书了。”

第四样益处，就是一切家庭秘史，可在夏日黄昏的闲话中流露出来。在城里，这种消息，除非由奶妈传达，你是不容易听到的。你听见维持礼教乐善好施的社会中坚某君有什么外遇，平常化装为小商人，手提广东香肠咕咚咕咚跑入弄堂来找他的相好，或是何老爷的丫头的婴孩相貌，非常像何老爷。如果你为人善谈，在两星期的避暑期间，可以听到许多许多家庭秘史，足做你回城后一年的谈助而有余。由是我们发现避暑最后一样而最大的益处就是——可以做你回城交际谈话上的题目。

要想起来，避暑的益处还有很多。但是以所举各点，已经有替庐山青岛饭店做义务广告的嫌疑了。就此搁笔。

我的戒烟

凡吸烟的人，大部曾在一时糊涂，发过宏愿，立志戒烟，在相当期内与此烟魔决一雌雄，到了十天半个月之后，才自醒悟过来。我有一次也走入歧途，忽然高兴戒烟起来，经过三星期之久，才受良心责备，悔悟前非。我赌咒着，再不颓唐，再不失检，要老老实实做吸烟的信徒，一直到老耄为止。到那时期，也许会听青年会俭德会三姑六婆的妖言，把它戒绝，因为一人到此时候，总是神经薄弱，身不由主，难代负责。但是意志一日存在，是非一日明白时，决不会再受诱惑。因为经过此次的教训，我已十分明白，无端戒烟断绝我们灵魂的清福，这是一件亏负自己而无益于人的不道德行为。据英国生物化学名家夏尔登 Haldane 教授说，吸烟为人类有史以来最有影响于人类生活的四大发明之一。其余三大发明之中，记得有一件是接猴腺青春不老之新术。此是题外不提。

在那三星期中，我如何的昏迷，如何的懦弱，明知于自己的心身有益的一根小小香烟，就没有胆量取来享用，说来真是一段丑史。此时事过境迁，回想起来，倒莫明何以那次昏迷一发发到三星期。若把此三星期中之心理历程细细叙述起来，真是罄竹难书。自然，第一样，这戒烟的念头，根本就有点糊涂。为什么人生世上要戒烟呢？这问题我现在也答不出。但是我们人类的行为，总常是没有理由的，有时故意要做做不该做的事，有时处境太闲，无事可作，故意降大任于己身，苦其筋骨，饿其体肤，空乏其身，把自己的天性拂乱一下，预备做大丈夫罢？除去这个理由，我想不出当日何以想出这种下流的念头。这实有点像陶侃之运甓，或是像现代人的健身运动——文人学者无柴可剖，无水可吸，无车可拉，两手在空中无目的的一上一下，为运动而运动，于社会工业之生产，是毫无贡献的。戒烟戒烟，大概就是贤人君子的健灵运动罢。

自然，头三天，喉咙口里，以至气管上部，似有一种怪难堪似痒非痒的感觉。这倒易办。我吃薄荷糖，喝铁观音，含法国顶上的补喉糖片。三天之内，便完全把那种怪痒克服消灭了。这是戒烟历程上之第一期，是纯粹关于生理上的奋斗，一点也不足为奇。凡以为戒烟之功夫只在这点的人，忘记吸烟魂灵上的事业；此一道理不懂，根本就不配谈吸烟。过了三天，我才进了魂灵战斗之第二期。到此时，我始恍然明白，世上吸烟的人，本有两种，一种只是南郭先生之徒，以吸烟跟人凑热闹而已。这些人之戒烟，是没有第二期的。他们戒烟，毫不费力。据说，他们想不吸就不吸，名之为“坚强的意志”。其实这种人何尝吸烟？一人如能戒一癖好，如卖掉一件旧服，则其本非癖好可知。这种人吸烟，确是一种肢体上的工作，如刷牙，洗脸一类，可以刷，可以不刷，内心上没有需要，魂灵上没有意义的。这种人除了洗脸，吃饭，回家抱孩儿以外，心灵上是不会有所要求的，晚上同俭德会女会员的太太们看看《伊索寓言》也就安眠就寝了。辛稼轩之词，王摩诘之诗，贝多芬之乐，王实甫之曲，是与他们无关的。庐山瀑布还不是从上而下的流水而已？试问读稼轩之词，摩诘之诗而不吸烟，可乎？不可乎？

但是在真正懂得吸烟的人，戒烟却有一问题，全非俭德会男女会员所能料到的。于我们这一派真正吸烟之徒，戒烟不到三日，其无意义，与待己之刻薄，就会浮现目前。理智与常识就要问：为什么理由，政治上，社会上，道德上，生理上，或者心理上，一人不可吸烟，而故意要以自己的聪明埋没，违背良心，戕贼天性，使我们不能达到那心旷神怡的境地？谁都知道，作文者必精力美满，意到神飞，胸襟豁达，锋发韵流，方有好文出现，读书亦必能会神会意，胸中了无窒碍，神游其间，方算是读。此种心境，不吸烟岂可办到？在这兴会之时，我们觉得伸手拿一支烟乃惟一合理的行为；若是把一块牛皮糖塞入口里，反为俗不可耐之勾当。我姑举一两件事为证。

我的朋友 B 君由北京来沪，我们不见面，已有三年了。在北平时，我们是晨昏时常过从的，夜间尤其是吸烟瞎谈文学，哲学，现代美术以及如何改造人间宇宙的种种问题。现在他来了，我们正在家里炉旁叙旧。所谈的无非是在平旧友的近况及世态的炎凉。每到妙处，我总是心里想伸一只手去取一支香烟，但是表面上却只有立起而又坐下，或者换换坐势。B 君却自自然然地一口一口地吞云吐雾，似有不胜其乐之慨。我已告诉他，我戒烟了，所以也不好意思当场破戒。话虽如此，心坎里只觉得不快，嗒然若有所失，我的神志是非常清楚的。每回 B 君高谈阔论之下，我都能答一个“是”字，而实际上却恨不能同他一样地兴奋倾心而谈。这样畸形地谈了一两小时，我始终不肯破戒，我的朋友就告别了。论“坚强的意志”与“毅力”我是凯旋胜利者，但是心坎里却只觉得怏怏不乐。过了几天，B君途中来信，说我近来不同了，没有以前的兴奋，爽快，谈吐也大不如前了，他说或者是上海的空气太恶浊所致。到现在，我还是怨悔那夜不曾吸烟。

又有一夜，我们在开会，这会按例星期一次。到时聚餐之后，有人读论文，作为讨论，通常总是一种吸烟大会。这回轮着C君读论文。题目叫做《宗教与革命》，文中不少诙谐语。在这种扯谈之时，室内的烟气一层一层地浓厚起来，正是暗香浮动奇思涌发之时。诗人H君坐在中间，斜躺椅上，正在学放烟圈，一圈一圈地往上放出，大概诗意也跟着一层一层上升，其态度之自若，若有不足为外人道者。只有我一人不吸烟，觉得如独居化外，被放三危。这时戒烟越看越无意义了。我恍然觉悟，我太昏迷了。我追想搜索当初何以立志戒烟的理由，总搜寻不出一条理由来。

此后，我的良心便时起不安。因为我想，思想之贵在乎兴会之神感，但不吸烟之魂灵将何以兴感起来？有一下午，我去访一位洋女士。女士坐在桌旁，一手吸烟，一手靠在膝上，身微向外，颇有神致。我觉得醒悟之时到了。她拿烟盒请我。我慢慢地，镇静地，从烟盒中取出一支来，知道从此一举，我又得道了。

我回来，即刻叫茶房去买一包白锡包。在我书桌的右端有一焦迹，是我放烟的地方。因为吸烟很少停止，所以我在旁刻一铭曰“惜阴池”。我本来打算大约要七八年，才能将这二英寸厚的桌面烧透。而在立志戒烟之时，惋惜这“惜阴池”深只有半生丁米突而已。所以这回重复安放香烟时，心上非常快活。因为虽然尚有远大的前途，却可以日日进行不懈。后来因搬屋，书房小，书桌只好卖出，“惜阴池”遂不见。此为余生平第一恨事。

萨天师语录

（节选）

其五、萨天师与东方朔

萨拉图斯脱拉来到鹘突之国鲁钝之城，拜见国君俑，太子懦，宰相颙蒙，太傅鹿豕，主教安闲及御优东方曼倩，觉得这鹘突国中鲁钝城里，只有曼倩一人最聪明，只有他尚分得青红皂白，只有他不玩世盗名，游戏人生；他的笑中有泪，泪中有笑。东方曼倩对萨天师说：

萨天师！慈悲长老！你何以下临这冥顽之邦，俳优之朝，在这朝廷上，聪明人只能作俳优，也只有俳优是聪明人。我老实告诉你，我已发觉这城中聪明之用处，就是装糊涂！

你只知道噤口之聪明，你却不知饶舌之狡慧。

你何以离你的弥陀净土，你的山中明月？你是否也感觉山峒之严寒，而下凡饶舌以求暖？

也许你是来探访佩嘉禾章的痨病胸膛，或是来献殷勤于吃燕窝粥的小姐？

也许你要来访问善做讣闻的稳健青年，或是来问候长髯老爷，在玩弄他们的徽章？不然，或是你来瞻仰登天鸡犬的风采，及亲领中学为体西学为用的香水闺媛的芳泽？

萨天师，慈悲长者！在这城中情感已经枯黄；思想也已捣成烂浆，上卷筒机，制成日报。

我告诉你这些话，并不求你相信：在这城市的春天，人心已经发霉，志尚也已染了痨瘵；流水已充塞毒热的微菌，柳絮也传布脑膜炎的小机体。

你也许不相信：但是在这城中，奸滑都是老，无猜都是少；脸皮与年齿而俱增，寸心与岁月而弥灭。

在这城中，无猜青年请问：我们要把良心放在何处？把羞恶之心置于何地？长辈回答说：你只要端庄，饭有你吃的。改你羞恶之心，易以老成之面。长辈于是翻过去搂他的小老婆。

萨天师，老实告诉你，我依隐玩世，诽谑人间，也已乏了。我欣喜你来，因为我在饶舌之中，感觉寂寞，在絮絮之中，常起寒栗。我遨游乎孤魂之间，看那些孤魂在梦中做扒手，互相偷窃。

我欣喜你来，因为对他们，我常戴着俳优的假面具，我为他们学会傻笑的艺术。我凭这只傻笑面具，与他们往来。

我傻笑，你傻笑，他傻笑。我们傻笑，你们傻笑，他们傻笑。这是他们的文法。

今天我正在傻笑，昨日我已经傻笑，明早我将要傻笑。这是他们动词的变化。

但是他们的傻笑，非我的傻笑，他们的哈哈，也不同于我的哈哈。他们莫明我的嘻声，也莫测我露齿狞笑的高深。

因为我的狞笑是像焚毁城市的火灾，非像开花哔剥的银烛，供闺秀的赏玩；是像夏日之酷烈，不像冬日之和暖。我不使他们听我的笑声而舒服。

因为我的笑声是暴烈的，如火燎原的。我的笑容是魑魅的，使他们的主教蹙额，他们的绅士寒心。

维持风化：他们的秃头主教与大腹贤臣唱着。我们也在扶翼圣教：他们尖头软膝的绅士和着。我唾弃他们的风化，也不敢正视他们的床第。

我的笑声，只使他们油滑的鸡皮脸起了微皱，使他们的獐目合上，而传达到他们便便的大腹——在这大腹中，受消化而起新陈代谢作用，连同海狗肾使他们壮阳。

他们把我的笑话当做春药，麻醉剂，他们热心圣道，有如斯者。他们也须要我供给补养料，医他们的神经衰弱症。

维持风化——同时给他们清甜易消化的养料。他们的肠胃也怪可怜的。

但是我的谐谑，饶舌，都有特别理由：在这城中，裸体的真理，羞赧已无容身之地，所以须披上谐谑的轻纱……

东方朔这样对萨拉图斯脱拉说。萨天师回答说：

我虽可怜你，但更可怜他们圣贤君子绅士的肠胃，尤其可怜羞赧无地披上俳谑轻纱的真理。

你这依隐玩世善放花炮的小聪明，你最善用聪明处，就是你的花炮与你的傻笑。你已学会保全你的头颅。

我恭贺你不曾维持风化，扶翼圣道。难道真理可以屈身入宫，为鹘突国君的妃嫔，或是往来街上，替你们的国君贴标语？

维持风化：你们的贪污幸臣一齐唱着。但是我告诉你：凡维持必先改造，凡建设必先捣毁。

世上没有焚毁的火，不是照耀世界；没有可畏的太阳，不是煦育万类。

请你放你的花炮长久些，响亮些，使他们不至于昏入睡乡。最好玩的游戏莫如焚毁这大城。

因为从这大城的灰烬，将有新都出现，由这些破屋的旧址，将有新的耶路撒冷成立。因为我正在急切的等待复活，所以也一样急切的等待死亡。

但是，你听我的临别的赠言。你须好好地看护真理，给她穿上规矩守礼的服装，因为裸体的真理，不是他们的贤人君子所敢正视的。

萨拉图斯脱拉如是说。

其六、文字国

萨拉图斯脱拉立于市场讲道时，见有一位斯文长者侧立旁听，在一顶瓜皮小帽之下，露出一副獐头鼠目的形容，削肩便腹，喉中吃吃时发奇声，又似吐痰，又似吞痰。在他静听之时，始而如有所思，继而若有所失，终而义形于色扬袂而去。

萨拉图斯脱拉说：我老实告诉你们，防避你们的缙绅，民间的蠹贼。我以上帝之名警告你们，防避你们的读书人，如防避你们仓廪的老鼠。我以上帝之名警告你们，防避你们的正人君子，如防避草中的蛇蝎。

你们痛恨劣绅，但是我告诉你们，凡是绅未有不劣的。

读书是这些城狐社鼠的门路，识字是他们行窃行诈的法宝。

在文字国中，文字是缙绅先生的专有品，文字的艰深，是他们戕贼百姓，使之盲聋废疾的武器。

文章是他们要弄玄虚的圈套，是使观众眼花缭乱的武术。但是我告诉你们，因此他们最高的文章巨子，也只成了卖膏药的江湖术士，只成了富翁做寿请来的戏子。

他们写的是寿联、行状、墓志铭、哀启、讣闻、告窆、碑铭，预备人家连同寿面，赙仪送赠朋友。

他们做的是宣言、通电、快邮、书面、谈话、新闻稿，一面向武人送秋波，一面向百姓撒眼障。而且宣言篇篇得体，通电句句雅驯。

他们的武器是刑名师爷的告状，是字句谨严的奏折；他们专擅的，是等因奉此的公文，是实为德便的八行书。

于是在文字国中，文字乃难能可贵，而刑名师爷才得维持其饭碗。宣言一出，音韵铿锵，读者相与摇头吟诵，然其结果，亦等于国旗、悬彩、鞭炮。为盛典中一种必不可少之点缀。

敌党谓之“伪”，仇军谓之“贼”，这是他们的修辞学；在人谓之“沆瀣一气”，在我谓之“精诚团结”，这是他们的文法。

弃甲曳兵谓之“通盘计划”，无意抗外谓之“保全元气”，这是他们的名句。但是主张保全元气者，不妨亦有义愤填胸，主张“不顾一切”之时。

妥洽未成，谓之“晓以大义”。和解破裂，谓之“执迷不悟”。出师谓之“拯斯民于水火”，倒戈谓之“愤内乱之频仍”。

军饷到手谓之“竭诚拥护政府”。恋栈不走谓之“不顾成败利钝”。

“学谫才疏”是履新上任之谦辞。“以让贤路”是引咎辞职之雅语。“裕国福民”是包捐劣绅之幌子。“涓滴归公”是贪官污吏的招牌。

刮民脂膏谓之“义捐”。强种烟苗谓之“懒税”。鸦片公卖名为“寓禁于征”。全身却走谓之“一面抵抗”。

“摧残民权”是失意政客之口号。“忠诚党国”是登天鸡犬之呼声。“民不堪命”必见于叛军之通电。“巩固威信”常呈乎贵人之文章。

萨天师说：聪明的中国人啊，你们实在太聪明了，文雅的中国人啊，你们的民贼实在太文雅了。

我未尝见过这样以礼为国的国家，也未尝见过这样相率为伪的文章。

我在世上未尝见过这样拯斯民于水火的爱国军阀，也未尝见过这般愤内乱之频仍的乌合之众。

我在世上未尝见过这样涓滴归公的贪官污吏，也未尝见到这样裕国福民的土豪劣绅。

然而缙绅的文字，也自有其根据，所谓“道统”及“正名”哲学。正名是他们的哲学，仁义是他们的道统。他们相信名正言顺，因为名正言无不顺的，至于事实，似在其次。

在文字国中，文字就是符咒，文人就是巫医。文字的势力，不但可以治国，并且可以祛祟。你只消贴张字条于对面墙上，伤风自会好的。所以伏羲之功，在于神农之上。

但是我告诉你们，通电，宣言，也等于符咒及祛祟的字条。在非文字国的人，以为贴字条不定见效的，但在文字国的同胞，却明明以为见效，此所以为文字国。

萨拉图斯脱拉如是说。

其七、上海之歌

伟大神秘的大城！我歌颂你的伟大与你的神秘！

我歌颂这著名铜臭的大城，歌颂你铜臭，与你油脸大腹青筋粘指的商贾。

歌颂这搂的肉与舞的肉的大城，有吃人参汤与燕窝粥的小姐，虽然他们吃人参汤与燕窝粥，仍旧面黄肌瘦，弱不胜风。

歌颂这吃的肉与睡的肉的大城，有柳腰笋足金齿黄牙的太太，从摇篮里到土坟中永远露着金齿黄牙学猴狲“嘻！嘻！嘻！”一般的傻笑。

歌颂这行尸走肉的大城，有光发滑头的茶房，在伺候油脸大腹青筋粘指的商贾与柳腰笋足金齿黄牙的太太与面黄肌瘦弱不胜风的小姐。

你是何等的伟大与神秘！

在夜阑人静之时，我想象你的怪异奇诡；在南京路的熙熙攘攘中与黄浦江上的男女浮尸身上，我看见你的各种色相。

我想到这中西陋俗的总汇——想到这猪油做的西洋点心，与穿洋服的剃头师父；

我想到你的浮华、平庸、浇漓、浅薄——想到你斫伤了枝叶的花树，与斫伤了天性的人类；也想到你失了丈夫气的丈夫与失了天然美的美女；

想到你失了忠厚的平民与失了书香的学子；也想到你失了言权的报章与失了民性的民族；

我想到你的豪奢与你的贫乏——你巍立江边的崇楼大厦与贫民窟中的茅屋草棚；也想到你坐汽车的大贾与捡垃圾桶的瘪三；

我想到你的淫靡与你的颓丧——你灯红酒绿的书寓与仕女杂遝的舞场；

我想到你的欢声与你的涕泪——你麻疯式的苏滩与中狂式的吹打；也想到你流泪上轿的新娘与欢呼鼓舞的丧殡；

你的退隐的道台、知县，与玳瑁眼镜八字须的海上寓公，在小花园做瘟生；你的四马路文人，也在叙述征歌逐色的本领与欺负女性的豪气；你的半痴的公子哥儿，也在帮助消耗他们祖上的孽钱；

你痨病的烟鬼坐在车中，受颜色红润的罗宋保镖的保护，如婴孩之在母亲的怀抱；你黄浦江中的痴男怨女，也在黄泥水中与黄色的鱼虾为友；

你有卖身体下部的妓女与卖身体上部的文人；也有买空卖空的商贾与买空卖空的政客；

你飘泊海上的外人，有小的脑袋，壮的胫骨及硬的皮鞋；你飘泊海上的农夫，汗流浃背为厂主日纳十角车资而奔跑；你的红头阿三手持警棍——而这胫骨、皮鞋、赤背、警棍也正在交舞；

我想到你的诗人，墨客，相士，舞女，戏子，蓬头画家，空头作家，滑头商人，尖头掮客——

在夜阑人静之时，我想到这种种的色相，而莫明其熙熙攘攘之所以；

你这伟大玄妙的大城，东西浊流的总汇。你是中国最安全的乐土，连你的乞丐都不老实。

我歌颂你的浮华，愚陋，凡俗与平庸。

婚嫁与女子职业

——十九年六月在中西女塾演讲稿

诸位女士，本周为贵校毕业班之“职业周”，派给兄弟的题目是“文学职业”。兄弟以为世上没有这种东西，我根据两种理由，要劝你们不要选文学为职业。第一，因为文学不能为一种职业，凡要专心著作的人，应先解决饭碗问题。文学是有闲者之产品，要谋生的人，却没有这许多闲暇。自然，也有人卖文为生，无论诗词墓志，都可订定润格，按期交货，如为大书局编教科书的编辑，在颁新课程标准一二月之后，便有甚合行情之出品上市。但是这是卖文，而不一定是卖文学。诸位须知卖文是世上最苦的一种职业，中外都是这样，伦敦就有 Grub Street 专给卖文的穷人住的街巷。奥国诗人及戏剧大家黑贝尔（Friedrich Hebbel）起初文章做不出，后来娶了一位有钱的维也纳明星才文章大进，著作等身，这足证明余说之不谬。在中国，女诗人李清照，也是嫁了丈夫，解决饭碗问题，才能做出好词来。使李清照靠卖稿为生，我想她的《漱玉词》是换不到三碗绿豆汤的。《漱玉词》之外，又必写了几千万字的无聊作品。所以赵明诚在中国文学史上的大功，就是能养活一位女诗人。我想 Edgar Allan Poe 能娶一位有钱的太太，他即使不能有更精到的，也必有更丰富的作品留给后世。

第二，因为我相信你们最好的职业是婚嫁。你们要认清职业与人生建树之不同。职业就是谋饭之路。比方以照相为职业的人，可以说是照他人妻子之相以养自己妻子的一种生计。以照相为嗜好者便又不同，一个是纯粹经济问题，一个是心头上的一种偏好。自然，有时职业也可以与心灵所好相近。但是我要诸位清楚认识此中的经济问题。我所以劝你们出嫁，不劝你们卖文，就是不愿意你们穷乏。你们也许要叛抗现在的婚姻制度及经济制度，但是你们至少须认清现在的经济制度是怎么一回事。

现在的经济制度，你们都明白，是两性极不平等的。女教员薪水总比男教员少，英美诸国也是如此，在英国则甚至法律不许太太们教书，无论中外，女人可进去的职业（如按摩，打字，女招待等）总比男人可进去的少，而在女人可进去的职业中，男人还会同你们竞争，而在酬劳机会天才上都占便宜。我不必提醒诸位，世上最好的厨夫及裁缝都是男子，并不是女子，所以在你们的传统地盘，也是男子占了胜利。独身的女子比独身的男子在社会上吃种种的亏，只有独身自给的女子，亲阅其境，才知道这吃亏不平等到什么程度。所以惟一没有男子竞争的职业，就是婚姻。在婚姻内，女子处处占了便宜，在婚姻外，男子处处占了便宜。这是现行的经济制度。

也许你们认为这样看婚姻，未免太实利，太拆台。我的答复是，现在讲的是纯粹关于经济方面。世上职业，原无所谓贵贱。当作谋生讲，女子出嫁并不一定比男子卖豆腐馄饨卑贱。永安公司有一个人整天价站在那儿替你们开门。这是他的职业，也许他要一生站在那儿替不相识的姑娘太太开门。问他这有什么人生意义，他也答不出。但是作职业看，凡有工作，都值得报酬，并无贵贱之可言。自然，你们也可以得了饭碗，成为社会废物，对不起你们的职业。上海就有许多太太姨太太，她们在社会上惟一的贡献，就是坐汽车，买熏鱼，擦粉，烫头发，叉麻雀，度此一生。这种人是白吃社会的。但是也有不少男子，也是对不起他们的职业。有许多留学生受国家培养，回来做几篇救国论等政客收买，或是回来专门端冰淇淋给外国贵客，所以男女都是有好有坏，谁也不比谁强多少。

还有一点，就是职业与才性相称问题。女子造一快乐家庭，大概比通常男子碰上的职业可以说才调相称。假如你们知道男子尸位素餐祸国殃民的底细，你们必定与我同意。有的大学校长只配吹牛，做那里的交际科员，有的部长才调只配开电梯。世上的要人治国，并不是真正“治”的，世上的饭，多半是“混”的。你不混饭吃，总有人会来替你混饭吃。每年中国人民死于灾，死于战，死于病，或流离失所，丧亡沟壑，都是因为有男子在混饭吃所致。说一句良心话，女人治家很少混饭吃的，多半是与才调相称的。我常看见母亲去哄小孩睡觉，不一会又出来同人谈天，心中非常佩服。做过父亲而哄过小孩的人，才知道这种饭不是人人可以混的。

再一层，我不必说，你们是称心甘愿出嫁的。至少你们十九是如此。自然十九的男子也愿意娶亲，但是我们于娶亲之外，还得另找一种职业，并无所谓称心不称心。所以我们的结论是：出嫁是女子最好，最相宜，最称心的职业。

经济方面解决，我们可以进而讨论第二问题，就是对此婚嫁职业，应该作如何观法。我已说过，谋生与在人世建树二者不同。你们既选了那给男子大吃亏的婚嫁职业，解决了饭碗问题之后，就可以自由研究，何以为社会上有用的人。我不是指梳篦箕帚烧菜补袜诸事，因为我假定你们都是贤妻，如我假定，大学毕业生都会记账抄账。问题是更深的。可惜许多女人嫁后只知道做生育机器，不另求上进。自然也有许多男子，只管抄账，问心无愧，处之泰然。这才是过于实利主义的人生观，或婚姻观。

我想女子，尤其是受过教育的女子，除了做妻子外，还应有社会上独立的工作。我想罗素夫人的意思是可取的。她以为女子应二十五岁左右出嫁，隔三四年生一小孩，这样生了三个小孩，到了三十五岁，又来加入社会工作。有了适宜的节育方法及相当的设备，有的女人在生产期间仍可服务社会。罗素夫人指出一点，就是三十五岁养过小孩的女人做教员比闺女好。因为从她做母亲的经验，她更能明白儿童心理而有应付儿童的本领。我向来反对闺女做校长，尤其是女校的校长，因为她们的人生观道德观都不是成熟的。现在最可惜的，就是女教员等出阁，出阁者并不等着出来再做教员。她们不见了。

你们要做文人的女子，到此时来做文人，还不迟。关于女文人，我有一样不满意。她们只会做诗。清朝出了一千馀女“诗人”，却出不了一个女史论家或考据家。诗是最难卖钱的。这也是我反对女子卖文为生之一重大原因。

秋天的况味

秋天的黄昏，一人独坐在沙发上抽烟，看烟头白灰之下露出红光，微微透露出暖气，心头的情绪便跟着那蓝烟缭绕而上，一样的轻松，一样的自由。不转眼缭烟变成缕缕的细丝，慢慢不见了，而那霎时，心上的情绪也跟着消沉于大千世界，所以也不讲那时的情绪，而只讲那时的情绪的况味。待要再划一根洋火，再点起那已点过三四次的雪茄，却因白灰已积得太多，点不着，乃轻轻地一弹，烟灰静悄悄地落在铜炉上，其静寂如同我此时用毛笔写在中纸上一样，一点的声息也没有。于是再点起来，一口一口地吞云吐雾，香气扑鼻，宛如偎红倚翠温香在抱的情调。于是想到烟，想到这烟一股温煦的热气，想到室中缭绕暗淡的烟霞，想到秋天的意味。这时才忆起，向来诗文上秋的含义，并不是这样的，使人联想的是肃杀，是凄凉，是秋扇，是红叶，是荒林，是萋草。然而秋确有另一意味，没有春天的阳气勃勃，也没有夏天的炎烈迫人，也不像冬天之全入于枯槁凋零。我所爱的是秋林古气磅礴气象。有人以老气横秋骂人，可见是不懂得秋林古色之滋味。在四时中，我于秋是有偏爱的，所以不妨说说。秋是代表成熟，对于春天之明媚娇艳，夏日之茂密浓深，都是过来人，不足为奇了，所以其色淡，叶多黄，有古色苍龙之概，不单以葱翠争荣了。这是我所谓秋的意味。大概我所爱的不是晚秋，是初秋，那时暄气初消，月正圆，蟹正肥，桂花皎洁，也未陷入凛烈萧瑟气态，这是最值得赏乐的。那时的温和，如我烟上的红灰，只是一股熏熟的温香罢了。或如文人已排脱下笔惊人的格调，而渐趋纯熟练达，宏毅坚实，其文读来有深长意味。这就是庄子所谓“正得秋而万宝成”结实的意义。在人生上最享乐的就是这一类的事。比如酒以醇以老为佳。烟也有和烈之辨。雪茄之佳者，远胜于香烟，因其气味较和。倘是烧得得法，慢慢地吸完一支，看那红光炙发，有无穷的意味。鸦片吾不知，然看见人在烟灯上烧，听那微微哔剥的声音，也觉得有一种诗意。大概凡是古老，纯熟，熏黄，熟练的事物，都使我得到同样的愉快。如一只熏黑的陶锅在烘炉上用慢火炖猪肉时所发出的锅中徐吟的声调。是使我感到同观人烧大烟一样的兴趣。或如一本用过二十年而尚未破烂的字典，或是一张用了半世的书桌，或如看见街上一块熏黑了老气横秋的招牌，或是看见书法大家苍劲雄深的笔迹，都令人有相同的快乐。人生世上如岁月之有四时，必须要经过这纯熟时期，如女人发育健全遭遇安顺的，亦必有一时徐娘半老的风韵，为二八佳人所绝不可及者。使我最佩服的是邓肯的佳句："世人只会吟咏春天与恋爱，真无道理。须知秋天的景色，更华丽，更恢奇，而秋天的快乐有万倍的雄壮，惊奇，都丽。我真可怜那些妇女识见褊狭，使她们错过爱之秋天的宏大的赠赐。"若邓肯者，可谓识趣之人。

从梁任公的腰说起

梁任公之腰（即肾），无端被前北平协和医院×××拿出一个。事后有人问梁何不抗议，梁幽然答曰：中国人学西医，能开刀将腰拿出而人不死，已了不得。吾何为抗议哉！

初，梁任公病，尿道出血，精神亏损，群医相与私议，莫知究竟，故毅然决定开刀检验。及裂腹取肾而视之，并无病状，惟有一小白点，医者曰，是病根欤？遂施手术，取其一，留其一。过后梁尿仍出血，始知原与取出之肾无与。病势渐剧而梁遂死。

由此可知世界大道理。吾人病而请医，因己之茫渺，遂信医之高明，以为医言神圣不容置疑。而行医者为生计关系，亦必掩其茫渺，故示高明，中心所疑，对病家必曰定系某病，苟老实曰吾不知也，则必失病家之信仰。于是开方投药，在医家原作一尝试而已，幸而中则痊，不中则改投他药。惟吾人未学医道，惟医言之是听，初未知此中玄奥也。实则每每人死而医尚不知何症。世事揭穿，皆与此相类。

读书人最应头脑清楚，然读书人偏最常上当。世上上医家当者莫如读书之中等阶级。病在读书人好看书报，四处摭拾一点似是而非的卫生常识。于是岌岌惶惶，不可终日：满空中皆痨病菌也，饭店手巾皆传染媒介也，众牙齿皆病菌巢穴也，花柳病必烂鼻发疯也。于是中学回来，不擦饭店手巾，不饮他人茶杯，不吸烟，吸烟有尼古丁毒，不喝咖啡，咖啡必害心脏而成一书呆。实则痨病菌不能侵入健全身体。饭店手巾若不擦眼皮嘴唇及伤口，决不妨事；若多食硬物菜蔬，少吃糖饵，不刷牙亦无妨，牙膏皆无用，牙刷一角钱一支便可，吸烟不害卫生；花柳病皆可预防。此皆中等阶级读书人所不知者。

《论语》有人作《投考记事》一文，述其本年投考经验。既考清华，医验并无痧眼，并发证明书，又投考北大，北大医生，谓必有痧眼，不许与试，生出证书与辩，无效。吾以此事询之海上眼科专家，专家曰，痧眼最难判别，曰必有，曰必无，皆向外行人示威而已。彼行医六年，诊断无讹，确知为痧眼者约二百馀人而已。此亦足破除吾辈之迷信乎。吾小儿在校，校医谓有痧眼，吾大奇之，以吾生四十年尚不知痧眼为何物，而二女皆有痧眼，吾不信也。每星期五校医拿刀刮其眼皮，小女哭。余止之，谓若有痧眼，吾自负责。吾从不请眼科专家检验，而至今无事。幸而吾未上当，否则眼皮必致刮坏。

人生世上，最用得着一点常识，读书不可读昏了。银价大跌，经济专家甲曰，必禁止运银也，乙曰，必不可禁止运银也，斫斫争辩，有似街犬。棉麦借款，专家甲曰，必影响于中国农民也，乙曰，必不影响农民也。亦似街犬。教育专家订课程标准，年年几何代数，读了又读，汝以为教育专家懂得教育乎？无此事也。若懂得教育，岂有一人自六岁读书至廿五岁而一封书信写得不通之现象乎？要人治国行政治河筑道，汝以为懂得治国乎，治河乎？无此事也。世上只是大家混饭吃而已。或吃政治饭，或吃教育饭，或吃江湖饭。吾辈既然读书，至少亦须留一点常识，凡事能看穿真理，将来受用无穷也。

冬至之晨杀人记

孔子曰：上士杀人用笔端，中士杀人用语言，下士杀人用石盘。可见杀人的方法很多。我刚会一位客，因为他谈锋太健了，就用两句半话把他杀死。虽然死不死由他，但杀不杀却由我，总尽我中士之义务了。

事情是这样的。我虽不信耶稣，却守圣诞，即俗所谓外国冬至。几日来因为圣诞节到，加倍闹忙，多买不应买的什物，多与小儿打滚，而且在这节期中似乎觉得义应特别躲懒，所以《中国评论报》“小评论”的稿始终未写。取稿的人却于二十分钟内要来了。本来我办事很有系统，此时却想给他不系统一下。我想一人终年规规矩矩做事，到这节期撒一烂污，也没什么。就使《中国评论报》不能按期出版，中国也不致就此灭亡罢？所以我正坐在一洋铁炉边，梦想有壁炉观火的快乐，暂把胸中挂虑，一齐付之梦中炉火，化归乌有，飞上青天。只因素来安分成性，所以虽然坐着做梦，却是时向那架打字机丢眼色。结果我明晓大义，躲懒之心被克服了，我下决心正在准备工作。

正在这赶稿之时，知道有文章要写，却不知如何下笔，忽然门外铃响。看了片子，是个陌生客。这倒叫我为难，因为如果是熟客，我可以恭祝他圣诞一下，再请他滚蛋。不过来客情形又似十分重要。所以我叫听差先告诉来人，我此刻甚忙，不过如有要事，不妨进来坐谈几分钟。他说事情非常紧要。由是进来了。

这位先生，穿的很整齐，举止也很风雅。其实看他聚珍版仿宋的名片，也就知道他是个学界中人。他的额额很高，很像一位文人学者，但是嘴巴尖小，而且眼睛渺细，看来不甚叫人喜欢。他手里拿着一个纸包。我已经对他不怀好意了。

于是我们开始寒暄。某君是久仰我的“大名”，而且也曾拜读过我的“大作”。

“浅薄的很。先生不要见笑。”我照例恭恭敬敬地回答。但是这句话刚出口，我登时就觉不妙，我得了一种感觉，我们还得互相回敬十五分钟，大绕大湾，才有言归正传的希望。到底不知他有什么公干。

老实说，我会客的经验十分丰富。大概来客越知书识礼，互相回敬的寒暄语及大绕大湾的话头越多。谁也知道，见生客是不好冒冒昧昧，像洋鬼子“此来为某事”直截了当开题，因为这样开题，便不风雅了。凡读书人初次相会，必有读书人的身份，把做八股的工夫，或者是桐城起承转伏的义法拿出来。这样谈话起来，叫做话里有文章，文章不但应有风格，而且应有结构。大概可分为四段。不过谈话并不像文章的做法，下笔便破题而承题；入题的话是留在最后。这四段是这样的：（一）谈寒暄评气候；（二）叙往事，追旧谊；（三）谈时事发感慨；（四）为要奉托之“小事”。凡读书人，绝不肯从第四段讲起，必须运用章法，有伏，有承，气势既壮，然后陡然收笔，于实为德便之下，兀然而止。这四段若用图画分类法，亦可分为（一）气象学，（二）史学，（三）政治，（四）经济。第一段之作用在于“坐稳”，符于来则安之之义。“尊姓”“大名”“久仰”“夙慕”及“今天天气哈哈哈”属于此段。位安而后情定。所谓定情，非定情之夕之谓，不过联络感情而已，所以第二段便是叙旧。也许有你的令侄与某君同过学，也许你住过南小街，而他住过无量大人胡同，由是感情便融洽了。如果大家都是北大中人，认识志摩，适之，甚至辜鸿铭，林琴南——那便更加亲挚而话长了。感情既洽，声势斯壮，故接着便是谈时事，发感慨。这第三段范围甚广，包括有：中国不亡是无天理，救国策，对于古月三王草将马二弓长诸政治领袖之品评，等等。连带的还有追随孙总理几年到几年之统计。比如你光绪三十年听见过一次孙总理演讲，而今年是民国二十九年，合计应得三十三年，这便叫做追随总理三十三年。及感情既洽，声势又壮，陡然下笔之机已到，于是客饮茶起立，拿起帽子，突兀而来，转入第四段：现在有一小事奉烦。先生不是认识某某大学校长吗？可否写一封介绍信。总结全文。

这冬至之晨，我神经聪敏，知道又要恭聆四段法的文章了。因为某先生谈吐十分风雅，举止十分雍容，所以我有点准备。心坎里却在猜想他纸包里不知有无宝贝。或是他要介绍我什么差事，话虽如此，我们仍旧从气象学谈起。

十二宫星宿已经算过，某先生偶然轻快地提起傅君来。傅君是北大的高材生。我明白，他在叙旧，已经在第二段。是的，这位先生确是雄才，胸中有光芒万丈，笔锋甚健。他完全同意，但是我的眼光总是回复射在打字机上及他的纸包。然而不知怎样，我们的感情，果然融洽起来了。这位先生谈的句句有理，句句中肯。

自第二段至第三段之转入，是非常自然。

傅君，蜀人也。你瞧，四川不是正在有叔侄大义灭亲的厮杀一场吗，某先生说四川很不幸。他说看见我编辑的《论语》半月刊（我听人家说看见《论语》半月刊总是快活），知道四川民国以来共有四百七十七次的内战。我自然无异辞，不过心里想："中国人的时间实在太充裕了，"《评论报》的佣人就要来取稿了。所以也不大再愿听他的议论，领略他的章法，而很愿意帮他结束第三段。我们已谈了半个多钟头。这时我觉得叫一切四川军阀都上吊，转入正题，也不敢出岔。

"先生今日来访，不知有何要事?"

"不过一点小小的事，"他说，打开他的纸包。"听说先生与某杂志主编胡先生是戚属，可否奉烦先生将此稿转交胡先生。"

"我与胡先生并非戚属，而且某杂志之名，也没听见过，"我口不由心狂妄地回答。言下觉得颇有中士杀人之慨。这时剧情非常紧张。因为这样猛然一来，不但出了我自己意料之外，连这位先生也愕然，我们俩都觉得啼笑皆非，因为我们深深惋惜，这样用半个钟点工夫做起承转伏正要入题的好文章，因为我狂妄，弄得毫无收场，我的罪过真不在魏延踢倒七星灯之下了。此时我们俩都觉得人生若梦！因为我知道我已白白地糟蹋我最宝贵的冬至之晨，而他也感觉白白地糟蹋他气象天文史学政治的学识。

笑之可恶

这是在咖啡馆中之一夜，原因是雅西新从法国回来，那天晚饭，听他的叔叔祥甫说到霞飞路咖啡馆之清雅有趣，满口称道，自雅西听来，似乎在说巴黎的咖啡馆不好，有点不服，负气约了他的老同学于君连他的叔叔三人同来的。在祥甫口中，雅西之读音，有点特别，由老于听来似乎就是亚赛。而赛字又似读平声。他在法国留学之时曾经把他拼写为 Asen Asay Asailles Asaient 四种，尤其最后两种，是他最得意的。但是自从一位法国女郎呼他为 Assez 以后，他的同学也就呼他为 Assez，也有的转译为中语，呼他为“够了”。再有人转为文言，呼他为“休矣”。也有留英的学生来游巴黎，呼他为 Iesay。但是祥甫因为自小呼惯了，还是呼他为阿赛，而赛字读平声，雅西也莫奈之何，只说他近来回国了，小名实在不大好听，雅西是他的号，然而他的叔叔却仍然认为并无以号呼他侄儿之必要。

他们三人坐在我的靠近一桌上。雅西看见桌上有玻璃面，认为他出洋以后几年中，上海的确进步了，但是他轻易不肯称誉国货。

“你看那女子烫的头发，学什么巴黎，不东不西，实在太幽默了。”

“你也懂幽默这新名词吗?”老于说。

“怎么不懂！在巴黎我也看过著名中国幽默杂志《论语》——什么东西！中国人哪里懂得幽默!”

祥甫本来也是道学。他一向也反对幽默。但是他反对的不是滑稽，是反对幽默这西洋名词，尤其反对“论语”两字，被现代人拿来当做刊物名称。他说滑稽荒唐是无妨的，文人偶尔做点游戏文字当做消遣，是无妨的。滑稽又要说正经话，又庄又谐，他是反对的。他说比方一人要嫖就得到外头去嫖，跟自己太太还好亲吻非礼吗！你想家里太太也拉胡琴，唱京调，烫头发，打扮的花枝招展，成个什么体统呢。他在家中非常严肃正经，浪漫时家中小子是看不见的。所以他向来看《论语》，在家中也是板起脸孔看的，越看越怒，虽然越怒越看。《论语》一向就是被这派义愤填胸“怒看”的人买完了；老于之辈常是买不到的，或是买得到，也被家里老太爷拿去没收。但是此刻因为雅西反对，他反而要替国货说两句话了，因为雅西虽然留过学，在他仍然是亚赛而已，而赛字是读平声。

“《论语》怎么不好?”祥甫说。

这时祥甫老伯是赞成幽默，而雅西反而成道学；这种营垒有点特别。

“像《拉微巴黎仙》才是幽默，才让你笑得不可开交，”——这时我正在看一本《拉微巴黎仙》上的图，一双女人大腿放在面团团富贾的便便大腹上——“那是那样微妙的轻松的拉丁民族的笑。就如这咖啡馆，叫你坐上不快活。我在巴黎时，在咖啡馆，一叫就可以坐半天。也不知怎么，叫你觉得在拉丁胡子之下露齿一笑是应该的。我们中国人胡子就留得不好。中国人的笑也是可厌的。”

祥甫是有胡子的，听到此话，猛然瞥他一眼。老于看见情形不妙赶紧用话撇开。

“雅西，巴黎我是没有见过的，霞飞路上法国胡子，我也看过不少，这也不可概乎言之。我倒不觉得怎样。笑一笑，也不见得西洋便怎样高明，中国便怎样可恶。《论语》二十八期也译过一篇不知谁做的“学究与贼”，法国幽默，看来还不同《笑林广记》一样。你们一塌括子道学而已。”

“你记错了。那是三十期《论语》上登过的，不是二十八期吧?”刚从法国留学回来之雅西说。“我是由欧洲回来在法国邮船公司博德士船上读到的。”

“你们都不是，‘学究与贼’是二十六期，十月一日出版的。那日我正有事到无锡去，在车上买到的，明明是十月一日，我还能记错吗?”祥甫老伯说。

我饮了一大杯咖啡而去。心里想着二十八？二十六？三十？实在记不清，况且二十六期是否十月一日出版，也不甚了了。回到家中，找存书，遍翻不得，二十七至三十期皆有，都不见有那篇“学究与贼”。偏偏二十六期缺了。打电话问时代公司，请即刻派人送一本二十六期来。时代的着了慌，以为二十六期出了什么祸。我说“没有什么，我神经错乱而已，反对的人都把期目记清了，我反已记不得。但愿天下人都反对幽默。”

“什么!”是电话上惊惶的来声。

“即刻把二十六期差人寄来。”我戛然把电话挂上。

买　鸟

我爱鸟而恶狗。这并不是我的怪癖，是因为我是个中国人。我自自然然地有这种脾气，正和所有的中国人一样。因为中国人喜欢鸟，可是要是你对他们谈到爱狗的事，他们便会问你道，“你讲甚么话?”我永远不明白为什么一个人要去和畜牲做朋友，要怀抱它，爱抚它。我只有一次突然明白这种对狗的同感，那是当我读门太做的“圣美利舍的故事”（“Story of San Michele” by Axel Munthe）的时候。书上说他因为一个法国人踢狗而向那法国人决斗的那一个部分，当真的感动我。似乎是在那个时候我才真的了解它，我几乎希望即时有一只猎狗来蜷伏在我的身边。不过这些只是受他一时文字的魔力罢了，现在离当初读门太的书的时候将近两年了，而那种对狗友的一点风雅豪情也早如槁木死灰了。我一生觉得最讨厌的时候是当我在一个美国朋友的客厅里的时候，一只圣伯纳种的大狗（St. Bernard，按此种壮丽敏锐之大狗原饲育于瑞士圣伯纳庵堂，因之得名）要来舐我的手指和手臂，表示亲昵，而更难堪的是女主人喋喋不休地要道出这只狗的家谱来。我想我那个时候一定像个邪教徒的样子，瞠目凝视着她，茫然找不出一句相当的话来对答。

“是我一个瑞士朋友直接从查利克（Zurich）带来的，”我的女主人说。

“唔，皮亚斯太太。”

“它的外祖父曾从阿尔卑斯山的雪崩中救出过一个小孩，它的叔祖是一八五六年国际赛狗会中得到锦标的。”

“不错!”

我并不是故意要失礼的，然而我恐怕那时候是真失礼了。

我明白英国人都爱狗。可是讲起来英国人是样样都爱的。他们连大牡猫都爱。

有一次我和一位英国朋友辩论这问题。

“这一切和狗做朋友的话全是胡说，”我说，“你们假装爱畜牲。你们真会撒谎，因为你们嗾使这些畜牲去追赶可怜的狐狸。你们为什么不去爱抚狐狸，叫它做‘我的小心肝宝贝’呢?”

“我想我可以解释给你听,”我的朋友回答道。“狗这种畜牲,是怪善会人意的。它明白你,忠心于你,……”

“且慢!”我插嘴说。“我之所以恶狗,正因为它们这样善会人意的缘故。我的天生爱惜动物的,这可以用我不忍故意扑杀一只苍蝇这事实来证明。可是我厌恶那种假装要做你的朋友的畜牲,走近来搔遍你的全身。我喜欢那种知趣的畜牲,安分的畜牲。我宁愿去爱只驴子……要爱惜狗吗?对的。可是为什么要爱抚它,要怀抱它呢?”

“啊,算了吧,”我的英国朋友说,“我不想叫你一定信服我的话。”于是我们便扯到别的题目上去。后来,我养了一只狗,这是因为我家庭情况的需要。我好好地叫人喂它,给它洗澡,让它睡在一间好好的狗屋里。可是我禁止它以搔遍我的全身来表示亲昵和忠实的一切举动。我真宁可死而不情愿学许多时髦女郎那样牵它在街上走。有一次我看见一个放了脚的江北老妈穿着一双高跟鞋,明显地是什么外国人家里的女仆,她一手拿着一根洋棍,一手拉着一只小猎狗。那真才是一大奇观哩!我不愿意把我自己装成这种怪模样。让英国人去拉狗吧。那才和他们有缘分,可是和我是无缘的。我出去散步的时候,也得走得成个模样。

可是我原来是要来谈鸟的,特别是谈我前天买鸟的经历。我有一大笼小鸟,不晓得叫甚么名字的,不过是比麻雀小一点。雄的红胸上有白花点。去年冬天为了种种缘故死了几只。我常想再去买几只来凑伴儿。那正是中秋节的那天。全家人都去赴茶会了,只剩下我和我的小女儿在家里。于是我便向她提议,我们还是到城里去买些小鸟吧。她很赞成。

城隍庙鸟市的情形怎样,凡是住在上海的居民都很晓得,用不着我来多说。我手里抱着我的女孩,走过那行人拥挤不堪的街道。那里是真爱动物者的天堂,因为那里不但有鸟,也有蛙,白老鼠,松鼠,蟋蟀,背上生着一种水草的乌龟,金鱼,小麻雀,蜈蚣,守宫,以及别种奇形怪状的东西。你该先去看那些路中地上卖蟋蟀的和包围着他们的那群小孩子,然后再去判定中国人到底是不是爱好动物的。我走进一家山东人开的鸟店,因为以前已经买过这种鸟,知道价钱,毫无困难地便买了三对。买价两元一角整。

店是在街道转角的地方。笼里大约有四十只那种小鸟,我们讲定了价钱,那人便开始替我拣出三对来。笼里的骚动扬起了一阵灰尘，我便站开点。到他拣鸟拣了一半的时候，已经有一大堆人围聚在店前了，街上闲游的人向来如此，也不足怪。等到我付了钱，把那小笼子提走的时候，我便变成注意的中心和众人妒羡的目标了。空气中漂浮着一层欢乐的骚动。“那是甚么鸟?”一位中年男子问我。“你去问店里的人，”我说。“它们可会唱?”另外一个人问。“多少钱买的?”第三个又问。我随便回答，像一个贵族似的走开了。因为我在中国群众中，是一个可骄傲的有鸟的人。那时有一种什么东西把群众连结起来，一种纯粹天然的本能的共通的欣喜，放出我们天下一家的同感，打破陌生人间缄默的壁垒。当然，他们有权利可以问我那些鸟怎样怎样，正如假使我当他们的面前中了航空奖券的头奖，他们也有同样的权利可以问我一样。

于是我便一手抱着我的小女儿一手提着鸟笼走过去。路上的人都转过身来看。假使我是那婴孩的母亲，我便会相信他们都在称赞我的婴孩了，可是我既然是个男人，所以我晓得他们是在称赞笼里的小鸟的。这种鸟可真这么稀罕吗?我自己这样想。不，他们只是普通的爱鸟成癖而已。我跑上一家点心店里去。那时过午不久，时候还早，楼上空着。

“来一碗馄饨，”我说。

“这些是什么鸟?”一个肩上挂着一条手巾的伙计问。

“来一碗馄饨和一碟‘白切鸡’，”我说。

“是，是。是会唱的?是不会唱的?”

“不会唱的。但是要快，我肚子饿着呢。”

“是，是，一碗馄饨！——一碟白切鸡!”他向楼下的厨房嚷着，或者不如说是唱着。“这些是外国鸟。”

“是吗?”我只是在敷衍。

“这鸟生在山上，山上，你晓得的，大山上。喂，掌柜，这是什么鸟?”

掌柜是一种管账的，他戴着一付眼镜，和一切记账的一样，是能看书会写字的男人，除了铜板和洋钱之外，你别想他对小孩的玩具或别的什么东西会发生兴趣。可是他一听见有鸟的时候，他不但答应，并且，叫我大大的惊异的是他竟移动着脚去找拖鞋了，离开柜台，慢慢地向我的桌子走来。当他走近鸟笼的时候，他那冷酷的脸孔融化了，他变成天真而饶舌的，完全和他那副相貌不称。然后他把头仰向天花板，大肚子从短袄下突了出来，发表他的判断。

“这种鸟不会唱的，”他神气活现地批评说。“只是小巧好玩，给小孩子玩玩倒呒啥。”

于是他便回到他那高柜台上去，而我不久也吃完那碗馄饨。

在我回家的路上也是一样。街上的人都弯着身子下去看看笼子里是什么东西。我走进一家旧书店里去。

“你们可有明版书?”

“你笼里那些是什么鸟?”中年的店主问。这一问叫三四个顾客都注意到我手里的鸟笼来了。这时颇有一番骚动——我是说在笼子外。

“给我看看?”一个小学徒说着，便从我的手里把鸟笼抢过去。

“拿去看个饱吧，”我说，“你们可有明版的书?”可是我再也不是注意的目标了，我便自己到书架上去浏览。一本也找不到，我便提了鸟笼走出店来，顿时又变成注意的中心了。街上的人有的向鸟微笑，有的向我微笑，因为我有那些鸟。

后来我在二洋泾桥叫了一辆云飞汽车乘回来。我记得很清楚，上一次我从城隍庙带一笼鸟回来的时候，车站里的办事员特意走出来看我的鸟。这一次他并没有看见，我也不想故意引起他的注意。可是当我踏上汽车的时候，车夫的眼睛看到我手提的小笼子了，而果然不出所料，他的脸孔顿时松弛了下来，他当真也变成小孩似的，正像上次买鸟时候的车夫一样，他对我十分的友好，打开话盒，我们谈话谈得很远，到了我到家里的时候，他不但把养鸟和教鸟唱歌的秘密都告诉我，并且连云飞汽车公司的全部秘密都说了出来，他们所有车辆的数目，他们所得到的酒资，他整个童年时代的历史，以及他可结婚的理由。

现在我晓得了，假使我有一天须现身在群气激昂的公众之前，想要消除一群恨我入骨欲得我而甘心的中国民众的怒气的时候，应该怎样办了。我只须提个鸟笼出来，把一只美丽的玉燕，或是一只善唱的云雀给他们看。你瞧罢！这比救火水龙管或是流泪弹效力还要神速，比德谟士但尼斯（Demosthenes）的一篇演说神通还要广大，而且结果我们都可以大家结拜把兄弟。

谈牛津

一

你到了牛津大学，就同到了德国一个中世纪的小城一样。有僧寺式的学院，中世纪的礼堂，古朽的颓垣，弯曲的街道，及带方帽穿袈裟的学士在街上走，令人恍惚如置身别一世界。我初到牛津，住在一间十五世纪的旅馆。这旅馆还是英国乡下客栈的遗形，入门便是一个不方不圆铺石子的庭院，大概就是古时停马车之所。找到账房之后，茶房领我由一小小的楼梯上去，拿出一把五寸多长的钥匙，开一间小小房间。我一窥看，不但没一品香的汽炉，就是冷热自来水都没有。我觉悟了，我是身临素所景仰怀慕世界著名的最高学府了。于是很快乐的对茶房说“好极好极”，就把房间定下。晚上在朋友家用饭之后，回来独坐房中，疑神疑鬼，听见隔壁有人咳嗽，就疑是 Addison 伤风，听见有老人上楼的脚步，就疑是牛顿来访。这样吸烟出神，坐到半夜，听见礼拜堂一百零一下的钟声，心上有无穷的快乐，也不知是在床上，或大椅上，就昏昏入寐了。

二

现代中国学生，一到牛津，总觉得许多不满意之处。至少似乎许多现代人生必需的物质条件都缺乏。第一样，找不到亮晶晶的浴房，健身房，抽水马桶；第二样，找不到水汽炉；第三样，找不到图书馆卡片索引。就使偶尔有之，也不是普遍的现象。讲到教授方面，尤其是使留美学生惊异的，就是课程上找不到“烹饪术”，“招徕法”，“广告心理学”等等科目。正教授的职务，规定每年演讲至少三十六次。此外有许多支薪而不做事的研究员（fellows），分庭抗礼，占据各书院的楼房居住。比如众魂学院（All Souls' College）就全被这些支薪不做事，由大学倒贴他们读书的先生们住满。这班先生们高兴演讲时，便出一通告；演讲不演讲，也没人去理他。他们虽然不许娶妻，过和尚生活，但是养尊处优，无忧无挂，暑假又很长，生活真太舒适而优美了。除了看书，吸烟，写文章以外，他们对人世是不负任何义务的。学生愿意躲懒的，尽管躲懒，也可毕业；愿意用功的人，也可以用功，有书可看，有学者可与朝夕磋磨，有他们所私淑的导师每星期一次向他吸烟谈学——这便是牛津的大学教育。大学分三十学院，何以三十，找不出理由。学院又各有他个别的风气，传统，历史，制度。连院长名称，或为 master，或为 warden，或为 principal 或为 president，都不能统一。这样重重复复累累赘赘把些毫不相干的学院集于一城，凑合起来，便成为世界驰名的牛津大学。

像英国人的品性，英国的宪法，及一切英国的制度，牛津大学是论理上很有毛病的一种组织。所奇怪者，这种论理上很有毛病的组织，仍能使学者达到大学教育最纯正的目的，仍能产生一种谈吐风雅德学兼优的读书人，在我国看惯了充满“学分”“单位”“注册部”“补考”“不及格”现象的美国式大学的人，也许要认为这太玄奥难懂了。但是一回想我们古代书院的教育，注重师生朝夕的熏陶，讲学的风气，又想到书院中师生态度之闲雅，看书之自由，及其成绩之远胜现代大学教育，也就可以体悟此中的真秘罢。

三

李格为现代一位幽默大家。他曾著一篇《我所见的牛津》（Stephen Leacock: Oxford as I see it），此文曾由徐志摩译出，不知收入哪一本志摩的文集中。我们可就此篇中精彩处，重译几段，不但可使读者明了牛津大学教育之精神，也可以证明《论语》提倡吸烟，非无理取闹，而有很精深的学理存焉。

李格说：

“据说这层神秘之关键在于导师之作用。学生所有的学识，是从导师学来的，或者更好说，是同他学来的：关于这点，大家无异议。但是导师的教学方法，却有点特别。有一位学生说：‘我们到他的房间去，他只点起烟斗，与我们攀谈。’另一位学生说：‘我们同他坐在一起，他只抽烟同我们看卷子。’从这种及别种的证据，我瞭悟牛津导师的工作，就是召集少数的学生，向他们冒烟。凡人这样有系统的被人冒烟，四年之后，自然成为学者。谁不相信这句话，尽管可以到牛津去亲眼领略。抽烟抽得好的人，谈吐作文的风雅，绝非他种方法所可学得来的。”

四

我曾为文，主张一人的学问与注册部毫无关系。学问怎样坏，注册部也无方法断定他是不及格，学问怎样好，注册部也无法断定他是学成毕业。至于心理学七十八分，英国历史六十三分，更加是想不出什么意义。有人认为这是疯狂。现在也不必去管他。但记得志摩这样说过：他在美国 Clark 大学跟人家夹书包，上课室，听演讲，规规矩矩念了几年，肚子里还是个闷葫芦，直到了他到剑桥，同朋友吸烟谈学，混了一年半载，书才算读“通”了。试问书读“通也未”，注册部有权过问，有方法衡量吗？须知大学之所以非有注册部不可，是因为大家要向大学拿文凭，大学为保全招牌信用起见，不得不将一人之心理学定为七十八分，英国历史定为六十三分。然而六十三分七十八分为一事，读书通不通，又是一事。结果把一班良莠不齐的人，放在一室，由先生指定星期四九时心理学念到第二百八十六页第十三行，十时法文念到第七十六页第八行，迟钝者固然赶得喘气，聪明者也只好踏步走。牺牲了高材生以就下愚，这是通常大学教育最冤枉的一件事。牛津大学态度不同，庸才求学，牛津也送他一张文凭，贤才求学，牛津也送他一张文凭（其中要“及格学位”pass degree 或是要“优等学位”honours degree 都各听其便），不过不叫贤才去等庸才踏步走，使他有尽量发挥的机会。李格有一段精彩的话说：

“我所以仰慕牛津的重要理由，就是这个地方，还未受了一种衡量‘成绩’的风气，未沾染上驰骛于看得见，可以示人的‘能率’的热狂。牛津大学整个制度，是叫贤才占便宜，而让凡庸愚钝者自己去胡闹。对于愚钝的学生，经过相当时期，牛津大学也赏一个学位，这个学位的意义，不过表明他吸过牛津的空气而未坐狱。社会对于多数的学生也只能期望如此而已。但是对于有天才的学生，牛津却给他很好的机会。他无须踏着步等待最后的一双跛足羊跳过篱笆，他无须等待别人，他可以随意所之，向前发展，不受牵制。如果他有超凡的，才调他的导师对他特别注意，就向他一直冒烟，冒到他的天才出火。”

五

我在牛津看见一位很美丽的红衣女子。这女子据我看来是天下第一美人。也许是因为那天下午天气太好。也许是因为我自己精神太兴奋所致。也许是因为牛津的屁也香的缘故。我们的论断都是受情感作用的。但是身居其境，确系如此感觉，虽明知为主观作用，也无可如何。

牛津向来是不收女生的。不知是不是海禁既开，受了中国的影响，听说中国已经男女同学，自觉惭愧，急起直追，所以于最近也居然许女生入学了。但是仍然没有实行男女同学的勇气，女子另外立学院，替她们安排，夜里到了几点，大门仍旧关起来。牛津女子学院共有四个，为什么四个，也找不出理由。记得一个叫做圣柔利，一个叫做玛加列。因为我有三个女孩，所以也特别去参观一下。红衣女郎说她们生活很好，规矩也不太严也不太宽，总之就是合乎英国绅士中庸之道。但是言词之中，每每羡慕男生宿舍比她们好，机会比她们好。男生所住的是摩得伦僧院，她们只能住新式的洋房。她说剑桥的女生比她们自由，因为剑桥的女生还是自居化外，不能拿文凭，无论怎样勤读，剑桥总是不算她们做大学中人。因此剑桥大学也不得不让她们自由了。我看了玛加利学院的楼舍比不上圣玛利亚，圣柔利的楼舍也比不上中西女塾。但是我仍不准备把女孩送入玛利或是中西。

六

我曾在一个学院（耶稣学院）吃过饭。饭厅饭桌，还是沿用中世纪僧院的形式。高头坐着本院教员。下头学生围着一条长桌，坐在长条板凳。墙壁上挂着也不知是十七世纪或十八世纪的油画，画中人物都是本院出色的人物。他们的眼睛下看这些学子，好像在保佑他们，同时在勖励他们上进，无愧为耶稣学院的学生。吃饭时也有许多传统的规矩，譬如不许提到女人名字，是不是僧院的遗风，就无从考证了。听说有学生席上偶然提起维多利亚及以利沙伯女王的名字，也照例受罚了。席后照例传饮“爱之杯”，这就是中世纪僧院之遗风无疑。“爱之杯”是一大杯，盛一种薄酒，传饮之时，也有许多规矩，犯了也要受罚。听说古时礼节，凡举杯饮酒之人，其在右之人必须起立。这起立是有重大意义的，是要保护饮酒之人，提防在他举杯之际，有人从他背后砍他脑袋。其用意与西人握手，表示并无执剑，免冠（古时免盔之变相）表示并不敌视你之意相同。但是到底杯只有一个，大家传饮，唾沫留在杯口是不能免的事，因为我是客，他们不叫我饮，我也甚觉快乐。于是我又感觉牛津之卫生，也远不如暨南复旦。但是如果我有儿子，仍旧不准备送入复旦或暨南。

综括以上，使我得一种感觉。英人之重传统远在华人之上。这也许是英国所以为伟大，也就是牛津之所以为伟大的缘故。牛津太不会迎合世界潮流了。因为他不迎合潮流，所以五百年间，相沿而下，仍旧能保全他的个性，在极不合理之状态中，仍然不失其为一国最高的学府，一国思想之中心，所以“牛津学生走路宛如天地间惟我独尊”，这种精神求之于中国，惟有康有为，辜鸿铭二人而已。革命的人革命，反革命的人反革命，大家不要投机，观察风势，中国自会进步起来。

论　文

上　篇

近日买到沈启无编《近代散文钞》下卷，连同数月前购得的上卷，一气读完，对于公安竟陵派的文，稍微知其涯略了。此派文人的作品，虽然几乎篇篇读得，甚近西文之 Familiar essay（小品文），但是总括起来，不能说有很伟大的成就。其长处是，篇篇有骨气，有神采，言之有物；其短处，是如放足妇人。集中最好莫如张岱之《岱志》《海志》，但是以此两篇与用白话写的《老残游记》的游大明湖听书及桃花山月下遇虎几段相比，便觉得如放足与天足之别。真正豪放自然，天马行空，如金圣叹之《水浒传》序，可谓绝无仅有。大概以古文做序、跋游记、题词、素描，只能如此而已。“简炼”是中文的特色。也就是中国人的最大束缚。但是这派成就虽有限，却已抓住近代文的命脉，足以启近代文的源流，而称为近代散文的正宗沈君以是书名为《近代散文钞》，确系高见。因为我们在这集中，于清新可喜的游记外，发现了最丰富、最精彩的文学理论，最能见到文学创作的中心问题。又证之以西方表现派文评，真如异曲同工，不觉惊喜。大凡此派主性灵，就是西方歌德以下近代文学普通立场，性灵派之排斥学古，正也如西方浪漫文学之反对新古典主义，性灵派以个人性灵为立场，也如一切近代文学之个人主义。其中如三袁弟兄之排斥仿古文辞，与胡适之《文学革命》所言，正如出一辙。这真不能不使我们佩服了。

一、性　灵

西洋近代文学，派别虽多，然自浪漫主义推翻古典文学以来，文人创作立言，自有一共通之点，与前期大不同者，就是文学趋近于抒情的、个人的：各抒己见，不复以古人为绳墨典型。一念一见之微，都是表示个人衷曲，不复言廓大笼统的天经地义。而喜怒哀乐、怨愤悱恻，也无非个人一时之思感，因此其文词也比较真挚亲切，而文体也随之自由解放，曲尽缠绵，以意役法，不以法役意了。近代文学作品所表的是自己的意，所说的是自己的话，不复为圣人立言，不代天宣教了。所以近代文学之第一先声，便是卢骚的《忏悔录》，所言者是卢骚一己的事，所表的是卢骚一己的意，将床笫之事、衷曲之私，尽情暴露于天下，使古典主义忸怩作态之社会，读来如青天霹雳，而掀起浪漫文学之大潮流。Ludwig Lewison 在最近出版《美国之表现》（Expression in America 一部最好的美国文学史）序言概论近代文学一段说："Literature，in other words，has become more and more lyrical and subjective in both origin and appeal" "换言之，文学之来源与感力，愈来愈是抒情的与主观的。"就是说，近代文学由载道而转入言志。袁中郎《雪涛阁集》序说："古之为诗者，有泛寄之情，无直书之事，而其为文也，有直书之事，无泛寄之情，故诗虚而文实。晋唐以后，为诗者，有赠别，有叙事；为文者，有辨说，有论叙，架空而言，不必有其事与其人；是诗之体已不虚，而文之体已不能实矣。"也一半是指散文转入抒情的意思。所以说性灵派文学，是抓住近代文的命脉，而足以启近代散文的源流。

性灵就是自我。代表此派议论最畅快的，见于袁宗道论文上下二篇。下篇开始便说："爇香者，沉则沉烟，檀则檀气，何也？其性异也。奏乐者，钟不藉鼓响，鼓不假钟音，何也？其器殊也。文章亦然。有一派学问，则酿出一种意见，有一种意见，则创出一般言语。无意见则虚浮，虚浮则雷同矣。故大喜者必绝倒，大哀者必痛号，大怒者必叫吼动地，发上指冠。惟戏场中人，心中本无可喜事，而欲强笑，亦无可哀事，而欲强哭，而势不得不假借模拟耳。今之文士，浮浮泛泛，原不曾的然做一项学问，叩其胸中，亦茫然不曾具一丝意见，徒见古人有立言不朽之说，又见前辈有能诗能文之名，亦欲搦管伸纸，入此行市，连篇累牍，图人称扬。夫以茫昧之胸，而妄意鸿巨之裁，自非行乞左马之侧，募缘残漏，盗窃遗失，安能写满卷帙乎？试将诸公一论，抹去古语成句，几不免于曳白矣！其可愧如此！"这段话，比陈独秀的《革命文学论》更能抓住文学的中心问题而做新文学的南针。

二、排　古

文章者，个人之性灵之表现。性灵之为物，惟我知之，生我之父母不知，同床之吾妻亦不知。然文学之生命实寄托于此。故言性灵之文人必排古，因为学古不但可不必，实亦不可能。言性灵之文人，亦必排斥格套，因已寻到文学之命脉，意之所之，自成佳境，决不会为格套定律所拘束。所以文学解放论者，必与文章纪律论者冲突，中外皆然。后者在中文称之为笔法、句法、段法，在西洋称为文章纪律。这就是现代美国哈佛大学白璧德教授的“人文主义”与其反对者争论之焦点。白璧德教授的遗毒，已由哈佛生徒而输入中国。纪律主义，就是反对自我主义，两者冰炭不相容。其实，一七九五年，英人杨氏（Edward Young）在 Conjecture on Original Composition 一篇奇文，早已认清文学的命脉系出于个人思感，而非所可勉强仿效他人（It grows it is not made 参见下文章孕育论）。杨氏说：“我们越不模拟古人，越与古人相似。”（“The less we copy the ancients，the more we resemble them.”）所以不肯模拟古人，一则因为无暇，二则，因为古人为文也是凭其性灵而已。袁宗道论文下说：“然其病源，则不在模拟而在无识。若使胸中的有所见，苞塞于中，将墨不暇研，笔不暇挥，兔起鹘落，犹恐或逸，况有闲力暇晷，引用古人词句耶？故学者诚能从学生理，从理生文，虽驱之使模拟，不可得矣。”论文上篇是专骂人学古的：“且文之佳恶，不在地名官名也。司马迁之文，其佳处在叙事如画，议论超越；而近人说，西京以还，封建官殿，官师郡邑，其名不雅驯，虽子长复出，不能成史，即子长之佳处彼尚未梦见也。而况能肖子长乎？……彼摘古字句入已著作者，是无异缀皮叶于衣袂之中，投毛血于淆核之内也。大抵古人之文，专期于达，而今人之文，专期于不达，以不达学达，是可谓学古者乎？”《雪涛阁集》序也说：“夫古有古之时，今有今之时，袭古人语言之迹，而冒以为古，是处严冬而袭夏之葛者也。”

三、金圣叹代答白璧德

中国的白璧德信徒每袭白氏座中语，谓古文之所以足为典型，盖能攫住人类之通性，因攫住通性，故能万古常新；浪漫文学以个人为指归，趋于巧，趋于偏，支流蔓衍，必至一发不可收拾。殊不知文无新旧之分，惟有真伪之别，凡出于个人之真知灼见，亲感至诚，皆可传不朽。因为人类情感，有所同然，诚于己者，自能引动他人。金圣叹尤能解释此理，与西方歌德所言吻合。《答沈匡来书》说："作诗须说其心之所诚然者，须说其心之所同然者。说心中之所诚然，故能应笔滴泪，说心中之所同然，故能使读我诗者应声滴泪也。……若唐律诗亦只作得中之四句，则何故今日读之犹能应声滴泪乎？"

凡人作文，只怕表情不诚，叙物不忠，能忠能诚，自可使千古读者堕同情之泪。圣叹言"忠"一字甚好。《水浒传序三》说："格物亦有法，汝应知之。格物之法，以忠恕为门。何为忠？天下因缘生法，故忠不必学而至于忠，天下自然无法不忠。吾既忠，眼亦忠，故吾之见忠。钟忠，耳忠，故闻无不忠。吾既忠，则人亦忠，盗贼亦忠，犬鼠亦忠，盗贼犬鼠无不忠者，所谓恕也。"古人为文，百世以后读之应声滴泪，就是因为耳忠眼忠而物亦忠，吾既忠，人亦忠。于己性灵耳目思感不忠的人，必不能使人亦忠。作者与读者关系，说来无过如此。

四、金圣叹之大过

圣叹看来，似西欧文艺复兴时期人物，对于人生万物，每有拍案惊奇之赞叹。观其论诗，谓"诗如何可限字句？诗者人之心头忽然之一声耳，不问妇人孺子，晨早夜半，莫不有之"（《与许青屿书》），真如已入室升堂知道文章孕育所在了。所谓"吾书至此句，此句以前，已疾变灭"，亦甚佳妙。又观其论唐诗句无雷同，实已窥到创造之心境。与许祈年书的全文甚好，抄录于下："弟读唐人七言近体，随手间自抄出，多至六百馀章，而其中间乃至并无一句相同。弟因坐而思之，手之所捻者笔，笔之所醮者墨，墨之所着于纸者，前之人与后之人，大都不出云山花木沙草鱼虫近是也。舍是则更无所假托焉。而今我已一再取而读之，是何前之人与后之人，云山花木沙草鱼虫之犹是，而我读之之人之心头眼底，反更一一有其无方者乎？此岂非一字未构以前，胸中先有浑成之一片，此时无论云山乃至虫鱼，凡所应用，彼皆早已尽在一片浑成之中乎？不然，如何同是一云一山一虫一鱼，而入此者不可借彼，在彼者，更不得安此乎？”这简直就是上引的 Edward Young 的文章孕育论，也就是 Croce 的艺术单纯论（The unity of a work of art）。因为他表章文人之文是出于文人个性自然之发展，非可仿效他人，亦非他人所可仿效，非能剥夺他人，亦非他人所能剥夺。

但是不知如何，圣叹始终缠绵困倒于章法句法之中，与袁枚及公安诸子等所言文章无法大相刺谬。我于他处曾经指出圣叹之病，现在又紬绎其言，知道并不冤枉他。我也坐思其故，圣叹实一极有理性之人，有科学头脑，无科学题材，故在文学上运用其理智，发明章法句法及为唐诗分解，这些尝试，都含有 Hegel 穷探逻辑的意味。答韩贯华书中说：“弟比来……止是闲分唐人律诗前后二解，自言乐耳。……弟因寻常见世间会说话人，先必有话头，既必有话尾。话头者，谓适开口，渠则必然如此说起，盖如此说起，便是说话，不如此说起，便都不是说话也。话尾者，既已说过正话，便又亟自转口云。……今弟所分唐律诗之前后二解，正是会说话人之话头话尾也。”他虽然知道不可限诗字句，但他所感到趣味的，是这些语言逻辑上的承转的问题。

何以说不冤枉他？试读以下《水浒传序三》之论《史记》《庄生》与《水浒》之文。“吾旧闻有人言《庄生》之文放浪，《史记》之文雄奇，始亦以之为然，至是忽咥然其笑。古今之人，以瞽语瞽，真可谓一无所知，徒令小儿肠痛耳。”读者至此觉得甚妙，以为圣叹将揭穿宇宙文章寄托性灵之大秘奥。又说下去：“夫《庄生》之文何尝放浪，《史记》之文何尝雄奇，彼殆不知庄生之所云，而徒见其忽言化鱼，忽言解牛，寻之不得其端，则以为放浪；徒见《史记》所记皆刘项争斗之事，其他又不出于代人报仇，捐金重义为多，则以为雄奇也。”读者又谓将见《史记》《庄生》行文之秘奥，而“得其端”了，及读接句下文，听圣叹发挥行文之“端”，乃大失望。接句下文是：“若诚以吾读《水浒》之法读之，正可谓《庄生》之文精严，《史记》之文亦精严……何谓之精严？字有字法，句有句法，章有章法，部有部法。”呜呼，子长庄生岂知字法句法章法之为何物乎？呜呼，吾虽不欲使圣叹下第，其可得欤？

《庄生》，文之最放者，取其最放，而诬以精严，裹其女足，授以尖鞋，使天下之士赖句法章法裹足尖鞋以效庄生，岂非滑天下之大稽乎？

下　篇

数月前读沈启无编的《现代散文钞》二卷，得其中极多精彩的文学理论，爰著“论文”篇，略阐性灵派的立论；意犹未尽，乃续作下篇。性灵二字，不仅为近代散文之命脉，抑且足矫目前文人空疏浮泛雷同木陋之弊。吾知此二字将启现代散文之绪，得之则生，不得则死。盖现代散文之技巧，专在冶议论情感于一炉，而成个人的笔调。此议论情感，非自修辞章法学来，乃由解脱性灵参悟道理学来。桎梏性灵之修辞章法，钝根学之，将成哑巴，慧人学之，亦等钝根，盖其所言在肤革，不在骨子，在容貌，不在神髓。学者终日咿唔摹仿，写作出来，何尝有一分真意见真情感流露出来？无意见无情感则千篇一律，枯燥乏味，读之昏昏欲睡，文字任何优美，名词任何新鲜，皆死文学也。性灵之启发，乃文人根器所在，关系至巨，故不惮辞费，再为下篇，以明文章之孕育取材及写作，确不能逃出性灵论范围也。吾知士大夫将不直吾言，然吾说我心中要说的话，士大夫之论不足畏也。士大夫岂懂得性灵为何物乎？袁中郎叙陈正甫《会心集》曰：“……迨夫年渐长，官渐高，品渐大，有身如梏，有心如棘，毛孔骨节，俱为闻见知识所缚。”此种不知趣之士大夫何足论文？知趣是学文之始。不相信士大夫，是学问之始。

一、性灵之摧残与文学之枯干

有意见始有学问，有学问始有文章，学文必先自解脱性灵参悟道理始。古文盛行时，文字成一问题，故修炼辞藻，可虚糜半世工夫。今则皆用质直文字，文章即说话，能说话便能做文章。巧话有巧文，陋话有陋文。故今文人所苦者，无话可说而已。无话可说，乃无病呻吟，萎靡纤弱，甚有盈篇累牍，读完仍不见说一句真知灼见的话。尝推其故：塾师教作文，不教说心中要说的话，心中不可不说的话，只教说得体的话，是摧残性灵之第一步。将来小学生成士大夫，委员，秘书，起草宣言，满篇皆得体文章，乃此种作文教学为厉之阶也。及至士大夫发宣言，作演讲，洋洋洒洒，无一句老实话，恬不知耻，报纸强迫刊载，学生引为楷模。于是朝野以应酬文章相欺相诓，是摧残性灵之第二步。然发宣言作演讲，犹系应酬文章，非文学也，宣誓必念总理，自述必言追随，犹可说也。若文学而说得体的话，违心之论，则何足以传？宣言演讲之刊载，非人好刊载也，强迫人刊载也，非人好读也，畏而疑之，不得不读也。若文学作品，汝有何官方势力迫人刊载，汝死后有何权力，迫人传诵乎？是汝下台而汝文与汝共下台，汝死而汝文与汝共死。

文章何由而来，因人要说话也。然世上究有几许文章，哪里有这许多话？是问也，即未知文学之命脉寄托于性灵。人称三才，与天地并列：天地造物，仪态万方。岂独人之性灵思感反千篇一律而不能变化乎？读生物学者知花瓣花萼之变出无穷，清新都丽，愈演愈奇，岂独人之性灵，处于万象之间，云霞呈幻，花鸟争妍，人情事理，变态万千，独无一句自我心中发出之话可说乎？风雨之夕，月明之夜，岂能无所感触，有感触便有话有文章。惜世人为塾师所误，文法所缚，不敢冲口而出，畅所欲言而已。拿起笔来，满脸道学，忸怩作丑态，是以不能文也。吾心所感所憎所嗔所喜所奇所叹何日何处无之。第因世人失性灵之旨，凡有写作，皆不从心，逐致天下文章虽多由衷之言甚少，此文学界之所以空疏也。试取今日洋洋洒洒之社论，究有几句话非说不可，究有几个文人有话要向我说，便知此中之空乏。人称三才之一，而枯干至此，不及花鸟，岂非大奇？

二、性灵无涯

性灵派文学，主"真"字。发抒性灵，斯得其真，得其真，斯如源泉滚滚，不舍昼夜，莫能遏之。国事之大，喜怒之微，皆可著之纸墨，句句真切，句句可诵。不故作奇语，而语无不奇，不求其必传，而不得不传，盖"真有性灵之言，常浮出纸上，决不与众言伍。"（谭友夏《诗归序》）不与众言伍，斯不能不传。袁中郎曰："夫天下之物，孤行必不可无。必不可无，虽欲废焉而不能。雷同则可以不有，可以不有，则虽欲存焉而不能。故吾谓今之诗文不传矣。其万一传者，或今闾阎妇人孺子所唱擘破玉打草竿之类，犹是无闻无识，真人所作，故多真声，不效颦于汉魏，不学步于盛唐，任性而发，尚能通于人之喜怒哀乐嗜好情欲，是可喜也。"（小修《诗叙》）学文无他，放其真而已。人能发真声，则其穷奇变化。亦如花鸟之色泽，云霞之变态，层出无穷，至死而后已。小修《中郎先生全集序》曰："至于今天下之慧人才士，始知心灵无涯，搜之愈出，相与各呈其奇而互穷其变，然后人人有一段真面目溢露于楮墨之间，即方圆黑白相反，纯疵错出，而皆各有所长以垂不朽。"知心灵无涯，则知文学创作亦无涯。今日中国几万个作者，人人意见雷同，议论皆合圣道，诚为咄咄怪事。

三、文章孕育

文章有卓大坚实者，有萎靡纤弱者，非关文字修词笔法也。卓大坚实，非一朝一夕可致，必经长期孕育。世事既通，道理既澈，见解愈深，则愈卓大坚实。性灵未加培养，事理不求甚解，人云亦云，及既舒纸濡墨，然后苦索饥肠以应付之，斯流为萎靡纤弱。编《论语》时，收到稿件，每读几行，即知此人腹中无物，特以游戏笔墨作荒唐文字而已。提倡幽默，亦非一朝一夕可致，非敢望马上成功也，若刊载亦有萎靡纤弱文字，而中仅有一二句可喜者，此一时不能免之现象也。故提倡幽默，必先提倡解脱性灵，盖欲由性灵之解脱，由道理之参透，而求得幽默也。今人言思想自由，儒道释传统皆已打倒，而思想之不自由如故也。思想真自由，则不苟同，不苟同，国中岂能无幽默家乎？思想真自由，文章必放异彩，放异彩，又岂能无幽默乎？

吾尝谓文人作文，如妇人育子，必先受精，怀胎十月，至肚中剧痛，忍无可忍，然后出之。多读有骨气文章有独见议论，是受精也。既受精矣，见月有感，或见怪有感，思想胚胎矣，乃出吾性灵以授之，出吾血液以育之，务使此儿之面目，为吾之面目。中途作官，名利缠心，则胎死。时机未熟擅自写作，是泻痢腹痛误为分娩，投药打胎，胎亦死。多阅书籍，沉思好学，是胎教。及时动奇思妙想，胎活矣，大矣，腹内物动矣，母心窃喜。至有许多话，必欲迸发而后快，是创造之时期到矣。发表之后，又自诵自喜，如母牛舐犊。故文章自己的好。

四、会心之顷

一人思想既已成熟，斯可为文。然一人一日中之思想万千，其中有可作文者，有不可作文者，何以别之？曰，在会心二字。凡可引起会心之趣者，则可为作文材料，反是则决不可。凡人触景生情，每欲寄言，书之纸上，以达吾此刻心中之一感触，而觉湛然有味，是为会心之顷。他人读之，有同此感，亦觉湛然有味，亦系会心之顷。此种文章最为上乘。明末小品多如此。周作人先生小品之成功，即得力于明末小品，亦即得力于会心之趣也。其话冲口而出，貌似平凡，实则充满人生甘苦味。

会心之语，一平常语耳，然其魔力甚大。似俚俗而实深长，似平凡而实闲适，似索然而实冲淡。施耐庵所谓“所发之言，不求惊人，人亦不惊，未尝不欲人解，而人卒亦不能解者，事在性情之际，世人多忙，未尝闻也。”（《水浒传序》）

会心之顷，时时有之，施耐庵曰：“盖薄莫篱落之下，五更被卧之中，垂首捻带，睇目观物之际，皆有所遇。”金圣叹曰：“诗者，人之心头忽然之一声耳，不问妇人孺子，晨朝夜半，莫不有之。”（《与许青屿书》）此语与上引袁中郎“妇人孺子真声”说正合。文人放弃此心声，剽窃他人烂语，遂感觉无话可说，其愚孰甚？

陶靖节“采菊东篱下，悠然见南山”，是何等平常话，亦是何等佳句。李太白“举头望明月，低头思故乡”，亦是何等平常话，亦是何等佳句。吾人阅此景此情，何日无之，惜不敢见真。见真则俯仰之际，皆好文章，信心而出，皆东篱语也。

文章至此，乃一以性灵为主，不为格套所拘，不为章法所役。谭友夏《诗归序》曰：“法不前定，以笔所至为法。趣不强括，以诣所安为趣。词不准古，以情所迫为词。”是谓天地间之至文。

春日游杭记

一

由梵王渡上车，乘位并不好，与一个土豪对座。这时大约九时半。开车后十分钟，土豪叫一盘中国大菜式的西菜。不知是何道理，他叫的比我们常人叫的两倍之多，土豪便大啖大嚼起来，我也便看他大嚼。茶房对他特别恭顺。十时零六分，忽然来一杯烧酒，似乎是五茄皮。说也奇怪，十时十一分，杂碎的大菜吃完，接着是白菜烧牛肉，其牛肉至十二片之多。我益发莫名其妙了。十时二十六分，又来土司五片，奶油一碟。于是我断定，此人五十岁时必死于肝癌。正在思索之时，又来一位油脸而黑的中山装少年。一屁股歪在土豪旁边坐下，一手把我桌上的书报茶杯推开，登时就有茶房给他一杯咖啡，一盘火腿蛋。于是土豪也遭殃了。青年的呢帽一直放在土豪席上位前。我的一杯茶，早已移至土豪面前，此时被这帽子一推，茶也溢了，桌也溢了。我明白这是以礼义自豪之邦应有的现象，所以愿以礼相终始，并不计较。排布定当，于是中山装青年弯下他的油脸，吃他的火腿蛋。我看见他身上徽章，是什么沪杭铁路局的什么员，又吃完便走，乃断定他这碟火腿蛋一定是贿赂。这时土豪牛肉已吃到第九片，怎么忽然不想吃了。于是咳嗽、吐痰、免冠、搔首，颇有饱乐之慨。十时三十一分茶房来，问可否拿走。土豪毫不迟疑地说“等一会”。经此一提醒，土豪又狼吞虎咽起来。这回特别快，竟于十时四十分全碟吃完。翻一翻报，脸上看不见有什么感触，过一会头向桌上一歪，不五分钟已经鼾然入寐了。我方觉得安全。由是一路无聊到杭州。

到杭州，因怕臭虫，决定做高等华人，住西泠饭店，虽然或者因此与西洋浪人为伍，也不为意。车过浣纱路，看见一条小河，有妇人跪在河旁在浣衣，并不是浣纱。因此，想起西施，并了悟她所以成名，因为她是浣纱，尤其因为她跪在河旁浣纱时所必取的姿势。

到西湖时，微雨。拣定一间房间，凭窗远眺，内湖、孤山、长堤、宝俶塔、游艇、行人，都一一如画。近窗的树木，雨后特别苍翠，细草茸绿的可爱。雨细濛濛的几乎看不见，只听见草叶上及田陌上浑成一片点滴声。村屋五六座，排列山下，屋虽矮陋，而前后簇拥的却是疏朗可爱的高树与错综天然的丛芜、蹊径、草坪。其经营毫不费工夫，而清华朗润，胜于上海愚园路寓公精舍万倍。回想上海居民，家资十万始敢购置一二亩宅地，把草地碾平，花木剪成三角、圆锥、平头等体，花圃砌成几何学怪状，造一五尺假山，七尺渔池，便有不可一世之慨，真要令人痛哭流涕。

二

半夜听西洋浪人及女子高声笑谑，吵的不能成寐。第二天清晨，我们雇一辆汽车游虎跑。路过苏堤，两面湖光潋滟，绿洲葱翠，宛如由水中浮出，倒影明如照镜。其时远处尽为烟霞所掩，绿洲之后，一片茫茫，不复知是山是湖，是人间，是仙界。画画之难，全在画此种气韵，但画气韵最易莫如画湖景，尤莫如画雨中的湖山；能攫得住此波光回影，便能气韵生动。在这一副天然景物中，只有一座灯塔式的建筑物，丑陋不堪，十分碍目，落在西子湖上，真同美人脸上一点烂疮。我问车夫这是什么东西。他说是展览会纪念塔，世上竟有如此无耻之尤的留学生作此恶孽。我由是立志，何时率领军队打入杭州，必先对准野炮，先把这西子脸上的烂疮，击个粉碎。后人必定有诗为证云：

西湖千树影苍苍
独有丑碑陋难当
林子将军气不过
扶来大炮击烂疮

虎跑在半山上，由山下到寺前的半里山路，佳丽无比。我们由是下车步行。两旁有大树，不知树名，总而言之，就是大树。路旁也有花，也不知花名，但觉得美丽。我们在小学时，学堂不教动植物学，至此吃其亏。将到寺的几百步，路旁有一小涧，湍流而下，过崖石时，自然成小瀑布，水石潺潺之声可爱。我看见一个父亲苦劝他六岁少爷去水旁观瀑布。这位少爷不肯。他说水会喷湿他的长衫马褂，而且泥土很脏。他极力否认瀑布有什么趣味。我于是知道中国非亡不可。

到寺前，心不由主的念声阿弥陀佛，犹如不信耶稣的人，口里也常喊出“O Lord”。虎跑的茶著名，也就想喝茶，觉得甚清高。当时就有一阵男女，一面喝茶，一面照相，倒也十分忙碌。有一位为要照相而作正在举杯的姿势。可是摄后并不看见他喝。但是我知道将来他的照片簿上仍不免题曰“某月日静庐主人虎跑啜茗留影”。这已减少我饮茶的勇气。忽然有小和尚问我要不要买茶叶。于是决心不饮虎跑茶而起。

虎跑有二物：游人不可不看，一、茅厕、二、茶壶，都是和尚的机巧发明。虎跑的茶可不喝，这茶壶却不可不研究。欧洲和尚能酿好酒，难道虎跑的和尚就不能发明个好茶壶？（也许江南本有此种茶壶，但我却未看过。）茶壶是红铜做的，式样与家用茶壶同，不过特大，高二尺，径二尺半，上有两个甚科学式的长卣。壶身中部烧炭，四周便是盛水的水柜。壶耳、壶嘴俱全，只想不出谁能倒得动这笨重茶壶。我由是请教那和尚。和尚拿一白铁锅，由缸里挹点泉水，倒入一长卣，登时有开水由壶嘴流溢出来了。我知道这是物理学所谓水平线作用，凉水下去，开水自然外溢，而且凉水必下沉，热水必上升，但是我真无脸向他讲科学名词了。这种取开水法既极简便，又有出便有入，壶中水常满，真是两全之策。

三

我每回到西湖，必往玉泉观鱼，一半是喜欢看鱼的动作，一半是可怜他们失了优游深潭浚壑的快乐。和尚爱鱼放生，何不把他们放入钱塘江，即使死于非命，还算不负此一生。观鱼虽然清高，总不免假放生之名，行利己之实。

观鱼之时，有和尚来同我谈话。和尚河南口音，出词倒也温文尔雅。我正想素食在理论上虽然卫生，总没看见过一个颜色红润的和尚，大半都是面黄肌瘦，走动迟缓，明系滋养不足。

因此又联想到他们的色欲问题，便问和尚素食是否与戒色有关系。和尚看见同行女人在座，不便应对，我由是打本乡话请女人到对过池畔观鱼，而我们大谈起现代婚姻问题了。因为他很诚意，所以我想打听一点消息。

“比方那位红衣女子，你们看了动心不动心呢?”

我这粗莽一问，却引起和尚一篇难得的独身主义的伟论。大意与柏拉图所谓哲学家不应娶妻理论相同。

“怎么不动心?”他说。“但是你看佛经，就知道情欲之为害。目前何尝不乐？过后就有许多烦恼。现在多少青年投河自尽，为什么？为恋爱；为女人！现在多少离婚，怎么以前非她不活，现在反要离呢？你看我，一人孤身，要到泰山、妙峰山、普渡、汕头，多么自由！”

我明白，他是保罗、康德、柏拉图的同志。叔本华许多关于女人的妙论，还不是由佛经得来？正想之间，忽然寺中老妈经过，我倒不注意，亏得和尚先来解释：

“这是因为寺中常有香客家眷来歇，伺候不便，所以雇来跟香客洒扫的。”其实我并不怀疑他，而叔本华柏拉图向来并不反对女人洒扫。

大荒集序

因为想把这五六年来的零篇文字集成一书，便为保存，所以想起集名。向来中国人的文集取名，都很雅致，如同书斋的取名一样，可以耐人寻味。因此想到已出的《剪拂集》，而以为此集命名，应该与上集集名意义稍微联贯，才有意思。最初想到《草泽集》，《梁山集》，都觉得不当。因而想到《大荒集》这名词，因为含意捉摸不定，不知如何解法，或是有许多解法，所以觉得很好。由草泽而逃入大荒中，大荒过后，是怎样个山水景物，无从知道。但是好就在无人知道，就这样走，走，走吧。

不过有一点，大荒旅行者与深林遁世者不同，遁世实在太清高了，其文逸，其诗仙，含有不吃人间烟火意味，而我尚未能。也许戈壁荒漠过去，就是深林，与木石交，与鹿豖游，那末下一次文集便须以“深林集”或“鹿豖集”名，但也许过去正是新都的十字街头，也是可能的。总而言之，在荒野中的人尚不知道。

在大荒中孤游的人，也有特种意味，似乎是近于孤傲，但也不一定。我想只是性喜孤游乐此不疲罢了。其佳趣在于我走的路，一日或二三里或百里，无人干涉，不用计较，莫须商量。或是观草虫，察秋毫，或是看鸟迹，观天象，都听我自由。我行吾素，其中自有乐趣。而且在这种寂寞的孤游中，是容易认识自己及认识宇宙与人生的。有时一人的转变，就是在寂寞中思索出来，或患大病，或中途中暑，三日不省人事，或赴荒野，耶稣，保罗，卢骚……前例俱在。

吾生平读书绝少，无论中外文学，都是这样。因为不阿世好，所以也不赶看时行所尚的书。但是有时偶然得一好书，或发现一新作者，则欢喜无量，再读三读而获益无穷。这就是孤游者之快乐。但是我相信，凡读书的人都应如此，必须得力于一家，不可泛览，所致博学而无所成名，曾子高于子夏，就在这一点。读书应取其性情相近者而精读之，才容易于见解思想上有所启发，如此时久日渐，自然也可有成就。常人学与思，总是学占大部分而思少，就是因为所学是趋时之学，不一定与自己思想能发生活的关系。要多思不如少学，才不会精神浪费，但要如此，又非取孤游办法不可，凄凄皇皇，汲汲成名，人云亦云，是不足取的。我想从容地，慢慢地，如野游船沿路读来才好。像 Samuel Butler 那样孤芳自赏的作家，是我所佩服的。

有人出书，是因为偶然先想到一个书名，觉得太好了，非出不可，然后去做书。有人是先做好了书，才想起书名，甚至屡次易名，如同家中的宁馨儿，先生出来，再给取名，却因为宠爱，连起三四个绰号，随生随灭，听其自然，但也不觉得重复。名之来源，常人都不知道，有时做父母的也不知道。大半总是偶然呼出，觉得顺口，音韵好听，而有什么极小事故的关系。《大荒集》，是先想出书名，属于第一类的。今晨因想到这书名，觉得音韵甚好，义也可取，所以也把一时感想写成一篇序。序既写好，又感觉不得不赶紧搜罗旧作，编集起来，待看能合书名否？

这只能算是序书名，并非序书。至于书之内容皆系革命以后之作品。但料想已无“剪拂集”之坦白了。而且并非包括我革命以后的最好作品。最好的还是我游欧一年与我的小孩的通信，而那些通信的最好部分，并不是我写的。

我怎样买牙刷

按：这是一篇极堪注意的社会速写，叙述于一九三三年，一位受过相当教育兼有中等阶级良心的人，在现在社会制度之下怎样买牙刷的经验。我想这篇，分该列入为 Edward Bellamy 名著“二〇〇〇年之回顾”的一章。（是书已有人译出在《生活周刊》陆续登过。）我们后代子孙恐怕不容易明白怎样，他们的半开化的祖上在一九三〇年之会能够容许这种可笑的制度存在，而泰然自诩为文明。也许在广告术未甚发达的我国，有许多人未上过我所上的当，但在国外，此种经验是中等阶级所同有，而不定是普通中等阶级所能觉悟的。但是我想，虽在我国，这种苦痛不久总会来的，因为广告术已经逐渐发达了。

也许我应先叙述我何以有买牙刷的问题发生。幼时，不管有无牙刷，我是很快乐的。也记不清我幼时到底用过牙刷没有。这种问题，于幼童的世界是不算一回事，而且于西欧常在床上早餐的贵族阶级也是不算一回事；只有在知书识字一知半解的中等阶级（无论何国），却常常发生而很普遍。闲话休提，不管我幼时有没有用过牙刷，我总是一直长大康健起来。我那时还不曾见过有刷毛不齐作犬牙状而末加一簇长毛的“预防”牌（Prophylactic）卫生文明牙刷，所以不曾上当，而心中也未尝有过丝毫的焦虑。如今才晓悟现代广告的欺骗我辈读书人，真要令人思之慨然，欲起而作一种社会革命了。

我得先声明本篇的主旨，并不是叫人不可买牙刷，只是说任何人应当可以用一角钱一支的牙刷刷净他的牙齿，假定他用充量的水。这一点事都做不来，还能算是个男子吗？Sinclair Lewis 在他的杰作 Arrowsmith，挖苦纽约某座基金极充足设备极富丽的医学研究所（McGurke Institute），说凡是真正科学家，都可以把自己屋顶的小房充当做研究所；你给他几根牙签几个玻璃管，他便可以研究发明起来。假定这句话不错，（凡真正科学家都心中明白所言是实。）

那末纽约医学研究所的洁白瓷盆及光亮夺目的仪器的用处，不过是使捐助基金的人自己得意，及使几个不会发明不会创造的研究员自己解嘲吧？James Watt发明蒸汽机，先只靠一只茶壶。爱迪生少时发明就在一间后院的茅屋；Mrs. Stowe写她的杰作Uncle Tom's Cabin是用包裹黄纸做稿纸；Franz Schubert做他的Hark Hark the Lark歌曲也是写在信封后面。是的，伟大的发明不会由基金充足设备富丽的McGurke Institute出来的。事实上，我的牙医朋友已经偷偷地告诉我，据他的专门经验而言，许多非买Prophylactic牙刷不可的有钱太太，根本就不懂得这牙刷的用法。这些有钱的太太们，正像李格（Stephen Leacock）所嘲谑的西方银行家，出门避暑，想到钓鱼，必另买一双涉水的高皮靴，另做一件不怕风雨的大衣，买到一根值十几元钱的，挂有转轮的，科学式的渔竿去钓鱼去。但是李格氏问，这些银行家会钓上鱼吗？真正的渔人，你只消给他一根竹竿，一条悬钩，他总会钓得鱼出来给你看。刷牙的道理也无过如此。

但是这些平常道理，是我经过三年苦心研究最适宜科学最卫生最文明的牙刷的经验，才研究出来。上边已经说过，我幼时是很快乐自在的。我并不要用牙刷，也不管牙刷上面之弯形角度是否与我的齿沿的圆弧相合与否。直到在某校时候，认识一位校医，才失了我天真的快乐。（这位校医不久以前已经自杀。）他竟然告诉我：世上有这种毛病叫做齿龈脓肿，秘穴溃烂，文生博士病（Vincent's disease）等。像一切中等阶级，我一面增加知识，一面恐慌起来。他说世上毛病，十九是由牙齿不洁来的。而且秘穴所生之毒质，如不及早觉察医治，简直可以传入脑部，令人发狂——我简直可以进疯人院。从此以后，我便不复知平安快乐日子了，而从此我便开始研究最适宜最科学最文明最卫生的牙刷了。荏苒于今，已历三载，到了今日，才一无所得，空手回来。

不读书的人，总以为牙刷只是一根刷子，而要使用方便功效起见，刷毛应该是整齐的，与毛刷，衣刷，靴刷相同，正如一只椅子，总应该是四足齐平才合理，但是我生性有科学的好奇心，很注意有什么新奇花样。因为我正在寻求什么新奇的牙刷，看见预防牌的刷毛不齐，呈犬牙状，末端又有高起的一簇刷毛，遂引起我的注意，犹如我现在看见一只三足短一足长的凳子，也会特别注意，我看见说明书，说这刷毛毛面呈向内弯的形状，与我齿沿向外弯的弧形相合，觉得很有道理，遂即刻决定“这是我最合理最科学的牙刷了”。那时我选定的，是一根刷柄向内弯三十度的牙刷。过后也曾买过一支刷柄向外弯三十度的牙刷，而并没遇见什么不测风云。于是使我猜疑，也许不向外亦不向内弯的直的刷柄才是最合理化的牙刷吧？

但是事实上，在两年中，我是预防牌的信徒，轻易不改我的主张，虽然我已觉察，只有末端高出的一簇毛是用得着的，因为他部的毛万不会与牙齿接触。恰巧有一天，我的叔父死了，遗留三百元给我浪费。我就想到牙刷问题。我跑进一间药房，由腰包里掏出一张五元钞票，掷在柜上，叫伙计将市上最高贵的牙刷给我。伙计拿来的是韦思脱大医生的牙刷（Dr.West's），价钱一元三角。不看犹可，一看我就恐慌起来。难道我两年来专受广告的欺弄吗？因为我发现这最文明最科学的牙刷刷毛的面是向外凸出，而不是向内凹进的弧形，正与我所相信的老牌相反；我发现这科学最近发明的成绩，末端并没有一簇高出的毛，反是两端毛短，中间毛长；说明书又告诉我韦思脱博士经过多年的试验，得到一个结论，说只有向外弯的牙刷才能与齿沿的内部的弧形相合。这有点像听见牛敦与恩斯坦各持异论，不免疑心有一人是错的。我带回这韦斯脱博士试验的结论回来，一刷，发现不但齿龈的内沿刷得到，就是齿龈的外沿也一样的刷得到。我始恍然大悟。一跑出去，到最近的杂货铺用二十五个铜子买一支广东制造的平面直柄牙刷。回来之后用起来，感觉有刷毛整齐的牙刷刷过齿上的一种三年来所未有的快乐。这就是我从小长大健康快乐时所用的牙刷。

假如我买文明牙刷的这段历史像一幕悲剧，那末我寻求文明牙膏的经验，真如同一部一百二十四回小说。那些名牌牙膏、牙粉、牙水互相攻讦的广告，读了真令人眼花缭乱。简单的叙述起来，各种牙膏、牙粉、牙水我先后都已用过。我的经验包括 Dr. Lyon's Powder，Sozodont，Squinb's Dental Magaeria，Pepsodent，Chlorodont，Kolynos，Colgate，Listerine，Euthymol，Ipana 各牌，（家家说“惟我此家”货色是不害牙齿的。）我觉得用起来，无论哪一家都是一样，都不能伤损我生成洁白无疵的牙齿。我看见过化学室化验的证书，说某种牙齿膏于几秒钟能杀死几百万微菌（后来有医生告诉我，此家消毒水杀菌力不及盐水）；有某家广告警告我“当心粉红的牙刷”，说是用错牙膏，齿龈脓溃的先兆（其实刷时用力，齿龈微出血，是当然的事）；有的广告警告我，市上牙膏十九是完全无用的。我曾经因为见到有家广告说不可用牙粉，会伤牙齿，起了恐慌，置而不用，后来又看见 Dr. Lyon's 的广告，说非牙粉刷不干净（“要学牙科医生给你刷牙时的榜样——用牙粉”），乃又起恐慌，又起而用之。我曾经受 Jambert 医药公司的诱惑，说用利思特灵（Listerine）的牙膏一年中省下来的钱可以购买以下任何物品之一种：“七磅牛排；八磅火腿；八磅小羊排；两只鸡；十二条咖啡卷；十瓶果浆；二十包面粉；三十罐头空心粉……”然而用了一年之后，并不见得我的太太赠我这些礼物。

幸而不久我见出破绽了。有一回 Colgate，大约是良心责备，十分厌倦这些欺人的广告，出来登一特别广告，问人家：“你因看见广告而受恐慌吗?”并说一句老实话：“牙膏的惟一作用只是洗净你的牙而已。”我想上天的意思也委实如此而已。这是初次的醒悟。第二次的醒悟，是看见 Pepsodent 的广告，更加良心发现，更显明的厌倦那些欺人的广告，公然说：“使你的牙齿健全的，并不是牙膏——是菠菜啊!”我真气炸了肺，一直跑去问一位牙科的朋友，请教他“到底牙膏有什么用处”？他只笑而不说。我知道他的心里在说“你可怜的中等阶级啊!”我要求一个明白答复。

“什么!”我喊出来。“至少牙膏总能够洗净牙齿，不是吗?”

“老兄啊!”他拍我的肩膀发出怜惜之意说。“你要明白，洗净你的牙齿是水及牙刷啊！牙膏不过使你洗时较觉芬香可口而像煞有介事而已。”

“那末，用一两点香蕉露也可以吗?”

“亏得你想出来!”朋友转怜为笑叹一口气说。

我们两人紧握双手。宛如手中握住一件天知地知尔知我知宇宙间的大秘密。

有不为斋解

有客问有不为斋斋名用意何在，到底何者在所不为之列，这一问，倒给我发深省了。原来士人书斋取名都颇别致。一派是经师派，如“抱经”，“揅经”，“诂经”，“潜研”之类。一派是名士派，所名多有诗意，如“涵芬”，如“庸闲”，如“双梅影”，如“水流云在”，如“仰视千七百二十九鹤”等。一派是纪事的，如“三希”，如“铁琴铜剑”等。又一派是言志的，如“知不足”，“有恒心”，“知未信”；这些都带有点道学气味，而“有不为”恐怕只好归入此派。亦有言志而只用一字表出的，非常古雅，如“藏园”“忆园”“曲园”“寄园”等。这大概是已有园宅阶级，所以大可以洁身自好，与世无争了。虽然这名有时也靠不住，如租界上有村曰“耕读”，贫民窟有里曰“馀庆”，野鸡巢有坊曰“贞德”，甚至大马路洋灰三楼上来一个什么“山房”，棋盘街来一个“扫叶”，本不是不可能的事。横竖不过起一个名而已，我们中国人想。

“有不为”是有点道学气，我已说过。看来似乎反康有为，而事实不然。因为世上名称愈相反的，气质愈相近。试将反康与拥康者相比，反康营中曾经拥康者十有其六，而拥康党里曾经反康者，亦十有其八。如贞德坊之野鸡，庆馀里之贫民，原来不过也是说说叫得好听而已。所以如孟子所说，有所不为然后可以有为，正可证明物极必反的道理。但是一人总有他所不为的事。朋友这样一问，使我不得不自己检讨一下。当时既不留心，盘查起来，倒也很有意思。我恍惚似已觉得，也许我一生所做过许多的事，须求上帝宽宥，倒是所未做的事，反是我的美德。兹将所想到，拉杂记下如左：

我不曾穿西装革履到提倡国货大会演说，也不曾坐别克汽车，到运动会鼓励赛跑，并且也不曾看得起做这类事的人。

我极恶户外运动及不文雅的姿势，不曾骑墙，也不会翻筋斗，不论身体上，魂灵上，或政治上，我连观察风势都不会。

我不曾写过一篇当局嘉奖的文章，或是撰过一句士大夫看得起的名句，也不曾起草一张首末得体同事认为满意的宣言。

也不曾发，也不曾想发八面玲珑的谈话。

我有好的记忆力，所以不曾今天说月亮是圆的，过一星期说月亮是方的。

我不曾发誓抵抗到底背城借一的通电，也不曾作爱国之心不敢后人的宣言。也不曾驱车至大学作劝他人淬励奋勉作富贵不能淫威武不能屈的训辞。

我不曾诱奸幼女，所以不曾视女学生为“危险品”，也不曾跟张宗昌维持风化，禁止女子游公园。

我不曾捐一分钱帮助航空救国，也不曾出一铜子交赈灾委员赈灾，虽然也常掏出几毛钱给须发斑白的老难民或是美丽可爱的小女丐。

我不曾崇孔卫道，征仁捐，义捐，抗×救国捐，公安善后捐，天良救国捐。我不曾白拿百姓一个钱。

我不好看政治学书，不曾念完三民主义，也不曾于静默三分时，完全办到叫思想听我指挥。

我不曾离婚，而取得学界领袖资格。

我喜欢革命，但永不喜欢革命家。

我不曾有面团团一副福相，欣欣自得，照镜子时面上未尝不红泛而有愧色。

我不曾吆喝佣人，叫他们认我是能赚钱的老爷。我家老妈不曾窃窃私语，赞叹她们老爷不知钱从哪里来的。

我不曾容许仆役买东西时义形于色克扣油水，不曾让他们感觉给我买物取回扣，是将中华民国百姓的钱还给百姓。

我不曾自述丰功伟绩，送各报登载，或是叫秘书代我撰述送登。

也不曾订购自己的放大照相分发儿子，叫他们挂在厅堂纪念。

我不曾喜欢不喜欢我的人，向他们做笑脸。我不曾练习涵养虚伪。

我极恶小人，无论在任何机关，不曾同他们勾心斗角，表示我的手腕能干。我总是溜之大吉，因为我极恶他们的脸相。

我不曾平心静气冷静头脑的讨论国事，不曾做正人君子学士大夫道学的骗子。

我不曾拍朋友的肩膀，作慈善大家，被选为扶轮会员。我对于扶轮会同对于青年会态度一样。

我不曾禁女子烫头发，禁男子穿长衫，禁百姓赛龙舟，禁人家烧纸钱，不曾卫道崇孔，维持风化，提倡读经，封闭医院，整顿学风，射杀民众，捕舞女，捧戏子，唱京调，打麻将，禁杀生，供大王，挂花车，营生圹，筑洋楼，发宣言，娶副室，打通电，盗古墓，保国粹，卖古董，救国魂，偷古物，印佛经，禁迷信，捧班禅，贴标语，喊口号，主抵抗，举香槟，做证券，谈理学……

作文六诀序

近来“作文讲话”“文章作法”的书颇多。原来文彩文理之为物，以奇变为贵，以得真为主。得真则奇变，奇变则文彩自生，犹如潭壑溪涧未尝准以营造法尺，而极幽深峭拔之气，远胜于运粮河，文章岂可以作法示人哉！天有星象，天之文也；名山大川，地之文也；风吹云变而锦霞生，霜降叶落而秋色变。夫以星球运转，棋列错布，岂为吾地上人之赏鉴，而天狗牛郎，皆于无意中得之。地层伸缩，翻山倒海，岂为吾五岳之祭祀，而太华昆仑，澎湃而来，玉女仙童，耸然环立，供吾赏览，亦天工之落笔成趣耳。以无心出岫之寒云，遭岭上狂风之叱咤，岂尚能为衣裳着想，留意世人顾盼，然鳞章鲛绡，如锦如织，苍狗吼狮，龙翔凤舞，竟有大好文章。以饱受炎凉之林树，受凝霜白露之摧残，正欲收拾英华，敛气屏息，岂复有心粉黛为古道上人照颜色，而凄凄肃肃，冷冷清清，竟亦胜于摩诘南宫。推而至于一切自然生物，皆有其文，皆有其美，枯藤美于右军帖，悬石美于猛龙碑，是以知物之文，物之性也，得尽其性，斯得其文以表之。故曰，文者内也，非外也。马蹄便于捷走，虎爪便于搏击，鹤胫便于涉水，熊掌便于履冰，彼马虎熊鹤，岂能顾及肥瘦停匀，长短合度，特所以适其用而取其势耳。然自吾观之，马蹄也，虎爪也，鹤胫也，熊掌也，或肉丰力沉，颜筋柳骨，或脉络流利，清劲挺拔，或根节分明，反呈奇气。他如象蹄有隶意，狮首有飞白，斗蛇成奇草，游龙作秦篆，牛足似八分，麋鹿如小楷，天下书法，粲然大备，奇矣奇矣。所谓得其用，取其势，而体自至。作文亦如是耳。昔人批点《左》、《国》、《史》、《汉》，辄喋喋惊叹，以为文高不可及，非八股笔法所可衡量，岂知古人行文本无笔法，本无体裁，亦尽其性，犹斗蛇游龙马蹄鹤膝之尽其势而已。势至必不可抑，势不至必不可展，故其措辞取义，皆一片大自然，浑浑噩噩，而奇文奥理亦皆于无意中得之。盖势者动之美，非静之美也。故凡天下生物动者皆有其势，皆有其美，皆有其气，皆有其文。后世文人，作文章规范以自茧，笔法章法以自缚，仁义道统以自绳，是非毁誉以自戒，先斲丧其生命，桎梏其性灵，使之不动，不动而欲得其势，其美，其气，其文，愚孰甚焉？结果削足就履得一条臭裹布，无复马蹄之遒劲，虎爪之雄强，鹤胫之削拔，熊掌之圆浑矣。作文章六诀，以阐此理，是为序。

论西装

许多朋友问我为何不穿西装。这问题虽小，却已经可以看出一人的贤愚与雅俗了。倘是一人不是俗人，又能用点天赋的聪明，兼又不染季常癖，总没有肯穿西装的，我想。在一般青年，穿西装是可以原谅的，尤其是在追逐异性之时期，因为穿西装虽有种种不便，却能处处受女子之青睐，风俗所趋，佳人所好，才子自然也未能免俗。至于已成婚而子女成群的人，尚穿西装，那必定是他仍旧屈服于异性的徽记了。人非昏聩，又非惧内，决不肯整日价挂那条狗领而自豪。在要人中，惧内者好穿西装，这是很鲜明彰著的事实。也不是女子尽喜欢作弄男子，令其受苦。不过多半的女子似乎觉得西装的确较为摩登一等。况且即使有点不便，为伊受苦，也是爱之表记。古代英雄豪杰，为着女子赴汤蹈火，杀妖斩蛇，历尽苦辛以表示心迹者正复不少。这种女子的心理的遗留，多少还是存在于今日，所以也不必见怪。西装只可当为男子变相的献殷勤罢了。不过平心而论，西装之所以成为一时风气而为摩登士女所乐从者，惟一的理由是，一般人士震于西洋文物之名而好为效颦；在伦理上，美感上，卫生上是决无立足根据的。

不知怎样，中装中服，暗中是与中国人之性格相合的，有时也从此可以看出一人中文之进步。满口英语，中文说得不通的人必西装，或是外国骗得洋博士，羽毛未干，念了三两本文学批评，到处横冲直撞，谈文学，盯女人者，亦必西装。然一人的年事渐长，素养渐深，事理渐达，心气渐平，也必断然弃其洋装，还我初服无疑。或是社会上已经取得相当身份，事业上已经有相当成就的人，不必再服洋装以掩饰其不通英语及其童骀之气时，也必断然卸了他的一身洋服。所有例外，除有季常癖者，也就容易数得出来，洋行职员，青年会服务员及西崽为一类，这本不足深责，因为他们不但中文不会好，并且名字就是取了约翰，保罗，彼得，Jimmy 等，让西洋大班叫起来方便。再一类便是月薪百元的书记，未得差事的留学生，不得志之小政客等。华侨子弟，党部青年，寓公子侄，暴富商贾及剃头师傅等又为一类，其穿西装心理虽各有不同，总不外趋俗两字而已，如乡下妇女好镶金齿一般见识，但决说不上什么理由。在这一种俗人中，我们可以举溥仪为最明显的例子。我猜疑着，像溥仪或其妻一辈人必有镶过金齿，虽然在照片上看不出。你看那一对蓝（黑）眼镜，厚嘴唇及他的英文名字“亨利”，也就可想而知了。所以溥仪在日本天皇羽翼之下，尽可称皇称帝。到了中国关内想要复辟，就有点困难。单那一套洋服及那英文名字就叫人灰心。你想“亨利亨利”，还像个中国天子之称吗？

大约中西服装哲学上之不同，在于西装意在表现人身形体。而中装意在遮盖身体。然而人身到底像猴狲，脱得精光，大半是不甚美感，所以与其表扬，毋宁遮盖。像甘地及印度罗汉之半露体，大半是不能引人生起什么美感的。只有没有美感的社会，才可以容得住西装。谁不相信这话，可以到纽约 Coney Island 的海岸，看看那些海浴的男妇老少的身体是怎样一回事。裸体美多半是画家挑出几位身材得中的美女画出来的，然而在中国之画家，已经深深觉得身段匀美的模特儿之不易得了。所以二十至三十五岁以内的女子西装，我还赞成，因为西装确可极量表扬其身体美，身材轻盈，肥瘦停匀的女子服西装，的确占了便宜。然而我们不能不为大多数的人着想，像纽约终日无所事事髀肉复生的四十余岁贵妇，穿起夜服，露其胸背，才叫人触目惊心。这种妇人穿起中服便可以藏拙，占了不少便宜。因为中国服装是比较一视同仁，自由平等，美者固然不能尽量表扬其身体美于大庭广众之前，而丑者也较便于藏拙，不至于太露形迹了，所以中服很合于德谟克拉西的精神。

以上是关于美感方面。至于卫生通感方面，更无足为西装置辩之余地。狗不喜欢带狗领，人也不喜欢带上那西装的领子，凡是稍微明理的人都承认这中古时代 Sir Walter Raleigh，Cardinal Rioheliou 等传下来的遗物的变相是不合卫生的。西方就常有人立会宣言，要取消这条狗领。西洋女装在三十年来的确已经解放不少，但是男子服装还是率由旧章，未能改进，男子的颈子，社会总还认为不美观不道德，非用领子扣带起来不可。带这领子，冬天妨碍御寒，夏天妨碍通气，而四季都是妨碍思想，令人自由不得。文士居家为文，总是先把这条领子脱下，居家而尚不敢脱领，那便是惧内之徒，另有苦衷了。

自领以下，西装更是毫无是处。西人能发明无线电飞机，却不能了悟他们身体只有头面一部尚算自由。穿西装者，必穿紧封皮肉的贴身卫生里衣，叫人身皮肤之毛孔作用失其效能。中国衣服之好处，正在不但能通毛孔呼吸，并且无论冬夏皆宽适如意，四通八达，何部痒处，皆搔得着。西人则在冬天尤非穿刺身之羊毛里衣不可。卫生里衣之衣裤不能无褶，以致每堆积于腹部，起了反抗，由是不能不改为上下通身一片之 union suit。里衣之外，必加以衬衫，衬衫之外，必束以紧硬的皮带，使之就范，然就范不就范就常成了问题。穿礼服硬衬衫之人就知道其中之苦处。衬衫之外，又必加以背心。这背心最无道理，宽又不是，紧又不是，须由背后活动钩带求得适宜之中点，否则不是宽时空悬肚下，便是紧时妨及呼吸。凡稍微用脑的人，都明白人身除非立正之时，胸部与背后之直线总有不同，俯前则胸屈而背伸，仰后则胸伸而背屈。然而西洋背心偏偏是假定胸背长短相称，不容人俯仰于其际。惟人既不能整日挺直，结果非于俯前时，背心不得自由而褶成数段，压迫呼吸，便是于仰后时，背心尽处露出，不能与裤带相衔接。其在体材胖重的人，腹部高起之曲线既无从隐藏，背心之底下尽处遂成为那弧形之最向外点，由此点起，才由裤腰收敛下去，长此暴露于人世，而裤带也时时刻刻岌岌可危了。人身这样的束缚法，难怪西人为卫生起见，要提倡裸体运动，摒弃一切束缚了。

但是如果人类还是爬行动物，那裤带也不至于成为岌岌可危之势。只消像马鞍的腹带，绑上便不成问题，决不上下于其间。但人类虽然已经演化到竖行地步，西洋裤带却仍就假定我们是爬行动物。妇人堕胎常就是吃这竖行之亏，因为人类的行走虽然已取立势，而吾人腹部的肌肉还未演化改造过来，以致本为爬行载重于横脊骨上之极稳重设置，遂发生时有堕胎之危险。现在立势既成，妇人腹部肌肉却仍是横纹，不是载重于肩膀。而男人之裤带也一样的有时时不得把握之势而受地心吸力所影响。惟一补救的办法，就是将裤带拼命扣紧，致使妨碍一切脏腑之循环运动，而间接影响于呼吸之自由。

单这一层，我们就可以看出将一切重量载于肩上令衣服自然下垂的中服是惟一的合理的人类的服装。至于冬夏四时之变易，中服得以随时增减，西装却很少商量之余地，至少非一层里衣一层衬衫一层外衣不可。天炎既不可减，天凉也无从加。这种非人的衣服，非欲讨好女子的人是决不肯穿来受罪的。

中西服装之利弊如此显然，不过时俗所趋，大家未曾着想，所以我想人之智愚贤不肖，大概可以从此窥出吧？

论握手

东西文化不同之点甚多，而握手居其一。西人见面互相握手，华人见面握自己手。我想西人最可笑的习惯，就莫如握手这一端。西方文明，我能了解，西方习俗，我也很多赞成，外国哲学美术都还不错，甚至外国香水丝袜以及战舰，我都承认比中国货强，只有西方何以今日尚保存这握手的野蛮习惯，我至此不能了解。我知道西方社会也有人反对这种习惯，如同有人反对带帽带领带一样。但是这只限于一部分人，于普通社会无甚影响，大部分的人总以为这是小事，听之罢了，何必小题大做？我就喜欢注意这种士君子所不屑谈的小问题的一人。西人行之，尚有则可，东施效颦，真可不必。但事已至此，积重难返，已有万难挽回之势了。所以实际上，虽明知这习惯之野蛮不合理，也惟有吾从众，只不过每握手时心里委实难过，在此地说说罢了。

稍有研究西方风俗史的人，都知道免冠握手是发源于中世纪野蛮时代。其时绿林豪杰及封建勇士，天天比马赛剑，头戴的是铜盔，腰佩的是利剑，手戴的是铁套。铜盔之前有活动的面部，叫做 Vizor，仇敌来面部就放下，朋友来便掀起，或者全盔免去，以示并无敌意，免冠之源始于此也。再仇敌来便按剑，朋友来便脱去铁手套，与之握手，同样的表示我右手并不在按剑想杀你，握手之源始于此。现代人既不戴盔，又不佩剑，兼无铁手套，见面还是大家表示并不准备相杀，实在太无谓了。社会礼俗本来是守旧性的，以故沿袭至今，不思之甚也。

我所以反对握手，大约可分卫生上，美感上及社交上的三种理由。你想两人相遇，出手为质，或者男女授受，这其中有多少不同的疾徐轻重久暂的变化。假若有人要取美国博士学位，尽可写一篇《握手种类之不同及时间状态之比较的研究》为博士论文，可就时间之久暂，用方之重轻，干湿之程度，心理之反应，肉感之强弱，作种种分析比较，再研讨两方性别及高度之不同的配合（分“第一类甲种之三 C”，“第二类丙种之五 E”等），皮肤之粗细与其人职业上之关系，干湿之程度与情感之敏钝等等。假如某君记得多算几个百分之数，多画几张高度表，博士固囊中物也，只要他肯写得十分艰涩无味。

先说我反对握手之卫生上的理由。你看西人坐上海电车，看要铜板，避之若污，《字林西报》上通信栏，我就看见有人说这臭铜板简直就是病菌之巢穴，致病之媒介。然而西人何以见了阿猫阿狗不妨与之拉手？难道他敢相信阿猫阿狗没有摸过这臭铜板吗？甚焉者，有时看见痨病鬼咳嗽时很卫生将手掩口，咳完即伸手与你握别。所以吾中华各人自握其手，实较合于科学原理。拱手之源，我虽未考，但是由医学上卫生上讲比拉手文明，这是谁也不能否认的。

其次，谈谈美感上及社交上之理由。手者人身上最灵活最敏感之一器官也，故握手之变化极多。你把一只手交给对方，对方要握多少时，要使多少劲，都不得由你自主，一概在对方之掌握中。最重的莫如青年会干事之握手式。他左手拍你肩膀，右手狠狠地握你一把，握了之后，第二步便是所谓“顿”，顿得你全身动摇，筋酸骨散。假如他会打棒球（青年会干事很有这可能），那手把便更可怕，只要轻轻一顿，叫你啼笑皆非。顿了之后，第三步他得意地向你微笑，呼你老林老陈；其意若曰：“现在你打算怎样了？你逃得了么？还是好好买一张入场券吧，入查经班吧，不然我这手定然不放。”在这种情形之下，你如是识时务之俊杰，荷包就自然掏出来了。

由青年会式以至于闺媛式，其间等差级类，变化多端，无庸细别。有的不重不轻不疾不迟，只是奉行故事而已，全无意义了。有的手未伸而先缩，握未住而先逃，若甚不自然。有的闺媛坐在沙发上，头也不转，只轻轻举起两只指末，毫无待握之意，只是叫你看她的蔻丹指甲罢了。总而言之，此中光景时新，世态毕露，有示威者，有嗫嚅者，有意志坚强者，有依违两可者，有避之若污者，有留之不放者，有急，有缓，有干，有湿，有久，有暂，有刚，有柔，有率直，有圆滑，有诚挚，有虚伪，有爱情，有冷淡，有电流，有汗秽，有人情冷暖，有世态炎凉，有几年相思，尽在一掬缠绵之内，有万般缱绻，全寄欲放还留之中，微乎其微，感不胜感，何故于日常应酬，露此百般形态？

握手如此纠纷，免冠更属麻烦。此中可看出人类之不合理性，及社会之习俗顽旧性。比如西洋女子茶话即在户内，亦不免冠，在做礼拜，亦复如此，其宽径尺余者，与人许多不便。实则做礼拜时女人不许免冠，源出于小亚细亚二千年前旧俗，其时尊男贱女，故保罗谓夏娃犯罪，妇人在上帝前不可不以帕蒙首。今日西人已无此不平等观念，而仍守保罗遗训，合理云乎哉！至于男人，更有无谓之习惯。“文明”男子在电梯上，见有女子同梯即须免冠。夫电梯者何？走廊之变相而已。在走廊既不必免冠，在电梯何以独须如此？谁在同一楼中，带帽由三楼乘电梯达五楼往返上下，便觉此俗之乖谬不通。扶梯原无免冠之礼，电梯何独不然？若因其类厢房而动，则男女同坐汽车，原无必免冠之礼，汽车何尝不动，又何尝不类厢房？故乘车可戴帽，乘梯必脱帽，此西洋礼吾百思不得其解。

实则人类习俗相沿，类多不可以理喻。况乖谬不通之事，大如外交政治，小如学校教育，比比皆是，不仅限于应酬小节。人类之聪明，原有限得很。现代文明人之智足以发明飞机无线电，而不足以避战争，必至互相吞食而后止。所以在这小节之愚笨乖张，何足介意，还是笑笑完事听之而已。

记春园琐事

我未到浙西以前，尚是乍寒乍暖时候，及天目回来，已是满园春色了。篱间阶上，有春的踪影，窗前檐下，有春的淑气，“桃含可怜紫，柳发断肠青”，树上枝头，红苞绿叶，恍惚受过春的抚摩温存，都在由凉冬惊醒起来，教人几乎认不得。所以我虽未见春之来临，我已知春到园中了。几颗玫瑰花上，有一种蚜虫，像嫩叶一样青葱，都占满了枝头，时时跳动。地下的蚯蚓，也在翻攒园土，滚出一堆一堆的小泥丘。连一些已经砍落，截成一二尺长小段，堆在墙角的杨树枝，也于雨后平空添出绿叶来，教人诧异。现在恍惚又过数星期，晴日时候，已可看见地上的叶影在阳光中波动。这是久久不曾入目的奇景，也正是“国破山河在，城春草木深”的时节。

但是园中人物，却又是另一般光景。人与动物，都感觉春色恼人意味，而不自在起来。不知这是否所谓伤春的愁绪，但是又想不到别种名词。春色确是恼人的。我知这有些不合理。但假定我是乡间牧童，那必不会纳闷，或者全家上下主仆，都可骑在牛背放牛，也必不至于烦躁。但是我们是居在城中，城市总是令人愁。我想“愁”字总是不大好，或者西人所谓“春疟”，表示人心之烦恼不安，较近似之。这种的不安，上自人类，下至动物，都是一样的，连我的狗阿杂也在内，我自己倒不怎样，因为我刚自徽州医好了“春疟”回来，但我曾在厨夫面前，夸赞屯溪风景。厨夫偏是徽州人，春来触动故乡情，又听我指天画地的赞叹，而事实上他须天天在提菜篮，切萝卜，洗碗碟，怎禁得他不有几分伤春意味？我的佣人阿经，是一位壮大的江北乡人，他天天在擦地板，揩椅桌，寄邮信，倒茶水，所以他也甚不自在。此外有厨夫的妻周妈——周妈是一位极规矩极勤劳的妇人，一天在洗衣烫衣，靠她两只放过的小脚不停地走动，却不多言语，说话声音是低微的，有笑时，也是乡女天真的笑，毫无城市妇女妖媚态——凡中国传统中妇人的美德，她都有了。只有她不纳闷，不烦躁，因为她有中国人知足常乐的心地，既然置身于小园宅，叶儿是那样青，树儿是那样密，风儿是那样凉，她已经很知足了。

但是我总有点不平。她男人以前常拿她的工钱去赌，并且曾把她打得一脸紫黑，后来大家劝他，我立了一条“家法”，才不敢再这样蛮横。他老是不肯带她外出，所以周妈一年到头总居在家中。

但是我是在讲“春疟”。年轻的厨夫，近来有点不耐烦，小菜越来越坏了，吃过饭，杯盘都交给周妈去洗，他便可早早悄悄地外出了。更奇的是，有一天，阿经忽然也来告半天假。这倒出我意外。阿经向来不告假的。我曾许他，每月告假休息一天，但是他未告过假。但是这一天，他说“乡下有人来，须去商量要事”。我知道他也染上“春疟”了。我说：“你去吧！但不要去和同乡商量什么要事。还是到大世界或新世界去走一遭，或立在黄浦滩上看看河水吧。”我露齿而笑，阿经心里也许明白我明白他的意思。

阿经正在告假外游时，却另有人在告假常来我家中走动。这是某书局送信的小孩。这小孩久已不来了，因为天天送稿送信，已换了一位大人。现在却似乎非由小孩来不可，就是没有稿件，清样，他也必来走一遭，或者来传一句话，或者来送一本杂志。我明白，他是住在杨树浦街上，所看见的只是人家屋瓦，墙壁，灰泥，垃圾桶，水门汀，周围左右一点也没有绿叶。是的，绿叶有时会由石缝长出，却永不会由水门汀裂缝出来的。现在世界，又没有放小店员去进香或上坟的通例。所以他非来我这边不可，一来又是徘徊不去，因为春已在我的园中，虽然是小小的园中。自然他不是来行春，他不过是来“送信”而已。

人以外，动物也正在发春疟，我的家狗阿杂向来是独身主义者，若在平日，住在家中，他倒也甚觉安闲自在。我永不放他出去，因为他没有挂工部局的狗领，我又不善学西人拉着他兜风去，觉得有碍观瞻。但是现在不行，我的园地太小了，委实太小了；骨头怎样多，他还是不满意。我明白：他要一个她，不管是环肥燕瘦，只要是个她便好了。但是这倒把我难住了。所以他也在发愁。

不但此也，小屋上的鸽子也演出一幕的悲剧。本来我们租来这所房子时，宅中有七八只鸽子，是以前的房客留下的。现只剩了一对小夫妇，在小屋上建设他们快乐小家庭。他们原打算要生男育女养一小家儿女起来，但是总不成功。因为小鸽出世经旬，未学走先学飞，因而每每跌死。那对少年夫妇歇在对过檐上眨眼儿悲悼的神情，才叫人难受。这回却似乎不同，聊有成功之希望了。因为小鸽已经长得有半斤重，又会跑到窗外，环观这偌大世界，并且已会扇几下翅膀儿。但是有一天阿经忽然喊着说“小鸽死了!”轰动了全家人等出来围问。这小鸽怎样死的呢？阿经亲眼看见他滚在地上而死。这条命案非我运用点福尔摩斯的本领查不出来。

我走上摸这死鸽项下的食囊。以前他的食囊总是非常饱满的，此刻却是空无一物。窠上尚有两枚鸽蛋。那只母鸽坐在窠中又在孵卵。

“你近来看见那只公的没有?”我盘问起来。

“有好几天不见了,”阿经说。

“最后一次看见是在何时?”

“是上礼拜三看见的。”

“唔!”我点首。

“你看见母鸽出来觅食没有?”

“母鸽不大出来。”

“唔!”我说。

我断定这是一桩遗弃妻子的案件。就是“春疟”作祟。小鸽确系饿死无疑。母鸽既然在孵卵，自然不能离巢觅食。

“薄幸郎!”我慨叹地说。

现在丈夫外逃，小儿又死，母鸽也没心情孵卵了。这小家庭是已经破裂了。母鸽零丁孤独地歇在对过檐上片刻，顾盼她以前快乐的小家庭一回，便不顾那巢中的蛋，腾翼一飞，不知去向了。我想她以后再也不敢相信公鸽子的话了。

记元旦

今天是二月四日，并非元旦，然我已于不知不觉中写下这“记元旦”三字题目了。这似乎和康有为所说吾腕有鬼欤？我怒目看日历，明明是二月四日，但是一转眼，又似不敢相信，心中有一种说不出阳春佳节的意味，迫着人喜跃。眼睛一闭，就看见幼时过元旦放炮游山拜年吃橘的影子。科学的理智无法镇服心灵深底的荡漾。就是此时执笔，也觉得百无聊赖，骨骼松软，万分痛苦，因为元旦在我们中国向来应该是一年三百六十日最清闲的一天。只因发稿期到，不容拖延，只好带得硬干的精神，视死如归，执起笔来，但是心中因此已烦闷起来。早晨起来，一开眼火炉上还挂着红灯笼，恍惚昨夜一顿除夕炉旁的情景犹在目前——因为昨夜我科学的理智已经打了一阵败仗。早晨四时半在床上，已听见断断续续的爆竹声，忽如野炮远攻，忽如机关枪袭击，一时闹忙，又一时沉寂，直至东方既白，布幔外已透进灰色的曙光，于是我起来，下楼，吃的又是桂圆茶，鸡肉面，接着又是家人来拜年。然后理智忽然发现，说“我的话”还未写呢，理智与情感斗争，于是情感屈服，我硬着心肠走来案前若无其事地照样工作了。惟情感屈服是表面上的，内心仍在不安。此刻阿经端茶进来，我知道他心里在想“老爷真苦啊！”

因为向例，元旦是应该清闲的。我昨天就已感到这一层，这也可见环境之迫人。昨晨起床，我太太说“Y. T. 你应该换礼服了！”我莫名其妙，因为礼服前天刚换的。“为什么？”我质问。“周妈今天要洗衣服，明天她不洗，后天也不洗，大后天也不洗。”我登时明白。元旦之神已经来临了，我早料到我要屈服的，因为一人总该近情，不近情就成书呆。我登时明白，今天家人是准备不洗，不扫，不泼水，不拿刀剪。这在迷信说法是有所禁忌，但是我最明白这迷信之来源，一句说话，就是大家一年到头忙了三百六十天，也应该在这新年享一点点的清福。你看中国的老百姓一年的劳苦，你能吝他们这一点清福吗？

这是我初次的失败。我再想到我儿时新年的快乐，因而想到春联，红灯，鞭炮，灯笼，走马灯等。在阳历新年，我想买，然而春联走马灯之类是买不到的。我有使小孩失了这种快乐的权利吗？我于是决定到城隍庙一走，我对理智说，我不预备过新年，我不过要买春联及走马灯而已。一到城隍庙不知怎的，一买走马灯也有了，兔灯也有了，国货玩具也有了，竟然在归途中发现梅花天竹也有了。好了，有就算有。梅花不是天天可以赏的吗？到了家才知道我水仙也有了，是同乡送来的，而碰巧上星期太太买来的一盆兰花也正开了一茎，味极芬芳，但是我还在坚持我决不过除夕。

“晚上我要出去看电影，”我说。“怎么？”我太太说。“今晚某君要来家里吃饭。”我恍然大悟，才记得有这么一回事。我家有一位新订婚的新娘子，前几天已经当面约好新郎某君礼拜天晚上在家里用便饭。但是我并不准备吃年夜饭。我闻着水仙，由水仙之味，想到走马灯，由走马灯，想到吾乡的萝卜粿（年糕之类）。

“今年家里没人寄萝卜粿来，”我慨叹地说。

“因为厦门没人来，不然他们一定会寄来，”我太太说。

“武昌路广东店不是有吗？三四年前我就买过。”

“不见得吧！”

“一定有。”

“我不相信。”

“我买给你看。”

三时半，我已手里提一篓萝卜粿乘一路公共汽车回来。

四时半肚子饿，炒萝卜粿。但我还坚持我不是过除夕。

五时半发现五岁的相如穿了一身红衣服。

“怎么穿红衣服？”

“黄妈给我穿的。”

相如的红衣服已经使我的战线动摇了。

六时发现火炉上点起一对大红蜡烛，上有金字是“三阳开泰”“五色文明”。

“谁点红烛？”

“周妈点的。”

“谁买红烛？”

“还不是早上先生自己在城隍庙买的吗?”

“真有这回事吗?”我问。“真是有鬼！我自己还不知道呢!”

我的战线已经动摇三分之二了。

那时烛也点了，水仙正香，兔灯走马灯都点起来，炉火又是融融照人颜色。一时炮声东南西北一齐起，震天响的炮声，像向我灵魂深处进攻。我是应该做理智的动物呢，还是应该做近情的人呢?但是此时理智已经薄弱，她的声音是很低微的。这似乎已是所谓“心旌动摇”的时候了。

我向来最喜鞭炮，抵抗不过这炮声。

“阿经，你拿这一块钱买几门天地炮，余者买鞭炮。要好的，响的!”我赧颜地说。

我写不下去了。大约昨晚就是这样过去。此刻炮声又已四起，由野炮零散的轰声又变成机关枪的袭击声。我向来抵抗不过鞭炮。黄妈也已穿上新衣带上红花告假出门了。我听见她关门的声音，我写不下去了。我要就此掷笔而起。写一篇绝妙文章而失了人之常情有什么用处！我抵抗不过鞭炮。

孤崖一枝花

行山道上，看见崖上一枝红花，艳丽夺目，向路人迎笑。详细一看，原来根生于石罅中，不禁叹异。想宇宙万类，应时生灭，然必尽其性。花树开花，乃花之性，率性之谓道，有人看见与否，皆与花无涉。故置花热闹场中花亦开，使生万山丛里花亦开，甚至使生于孤崖顶上，无人过问花亦开。香为兰之性，有蝴蝶过香亦传，无蝴蝶过香亦传，皆率其本性，有欲罢不能之势。拂其性禁之开花，则花死。有话要说必说之，乃人之本性，即使王庭庙庑，类已免开尊口，无话可说，仍会有人跑到山野去向天高啸一声。屈原明明要投汨罗，仍然要哀号太息。老子骑青牛上明明要过函谷关，避绝尘世，却仍要留下五千字孽障，岂真关尹子所能相强哉？古人著书立说，皆率性之作。经济文章，无补于世，也会不甘寂寞，去著小说。虽然古时著成小说，一则无名，二则无利，甚至有杀身之祸可以临头，然自有不说不快之势。中国文学可传者类皆此种隐名小说作品，并非一篇千金的墓志铭。这也是属于孤崖一枝花之类。故说话为文美术图画及一切表现亦人之本性。“猫叫春兮春叫猫”而老僧不敢人前叫一声，是受人类文明之束缚，拂其本性，实际上老僧虽不叫春，仍会偷女人也。知此而后知要人不说话，不完全可能。花只有一点元气，在孤崖上也是要开的。

烟　屑

日记所以可贵，因其夹叙夹议也。就记日记，可以练习记事，亦可练习发议论。然日记须嘻笑怒骂皆来，否则又犯伪字。

人不可无好恶，好恶得其正，斯可矣。文不可无是非，是非得其平，斯可矣。是故八面玲珑，无好恶是非者，鲜不为奸。

小学作文教学误谬甚多，而出题为文列第一。我早晚不离笔墨，行文亦不觉难，然有人出题命我为文，必做不出来。故学为文者，须使题生于文，不可使文生于题。见了题目，再想如何下笔者，谓之文生于题，万世不通。有佳意要说，顺其自然如落花流水写去，再加题目，谓之题生于文。

小学生见题目，问先生“要说什么话”时，先生须猛醒，得一当头棒喝。

虽然，行文时心中自然须有题旨，此题旨并不一定为本文最后决用之题目，乃根本要说之几句话。但话在心头，文在笔端，题旨得之意象思考之内，韵致得之有意无意之间。文之佳者，一篇文中，立意要说语居其二，行文后不说自来者居其八。此所谓行文韵致也。一篇文中尽是立意要说的话，其文必木强；反之，有意无意间得之之语多，其文必清逸。能文与不能文之区别全在此。若银行报告，商人尺牍，必全篇立意要说语，无一句闲情逸致语，故不能称之为文。

尺牍之妙者，皆全篇不要紧话。无事而写尺牍，方得尺牍妙旨。尺牍之可爱者，莫若瞎扯瞎谈。

限题为文如古人限韵做诗，无谓之极，无味之极。袁子才早已反对。

痛恶一人，欲为文骂之而未见到其人之好处时，万勿动笔——因尚不够骂其人之资格也。

今日教育目标与成绩适相反。可见方法错误。

今日真教育不在学校，而在电影院。何以故？因实在深入人心，熏陶青年之德性而影响其言行者，乃银幕人物，而非学堂教师。

今日真正大学，不在各校院，而在各书店所出之丛书。卡来尔曾说，今日之大学在于丛书。（此语卡来尔所说，世界文库发刊词引为爱墨生所说，误。）何以故？因现代能读书之青年所得知识，皆由阅览杂书而来，非由听教师讲义而来。

有人问我，现代文言白话交杂，欲求文字精进。应看什么书？我说文字首在实用，使他能够表意达意。写一张字条亦是写作。写一寻人启事，亦是写作。写作不可看得太死。故欲求文字上进，只须报纸新闻，广告，启事，讣闻，辩驳，副刊小品，杂志创作，乱看。只要心细脑灵，能够吸收，包管你进步。只学现代文便是，不管什么文言与白话。

论躺在床上

看起来我是天命注定要做一个市场哲学家的，可是我没有办法。一般地说来，哲学似乎是那种把简单的东西弄得难懂的学问。可是我能想象得到一种使困难的东西简单化的学问。“唯物主义”，“人文主义”，“超绝主义”，“多元论”，及其他的一切“主义”虽然都有很冗长的理论，可是我想这些哲学体系并不比我自己的哲学更深刻。归根结底的说来，生活不外是吃饭，睡觉，和朋友们相会，作别，团聚和送别会，泪和笑，两星期剪一次头发，在一盆花上浇水，看邻人由屋顶上跌下去；用一种学术上的隐语，把我们关于这些人生简单现象的观念加以装饰，乃是大学教授掩饰极端空虚的思想或极端含糊的思想的一个诡计。因此，哲学变成一种使我们越来越不了解自己的学术。哲学家所完成的功绩就是：他们讲得越多，我们越觉糊涂。

人们很少知道躺在床上的艺术的重要，这是很奇怪的；据我看来，世界上最重要的发现，无论在科学方面或哲学方面，十分之九是科学家或哲学家，在上午两点钟或五点钟盘身躺在床上时所得到的。

有些人白天躺在床上，有些人夜间躺在床上。讲到“lying”这个字，不外两种意义，（按英文“lying”一词同时有“躺”和“撒谎”两种意义。——译者注）一为身体上的，一为道德上的，因为这两种动作恰巧是符合一致的。我相信躺在床上是人生一种最大的乐趣；我觉得那些像我这样相信的人是诚实者，而那些不相信躺在床上的人是撒谎者，他们事实上在白天是大撒其谎的，在外表方面如此，在道德方面亦莫不如此。那些在白天撒谎的人是道德促进家，幼稚园教师，和《伊索寓言》的读者，而那些和我坦白承认一个人应该有意培养躺在床上的艺术的人，都是诚实者，他们宁愿读《阿丽思漫游奇境记》（Alice in Wonderland）这一类不含教训的书。

身体上和精神上躺在床上的意义是什么呢？由身体上言之，躺在床上是我们摒弃外物，退居房中，而取最合于休息，宁静和沉思的姿势。躺在床上有一种适当而奢逸的方法。最伟大的人生艺术家孔子是“寝不尸”的，是盘身而卧的。我相信人生一种最大的乐趣是卷起腿卧在床上。为达到最高度的审美乐趣和智力水准起见，手臂的位置也须讲究。我相信最佳的姿势不是全身躺直在床上，而是用软绵绵的大枕头垫高，使身体与床铺成三十角度，而把一手或两手放在头后。在这种姿势之下，诗人写得出不朽的诗歌，哲学家可以想出惊天动地的思想，科学家可以完成划时代的发现。

人们很少知道寂静和沉思的价值，这是可怪的。在你经过了一天劳苦工作之后，在你和许多人见面，和许多人谈话之后，在你的朋友们向你说无意义的笑话之后，在你的哥哥姐姐想规劝你的行为，使你可以上天堂之后，在这一切使你郁然不快之后，躺在床上的艺术不但可以给你身体上的休息，而且可以给你完全的舒畅。我承认躺在床上有这一些功效；可是其功效尚不止此。躺在床上的艺术如果有着适当的培养，应该有清净心灵的功效。许多商业中人每以事业繁忙自豪，一天到晚东奔西跑，席不暇暖，案上三架电话机拨个不停。殊不知他们若肯每天上午一点钟或七点钟醒在床上静躺一小时，牟利一定可以加倍。就使躺到上午八点钟才起来，那又何妨？如果他放了一盒上等香烟在床边的小桌上，费了充足的时间离床起身，在刷牙之前把当天的一切问题全都解决完毕，那可就更好了。在床上，当他穿了睡衣，舒服地伸直着腰或盘身而卧着，不受那可恶的羊毛内衣，或过厌的腰带或吊带，令人窒息的衣领，和笨重的皮鞋所束缚时，当他的脚趾自由开放了，恢复它们白天失掉了的自由时，在这个时候，有真正商业头脑的人便能够思想了，因为一个人只有在脚趾自由的时候，头脑才能够获得自由，只有在头脑自由的时候，才能够有真正的思想。这样，他在那种舒服的位置之中，可以追思昨天做事之成绩及错误，同时拣定今日工作之要点。他与其准时在上午九点钟或八点三刻到办公处，像奴隶管理人那样地监督他的下属人员，而“无事忙”起来，还不如胸有成竹地到上午十点钟才上办公处。

至于思想家，发明家，和理想家，在床上静躺一点钟的效力尤其宏大。文人以这种姿势来想他的文章或小说的材料，比他一天到晚坐在书台边所得的更多。因为他在床上不受电话，善意的访客，和日常的琐事所打扰，可以由一片玻璃或一幅珠帘看见人生，现实的世界罩着一个诗的幻想的光轮，透露着一种魔术般的美。在床上，他所看见的不是人生的皮毛，人生变成一幅更现实的图画，像倪云林或米芾的伟大绘画一样。

所以如此者，是因为当我们躺在床上之时，一切肌肉在休息状态中，血脉呼吸也归平稳了，五官神经也静止了，由了这身体上的静寂，使心灵更能聚精会神不为外物所扰，所以无论是思想，是感官，都比日间格外灵敏。一切美妙的音乐，都应该取躺卧的姿势，闭着眼去详细领略。李笠翁早已在《论柳》一篇里说过，闻鸟宜于清晨静卧之时。假如我们能利用清晨，细听天中乐，福分真不小啊！事实上，多数的城市都洋溢着鸟儿的音乐，虽则我相信有许多居民没有感觉到。例如，这是我一天早晨在上海所听到的声音：

> 今天早晨，我五点就醒，躺在床上听见最可喜的空中音乐。起初是听见各工厂的汽笛而醒，笛声高低大小长短不一。过一会儿，是远处传来愚园路上的马蹄声，大约是外国骑兵早操经过。在晨光熹微的静寂中，听马蹄滴笃，比听布剌谟兹（J. Brahms——19世纪德国制曲家）的交响曲还有味道。再过一会，便有三五声的鸟唱。可惜我对于鸟声向来不曾研究，不辨其为何声，但仍不失闻鸟之乐。
>
> 自然鸟声以外，还有别种声音。五点半就有邻家西崽叩后门声，大概是一夜眠花宿柳回来。隔弄有清道夫竹帚扫弄沙沙的声音。忽然间，天中两声“工——当”飞雁的声音由空中传过。六时二十五分，远地有沪杭甬火车到西站的机器隆隆的声音，加上一两声的鸣笛。隔壁小孩房中也有声响了。这时各家由夜乡中相继回来，夜的静寂慢慢消逝，日间外头各种人类动作的混合声慢慢增高，慢慢宏亮起来。接下佣人也起来了。有开窗声，钩钩声，一两咳嗽声，轻微脚步声，端放杯盘声。忽然间，隔房小孩叫“妈妈！”

这就是我那天早晨在上海所听到的大自然音乐。

在那年整个春天之中，我最享乐的，就是听见一种鸟声，与我幼时在南方山上所听相似，土名为Kachui，大概就是鸠鸟。他的唱调有四音——do，mi，re-ti，头二音合一拍，第三音长二拍半，而在半拍之中转入一简短的低阶的ti（第四音）——第四音简短停顿的最妙。这样连环四音续唱，就成一极美的音调，又是宿在高树上，在空中传一绝响，尤为动人。最妙者，是近地一鸠叫三五声，百步外树梢就传来另一鸠鸟的应声，这自然是雌雄的唱和，为一切声音的原始。这样唱和了一会，那边不和了，这边心里就着急，调子就变了，拍节加快，而将尾音省去，只成 do，mi，re 三音，到了最后无聊，才归静止，过一会再来。这鸠鸟的清唱，在各种鸟声中最美而留给我最深的印象。此外鸟声尚多；我除了用音乐的乐谱之外，不晓得怎样描写这些歌声，可是我知道这些歌声之中有鹊鸟，黄鹂和啄木的歌声，以及鸽子的鸪鸪声。雀声来得较迟，就是因为醒得较迟，其理由不外我们的伟大美食家兼诗人李笠翁所指出的。别的鸟最怕人，我们这最可恶的人类一醒，不是枪弹就是掷石，一天不得清静，所以连唱都不能从容了之，尽其能事了。故日间吟唱，其唱不佳。为此只好早点起来清唱。惟有雀，既不怕人，也就无妨从容多眠一会儿。

课儿小记

海外通信之一

亢德兄：我是要写海外通信的，因为体裁自由些。伯讦由比国来信，谓已飞书叫琏儿去陪他，记旅中情绪甚好，已劝他写旅中杂感，寄投宇宙风。来美以后，奔忙一月，至此始得一点闲情，写此第一封长信，初住笨斯文尼亚省乡下一月，饱享异国村居的风味，饥来园中摘苹果，兴发涧上捉鱼虾，又时来纽约赴会，如此忙了一个多月，才搬入纽约新居……曾在好莱坞勾留四天，容后信细谈……

我现居纽约中央公园西沿七楼上，这是理想的失败。本想居普林斯顿大学附近，因原来我准备本年乡居，同小孩赤足遨游山林，练练身体——多美的理想呵！凡梦都是美的。然而第一没有中国饭店，第二纽约戏剧，美术，音乐看不到听不到，一来往返就费半天——结果又住城市。这与我十年居上海相同。现在打算回国定不住上海——但恐结果又住上海。

诸儿本季不入学，入学也学不到中文，由是课儿问题发生了。内子自己烧饭，诸儿分洗碗碟，这倒是在中国不易做到的。长女如斯到来美才第一次学炒鸡子，你说笑话不笑话？我们一个佣人也没有，只有一个中年妇每星期来两次洒扫房屋及洗衣服（按小时给钱）。但在美国管家极其方便，购物电话就送到，寄信楼上投入邮筒便了，打电报也拨拨电话机告诉电报局完事（月底算账同电话账送来）…… 因此诸儿颇得真正教育。无双七点起来就到门外拿牛奶，拿报纸，拾掇房屋，揩拭椅桌，三女相如管倒烟灰，如斯管做咖啡，烧面包，我大约八点起来，吃早饭，看看报上中国消息（颇灵通，每日有 AP 及 UP 通信社，及各报特派驻华通信员来电），大约九时半开始和诸儿读书。

和诸儿读书是对的，教字不如和字好。所读者何不要紧，要在如何读法。要教如何读法，只好和他们读。如何吸收字句，如何细揣字义，如何随便删略不读，字义不识，字音不敢断定，如何检阅字典……因为我不对诸儿说康熙字典的字我都认识，或是说新字典各字的音读，及京音中入声字的分配，我是全知的上帝。连成吉思汗何时入主中原，拿破仑死于何年，我都说不知道，并且告诉她们学校教员也不记得。她们不等我说，她们也知道教员是教到那课，看书才记得的，阅卷时有时还要翻书对一对——总而言之，我不是一部百科全书。但是既然大家不知道，只好大家去找。哪里去找？这学问就来了。她们知道有《历代名人生卒年表》，有《世界大事表》，有《辞源》，更浅的有《学生词典》。更要紧的是叫她们养成音义弄精确，纲领弄清楚的习惯。拿破仑死于1812或1815都不要紧，大概他18世纪末叶及19世纪初叶大闹欧洲，这要弄清楚。宋而元而明这个顺序是要弄清楚的。平仄四声也是近来才教的，她们在上海念了五六年书，还没人教她们平上去入。最要紧，还在指出书中的趣味，尝尝读书的快乐。

教什么呢？笑话的很，一点没有定规。今天英文，明天中文，今天唐诗，明天聊斋——今古奇观，宇宙风，冰莹自传，沈从文自传，当天报纸！忽讲历史，忽讲美国大选总统，忽讲书法，都没一定。她们各人带来学校规定课本。几种给我束之高阁。一本薄薄的地理，叫她们地图看清楚，余者我担保，回国临时要考时，念两天可及格；此刻念，那时也必忘掉，省出多少时间来念有用的书。而且看电影上各地风景就是念地理。……我的意思是每天一小时和她们讲学问，瞎讲，乱讲，元曲也念一点，琵琶行也已念过，李白的诗是按天抄写几首。她们喜欢就选读，不喜欢就拉倒——但是如果喜欢，就是心中真正的喜欢，这个喜欢，这个“好学”之“好”，就是将来一切学问的泉源。下半天是自由读书，随她们去看小说，宇宙风，西风。

我是落伍的。教她们选读“五种遗规”。内中如程畏斋“读书分年日程”，白居易“燕诗示刘叟”，陆放翁“过林黄中食柑子有感”，朱子“治家格言”，吕新吾“好人歌”都亲切有味，文字易明。做人道理也在里头，把做人与读书混为一谈。连“教女遗规”也教的，她们才知古代对女子的态度是如何。好，坏，都可尽量批评。古文，我最喜欢“虞初新志”及“文致”二书所选，因得其“致”便知其味，不至开卷昏昏。

我是下流的。庄子与西厢同等看待。韩文与宇宙风同等看待，而且在我看来，宁可少读韩文，不可少读现代通行文章。教小儿读书，不应离其思想见解知识太远。读通行杂志文进步易，读古文进步难。临名帖得益迟，临朋友来往书札得益速。你们几位朋友来信，不知几通已让小儿抄写了。凡物取其近则易明易晓。此理常人少知之者，而教育之失败常在此。而且书札到底是真迹，名帖怎样好也已失真，失真则神气不足，反不如平常张君李君一通手札来得活现。

英文也是下流的。不教名家作品，只同她们念晚报上罗斯福总统夫人每日纪录（My Day，by Eleanor Roosevelt，in N. Y. World - Telegram）——下流的很，平凡的很。所谈无非早晨会什么客，下午到哪儿赴会，家常琐屑，天气晴雨，一点也没有高论，一点也没有妙语。例如今日叫她们背诵之句是“车站人站在那么多，火车将开时，罗斯福只得请大家退几步，恐怕车开时，有人碰伤”。及“小孩都在窗外探头”。这有什么文学价值？一点也没有。但是如此英文基础会念好的。我叫她们把这整句的意思。试用英文讲出来，讲不出来再看书，看后再试讲，讲到全句顺口为限。一点也没有分数，没有甲乙丙丁。余者出门，走路，看戏，也乱看乱学，文学乎？不文学也。她们所学的不是文学，而是文学所取材之人生。不把读书时间与不读书时间分开，也是我的目的。宇宙就是一本大书，让她们去念。

作文题目也是下流的。没有救国论，“资本制裁”（此语曾见于商务所编小学公民读本），“自强不息”（上海某小学作文题目）。她们只写日记，一日一篇，范围绝对自由——叙事，游记，议论，私见，回忆，抒情，描写会话，刻绘人物，都可包入，都无限制。奇怪！成绩比学校所教的好。何以故？“真”字而已。今日小学作文写出来何以都是假小儿语？“然而天天玩耍，不顾学业，那么空费光阴，岂不可惜么？”这种千篇一律的陈腐假小儿语由何而来？由教科书来。教科书是大人写假小儿语来给真小孩读的，所以真小孩只好学大人的假小儿语，整个抄入文章里去。上段所引，即见于世界书局学生新尺牍。其给我的印象颇似厦门真正中国教士祷告时学讲西洋教士的假厦门话，而自命风流。

读者大约以为我发痴了。否则以为林某好发怪论。一国之中，不少教育专家，教育官长，专门委员，积多年之经验，与专科之知识，始定出今日学制来。子何人也？而独持异议！不是教育专家发疯，便是林某发疯。林某疯不疯，无从断定。世上疯人疯事是那么多，智愚贤不肖，也无大差别。林某前日见纽约报载恩斯坦之教育意见与己见相同，而乐与恩斯坦同跻疯人之列。恩斯坦十月十五日在纽约省大学高等教育纪念十周之演说词曰：

“人生及学校工作之最要动机在于工作之快乐，及知道这工作在社会之价值。依我看来，学校最要的工作，在于启发巩固青年这种的灵机。

“这种学校对于教师期望他是此业中的一位艺术家。这种教师应当享有教材选择及教授方法的尽量自由。因为教师也是一样的，受外来的拘束压力就失了他工作的快乐。

“我要反对一种观念，说学校须直接教学生将来应世有用的知识及各种艺能。应世不是那么简单，可以由学校的专科训练学得来的。（林按：试将社会某成功者加以研究，而分析其成功之要素，有几样是专科训练所训练出来的?）

“此外，我认为将一个个人作一架死机械看待，是应加以反对的。

“学堂的宗旨，应当是期望青年离校时成个调和的人格 harmonious personality，而不是个“专家”。在某种方面，我想就是预备专门职业的学校也应如此。

“所最要的目标，不是学得专科知识，而是明辨是非及独立思想的普通能力。……

“如果青年由步行体操训练他的肌肉与耐力，他便能做以后任何劳力的工作。心灵技巧的训练也是如此。

“所以某滑稽家的名言是不错的。‘教育者，学校所习尽数送还先生以后之余剩也’。‘Education is that which remains after one has forgotten everything he learned in School.’”（见十月十六日纽约泰晤士报）

十月廿日于纽约

关雎正义

古代儒家解经，道学的气氛就甚厚，非自宋朝理学才开始。屈原香草美人之歌，也必解做思君之作。诗经男女思慕之情诗，必作为“上以风化下，下以风刺上，主文而谲谏，言之者无罪，闻之者足以戒”说法，自毛公已经如此。似乎抒情诗，除了成孝敬，厚人伦以外，不会有什么文学价值。“关关雎鸠”便是一个好例。此篇称为诗教之始，所以列为第一篇，毛郑以下，二千年来无异辞。

本来诗歌发于男女相悦思慕之情。无男女思慕之情，便无诗歌。关雎乐而不淫，歌文王后妃夫妇琴瑟和鸣之乐，以表示周公之化行于南国，原也相宜。只不应该把这篇及周南之什整个解作歌颂后妃“不妒忌”之美德，以为天下妇女之楷模。“关雎”据毛序是歌后妃“忧在进贤，不淫其色，哀窈窕，思贤才”，思念另一个贤女作文王之配。“卷耳”是歌“内有进贤之志，而无险诐私谒之心”。“螽斯羽”本来言子孙众多，毛序又必加上两句“言若螽斯不妒忌，则子孙众多也”。诚如郑笺所云“凡物有阴阳情欲者，无不妒忌，维蚣蝑不耳，故能诜诜众多”。“桃之夭夭”好好言“之子于归，宜其家室”，也是很正当的婚歌，毛序又必加上“不妒忌，则男女以正”。仿佛女人一妒忌，则男女不得其正，丈夫无法讨小老婆也。这种说法，自然是周公所制的礼，非周婆所制的。宜乎二千年来，天下男子无不赞同。这就是所谓“后妃之德”可以化行南国的女人不妒忌，就是周南之什的重要教训。此乃国风诗人所示夫妇和鸣婚姻满意的秘诀。至于男子呢。窈窕淑女之“窈窕”，早已解为“幽闲深宫”，不指美貌，康成以为“幽闲处深宫贞专之善女”，故无妒忌之必要。

关雎三章，是言君子思窈窕淑女，不大像淑女求君子。求之不得，乃至“寤寐思服”“辗转反侧”，一夜靠枕无眠。其思慕之情原与“南有乔木，不可休思，汉有游女，不可求思”相同。不管是男求女的，或女求男的，到了毛郑手中，若说文王求淑女，不大好意思，所以便成女求女的，以为丈夫簉室。这个意思，郑笺孔疏都讲得非常透彻。孔疏说：“毛以为后妃求贤女之不得，则觉寐之中，服膺念虑思之。又言后妃诚思此淑女哉！诚思此淑女哉！其思之时，则辗转而复反侧，思念之极深也。”然则思念淑女，至发热昏，并非文王，乃后妃代发热昏也。真是咄咄怪事！

我想象在台北可有这一幕：

“妈，你为什么睡不着，翻来覆去?”孩子问。

“儿也，你不知道。你爸想娶一个年轻女子到我们家了。”

“妈，这不很好吗？你应当学文王后妃。她真好。她也失眠。倒不是为怕她先生讨小老婆，是愁她先生娶不到小老婆。想到发热昏。真真足为模范。”

“谁说这种话?”

“学校里的老师。”

第二天，张太太、李太太，约同赖太太、杨太太，一齐打到学校里去。老师早已闻风，由后门逃出去了。这几位太太没法，只有把学校里的诗经课本全都撕烂了。

不作如此想，“关雎”还是一篇很好的情歌。

论赤足之美

上回我在中央日报副刊，说起道学解经，把“关关雎鸠”这首情歌，避免君子求淑女说法，解为女子求女子，以免难为情。又把窈窕淑女之“窈窕”二字，解为“深宫”，不指美貌。又把这首情歌解为歌颂文王后妃“不妒忌”的美德。“螽斯羽”言文王子孙众多，毛序也必加上“言若螽斯不妒忌，则子孙众多也”。叙明诗旨，在劝妇人不应妒忌。大凡古典时代的人，遇着诗歌言男女爱情，都不肯就诗言诗，必加上道德教训，然后言情不妨讲道，讲道不妨言情。中外都是一样，我们不必惭愧，替古人向西人道歉。耶教圣经的言情诗，也遭到和尚院的神学家的曲解。最有名的是所罗门王的情歌，也有好的，也有简直是艳体诗。若不是列入圣经，大家是不看清净。我姑译一两节：

你的大腿丰满如珠宝，如匠工的杰作。
你的肚脐眼如充满玉浆的酒杯。
你的小肚如一堆粟粒上的野百合花。
你的双奶，像一对双胎的小鹿。
你的脖颈像一座象牙之塔。
你的眼睛像巴拉门外的秋波。
你的鼻子像黎巴嫩的琼台……

在和尚院的神学，这自然不便视为猥亵文字，因为明明是旧约圣经的一部分，也无法考证其为赝作。所以他们另有一种说法，说这篇别有深意。这位大腿云云双奶云云的新娘子，乃指基督教会。教会是耶稣的新娘子，而耶稣即是教会的新郎官。其牵强附会程度，不亚于毛公。到了近代，才有一般学者承认，旧约圣经有犹太古代的历史，哲言，诗歌，戏剧，短篇小说。“以士脱”是一篇绝好的短篇小说；“约伯”是一篇绝好的戏剧。

我看到日月潭的山胞舞蹈，也在国宾旅社看到阿米族舞。这舞蹈是美的，有生气的，与焚香沐浴静听七弦琴的情调大不相同，凡是民间歌舞，都是活泼可爱的，手舞足蹈都是灵快而能表示身体美的。古装舞要这样活泼自然有生气很难。鲁迅所谓“梅兰芳舞而不跳，女学生跳而不舞”。阿米族舞使外省人看来最特别地方在于赤足。

赤足好看不好看——这就在各人的观点不同。东方人每有自卑感，样样要学西人，稍为不同，就认为惭愧。这是太幼稚了。以前美国商务参赞亚诺德（Julian Arnold）告诉我一个故事。他在沪杭火车路上的某站，看见乡下人在车站围栏外卖烧鸡及鸡蛋。其中有一位白髯老人。须知中国的美髯翁，有一种雍容高贵的气象，西方所无的。照相家每每要靠这羲皇上人的气象，拍出一张杰作。亚诺德拿照相机正要拍时，有一位洋装革履的青年从后头走来拍他的肩膀，义形于色地对他说：“我知道你要拍这张中国穷人的像到外国去。你不怀好意。你不是中国的朋友‘You are no friend of China’”这叫亚诺德哭笑不得，因亚君是中国最好的朋友。中国农夫之健全可敬可爱处，亚君早已看到，这位青年却未曾看到。这位青年所恨的，就是吾国人民未能人人像他读洋书，说洋话，西装革履，系领带，跟外国人叩头鞠躬，豪杜犹杜（How do you do）也。亚诺德对这位青年说：“你才不是中国的朋友。我不羞辱中国，像你才羞辱中国。”知道这一点道理，才知道我《吾国与吾民》的写法及立场。中国自有顶天立地的文化在，不必样样效颦西洋，汲汲仿效西洋。看到深处，才明白中国人生哲学之伟大，固不在西装革履间也。

要是问我赤足好，革履好，我无疑的说，在热地，赤足好。须知赤足与革履之大别，在于招牌不同。赤足是天所赋予的，革履是人工的，人工何可与造物媲美？赤足之快活灵便，童年时的快乐自由，大家忘记了吧！步伐轻快，跳动自如，怎样好的轻软皮鞋，都办不到，比不上。至于无声无臭，更不必说。虎之爪，马之蹄，皆有极好处在。今者天下之伯乐，多矣。由是束之缚之，敲之折之，五趾已失其本形，脚步不胜其龙钟，不亦大可哀乎？然则吾未如之何，真真未之如何也已矣。

论孔子的幽默

孔子自然是幽默的。《论语》一书，很多他的幽默语，因为他脚踏实地，说很多入情入理的话。只惜前人理学气太厚，不曾懂得。他十四年间，游于宋、卫、陈、蔡之间，不如意事，十居八九，总是泰然处之。他有伤世感时的话，在鲁国碰了季桓子、阳货这些人，想到晋国去，又去不成，到了黄河岸上，而有水哉水哉之叹。桓魋一类人想害他，孔子“桓魋其如予何”的话虽然表示自信力甚强，总也是自得自适君子不忧不惧一种气派。为什么他在陈、蔡、汝、颍之间，住得特别久，我就不得而知了。他那安详自适的态度，最明显的例子，是在陈绝粮一段。门人都已出怨言了，孔子独弦歌不衰、不改那种安详幽默的态度。他三次问门人：“我们一班人，不三不四，非牛非虎，流落到这田地，为什么呢?”这是我所最爱的一段，也是使我们最佩服孔子的一段。有一次，孔子与门人相失于路上。后来有人在东门找到孔子，说他的相貌，并说他像一条“丧家犬”。孔子听见说：“别的我不知道。至于像一条丧家狗，倒有点像。”

须知孔子是最近人情的，他是恭而安，威而不猛，并不是道貌岸然，冷酷酷拒人于千里之外。但是到了程朱诸宋儒的手中，孔子的面目就改了。以道学面孔论孔子，必失了孔子原来的面目。仿佛说，常人所为，圣人必不敢为。殊不知道学宋儒所不敢为，孔子偏偏敢为。如孺悲欲见孔子，孔子假托病不见，或使门房告诉来客说不在家。这也就够了。何以在孺悲犹在门口之时，故意取瑟而歌，使之闻之，这不是太恶作剧吗?这就是活泼泼的孔丘。但这一节，道学家就难以解释。朱熹犹能了解，这是孔子深恶而痛绝乡愿的表示。到了崔东壁（述）便不行了。有人盛赞崔东壁的《洙泗考信录》。我读起来，就觉得赞道之心有馀，而考证的标准太差。他以为这段必是后人所附会，圣人必不出此。这种看法，离了现代人传记文学的功夫（若 Lytton Strachey之《维多利亚女王传》那种体会人情的看法），离得太远了。凡遇到孔子活泼泼所为未能完全与道学理想符合，或言宋儒之所不敢言（“老而不死是为贼”），或为宋儒之所不敢为（“举杖叩其胫”，“取瑟而歌，使之闻之”），崔东壁就断定是“圣人必不如此，而斥为伪作，或后人附会。顾颉刚也曾表示对崔东壁不满处。“他信仰经书和孔孟的气味都嫌太重，糅杂了许多先入为主的成见。”（《古史辨》第一册的长序）

读《论语》，不应该这样读法。《论语》是一本好书，虽然编的太坏，或可说，根本没人敢编过。《论语》一书，有很多孔子的人情味。要明白《论语》的意味，须先明白孔子对门人说的话，很多是燕居闲适的话，老实话，率真话，不打算对外人说的话，脱口而出的话，幽默自得话，甚至开玩笑的话，及破口骂人的话。

总而言之，是孔子与门人私下对谈的实录。最可宝贵的，使我们复见孔子的真面目，就是这些半真半假，雍容自得的实录，由这些闲谈实录，可以想见孔子的真性格。

孔子对他门人，全无架子。不像程颐对哲宗讲学，还要执师生之礼那种臭架子。他一定要坐着讲。孔子说：“你们两三位，以为我对你们有什么不好说的吗？我对你们老实没有。我没有一件事不让你们两三位知道。那就是我。”这亲密的情形，就可想见。所以有一次他承认是说笑话而已。孔子到武城，是他的门人子游当城宰。听见家家有念书弦诵的声音。夫子莞尔而笑说：“割鸡焉用牛刀。”子游驳他说，夫子所教是如此。“君子学道则爱人，小人学道则易使也。”孔子说：“你们两三位听，阿偃是对的。我刚才说的，是和他开玩笑而已。”（“前言戏之耳。”）

这是孔子燕居与门人对谈的腔调。若做岸然道貌的考证文章，便可说“岂有圣人而戏言乎……不信也……不义也……圣人必不如此可知其伪也”。你看见过哪一位道学老师，肯对学生说笑话没有？

《论语》通盘这类的口调居多。要这样看法才行。随举几个例：言志之篇，“吾与点也”，大家很喜欢，就是因为孔子作近情语，不作门面语。别人说完了，曾晰以为他的“志愿”不在做官，危立于朝廷宗庙之间，他先不好意思说。夫子说：“没有关系，我要听听各人言其志愿而已。”于是曾晰砰訇一声，把瑟放下，立起来说他的志愿。大约以今人的话说来，他说：“三四月间，穿了新衣服到阳明山中正公园五六个大人，带了六七个小孩子，在公共游泳池游一下，再到附近林下乘凉，一路唱歌回来。”孔子吐一口气说，“阿点，我就要陪你去”，或作“我最同意你的话”。在冉有公西华说正经话后之后，曾晰这么一来放松，就得幽默作用。孔子居然很赏识。

有许多《论语》读者，未能体会这种语调。必须先明白他们师生闲谈的语调，读去才有意思。

“御乎射乎？”章——有人批评孔子说“孔子真伟大，博学而无所专长”。孔子听见这话说：“教我专长什么？专骑马呢？或专射箭呢？还是专骑马好。”这话真是幽默的口气。我们也只好用幽默假痴假呆的口气读他。这哪里是正经话？或以为圣人这话未免杀风景。但是孔子幽默口气，你当真，杀风景的是你，不是孔夫子。

“其然，岂其然乎？”章——孔子问公明贾关于公叔文子这个人怎样，听见说这位先生不言、不笑、不贪。公明贾说“这是说的人张大其辞。他也有说有笑，只是说笑的正中肯合时，人家不讨厌。”孔子说，“这样？真真这样吗？”这种重叠，是《论语》写会话的笔法。

“赐也，非尔所及也”章——子贡很会说话。他说：“我不要人家怎样待我，我就不这样待人。”孔子说：“阿赐，（你说的好容易。）我看你做不到。”这又是何等熟人口中的语气。

“空空如也”章——孔子说：“你们以为我什么都懂了。我哪里懂什么。有乡下人问我一句话，我就空空洞洞，了无一句话作回答。这边说说，那边说说，再说说不下去了。”

“三嗅而作”章——这章最费解，崔东壁以为伪。其实没有什么。只是孔子嗅到臭雉鸡作呕不肯吃。这篇见乡党，专讲孔子讲究食。有飞鸟在天空翱翔，飞来飞去，又停下来。子路见机说，“这只母野鸡，来的正巧。”打下来供献给孔夫子，孔夫子嗅了三嗅，嫌野鸡的气味太腥，就站起来，不吃也罢。原来野鸡要挂起来两三天，才好吃。我们不必在这里寻出什么大道理。

“群居终日”章——孔子说：“有些人一天聚在一起，不说一句正经话，又好行小恩惠——真难为他们。”“难矣哉”是说亏得他们做得出来。朱熹误解为“将有患难”，就是不懂这“亏得他们”的闲谈语调。因为还有一条，也是一样语调，也是用“难矣哉”，更清楚。“一天吃饱饭，什么也不用心。真亏得他们。不是还可以下棋吗？下棋用心思，总比那样无所用心好。”

幽默是这样的，自自然然，在静室对至友闲谈，一点不肯装腔作势。这是孔子的论语。有一次，他说，“我总应该找个差事做。吾岂能像一个墙上葫芦，挂着不吃饭?”有一次他说，“出卖啊！出卖啊！我等着有人来买我。(沽之哉，沽哉，我待买者也。)”意思在求贤君能用他，话却不择言而出，不是预备给人听的。但在熟友闲谈中，不至于误会，若认真读，他便失了气味。

孔子骂人也真不少。今之从政者何如，孔子说，“噫，斗筲之人，何足算也。”“斗筲”是承米器，就是说“那些饭桶算什么!”骂原壤“老而不死是为贼”，骂了不足，没举起棍子，打那蹲在地上的原壤的腿。骂冉求“非吾徒也。小子鸣鼓而攻之，可也”。真真不客气，对门人表示他非常生气，不赞成冉求替季氏聚敛。“由也不得其死然。”骂子路不得好死。这些都是例。

孔子真正属于机警（wit）的话，平常读者不注意。最好的，我想是见于孔子家语一段。子贡问死者有知乎。孔子说：“等你死了，就知道。”这句话，比答子路“未知生，焉知死。”更属于机警一类。“一个人不对自己说，怎么办？怎么办？我对这种人，真不知道怎么办，(不曰如之何，如之何者，吾末如之何也已矣。)”“知之为知之，不知为不知，是知也。”也是这一类。“过而不改，是谓过矣。”相同。“不患人之不己知，求为可知也。”——这句话非常好。就在知字做文章，所以为机警动人的句子。

总而言之，孔子是个通人，随口应对，都有道理。他脚踏实地，而又出以平淡浅近之语。教人事父母不但养，还要敬，却说“至于犬马皆能有养”，这不是很唐突吗？“富而可求也，虽执鞭之士，吾亦为之。”就是说“如果成富是求得来的，叫我做马夫赶马车，我也愿意”。都是这派不加修饰的言辞。好在他脚踏实地，所以常有幽默的成分，在其口语中。美国大文豪 Carl Van Doren 对我说，他最欣赏孔子一句话，就是季文子三思而后行。孔子说：“再，斯可矣。”这真正是自然流露的幽默。有点杀风景，想来却是实话。下回我想讲“孔子的笑和乐”。

论　趣

记得哪里笔记有一段，说乾隆游江南，有一天登高观海，看见海上几百条船舶，张帆往来，或往北，或往南，颇形热闹，乾隆问左右："那几百条船到哪里去?"有一位扈从随口答道："我看见只有两条船。""怎么说?"皇帝问。那位随行的说："老天爷，实在只有两条船。一条叫名，一条叫利。"乾隆点头称善。

这话大体上是对的。以名利二字，包括人生一切活动的动机，是快人快语。但是我想有时也不尽然。大禹治水，手足胼胝，三过其门而不入，不见得是为名为利吧。墨子摩顶放踵，而利天下，就显然不为名利。他们是圣人贤人，且不说。我看至少有四条船叫做名、利、色、权。世上熙熙攘攘，就为这四事。色是指女人，权是指做事的权力，政权在内。不爱江山爱美人，可见有时美人比江山重要，不能不说是推动人世行为的大动机大魔力。有能力或权力做出大事业来，不为任何力量所阻挠，为事业成功，也可成为人生宗旨，鞠躬尽瘁做去。为名利死，为情死，为忠君爱国死，前例俱在。

只是有时一人只想做官，不想做事，这就跟一般商贾差不多了，只怕利禄熏心，就失了人的本性。能够通脱自喜，做到适可而止，便是贤人。但是排脱最不容易。以前有位得道的大和尚，面壁坐禅十年，享有盛名。一日有一位徒弟奉承他说："大师，像你做到这样超凡入圣，一尘不染，全国中怕算你是第一人了。"那大师不禁微微一笑。这也可见名心之难除也。

但是还有一种知其然而不知其所以然的行为动机，叫做趣。袁中郎叙陈正甫会心集，曾说到这一层。人生快事莫如趣，而且凡在学问上有成就的，都由趣字得来。巴士特（Pasteur）发明微菌，不见得是为名利色权吧。有人冒险探南极北极，或登喜马拉雅山，到过人迹未到之地，不是为慕名，若是只为图个虚名，遇到冰天雪地，凉风刺骨一刮，早就想"不如回家"吧。这平常说是为一种好奇心所驱使。所有科学的进步，都在乎这好奇心。好奇心，就是趣。科学发明，就是靠这个趣字而已。哥伦布发现新大陆，科学家发现声光化电，都是穷理至尽求知趣味使然的。

我想这趣字最好。一面是关于启发心知的事。无论琴棋书画都是在乎妙发灵机的作用，由蒙昧无知，变为知趣的人，而且不大容易出毛病，不像上举的四端。人有人趣、物有物趣，自然景物有天趣。顾凝远论画，就是以天趣、物趣、人趣包括一切。能够潇洒出群，静观宇宙人生，知趣了，可以画画。名、利、色、权，都可以把人弄得神魂不定。只这趣字，是有益身心的。就做到如米颠或黄大痴，也没有什么大害处。人生必有痴，必有偏好癖嗜。没有癖嗜的人，大半靠不住。而且就变为索然无味的不知趣的一个人了。

青年人读书，最难是动了灵机，能够知趣。灵机一动，读书之趣就来了。无奈我们这种受考试取分数的机械教育，不容易启发一人的灵机。我曾问志摩，“你在美国念什么书？”他说：“在克拉克（Clark）大学念心理学。就是按钟点，摇铃上课摇铃下课，念了什么书！后来到剑桥，书才念通了。”这就是导师制的作用。据李考克（Stephen Leacock）说，剑桥的教育是这样的。导师一礼拜请你一次到他家谈学问。就是靠一支烟斗，一直向你冒烟，冒到把你的灵魂冒出火来。与君一夕话，胜读十年书，就是这个意思。灵犀一点通，真不容易，禅师有时只敲你的头一下，你深思一下，就顿然妙悟了。现代的机械教育，总不肯学思并重，不肯叫人举一反三，所以永远教不出什么来。

顾千里裸体读经，是真知读书之趣的。读书而论钟点，真是无可奈何的事。李考克论大学教育文中，说他问过第四年级某生今年选什么课。那位说，他选“掮客术”及“宗教”两课，每周共六小时。因为他只欠这六小时，就可拿到文凭。“掮客术”及“宗教”同时选读，实在妙。但是这六小时添上去，这位就会变为学人了吗？所以读书而论钟点，计时治学，永远必不成器。今日国文好的人，都是于书无所不窥，或违背校规，被中偷看《水浒》，偷看《三国》而来的，何尝计时治学？必也废寝忘餐，而后有成。要废寝忘餐，就单靠这趣字。

孟子说才志气欲

我是自小爱孟子的。孟子是儒家中的理想主义者，文字中有一种蓬勃葱郁之气，令人喜欢，令人感动。在儒家中，我就是推崇孟子。其气派得力于子思。孔门中颜回乐道安贫，善体会，善思考，退而自省其私，亦足以发，但是他不大说话。话是没有什么可说的了。曾子在孔门弟子中年最幼，又最聪慧，大概好学而近思，但是仍突不出孔子范围。孟子之时，天下之言不归杨则归墨；须知杨墨皆有精深系统，倘使曾颜尚在，必定抵挡不住。只有孟子雄辩之才，足以出来招架。荀子学问虽好，却反对人欲，主张制礼节欲，以性为恶，以善为“伪”。——这一脉思想戕贼人以为仁义，如戕贼杞柳以为桮棬，与告子一样，故必流于虚伪冷酷。他的仁义是外来的，与告子相同，即所谓“率天下之人以祸仁义”，真不足取。荀子既然要制礼节欲，又主张“严刑罚，以戒其心；使天下生民之属，皆知己所愿欲，举在于是，故其赏行；皆知己之所畏恐，举在于是，故其罚威”。所以他教出来的子弟，当然是法家，如韩非、李斯之徒，全非孔子面目。后来焚书坑儒，乃荀卿的大弟子所为，可说是荀派的报应。只有孟子能发挥性善之说，言孔子所未言，又能推广仁义之本意，说出仁义本于天性；使孔子的道理得哲学上的根据，及政治上的条理。他又雄辩、又弘毅、又自信、又善讽喻、善幽默，是一种浩然大丈夫气象，我们读孟子，可使顽夫廉，懦夫有立志。倘使从此下去，儒道岂不是很快乐平易的人生观吗？

不幸，我们所见的所谓孔学，都是板起长脸孔的老先生，都没有孔子之平和可亲，或孟子的辣泼兴奋。七百年来道学为宋人理学所统制，几疑程朱便是孔孟，孔孟便是程朱。程朱名为推崇孟子，实际上是继承荀韩释氏（戴东原语），不曾懂得孟子。邵康节批评程伊川，最中肯。康节将殁，伊川去看他，向他问道。康节笑着对他开玩笑说：“正叔（你这人）可谓生在生姜树上，将来必死于生姜树头。”伊川再问，康节张开两手示意。伊川不解，康节才说：“面前路径须令宽，路窄时自身且无所着，何能使人行？”我们七百年来所行的就是伊川这条窄路。理学道理，也全是生姜树头的道理。

现代青年人，应该多读孟子，常读孟子；年年再读孟子一遍。（万章、告子、尽心诸篇最好。）孟子一身都是英俊之气，于青年人之立志淬励工夫，是一种补剂。孟子专言养志志养气，志壹则动气，气壹则动志，是积极的。荀子专讲制民制欲，是消极的。“圣人与我同类”、“人皆可以为尧舜”、“人无有不善”、“养其大体为大人”，……这是何等动人的话？少时常听我父亲引孟子说：“虽存乎人者，岂无仁义之心哉。”——这句话不知如何，永远萦绕在我心上。这样的人生观，不是很好的吗？人无有不善，就其善而养之。人生社会有什么了不得的问题，何必谈什么玄虚？做人的道理讲好了，还有什么可怕？这样循这条路走去，就可为顶天立地的大丈夫。（孔子只讲君子，孟子才提出大丈夫三字。）就使不能建立什么彪炳的事业来，至少也可以成一个有操守气节的人。

孟子着重志气。要人养志气，养到富贵不能淫，贫贱不能移，威武不能屈的田地。这叫做人气，这也就是“仁”。仁者人也，就是有人气的人；在英文最好译为manhood。在孟子看来，仁就是manhood，就是大丈夫。向来仁讲为静，智为动，实在大丈夫也有静时，如诸葛亮之卧龙岗，只是静中却有志在里头，并非沉寂，也非寂灭。孟子说：“天之欲降大任于斯人也，必先苦其心志，劳其筋骨，饿其体肤，空乏其身，行拂乱其所为。”这里头专靠一志字，若无志字，劳其筋骨，饿其体肤，还不是每夜精疲力竭爬上床完事？

最好是孟子讲才字。孟子要人“能尽其才”。富岁子弟多赖（即懒），凶岁子弟多暴，“非天之降才尔殊也”。孟子也明白人才善恶与环境的关系。“乃若其情，则可以为善矣，乃所谓善也。若夫为不善，非才之罪也。”“可以为善”四字，是性善的精义，是说有可以为善之才。（性善性恶之辩，二千年来辩得一塌糊涂；孟子说可以为善甚明，陈兰甫东塾读书记孟子篇，讲得清楚了当，再不必争执。）既然人无有不善，只能不失其本性，使吾固有之善，可以培养滋长。苟得其养，无物不长；苟失其养，无物不消。孟子言才，与性字同。牛山有材，是牛山之本性，日夜之所息，雨露之所润，非无萌蘖之生焉，旦旦而伐之，则夜气不足以存，所以濯濯，人见其濯濯，以为未尝有材，“此岂山之性也哉？”古之教育，皆是养才，今之教育，皆是恶补，是旦旦而伐之一类，那里还有雨露之养，时雨之化意义？

这才字性字，连欲包括在里头。那时还未有宋儒将理与欲分开，理欲是合一的，人生必有才，才有高低利钝不同，但是必有才，有才便有欲。孟子言“生亦我所欲，所欲有甚于生者”。欲之涵义甚广，非限于犬马声色。宇宙万物生生不息，是宇宙万物各尽其才，各有其欲。宇宙无欲，则宇宙寂灭。人生的期望、愿望都是欲；人生没有期望、愿望，便已了无生趣，陷于死地，形存神亡。草木有草木之欲，才能欣欣向荣。人而无欲，也就完了。我看青年子弟，男男女女无非一堆私人之欲望，各有所求，求学之进，求事之成，求父母健康，求出洋留学，求传子传孙，求成家立业，何一非欲？说欲有害，也不过如说钱财害人；钱财私欲，非能害人，在于你自己，非欲之罪也。

好了，算我孟子派中人罢了。

论解嘲

人生有时颇感寂寞，或遇到危难之境，人之心灵，却能发出妙用，一笑置之，于是又轻松下来。这是好的，也可以看出人之度量。古代名人，常有这样的度量，所以成其伟大。希腊大哲人苏格拉底，娶了姗蒂柏（Xantippe），她是有名的悍妇，常作河东狮吼。传说苏氏未娶之前，已经闻悍妇之名，然而苏氏还是娶她。他有解嘲方法，说娶老婆有如御马，御驯马没有什么可学，娶个悍妇，于修心养性的功夫大有补助。有一天家里吵闹不休，苏氏忍无可忍，只好出门。正到门口，他太太由屋顶倒一盆水下来，正正淋在他的头上。苏氏说，“我早晓得，雷霆之后必有甘霖。”真亏得这位哲学家雍容自若的态度。

林肯的老婆也是有名的，很泼辣，喜欢破口骂人。有一天一个送报的小孩子，十二三岁，不知道送报太迟，或有什么过失，遭到林肯太太百般恶骂，詈不绝口。小孩去向报馆老板哭诉，说她不该骂人过甚，以后他不肯到那家送报了。这是一个小城，于是老板向林肯提起这件小事。

林肯说：“算了吧！我能忍她十多年。这小孩子偶然挨骂一两顿，算什么?”这是林肯的解嘲。

中国有句老话，叫做“塞翁失马，焉知非福”。林肯以后成为总统，据他小城的律师同事赫恩顿（Herndon）写的传记，说是应归功于这位太太。赫恩顿书中说，林肯怪可怜的，每星期六半夜，大家由酒吧要回家时，独林肯一人不大愿意回家。所以林肯那副出人头地，简练机警，应对如流的口才，全是在酒吧中学来的。又苏格拉底也是家里不得安静看书，因此成一习惯，天天到市场去，站在街上谈空说理。因此乃开始“游行派的哲学家”（Peripatetic School）的风气。他们讲学，不在书院，就在街头逢人问难驳诘。这一派哲学家的养成，也应归功于苏婆。

关于这类的故事很多，尤其关于几个名人临终时的雅谑。这种修炼功夫，常人学不来的。苏格拉底之死，由柏拉图写来是最动人的故事。市政府说他巧辩惑众，贻误青年子弟，赐他服毒自尽。那夜他慷慨服毒，门人忍痛陪着，苏氏却从容阐发真理。最后他的名言是：“想起来，我欠某人一只雄鸡未还。”叫他门人送去，不可忘记。这是他断气以前最后的一句话。金圣叹判死刑，狱中发出的信，也是这一派。“花生米与豆腐干同嚼，大有火腿滋味。”（大约如此。）历史上从容就义的人很多，不必列举。

西班牙有一传说：一个守礼甚谨的伯爵将死，一位朋友去看他。伯爵已经气喘不过来，但是那位访客还是刺刺不休长谈下去。伯爵只好忍着静听，到了最后关头，伯爵不耐烦对来客说：“对不起，求先生原谅，让我此刻断气。”他翻身朝壁，就此善终。

我尝读耶稣最后一夜对他门徒的长谈，觉得这段动人的议论，尤胜过苏氏临终之言，而耶稣在十字架上临死之言：“上帝啊，宽恕他们，因为他们所为，出于不知。”这是耶稣的伟大，出于人情所不能及。这与他一贯的作风相同：“施之者比受之者有福。”可惜我们常人能知不能行，常做不到。

闲话说东坡

近日收到中央日报，得阅乐恕人兄《自古文人爱钓鱼》一文，考证甚详，纠正我的疏忽，欣喜无量。喜在果然发现中国文人也好实在钓鱼，不仅是视为“雅事”做文章点缀而已。又本日见拙著《无题有感》上边几栏便是侄媳妇毕璞谈音乐的文章，又是高兴。所以合十向恕人兄道：“善哉！善哉！我失之者，乐子得之。吴王失剑，不必芥蒂。至乐恕人，大放光明，启我钝根，乃见东坡蓑笠，少游持竿，障惑尽除，无边清净。善哉！善哉！皆大欢喜。他日有缘，当在富士见高原，垂纶共钓，以消永日。”

原来庄子“钓于濮上”，念了几遍，怎会疏忽至此。再想起来，孔子也是钓过鱼。子钓而不网，弋不射宿，大概具有美国绅士 sportsmanship 的风度。然则孔子射飞鸟，不肯射宿在树上的鸟，钓时用钓钩，不肯一网打尽，大有英国绅士派头。是射是钓，看你本事如何，才见游戏三昧。我那篇文章，说文人不钓鱼，文人不出汗，是凭普通印象，只是未经做过考证工夫。但是诗文中所见，仍有可疑。说渔却未必真下钓，说樵也未必真打柴。况且张志和据说钓时不用饵，还只是玩着罢。他又只钓鳜鱼，使我看不起。

东坡诙谐百出。诗文多，小品多，书简多，墨迹多，志林所载小事多，苏门四学士及其他宋人笔记，又那么多，但是就没有钓鱼的记载，所以我叹为怪事。如在海南琼州一段，与其子过取松烟造墨，几乎把房子烧掉一类的事，比任何古人的传述丰富。

别的不说，单说东坡这人，实在不大规矩。其大处为国为民，忠贞不移，至大至刚之气，足为天下师，而其可爱处，偏在他的刁皮。

像他伪托尧典取得进士，真是大胆。那省试考题是“刑赏忠厚之至”，论东坡试卷内有一段“当尧之时，皋陶为士，将杀人，皋陶曰杀之三。尧曰宥之三。故天下畏皋陶执法之坚，而乐尧用刑之宽。”这段故事是完全东坡杜撰的。那时苏氏父子由蜀来汴，想取功名。欧阳修见东坡文谓“须令此人出一头地”。东坡尚是少年，居然在试卷上杜撰古典。考官都是博学鸿儒，看见这段妙文，真像煞有介事，记不清出于何典。但是谁也不敢说，没有看过这个古典，也许竹书纪年，或什么三坟五典真有记载。他居然中了。后来请门师，在席上老儒（大概是富弼）偷偷问他，你那一段杀之三，宥之三，出于何书。东坡才说，想当然耳。这是他刁皮处，亦是他才气过人处。

又一回东坡谪黄州，偷吃牛肉，半夜爬城墙回家。照例他是软禁，不应四处乱跑，又不应偷城犯夜。王世贞苏长公外纪卷九记，毕少董所藏一帖，醉墨澜翻。其文曰："今日与数客饮酒，而纯臣适至。秋热未已，而酒色白，此何等酒也，入腹无赃，任见大王。既与纯臣饮，无以侑酒。西邻耕牛适病足，乃以为脔。饮既醉，遂从东坡之东，直出至春草亭而归，时已三鼓矣。"王世贞按"春草亭，乃在郡城之外。是与客饮私酒，杀耕牛，醉酒偷城犯夜而归。又不知纯臣者，是何人也，岂亦应不当与往还人也。"与不当与往还人往还，若酒徒娼妓，东坡全不在乎，耶稣也全不在乎。

又一回记得是元祐时，那时闱考考官看卷子，留在禁中，与外间隔绝二三十天。东坡是主考，觉得无聊。秦少游诸人在忙着看卷，东坡却跑来跑去，放浪形骸，玩皮作谑，弄得诸人无法凝神看卷子。

这是活现一个可爱的苏东坡。我看他钓鱼，也是装幌子而已。怎肯耐心静坐等鱼上钩？但是这也是想当然耳之类。哈佛名哲学教授 William James 同他弟弟就有爬墙犯法故事，见于他们弟兄的通信上。适之告诉我，在吴淞念书时候，有一回他大醉，巡警看见他光着脚，手里拿一只皮鞋在路上跑。有一回瑞士名作家客勒 George Keller 半夜醉归，迷路去问巡警。巡警认识他，诧异说："你不是客勒吗？怎么跑到这里来"？客勒回答说："是啊，我是客勒，但是不知道客勒家在哪里。"

我曾经做一番考证，证明东坡有姊姊，没有妹妹，并无苏小妹嫁秦少游的事。也曾考证东坡爱他的堂妹，柳仲远之妻，这是他的隐痛。这须从他诗文中慢慢推敲出来。改天再讲。

论 曲 线

家藏《古今文致》一书，是光绪十九年朱墨套印精镌版本，内有壬子冬杪刘士麟序，及天启癸亥王宇叙，也有屠隆、袁中郎、陈继儒、李贽诸明人佳作。其中妙文，尤在失名二篇，一为《让婚表》，一为《曲城说》。先抄《曲城说》数段，再讲曲线。这不但是天地间奥义及做人的道理，而且与中国艺术有关。

> 尝博求天地之理，统观万物之情，乾取其旋，坤取其转；四时取其循环，七宿取其周天；山取其回，水取其绕，龙取其蟠，虎取其踞，鸟取其回翔，松柏取其盘结。是故武夷九曲，擅名胜也。栏干六曲，呈巧妙也。方塘四曲，开水鉴也。新月一曲，昭天文也。春在曲江则愈佳，花开曲径则愈奇，觞流曲水则愈芳。是故物有物曲，心有心曲，事有委曲，言有衷曲，艺精于审曲，道纯于致曲，……曲之时义大矣哉。

又一段讲做人道理：

> 然而忧戚百至，可以曲解；馆谷不丰，可以曲就；世情难周，可以曲尽；人事拂乱，可以曲处；疾病扰我，可以曲守；横逆加我，可以曲忍；狂恶乘我，可以曲避。人呼我为牛，吾曲认之以为牛；人呼我为马，吾曲认之以为马。曲之独适于用也如是。

这样下去，大约文中有六七十曲字，曲达此曲字之妙用。上引一段，言“艺精于审曲，道纯于致曲”。这是有识者的知言。亦即王羲之一笔三折之意。包世臣、俞曲园写字多用偏锋，亦是此连贯回环左右照应之意思，不期然生波磔诙奇之妙用。所以我说书法难于画法，而画法必基于书法。这也不过是老生常谈而已。每见西画，古典派之无骨画固不必说，而近代派如毕加索(Pablo Picasso1881－1973）之作，笔线戆直，全无轻重顿挫于其间。假定说他的画果然有什么功夫，但是笔法错杂，显而易见。盲目崇拜者，也应稍有东方人眼光，认其不足为鉴。庐奥误以粗犷为雄强有力，亦不足取。西画中懂得笔法者，似百中无一个。你说“林先生，你以东方画法评西洋画，是不该的。”我说真不该；但是艺术至理，不分中外。国画之长处，在用笔、用墨、收放、浓淡之间。所可贡献于世界者以此。西人知其趣，而学不来。中国画家，至少应当摸门径，在此方面发展方是。

《曲城说》文中，又有一段讲曲直相配相成之用，甚好。

> 弓矢相为用，矢为直，弓为曲。篷檣相为用，檣以直，篷以曲。纶钩相为用，纶以直，钩以曲。规矩准绳相为用，准绳以直，规矩以曲。有戆谏，有讽谏；戆以直，讽以曲。有忠告，有善道；忠告以直，善道以曲，……处治以直，处乱以曲。曲得其宜，直在其中矣。

这一段，我想美学原理，尽在其中。为人必刚柔相济，外圆内方。若一人全不竖起脊梁骨，委蛇曲顺，也太少大丈夫气了。刚柔相济，而后得艺术和谐。中国式建筑，独发明弯曲屋顶，其意义全在与墙壁之直相配，而得艺术之调和。我想中国人的美术基础观念，更是从书法学来的。

说纽约的饮食起居

住在纽约的中国太太喜欢纽约，成为宇宙之迷。始而百思不得其解，用心思维，才恍然大悟。没有问题，这奥妙在于“你自已来”四字，西文所谓do it yourself。中国太太住纽约，生活比较简单，比较独立，比较自由。要洗衣服，你自已来，何等简单，要买菜，你自已来，何等独立。要烧饭请客，你自已来，不仰他人鼻息，何等自由。要擦皮鞋，你自已来，这是何等自力更生。听人家说，这就是人类平等，“德谟克拉西”。

我居纽约，先后三十年，饱尝西方的物质文明。尝细思之，方便与舒服不同，个中有个分别。居美国，方便则有，舒服仍不见得。远东文明，舒服则有之，方便且未见得。电梯、汽车、地道车、抽水马桶，皆方便之类。电梯、汽车、地道车、抽水马桶，却不见得如何舒服。长途驱车，挤得水泄不通，来龙去马，成长蛇阵，把你挤在中间，此时欲速未能，欲慢不得，何尝逍遥自在，既不逍遥自在，何以言游。一不小心性命攸关，惊心吊胆，何来舒服。

地道车，轰而开，轰而止。车一停，大家蜂拥而入，蜂拥而出。人浮于座位，于是齐立。你靠着我，我靠着你，前为伧夫之背，后为小姐之胸。小姐香水，隐隐可闻，大汉臭汗，扑鼻欲呕。当此之时，汽笛如雷，车驰电掣，你跟着东摇西摆，栽前扑后，真真难逃乎天地之间。然四十二街至八十六街，二英里余，五分钟可达，分毫不爽，方便则有，舒服则未。

德谟克拉西，必自由平等，自由平等，必无佣人老妈。既已平等，何必老妈？于是烧饭，太太自已下厨，不靠别人，不受佣人的气。纽约太太，没有佣人问题，这是何等快活。由上街买菜日劳，而烹调之术日进，又是何等可喜。大家就席，张太太恭维李太太：“你海参做得那么好？”“哪里！你的板鸭，才真够功夫。”由是操劳愈甚，精神愈好。平心而论，总比打麻将强。及至席终，端盘撤席，你自已来，客人亦急公好义，大家也来帮主妇忙，这是何等潇洒。而且操劳于人身体是好的。

我向最忌狗领狗带，未知狗领束缚脖颈，是何道理。然入乡随俗，亦自不欲长衫大褂，招摇过市，触人耳目。张大千弟兄来纽约，仍穿中装；甘地游伦敦，仍然赤膊。他人可以，我则未能。然张大千乌髯可掬，威仪棣棣，自有其一副气象，令人肃然起敬。我何人斯，走一条街，没人认识，最是乐事。所以一生不敢做官，即忌此黑领带。一人至带黑领带时，已无甚可说。利锁名缰，害人最大，交头耳语，始当权要。东西皆是如此，不足为奇。我家居中服，出门西服。只要样样有一定挂处，三分钟内可以改装，毫无困难。以三分钟之麻烦，易数小时之舒服，仍是值得。东方男人穿裳，女人穿裤；西方男人穿裤，女人穿裳。今则西方小姐已改穿裤子，东方征服西方是必然的事。

纽约中国菜馆林立，越来越多。杂碎之谣，虽然可恶，千年皮蛋，更属荒唐。然中国杂碎寻常味道，已经确胜西方，所以风行也不足怪。春卷、馄饨、麻菇鸡片（粤音拼作 Moo Goo Gai Pien）西人已经耳熟能详。独中国人吃来，北方味少，广东味多，求真正北平东兴楼之醋溜鱼片，宫保鸡丁，或四川的九曲回肠，干炒牛肉丝，几不可得。于是四川与江浙，混为一谈，江北与江南，菜馆无别。什么名菜，名存而实亡。香酥鸭香而不酥，回锅肉往而不回。天津馆可吃蟹壳黄，岭南春可叫涮羊肉。我走遍西半球，认为犹能保存真正北平菜者，惟有巴西圣保罗。

西报评中菜，都是捧场，只是纽约时报食评，绝不敷衍，不卖账。食评之事。美国尚未讲求，法国则不然。此米师兰指南（Guide Michelin）一书之所以可贵。此书每年一版，各酒馆茶楼之名菜名酒鉴赏极精，历历能详，以为食客指导。其于菜馆，超等者以一星，二星，三星别之。一星已经难得，三星全法国只有七八家。因为米师兰绝不敷衍，不卖账，所以成为权威。升级降级，赏夺惟我独尊。所以列名超等，真不容易。或已得三星，悄为懈怠，明年立即降级。法国人讲究吃，所以成此风俗。

做到不敷衍，不卖账，也是不容易。食事如此，天下事莫不如此。流芳千古，青史留名，谁不愿意。唐朝许敬宗之流，便可卖账，不但拍武则天之马，且可卖钱乱史实。孔子便不卖账。笔则笔，削则削，门人不能赞一辞。所以吴子惧，而天下乱臣贼子皆惧。

不敷衍，不卖账，孔子是第一人。

谈海外钓鱼之乐

夏天来了，又使我想到在海外钓鱼之乐。我每年夏天旅行，总先打听某地有某种钓鱼之便，早为安排。因此瑞士、奥、法诸国足迹所至，都有垂钓的回忆。维也纳的多瑙河畔，巴黎的色印外郊，湖山景色都随着垂纶吊影，收入眼帘，人生何事不钓鱼，在我是一种不可思议之谜。在台湾，因为种种因素，没有设备，所以也未成风气。淡水河中，游艇竟然绝迹，石门湖上，绿蓑青笠之男女无几，深以为憾。水上既无饭店，陌上行人甚稀，令人百思不得其解。也许政府爱护老百姓，十分关怀，怕我们小民沉落水里去，那就不得而知了。然而白鹭云飞，柳堤倒影，这辜负春光秋色之罪，应该由谁去负责？或者暮天凉月之际，烟雾笼晴之时，流光易逝的一刹那，有谁拾取？或者良辰静夜，月明星稀，未能放舟中流，荡漾波心，游心物外，洗我胸中秽气，是谁之过？纵使高架铁路完成，而一路柳堤冷落，画舫绝迹，未免为河山减色。

使我最难忘的是阿根廷的巴利洛遮（Bariloche）湖。这是有名钓鳟鱼的好地方，地在高山，因为河山变易，这些鳟鱼，久已不能入海，名为 Landlocked Salmon 而与鲟鱼混种，称为 Salmentrout。在北美的鲟鱼平常只有一二磅，大者三五磅，此地却有一二十磅的鲟鱼，及二三十磅鳟鱼。艾森豪故总统，也曾来此下钓，这是我的向导告诉我的。巴利洛遮湖，位在阿根廷与智利交界。南美安狄斯大山脉至此之势已尽，所以这个地方，虽然重峦叠障，却是湖山胜地，车船络绎往来无阻。这一带都是钓鲟鱼的好地方，越界到了巴利洛遮湖，遂成天然仙景。湖上有 Llao - Llao 饭店，导游指南称为世界风景第一。Llao - Llao 坐落此山，正似一座出水芙蓉，前后左右，倚栏凭眺，碧空寥廓，万顷琉璃，大有鸿蒙未开气象。晨曦初拂，即见千峦争秀，光彩陆离。大概山不高而景奇，所以一望无际，层层叠叠的青峦秀峰与湖水的碧绿，阳光的红晕相辉映。又没有像瑞士缆车别墅之安插，快艇之浮动，冗杂其间，竟成与鹿豕游之鸿蒙世界。游客指南所称，果然名副其实。此地钓鱼，多用汽船慢行拖钓方法，名为Trolling。船慢慢开行，钓丝拖在船后一百余尺以外。钩用汤匙形，随波旋转，闪烁引鱼注意，所以不需用饵。我与内人乘舟而往，渔竿插在舷上，鱼上钩时，自可见竿摇动。这样一路流光照碧，寒声隐地寻芳洲，船行过时惊起宿雁飞落芦深处。夕阳返照，乱红无数，仰天长啸，响彻云霄，不复知是天上，是人间。

海钓与湖钓不同。阿京之东约一百五十哩，地名“银海”（Mar del plata）是阿国人避暑海滨胜地。去岸十哩的海中，因为富有水中食物，是产鱼最多的一带。我单一人，雇一条汽船，长二丈余，舟子问我怕浪不怕浪，我说不怕。就在烟雨濛濛之时出发，船中仅我跟舟子二人。海面也没有大波浪，但是舟子警告我，回来逆浪，不是玩的。到目的地停泊以后，我们两人开始垂钓。也不用钓竿，只是手拉一捆线而已，果然天从人愿，钩未到底，绳上扯动异常，一拉上来，就是一线三根钩上，有鱼上钩，或一条，或三条。这样随放随拉，大有应接不暇之势，连抽烟的工夫都没有。不到半小时，舱板上尽是锦鳞泼刺，已有一百五十条以上的鱼，大半都是青鬣。我说回去吧。舟子扔一套雨衣雨帽，叫我蹲在船板底。由是马达开足，真是风急浪高，全船无一隐藏之地。这是我有生以来钓鱼最满意的一次。到岸上捡得二篓有余，尽送堤上的海鲜饭店。这是一家有名的海鲜饭店，名为Spadavecchia，打电话叫我太太来共尝海味，并证明渔翁不尽是说谎话的人。而在此场中，也可看到阿根廷国人集团唱歌，那种天真欢乐的热闹，为他国所难见到的。

纽约北及长岛，南接新泽西州，钓鱼的风气甚盛，设备也好。长岛近郊，如Creat Neck，Liule Neck，Port Washington，到处港中渔船无数，而Port Washington，尤其是我过一夏天的地方。闲来，拿个铁筒，去摸蛤蜊，赤足在海滨沙上，以足趾乱摸。蛤蜊在海水中沙下一二寸，一触即是，触到时，用大趾及二趾夹上来，扔入桶中。同群的人，五六十尺外听到咕当一声，便知同伴又捡一个，其中自有乐处。所以这地的人常有烤蛤蜊的宴会，名为Clambake。长岛以北，尤近大洋，由此地出发入海的，多半意在鳌鱼，因为此去以北，直至Martha's Vineyard，波士顿都是产龙虾及鳌鱼的佳地。我也曾在长岛北部过一夏天。螃蟹随海潮出入洲渚。站在桥上，看见螃蟹成群结队而来。只用长竿蟹网，入水便得。所以住此地的人，吃螃蟹不要钱。沿海一带，也不知有多少出海钓游的村落。地名常加quolque一音，即印第安人留下的土语，指海湾小港。

最有名的是近 Coney Island 的羊头坞（Sheepshead Bay），这是纽约全市的人常出海钓鱼的船坞，夏天一到，可有三四十只渔船，冬天也有十来条。船长八九十尺，一切设备都有，午餐总是三明治，汉堡煎牛肉及啤酒，热咖啡之类，船上钓竿、钓钩及一切人的杂具应有尽有。鱼饵也由船包办。我们钓鱼的男女老少，大半是外行，今日钓什么鱼，有什么饵，钓钩大小，鱼出何处，都由船手帮忙指示，而到何处去钓，这几天有什么鱼，船主却是内行。早晨七时出发，一到船坞，就见多少船手站在岸上拉生意。船行约二小时，平常四时至五时可以登岸回家。每船约四五十人，各占钓位，以早到为宜。钓到大鱼时，全船哗然，前呼后应，甚是热闹，由水手拿长钩及网下手，以免鱼出水时，挣扎脱钩而去。

最好的是七八月间，所谓蓝鱼（Bluefish）出现之时。这是一种猛悍捕食他类的鱼。大概鲭鱼出现，蓝鱼跟着就来追逐。所以钓蓝鱼，有与鱼决斗的意味。凡钓鱼的人，最不喜欢温驯上来的鱼。若海底左目鱼之类，一上钩若无其事就拉上来。蓝鱼不然，一路挣脱，鱼力又猛，可能费尽气力，才能就范。稍静一下，又来奋斗，或者脱钩而去。及见水面，银光闪烁，拉你的线扯大圆圈，径可一二丈外。所以同船的人的钓绳，也给他搅得绊来绊去。那时钓上鱼要紧，等鱼上板，以后慢慢分个头绪，整理钓绳的纠葛。这蓝鱼上板时，仍然乱跳乱拨，挣扎到底，好不容易捉住。尤其是钓蓝鱼以夜间为宜。蓝鱼出现，海面上可有一百条船，成群结队停泊海面。夜来时，月明星稀，海面灯光辉然，另是一番气象。你休息时，或者鱼不吃饵时，尽管躺在船上，看樯影挂在星河，婆娑摇动，倒也可心神飘忽，翩翩欲仙。瞥然间船中响起，有人钓到大鱼，全船哗然。乃起来再接再厉，鼓起精神垂钓。有一回已是九月初，蓝鱼已少，而留者特大。我和相如夜钓，相如钓上两条，长如雨伞，重二十斤。只好每条装一布袋，拂晓回家，太太正在睡乡，忽然惊起，不信布袋中是何有腥味的大雨伞。这是我钓鱼中最可记的一次。

记纽约钓鱼

纽约处大西洋之滨，鱼很多，钓鱼为乐的人亦自不少。长岛上便有羊头坞，几十条渔船，专载搭客赴大西洋附近各处钓鱼。春季一来，钓客渐多。今天是立春，此去又可常去钓鱼了。到了夏季七八月间，蓝鱼正盛，可以通夜钓鱼。每逢星期日，海面可有数十条船，环顾三五里内，尽是渔艇。在夜色苍茫之下，灯火彻亮，倒似另一世界。记得一晚，是九月初，蓝鱼已少，但特别大。我与小女相如夜钓，晨四点回家，带了两条大鱼，一条装一布袋，长三尺余，看来像两把洋伞，惊醒了我内人。

纽约鱼多，中国寓公也多，但是两者不发生关系。想起渔樵之乐，中国文人画家每常乐道。但是这渔樵之乐，像风景画，系自外观之，文人并不钓鱼。惠施与庄子观鱼之乐，只是观而已。中国不是没有鱼可钓，也不是没有钓鱼人，不过文人不钓罢了。真正上山砍木打柴的樵夫，大概寒山拾得之流，才做得到。文人方丈便不肯为。陶侃运甓，那才是真正的健身运动。陶渊明肩锄戴月，晨露沾衣，大概是真的，他可曾钓过鱼，然传无明文。赤壁大概鲥鱼很多而味美，东坡住黄州四年可以钓而不钓，住惠州，住琼州，也都可以钓，而未尝言钓，不然定可见于诗文。不知是戒杀生，或是怎样。大概文人只站在岸上林下观钓而已。像陆放翁那种身体，力能在雪中扑虎，可以钓，而不钓。他的游湖方式，是带个情人上船，烹茗看诗看情人为乐，而不以渔为乐。

历史上想想，只有姜太公钓鱼；严子陵富春江的钓台近似。姜太公是神话，严子陵钓台离水百尺以上，除非两千年来沧海已变，钓台也只是传说而已。王荆公在神宗面前，把一盘鱼饵当点心吃光，此人假痴假呆，我不大相信。韩愈是钓鱼的。记得东坡笑韩退之钓不到大鱼，想换地方，还是钓不到。这是东坡从惠州又徙琼州，立身安命自慰的话。其实韩愈也不行。今日华山有一危崖，是游人要到北峰必经之路。路五六尺宽，两边下去是深壑千丈。这地方就叫做“韩愈大哭处”。后来毕沅做陕督，登华山，不敢下来，又无别路，还是令人把酒灌醉，然后用毛毯把他卷起抬下来。文人总是如此。

相传李鸿章游伦敦，有一回，英国绅士请他看赛足球。李氏问：“那些汉子，把球踢来踢去，什么意思？”英国人说：“这是比赛。而且他们不是汉子，他们是绅士。”李氏摇摇头说：“这么大热天，为什么不雇些佣人去踢？为什么要自己来？”这可说明中国文人不钓鱼的原因。台湾教育有“恶性补习”害人子弟。当局若不赶紧设法救济，将来国内后生，也决不敢钓鱼，最多观钓而已。

我想女子无才便是德，有德便无才，文人不出汗，出汗非文人，这也是古人所谓天经地义之一。

其实不然。垂钓并不必出汗。而其所以可乐，是因钓鱼常在湖山胜地，林泉溪涧之间，可以摒开俗务，怡然自得，归复大自然，得身心之益。足球棒球之类，还是太近城市罢。还是人与人之斗争。英国十七世纪钓鱼名著，The Compleat Angler by I. Waltom 列入文学，就是能写到钓鱼时林涧之美，自然之妙。其书又名为 The Contemplative Man's Recreation，意思是钓鱼是好学深思的人的娱乐。所以钓鱼与烟斗的妙用，差不多相同（Thackeray 称烟斗也能发人深思），在静逸的环境中，口含烟斗，手拿钓竿，涤尽烦琐与自然景色相对，此种环境，可以发人深省，追究人生意味，恍然人世之熙熙，是是非非，舍本逐末，轻重颠倒，未尝可了，未尝不欲了，而终不可了。在此刹那，野鸟乱啼，古木垂荫，此“触袖野花多自舞”之时也。顽石嶙峋，鱼虾扑跳，各自有其生命，而各自有其境界；思我自白驹过隙，而彼树也石也，万石常存，此“野花遮眼泪沾襟”之时也。

凡人在世，俗务羁身，有终身不能脱，不想脱者。由是耳目濡染愈深，胸怀愈隘，而人品愈卑。有时看看庄子，是好的。接近大自然，是更好的。陆龟蒙书李贺小传后，讲唐诗人孟郊废弛职务，日与自然接近，写得最有意思：“孟东野贞元中以前秀才，家贫，受溧阳尉。……南五里有投金濑。草木甚盛，率多大栎，合数十抱，藂蓧蒙翳，如坞如洞。地洼下，积水沮洳，深处可活鱼鳖辈。大抵幽邃岑寂，气候古澹可喜。除里民樵罩外无入者。东野得之忘归。或比日，或间日，乘驴，后小吏，经（迳）蓦投金渚一往，至得荫大栎，隐岩蓧坐于积水之傍，吟到日西还。”后来因此丢了差事。此孟东野所以成为诗人。

孟东野李长吉都是如此。黄大痴也是如此。人生必有痴，而后有成，痴各不同，或痴于财，或痴于禄，或痴于情，或痴于渔。各行其是，皆无不可。

我最爱张君寿一首咏一对讨渔夫妇的诗：

郎提鱼网截江围，
妾把长竿守钓矶；
满载鲂鱼都换酒，
轻烟细雨又空归。

人生到此，夫又何求？

瑞士风光

庐干盛夏湖光好。早也堪游，晚也堪游，怎不开怀上扁舟？老婆对我不嫌老。既不伤春，又不悲秋，俯仰风云独不愁。

钓翁之意非关钓。扑面杨枝，合我心期，水底行云荡漾时。何人解赏此中意？这是鹭飞，那是鱼追，白首陶然共忘机。

（调寄采桑子，作于庐干 Lugano 湖上）

近日游兴初发，好作俚词。这原不足道，只为向来词人，自立格调。若言所谓格调，温柔中带忠厚，纤丽中求婉约，自是不错。惟统观全体，不是伤春，便是悲秋，什么梦断魂消，什么不堪回首，那堪秋雨，泪簌簌，好作妮子态，我想不必。词中伤春多而乐春少，都是为春归去，留不住伤神，这又何必？李后主“剪不断，理还乱，是离愁”，未尝不妙。李清照“梧桐更兼细雨”自是一个愁字犹难了得。但是因此满纸衰草残杨，孤衾冷枕，一直愁到天明，以为非如此，便不足上追唐宋。东坡以词说理谈禅，稼轩即事叙景，本各人之性灵，为词开一新境界，便有人（后山）以为东坡词“如教坊雷大使之舞，虽极天下之工，要非本色。”所谓本色，岂非谓东坡脱却绮罗香泽之本色？天风海涛，本无定格，何以词人，春必伤而秋必悲？又何以只有春天的东风，及秋天之西风可咏，而无南风北风气概？词人又何必以此自限？故拙作表出“独不愁”三字之意。舜歌南风，若以为南风可歌而不可入词，这话是谁说的？大凡诗词皆须格调，格调一破，遂不免泛滥。但学古也不可太拘，太拘遂成千篇一律之势。总应格调与性灵两皆顾到才是。

话说长了。由可蘑来庐干；两城都是湖山胜地，气候相同。只因历史关系，一属意国，一属瑞士。一入瑞士，便觉些少不同。瑞士这个国家北方操德语，西方操法文，南方操意大利文。这其中可观出诸民族性之不同。庐干湖在南，自然与意大利毗连，民族也与意大利人相近，而透入日耳曼族的民性。第一天来此，便觉得些微不同，在拉丁民族的热诚真挚上，夹上日耳曼民族的沉静刚健色彩。在温柔的女子当中，也可偶尔看见骨骼魁伟的女人。在苦中作乐的男人中，也可以看到自寻烦恼的丈夫。这须常游欧洲的人才看得出。

德国人是严守法律的，一切都要循规蹈矩。人也规矩，城市来往车马也规矩，警察也规矩。柏林有人乘电车，电车因红灯停，有一搭客顺便下车，便有另一搭客下去拉他上车，说所在地并非停车站。我在苏黎世（在北方）曾过一夏天，为要取回护照事，去警察局。天啊，真是怪事！警察局办公人员的桌上，有一排整整齐齐的图章架，排成一行列。更触目的是，凡当日应办的案卷，平常自然是排在案上。但是这些案上，不但是案宗一套一套堆起一边而已，是用界尺划分筑起！上下毫厘不爽。我心里想，何苦呢？所以人家常讲，要到瑞士，不如到洛桑等法文瑞士去。一切太规矩，人生就乏风韵了，我也曾在巴黎大银行开户，要结账户时，去找银行。哪知银行关于我的案卷，一时找不出来。这还可以，我看那位行员，把别人的案卷，翻来覆去的乱扔，我就伤心。这就是我的账户找不出来的缘故。

瑞士以清洁著名。我曾在日内瓦的第三流客栈作一试验。我有点不相信，所以曾在那客栈的黑暗的便房中，用手在墙角上抹一抹，果然一尘不染。日内瓦的电车，就像在油漆店开出来的。瑞士的三等火车，比头等一样整洁。瑞士的家主婆是打扫盥洗有名的。店门前天天早晨要用水冲洗。北欧诸国是如此，而瑞士更甚。苏黎世城居民楼上，早晨就可看见家家主妇在窗口上打小地毯，真是出力的打，打，打。琉森星期日下午居民全家出来散步，男人的汗衫，是那样的洁白晶亮，这都是德文瑞士的家主婆的功劳。日内瓦、洛桑等处，虽说法文，却受日耳曼民风所熏染，所以也洁净，只没有苏黎世洁净的可怕。你住久了，还是羡慕法国火车的乌烟瘴气。就有住在洛桑的女人，是我的读者，曾对我表示抗议。人生何必自寻苦恼，整齐清洁到那样程度？还是自由自在，规矩中带点随便吧。我最佩服中国常用语中的“随便宽衣”四字。不然一天揖让鞠躬，这民族不早精神衰弱下去了吗？礼后乎？礼后也。

社会应规矩，但慎勿规矩过甚，不然人生就无味了。填词要守格律，但慎勿入格套，不然就永不敢突破藩篱了。

说斐尼斯

可饮湖光色可餐，偏疑此地是桃源，
青山近水波映碧，隔岭遥峰雪摩天。
远岸弦声度水凉，遥波彩晕染斜阳，
暮云收尽歌声断，漫猜何处是潇湘。
且喜梢头好鹧鸪，随波浥浥羡闲凫，
鸿声雁影真还假，山色空蒙有且无。
约莫黄昏日已斜，凝思故国旧烟霞，
山头只欠飞来塔，讨得心安便是家。
明月照人在扁舟，新愁旧恨付东流，
画舫截破水中月，两袖清凉赛入秋。

（浪淘沙　咏庐干）

话说我们勾留庐干湖十日，本是旧游之地，加上买饴弄孙，早晚门前垂柳处便可垂钓，真可留连忘返，（此地有修竹，有杨柳，游人不大注意。）我素来反对“倚栏干”“望归棹”那一套。这回有至怡（十一岁）作伴，芳堤上有铁栏干，早晚垂钓，真真被我们把鱼钩换了，栏干拍遍，只恐无人会垂纶意。所以闲中亦占浪淘沙五首以寄兴。庐干即在阿尔卑斯大山脉之南，故青山之外，每每可望见雪岭摩天。又意大利餐馆，可吃到油炸鹧鸪。爱鸟的人，都有点不忍。

由庐干湖来斐尼斯火车六小时。这是又入意境。以前徐志摩译 Florence 城名为“翡冷翠”。极雅而切当。因此城在意大利文是拼为 Firenzia。然则 Venezia（Venice）亦可作“翡乃翠”。因旧惯，姑作斐尼斯。

一进意境，又觉得意大利人的亲热古风了。我们一进旅馆，要上电梯，便有银发蓬松，明眸皓齿的姑娘，替我们开电梯，又进去指示我们按电铃，然后退出。大概因为看我们是东方旅客，不识此中关键，所以好意指示。原来她也是馆中旅客，这就可见他们的古风。回想可蘑湖滨的三姊妹，因为她们都是无事而笑，所以我叫她们为无端无缘无故的三笑姊妹。

大凡旅行异国，最重要还是礼貌人情。讲礼貌，当推英国第一。只要你摆出绅士派头来，不可逢人鞠躬拍马，他们就看得你起。逢人叩头，就要遭殃。若单说普通礼貌，伦敦的巡警（bobby）是有名的，看他们扶老携幼过街，就是孔老夫子，也当点头。我们旅行游客，最重要是人家怎样待你。法国一个好处，就是他们完全不理你，也不歧视你。不理你，便自由自在，忘记是侨客。我经过巴西，所有的华侨都异口同声说，住巴西的好处，就是不觉得是侨民，不受歧视。法国普通商人就差了，常常礼貌有亏。所以今年法国政府明令商人，凡对游客，都应当微笑一下。微笑多的还可受什么优奖。你想微笑而可由政府训令，怪不怪？法国社会是这样的。以前美国小说家詹姆斯（Henry James）以作家的身份，住法国不止十余年，而法国社会仍是插不进去。他们还在做路易第十四的梦哩！

斐尼斯这个城，大家知道，就是水国。这就是马可孛罗的老家。马可孛罗游中国，是忽必烈可汗（成吉思汗之孙）建都北平之时，是十三世纪。那时斐尼斯的海运贸易，冠地中海，为热那亚的劲敌，所以极为繁荣。谁想他们会把一个商埠，整个造在水国里？这就把斐尼斯变成世界惟一的水中城，又因为交通皆用水道，所以又演出世界惟一的赣多拉 gondola 划船，为普通往来的工具，而成为此城最特别的风趣。你坐赣多拉，看见沿街人家前后门就是临水。半夜开门，一不小心，就可以扑通落水里去。凡游斐尼斯的人，都不免惊奇何以有此现象，又何以不受海水潮汐之苦？平常海水涨缩高低，不过一二尺而已。房屋基址，大半用石，也有用砖头的。这样履险如夷，居然存在七八百年以上。详细研究，此地原是平岛，海水不深。本城与外岛 Lido 之间，成一海湾，但是前后通海。就这海湾，也是水浅。渔人用长篙在水中捞蛤蜊，可见得也只是八九尺深。况且现在仍有沙汀渐渐出水。这就是这水中城成立之原因。这样通衢小巷，到处是河漕。水道与水道之间，也有陆路，也有大街小巷及广场。因为全城是水道，陆路每一百步，便有一道石桥，下通舟楫，所以凡驾驶汽车来此城的，都得将汽车停在特别的汽车站。你想，在今日世界，在城市街中可以逍遥踱步，不避汽车，已经是梦想不到的幸福了。街道铺石，极其清洁，没有纽约的到处狗屎，也没有中国的到处吐痰。

吐痰这事，完全是习惯而已，毫无必要。住美国久的中国人都已改过来。我希望未改以前，至少要吐痰，应取偷衣方式而窃唾之，不可一呼一吸扬眉吐气而吐之，惊动全室的人。

且谈比城有名的赣多拉。赣多拉长约三十尺，宽只六尺，前后翘起，离水数尺，中可容七八客人，真是古色古香。舟子只一人站在船后高处，运一支长棹。因为立处在船尾挺出的左方，所以看来昂藏矫健。头带草笠，膂力刚强，肌肉饱硬，凡喜欢安东尼昆或威多麦丘的美国姑娘，看了简直可发昏。又这类舟子（名为 gondoliers），很多声音宏亮，意国又是歌剧产生之地，所以又有乘船夜游之风，一面坐船，一面可听舟子唱俚曲。听那宏亮的歌声在湾街曲巷中回响，就可消魂。你要扣舷和之也可以。他单靠一支长棹，在船之一旁运用驾驶，实在不易。所以插棹的棹木，是弓字形，常用棹代篙激水，可以左右自如。自从汽艇通行以后，自然人工不敌机器，普通载客，皆乘汽艇，又便宜又快。但是赣多拉仍然是赣多拉，他的古色古香，仍为游客所欢迎。假我机器，还我人生，这是现代人的大问题。

上文讲到意大利人。意大利北方人及南方人，性情各别。北方如米兰及都灵是实业区，工厂多，商业盛。南方则穷而懒，懒而乐。南方那波利一带居民常是这顿饭管不到下顿饭，但是他们处之泰然。说得好听，便是安贫乐道。我曾在那波利码头，遇见一个穷妇带三数小孩坐在地上晒太阳。她看见我手带照相机，笑嘻嘻叫我给她的小孩照相。我以为她要我赏点钱。出我意外，她倒不是这样，就是这样自己高兴而已。我错认她了。那波利就是苏菲亚罗兰发祥之地，所以她扮那波利的撒泼赤足贫家女很好，扮贵妇就不行。这城人懒而乐，因此扒手就多了。大概扒手成功，也是乐事，这自不必说。这就是那波利人的可爱处。

因为南方穷，所以美国的意侨大半是南方及西西利岛去的。美国人以为意大利人都是矮而胖，其实不然，北方女子就是身段袅娜，我在翡冷翠看过几位鹅蛋脸的女子，正像芬奇（Leonardo da Vinci 意大利画家，1452——1519）的圣母像。她们虽然烂漫天真，仍有她们幽娴的风度。凡是女子，风度要紧，阴阳倒置，总是寒伧。我想女人略带含蓄静娴，才有意思。这如唐诗，可以慢慢咀嚼。美国女子，就如白话诗，一泻无遗，所以不能耐人寻味。凡住美国久的人，都觉得如此。女人与男人平等，谁不知道。但是锋芒太露，风韵就少了。我曾一次，应朋友之邀，得在纽约朋友家里的晚上，见到英国哲学家罗素。这自然是难逢的机会。谁知这位罗素的新夫人，太不自量。凡人家问罗素的话，她抢着代罗素回答，想出风头。谁要听这罗素新夫人的话？因此罗素也就不说了，大家气得唇干肺炸，敢怒而不敢言。

杂谈奥国

这回我们由斐尼斯北行，游奥国十天，经过卡斯登汤山，维也纳及莎斯堡（Badgastein，Vienna，Salzburg）。大抵庐干以湖胜，斐尼斯以海胜，卡斯登以山胜，维也纳以城胜，而莎斯堡不大不小，又兼众长。出莎斯堡城二十哩，又是湖山胜地，即著名的莎斯堡湖区，Salzkammergut。五湖相连，真是范蠡西施可以终老之地。维也纳本是贝多芬、舒伯特、施特劳斯等几位大音乐作家旧地，莎斯堡又是莫扎特的本乡。每年八月举行莫扎特音乐大会，全世界崇拜莫扎特的音乐家，由维也纳各处来此演奏。在欧洲大陆闻名已久。

卡斯登是全欧有名的汤山。很多上年纪的人，每年来此汤浴。汤水含有镭锭质素，在医生缜密监视之下治疗，入水时间及水的热度，皆由医生派定。据说经过两三星期治疗以后，效验卓著，肌肉骨节肝肠脉络，皆得益处，其效验常有一年半年之久。在治疗期间。饮食散步，又受医生指定。在此千峰云起，十里翠屏的山中，松间沙路行走，自然身体舒服，心地冰凉。就没有镭锭汤浴，也可以荡涤城中一切的龌龊气。我们来此，本不在浴，来时遇见潇潇暮雨，流檐残滴，也就觉得束缚，真正“山才好处行还倦，诗未成时雨已催”，所以第三天便走了。

维也纳是我旧游之地，所以风景区也不去看，丽泉宫（Schoenbrunn）是十八世纪奥国皇家最盛时代女皇玛利亚蒂雷莎（Maria - Theresa）的宝宫，收藏不少中国瓷器，这也可以看出康熙、乾隆时代，欧洲崇拜中国丝绸瓷器的风气。奥帝国在往时强盛无比，其幅员包括今日匈牙利、南斯拉夫、捷克及德国南部。甚至一时意大利的米兰也被占领。所以我们明白南斯拉夫中小国（Montenegro 译义为黑山）太子被刺，能够引起第一次世界大战。拿破仑征服欧洲，也以奥国为对象。拿破仑亡，欧洲保存五十年的和平，也全靠维也纳会议之力，政治重心在维也纳。第一次大战完，德奥失败，奥国这语言民族混杂的帝国，始瓜分为捷克、匈牙利、南斯拉夫等国。但是哈浦斯堡（Hapsburg）皇朝统治东欧有七八百年之久，皇亲国戚与欧洲各国皇室缔结姻缘。法国路易第十六的皇后，在革命时被斩首的 Marie - Antoinette，便是玛利亚蒂雷莎的亲女儿。所以哈浦斯堡的姓氏，叫得震天响，比汉、唐皇室还煊赫。现在维也纳城可以看到，凡此皇朝子孙的尸骸葬在卡布新僧院礼堂（内有十二位皇帝及十六位皇后及一百多位公爵的石棺），皇族的心肝另用铜瓶保存在欧古斯丁僧院礼堂，而五脏又在斯提反大礼堂地窖中保存。可见哈浦斯堡皇家的肝肠心脏也都宝贵。我不去看那些，只在城中多瑙（Danube）河干与至怡钓鱼。但是毫无成绩。

我们的目的地是莎斯堡。莎斯堡襟山带河，是全欧最美丽的名城之一。我每次来此，总是留恋，清江石桥，都是旧相识。这回又逢莫扎特音乐大会时间。一次我在彼得礼堂礼拜，不买门票，听到维也纳歌队及莎斯堡管弦合奏，在半空中琴台奏起来，真是一生难忘的经验。普通的礼拜堂，只有大风琴，没有提琴，是传统使然，全无道理。因提琴及管弦，沉重不如风琴，而悠扬过之。这回总算饱享耳福了。也看过一次世界有名的傀儡戏，演的是莫扎特 IlSeraglio 的歌剧，只是傀儡代人登场而已。

莫扎特就是莎斯堡，莎斯堡就是莫扎特。莫扎特（1756－1791）是个天才，而且是个神童。他父亲是音乐家。他六岁就开始作曲，八岁已经有好几部作品。后来父亲让他到罗马。他在梵蒂岗小礼堂 Sistine Chapel 听过一次圣曲回来，真是过耳成诵，原原本本将那圣曲写下来。当时也曾受主教及皇帝的宠遇，后来新任皇帝，不大睬他，莎斯堡的新主教又妒他的才，与他为难。他一气跑到维也纳去著作，维持生活。真是潦倒不堪，他的杰作是此时所写的，虽然拼命创作，但是穷得不堪。三十五岁便夭亡，葬在贫民公墓，到现在他的坟墓还是无法发现。大概天才憎命运，比比皆然。贝多芬、舒伯特都是如此，舒伯特夭，而贝多芬聋。上天对天才不应有恨，何以必使偃蹇困顿终身？贝多芬自序一篇文章（Heiligenstadt Testament）读来叫你流泪。城外约二十英哩，便是莫扎特母亲及姊姊所居的小镇 St. Gilgen 这是在上文所说五湖之一，一路尽是芳草绿茵。小镇在湖边，断云依水，空翠烟霏。此地的山秀媚而不雄壮，是一副天然的倪云林画，真真是凭吊天才之地。城中有一小小的莫扎特铜像，下有十二小鸟在那边饮喷泉水。该像不过高二尺，莫扎特在拉弦琴。但是姿势非常动人。吾向不善流泪，到此也泪流了。他的音乐，是那样细腻缠绵，是含泪而笑的一种。

说起莫扎特，曾引出一个小故事。听说近今有一个十岁儿童，写信给一位音乐大师，请他教他作曲。大师说："你十岁小孩子，怎么想作曲?"小孩子答："莫扎特八岁就已经会作曲。我为什么不能?"大师回答："但是莫扎特并不需要请教人家啊！"

莎斯堡女人的腿真美。你不看，也得看。我与翠凡过街，红灯亮时对面的行人都站齐；绿灯来，所有的腿一齐动，惹人注意。真是丰瘦得中，足踝特细，我们因此特别注意，觉得就是胖妇，上身肥壮，两腿依然丰满得中，有和谐的曲线，没有例外。他城便常看到足踝臃肿的女人。这种广如竹筒的足踝只有现代画家才能赏识，是毕加索（Picasso）的作风。

为什么足踝如竹筒，而眼神如白痴，才可入画呢？这须让毕加索一派的人去解释。有一故事，话说巴黎有两位男人。一日甲对乙说："你要恭喜我。我昨天交到一位美如天仙似的女朋友。"

"真的？你可以介绍给我看吗？"

"当然。"

"什么时候？礼拜六中午，就在这咖啡馆好不好？"

"我准时必到，没有问题。"

星期六中午，甲乙又到咖啡馆等那天仙似的女人。

"你真爱她？"

"真的。你看见了就同意。"

不久，有一位漂亮女人经过。打扮的非常入时。乙心里狂跳，问是她吗？甲说不是。又一会儿，来了一位中岁女人，衣服素淡，但是走来风韵犹存。乙又问，甲又说不是。又一会儿，来了一个乡下女子，自是一个小家碧玉，不施朱粉，天真烂漫，向他们微笑。乙准以为这就是了。甲又说不是。乙有点失望。正在他望眼欲穿的时候，走来一个腿如竹筒，弯鼻眯目的妇人，脖子下垂，肩背朝天，眼如白痴，欣欣向他们走来。甲就马上起立，向乙介绍。

"这位就是我跟你讲过的美人。"

乙呆了一会，不胜骇异。心里称怪，脸上却不肯表情。

"怎么？她不是非常美吗？你不喜欢吗？"

乙只好摇摇头。于是甲对乙说：

"那末，可知你也不喜欢毕加索了。"

我曾见中央日报副刊发表吴稚晖嘲谑抽象画的打油诗：

远看一朵花，近看是乌鸦。原来是山水，哎啊我的妈。

我们可以下一转语，咏抽象派的女人肖像：

远看似香肠，近看蛋花汤；原来是太太；哎啊我的娘！

来台后二十四快事

金圣叹批西厢，拷艳一折，有三十三个“不亦快哉”。这是他与朋友斫山赌说人生快意之事，二十年后想起这事，写成这段妙文。此三十三“不亦快哉”我曾译成英文，列入“生活的艺术”书中，引起多少西方人士的来信，特别嘉许。也有一位老太婆写出她三十三个人生快事，寄给我看。金圣叹的才气文章，在今日看来，是抒情派，浪漫派。目所见，耳所闻，心所思，才气横溢，尽可入文。我想他所做的西厢记序文“恸哭古人”及“留赠后人”，诙谐中有至理，又含有人生之隐痛，可与庄生“齐物论”媲美。兹举一二例，以概其余。

其一、朝眠初觉，似闻家人叹息之声，言某人夜来已死。急呼而讯之，正是城中第一绝有心计人。不亦快哉！

其一、久欲为比邱，苦不得公然吃肉。若许为比邱，又得公然吃肉，则夏日以热汤快刀，净割头发，不亦快哉！

其一、夏日早起，看人于松棚下锯大竹作筒用。不亦快哉！

仿此；我也来写来台以后的快事廿四条：

一、华氏表九十五度，赤膊赤脚，关起门来，学顾千里裸体读经，不亦快哉！

二、初回祖国，赁居山上，听见隔壁妇人以不干不净的闽南语骂小孩，北方人不懂，我却懂。不亦快哉！

三、到电影院坐下，听见隔座女郎说起乡音，如回故乡。不亦快哉！

四、无意中伤及思凡的尼姑。看见一群和尚起来替尼姑打抱不平，声泪俱下。不亦快哉！

五、黄昏时候，工作完，饭罢，既吃西瓜，一人坐在阳台上独自乘凉，口衔烟斗，若吃烟，若不吃烟。看前山慢慢沉入夜色的朦胧里，下面天母灯光闪烁，清风徐来，若有所思，若无所思。不亦快哉！

六、赴酒席，座上都是贵要，冷气机不灵，大家热昏昏受罪，却都彬彬有礼，不敢随便。忽闻主人呼宽衣。我问领带呢？主人说不必拘礼，如蒙大赦。不亦快哉！

七、看电视儿童合唱。见一小孩特别起劲，张口大唱，又伸手挖鼻子，逍遥自在。不亦快哉！

八、听男人歌唱，声音慑气发自腹膜，喉咙放松，自然嘹亮。不亦快哉！

九、某明星打武侠，眉宇嘴角，自有一番英雄气象，与众不同。不亦快哉！

十、看小孩吃西瓜，或水蜜桃，瓜汁桃汁入喉咙兀兀作响，口水直流胸前，想人生至乐，莫过于此，不亦快哉！

十一、什么青果合作社办事人送金碗、金杯以为二十年纪念，目无法纪，黑幕重重。忽然间跑出来一批青年，未经世事；却是学过法律，依法搜查证据，提出检举。把这些城狐社鼠捉将官里去，依法惩办。不亦快哉！

十二、冒充和尚，不守清规，奸杀女子，闻已处死。不亦快哉！

十三、看人家想攻击白话文学，又不懂白话文学；想提倡文言，又不懂文言。不亦快哉！

十四、读书为考试，考试为升学，为留美。教育当事人，也像煞有介事办联考，阵容严整，浩浩荡荡而来，并以分数派定科系，以为这是办教育。总统文告，提醒教育目标不在升学考试，而在启发儿童的心智及思想力。不亦快哉！

十五、报载中华棒球队，三战三捷，取得世界儿童棒球王座，使我跳了又叫，叫了又跳。不亦快哉！

十六、我们的纪政创造世界运动百米纪录。不亦快哉！

十七、八十老翁何应钦上将提倡已经通用的俗字，使未老先衰的前清遗少面有愧色。不亦快哉！

十八、时代进步，见人出殡用留声唱片代和尚诵经。不亦快哉！

十九、大姑娘穿短裤，小闺女跳高栏，使老学究掩面遮眼，口里呼“啧啧！者者！”不亦快哉！

二十、能作文的人，少可与谈。可与谈的人，做起文章又是一副道学面孔，排八字脚说话。倘遇可与谈者，写起文章，也如与密友相逢，促膝谈心，如行云流水道来，不亦快哉！

廿一、早餐一面喝咖啡，一面看“中副”文寿的方块文字，或翻开新生报，见转载“艾子后语”，好像咖啡杯多放一块糖。不亦快哉！

廿二、台北新开往北投超速公路，履险如夷，自圆环至北投十八分钟可以到达。不亦快哉！

廿三、家中闲时不能不看电视，看电视，不得不听广告，倘能看电视而不听广告。不亦快哉！

廿四、宅中有园，园中有屋，屋中有院，院中有树，树上见天，天中有月。不亦快哉！

说乡情

金圣叹批西厢，列举“不亦乐乎”三十三事。其中一条，是久客还乡之人，舍舟登陆，行渐近，渐闻本乡土音，算为人生快事之一。我来台湾，不期然而然听见乡音，自是快活。电影戏院，女招待不期然而说出闽南话。坐既定，隔座观客，又不期然说吾闽土音。既出院，两三位女子，打扮的是西装白衣红裙，在街中走路，又不期然而然，听他们用闽南话互相揶揄，这又是何世修来的福分。

台湾观光，自多名胜，乌来瀑布、石门水库、日月潭、玄奘骨，都可领略，引人入胜。独此故乡情味，不足为外省人道也。

少居漳州和坂仔之乡，高山峻岭，令人梦寐不忘。凡人幼年所闻歌调，所见景色，所食之味，所嗅花香，类皆沁入心脾，在血脉中循环，每每触景生情，不能自已。此詹森总统所以每一二月必回故乡，尝其放牛牧马生活也。吾少居田野，认为赤足走草坡，入涧淘小虾，乃人生最满意之一刹那。及长成，西装革履，束之，缚之，拘之，屈之，由是足趾之原形已经变状，天赋灵巧，已失效用。履之为甚，其可革乎？故每痒痒，思恢复其自由，明知残朴以为器，工匠之罪，但隔靴搔痒，仍是搔不着也。适人之适，而不自适其适，人世总是如此。奈何，奈何？

我们漳州民间，穷苦者什之一，富户劣绅亦什之一，大半耕者有其田。但是生活水准，教育普遍，自不如今日之台湾。由是，每每因乡语之魔力使我疑置故乡之时，又觉骇异二事。一、这些乡民忽然都识字了。而且个个国语讲得非常纯正。这不是做梦吗？又路上行人，男男女女，一切洋装、村装妇女，我所疑为漳州妇女的，又个个打扮的那样漂亮，红红绿绿，可喜娘儿一般，与吾乡少时所见不同。由是给我一种恍然隔绝人世可遇而不可求的美梦。

以国语说乡情，在我们不大容易。漳州话 B，G 两音，连注音字母也拼不出来。beh，bah，bat（要、肉、识）就不在汉字系统中。无已，权借国语，表出乡音。

乡情宰（怎）样好　让我说给你　民风还淳厚　原来是按尼（如此）　汉唐语如此　有的尚迷离　莫问东西晋　桃源人不知　父老皆伯叔　村姬尽姑姨　地上香瓜熟　枝上红荔枝　新笋园中剥　早起（上）食谙糜（粥）　胪脍莼羹好　呒值（不比）水（田）鸡　低（甜）　查母（女人）真正水（美）　郎郎（人人）都秀媚　今天戴草笠　明日装入时　脱去白花袍

后天又把锄　乁（黄）昏倒的困（睡）　击壤可吟诗

记鸟语

到了日月潭，每一个毛孔都舒服起来了。毛孔可以泄汗，泄汗就可以使汗化气，汗化气即减少热度，所以这是一副天然冷气机。人身有三万六千毛孔，就有三万六千架的小型冷气机。所以出得汗，就爽快。避暑要诀，倒不一定在不出汗，是必要出汗时，汗出得来。你穿上洋服，挂领带就有十一层布封在脖颈上，把冷气机堵住，汗出不来，气泄不得，非造物之罪也。（外衣领处必是夹的，故两层，再翻领是四层；衬衫此处又翻领又为四，合为八，领带二，又加当中铺垫一层为三，故为十一，即十一道封条，不许泄气。）假定不被封锁，清风徐来，轻轻吹过毛孔上小毛，就非常适意。若是不居山上而居城市，山风吹不到，是人为的，又非造物之罪也。领带之为物，乃北欧寒带演化出来的服装，与热带最不相宜。有时入乡随俗，不得不带，真是无可如何。这且表过不提，单说日月潭的鸟语。

公冶长懂鸟语，这不是不可能，只是常人不大理会而已。语言发源于诗歌，先有感叹吟唱，然后有文字语言。这是语言学上的 Sing – Song Theory。世界文学史，都是先有诗歌，才有散文，所谓"诗亡然后春秋（散文）作。"本来是应当如此的。所谓语言，只是传达意思的方法。蜜蜂觅到好花盛开处，回来巢中向他蜂作特种跳舞，报导消息，并指示花园方向，是一种语言。两蚁相遇于途中，交须一会，亦是传达意思。所以中文说鸟语，不说鸟歌，是对的，是能特别体会鸟类的生活。

新近我家买几只鸡来养。有一早晨一小雄鸡忽然学唱，负起他司晨的责任了。其声音嘶而促，绝不像大雄鸡的响澈。你绝对想不到，这一唱，把笼中的小姐都发昏了，个个心里乱跳，发出温柔缱绻的声音，说"我在此地"。其声音，有母鸡呼小鸡的温柔，而却没有老母鸡的粗鄙。

日月潭有各种野鸟。在晨光熹微、宇宙沉寂，可恶的人类尚在梦寐中之时，众鸟可自由自在无忧无虑地开他们的交响乐会。大概日月潭的鸟语可分四五种，而最特别的是一种我所谓时哉鸟，唱的主调是"时哉——时哉！"重叠的唱，而加以啁啾的啭喉音。那天我没听见子规鸟的“思归！思归!”不知有没有。我想春天应该有的。江浙人说子规的叫是弟弟哭他被继母迫死的哥哥，泣血而死，化为杜鹃，因为江浙音呼“哥哥”为“孤孤”。众鸟的语式不同，其中也有：

“快起来！快起来!”这是早眠早起很勤谨的一种小鸟，呼其同类，觅好虫吃。

“臊！臊！害臊!”声音非常粗暴。这是一种厌世的岩栖高士，以为举世沉浊，不足与庄语，无疑的，他是黄老派的。

“莫踌躇！莫要踌躇！可别糊涂”——声音非常轻细而婉约动人。

其余还有仅发唧唧咄咄的短音。时哉鸟，唱的啭音特别多，夹杂别的话，再以“时哉！时哉!”主题为结束。这样此唱彼和，隔山相应，鸟音渡水而来，以湖山为背景，以林木为响声，透过破晓的蓝天，传到我的耳朵来，自然成一部天然的交响奏。这是在庭院内以鸟笼养鸟所领略不到的气象，其自然节奏及安插，连他们的静寂停顿而后再来，都是有生气的，百鸟齐鸣的情形，大率如下。

“啾啾！还不起？快起来！快起来！我说快起来!”忽然天上传来的美乐，SO，MI，RE，DO－SO，SO，MI，RE，DO…………TR……TR，TR时哉！时哉……TR，可不是吗？……时哉！时哉！……不起，不起，还不起？SO，MI，RE，DO－SO，SO，MI，RE，DO……莫踌躇！别糊涂，莫要踌躇……TR……时哉，时哉，时哉！可不是吗？时哉！时哉！时哉！还不起，还不起？臊！臊！害臊！SO，MI，RE，DO－SO，SO，MI，RE，DO（静默半分钟）……啾！……啾！啾，莫糊涂，莫踌躇……时哉！时哉！时哉！……”

论买东西

通常人的意见，认为一个捧书本的人不宜做买卖。此中似有至理。孔子说“富而可求”，虽然做马夫，他也愿意。的确，做生意有生意经，不懂这一行的人，投机无不失败。大贾富商，自有其天生的一副才干，何时应买进，何时应脱货，操纵自如，当机立断，自有其不可捉摸的天才。这是另一种的聪明，生而知者一类，别人学不来。我常买不当的东西，而不买所当买，或是买来人所认为无用之物。太太说我买东西做小交易不行，我委实不行，但是也自有我不行的道理。

人有理智，但未必是理性的动物。细想小时念书，数学并不觉得难，但是办事精明一道，实在不无遗憾。有些地方，买卖还价应该比开价少五六成，我总是以九折还价；要是还一半的价，我总开不出口。以前在国外与一家书局签定合同，也是非常“潇洒”，带几分书生本色，书局要怎么样就怎么样，大家是朋友，毫不计较，慨当以慷合同就签了。过了一二十年才明白朋友开书局也是为赚钱的，这损失的版税也就可观，但是已后悔无及了。年事渐长，阅历渐深，以后订合同，就没有“不治生产”那一套书生本色了。此是话外不题，单说我做小交易买所不当买的道理。

徜徉街头，看看店窗中陈列的货物，视而不买，自是一种乐趣，是居城市中人一种不花钱消遣的方法（英语叫做 Window Shopping），因为不花钱，一看就可看几十家。但是因为看，有时就不免停足，饱享眼福。妇女闺秀过鞋店，没有不停足凝视的。有时感情冲动，由停足而跨进店门，就难保不买所不当买的东西了。我过文具店、五金杂货也必停足。有一回我跨进五金店的门，买了一把锤子，一圈铜丝，和不少可用而不必要用的钢铁器物。原因很简单，起初倒无意要买什么。可是店主是一口真正的龙溪话。普通的闽南话，都有多少县分的腔调不同。生为龙溪人，听到真正的故乡的音调，难免觉得特别的温情。我们一谈谈到漳州的东门，又谈到江东大石桥，又谈到漳州的硷水桃、鲜牛奶，不觉一片儿时的欢欣喜乐，一齐涌上心头。谁无故乡情，怎么可以不买点东西空手走出去？于是我们和和气气做一段小交易，拿了一大捆东西回家。

“Y·T·你又买一把锤子，我们已经有一把。”

“一把找不到，还有一把。不是两把好吗?”

“铜丝铅条我们一大堆。又那些箝子、钉子、螺旋扛重器有什么用处?”

“一点没有用处。”

“那你买它做甚?”

“我不知道。”

人不能无常情，为故乡情而买不必用之物，是不可以理喻的。大概人家做生意，又不是向你乞贷，你心里高兴，又得到物件实惠，不能算花冤枉钱。花冤枉钱的，是走入洋行，有钱要买东西，偏偏遭人白眼不理。香港某家洋行，货色十分高贵，女店员是有名的十足洋奴，喜欢伺候洋大人，看见自己同胞，总是要理不理，令人生气。后来我要买一件需要的东西，装个神气，穿洋服，一进去就是打起洋大人吩咐家僮的架子，向女店员说一口漂亮的英语，果然得该店员帖帖服服的招呼。大概这种地方，少走为是。

买东西也是与小孩子接近的好机会。你在街上踱步，无故总不好意思和小孩子攀谈。人家在玩，一问一答就完了。大概十几岁小孩，能代父母管店的，都还不错。小孩子怎样调皮，也没有大人的阴诈虚伪。有一回在中山北路某文具店，有一个十二三岁小孩子看店，一说了错话，脸就红起来。我想非买他的东西不可，因为我知道脸红不能假的。于是我们成交二百多元。论理这一大堆的大信封、卷宗套子、尺、原子笔，都是家里已有的东西，不必买，无须买。然而买时小孩子一对黑漆的眼珠那么大，他也高兴，我也高兴。这是买东西的艺术，而我是买东西的艺术家。

人生在世，年事越长，心思计虑越繁，反乎自然的行为越多，而脸皮越厚。比起小孩子，总如少了一个什么说不出来的东西，少了一个X。就说求其放心吧，亡羊亡马可以求之，所亡的放心怎样求法，恐怕未必求得来。这是人生的神秘，也是人生的悲剧。我想还是留点温情吧，不然此心一放，收不回来，就成牛山濯濯的老滑巨奸了。

宋儒喜欢讲明心见性，以庄以诚求之，要除去物欲之蔽。无奈此心此性，总是空的，到了无蔽无欲的境地，便愈空无所有，而以庄以敬，反而日趋虚伪。就使你做到明心见性便如何，此颜习斋之所以不满于程朱之学而起了抗议。我想心不必明，性不必见，只看看小孩子好了。

英国人与中国人

现在人们经常喜欢研究白种人，因为今天欧洲的情形太发人深省了。

我们不禁要问欧洲为什么陷入困境，因为那里的人事一团糟，人们必定有毛病。我们不能不纳闷：欧洲人心理上有什么障碍，使得欧洲和平这样难？欧洲人的精神特质是什么？我所谓的精神特质，并不单纯指思想和智慧，而是包括所有对事情的心灵感应。

我决不会对欧洲人种的智慧有片刻的怀疑。然而，那里的人间事变很少是理智地解决的，而是大多受人的兽欲所支配，这毕竟是欧人智慧中的悲哀成分。人类史不是人类理智聪慧的结晶，而是产生于情感的威力——我们的梦幻，我们的狂妄，我们的贪婪，我们的恐惧，我们的复仇欲。统治欧洲的不是人的智慧，而是恐惧和复仇的动物本能。欧洲的进步，不是白种人思想的结果，而是他们缺乏思想的结果。如果今天有一位卓越的智者居于欧洲的统帅地位，支配它的全部命运，欧洲就不会是现在的模样。可现在的欧洲不是由一位最卓越的智者来统治，而是受这样有着血盆大口的人物所支配——墨索里尼、希特勒等。

这决非纯粹偶然的事。有些人的脸像三角形，底部宽阔（独裁者和活动家即是），有些人的脸像倒三角形（学问家和思想家即是，如罗素）。学问家和活动家属于全然不同的两种类型。德国人可以发誓效忠“上帝和希特勒”。然而，倘若英国纳粹党也发誓效忠“上帝和罗素”，罗素就会羞惭而死。只要欧洲被这些有着血盆大口的人来统治，欧洲就必定沿着现在的路线滑下去，滑向深渊。

每个民族都做梦，都程度不同地按照自己的梦幻来行动。人类的历史是我们的理想和现实冲撞的结果，理想与现实间的调整决定着该民族的特殊发展。苏维埃社会主义共和国联盟是俄国人善于做梦的产物；法兰西共和国是法国人十分通情达理而又不受逻辑推理约束的产物；德国的纳粹政权是德国人喜爱共同阵线和集体行动的产物。

我笔谈英国人的性格，因为我想我对英国比对其他国家了解得多些。我觉得英国人的精神与中国人的精神更接近，因为两个民族都是现实主义和常识的崇拜者。英国人和中国人在思维方式、甚至在言谈方式上有许多相似之处。两国人民都很不相信逻辑，极端怀疑完美无缺的论辩。我们相信论辩太合逻辑就不可能真实。两国人都天生善于把事情办好，却不爱阐述这样做的理由。所有英国人都热爱优秀的谎言家，中国人也如此。我们喜欢给事物取诨号，不愿称呼它的本名。当然，不同点也有许多（例如，中国人情感更丰富），中国人和英国人有时也相互触怒，但我要对我们的民族性格寻根究底。

让我们分析英国的性格力量吧，看看英国民族的光辉历程是怎样由此起步的。我们都知道，英国走过的历程不仅光辉灿烂，而且惊世骇俗。英国人惯于把事情做对，却把它叫错。例如今天，他们称英国的民主政体为君主政体。由于这个原因，很难鉴赏英国人的伟大之处。英国民族已经被人误解，只有中国人才能弄清英国种族的品性。世人指责英国人伪善、矛盾、只会“混日子”，并且明显缺乏逻辑思维。我要为英国的矛盾和英国的常识辩护。指责英国人伪善，很不公正，那是由于缺乏对其性格的真正了解和鉴赏。我想，我这个中国人了解英国人的性格，要比英国人自己了解得更清楚些。

首先，我要谈谈怎样真正地鉴赏英国人的伟大。

要鉴赏英国，也得蔑视逻辑。所有对英国人的误解，来自对思想的真正功能的曲解。通常潜在着这样的危险：我们把抽象思维看作是人类心智的最高功能，认为它的价值大大超过简单的常识。民族的第一功能，正如动物的一样，是知道怎样生活。如果你不学会怎样生活，不能使自己适应变化着的环境，你的一切思想就都白费，你就会丧失人脑的正常功能。

我们都有一种误解，以为人脑是思维器官。没有比这离真理更远的了。我认为，这个观点在生物学上是不正确、不健全的。巴尔弗男爵说得好：“人的脑子跟猪的鼻子一样，是觅食的器官。”总之，人脑只是放大了的脊髓骨，其首要功能是觉察危险、保全生命。我们在能够思维以前也是动物。所谓逻辑推理，只是动物世界后期进化的产物，即使在今天也还很不完善。人类仅仅是一种半靠思想半靠感觉的动物。这种帮助人类获取食物、生活下去的思想，是一种更高级、而不是更低级的思想，因为这种思想是更完美。这种思想通常称为常识。

没有思想的行动可能是愚蠢的，但没有常识的行动总是危险的。一个具有健全常识的民族并不是不会思想的民族，而是一个把他们的思想归于生活本能，并使二者和谐融洽的民族。这种思想受益于生活本能，而永远不会违逆它。思想过多会导致人类毁灭。

英国人也思想，但决不让自己在自己的思想和抽象逻辑里迷惑。这就是英国人心智的伟大之处，也是英国人总能抓住时机办好事的缘由。英国人能够站在适当的一方进行适当的战争，仍是这个缘由。他们总是参加适当的战争，却又总是为自己的参战举出不适当的理由。正因为如此，英国方能力拔山兮气盖世。你可以称之为“混日子”、矛盾和伪善。总之，这一切就是英国人健全的常识和头脑稳健的生活本能。

换句话说，民族的首要定律，跟个人的一样，是自存律。一个民族愈能使自己适应变化着的环境，其生活本能就愈健全，这就无所谓合不合逻辑了。西塞罗说过：“不矛盾是狭小心性的美德”。英国人能够矛盾的本领恰恰是他们伟大的标志。拿这个惊世骇俗的大英帝国来说吧，它今天仍然是世界上“伟大”的帝国。英国人是怎样创建它的？答曰：不靠任何逻辑推理。你可以说，大英帝国的“伟大”在于英国人的运动员气魄，英国人持之以恒的毅力，英国人的胆量，以及英国法官的廉洁。这一切都是真的。但还有一个更重要的原因：大英帝国的“伟大”，在于他们思维能力的缺乏。思维力缺乏，或思维力不足，产生出道德力量。大英帝国生存着，是因为英国人十分相信自己和自己的优势。

如果一个民族意识不到自己的“开化”使命，它就不可能出外征服世界。然而一旦你在别的民族或别的人及其习俗中想到和看到了什么，你的道德信仰就会失去，你的帝国也会崩溃。大英帝国今天仍然屹立，是因为英国人仍然相信他们的习俗是惟一正确的习俗，因为他们不能容忍任何与他们的准则不符的人。

大英帝国本身就是基于完全不合逻辑的计划。它的基础实际上是在与西班牙帝国极力奋争的海盗时代奠定的，那是伊利莎白女王时期。但是，当海盗适合大英帝国的扩张需要时，英国就能产生足够的强盗来适应这种形势并称颂它的强盗。后来，工业革命需要殖民地市场，它就发展了寻找殖民地的本能，另外还惊奇地发现了它自身的开化才能。不久，一位叫吉布林的英国诗人发现了白人肩负的重任。对白人重任和英国开化才能的感觉，帮助英国人再接再厉，勇往直前。当然，所有这一切是可笑的，但也表现出最健全的生活本能。

如果你认为这是十足的愚昧，是应该否定的美德，那就请你看看这件事的另一面吧。大英帝国的发展当然是史无前例的壮举，这样的大帝国自然不可能靠逻辑的缺乏就能团结如一。若是在任何别的民族手中，大英帝国早已倾覆倒坍了。因为将从澳大利亚到加拿大的广大世界扭成一个帝国的难题，会使得任何政治家都感到力不从心。只有聪慧的英国人才能解决这个难题，它的解决方式是创立大不列颠联合政制。大不列颠联合政制实际上是一个国联，不同的是这个国联能够真正起作用。英国人民也许没意识到这是一个国联，因为他们惯于做一件事而不知道该事叫什么。我不知道英国人怎样发现这个公式，但他们要不是想方设法有意发现，就是凭借他们纯粹的常识和调整与现实依存关系的能力偶然得之。

或拿英国语言为例吧。英语在今天是最接近国际语的语言。英国人怎样成功地完成了这件大事？靠的是缺乏逻辑的荒谬可笑，靠的是英国人决不使用人家语言的倔强固执。中国人在英国说英语，在法国说法语。英国人有句格言：

当你在罗马旅行，
要像在家做事情。

这是我用英文写的惟一的诗句。

这是最不合逻辑的事情，但结果又是最正确的事情。英语今天的确成了国际语，这是毋庸置疑的。

在英国民族生活的各个方面尽皆如是。它的英国国教是神学上的畸形儿。从神学上来说，它是一盘罗马羊肉调拌以英国酱汁的杂烩。一种没有教皇的天主教理论，不过是亨利八世和伊利莎白女王的政治意识的表现而已。它荒谬可笑，不合逻辑，今天它已陈腐不堪了，但几年前英国国会仍然拒绝修订它的祈祷书。这是英国妥协精神的最好例证，可它却是一种有效力的教会，生命延续至今。

英国宪法这一杰作是英国的另一盘杂烩。尽管它是拼凑而成，但它仍为英国人民保证了真正的公民权利。

英国的大学是由许多学院莫名其妙地拼凑而成的另一例子，牛津大学有三十个学院，没人能说出为何是三十而不是二十九的理由，但牛津大学至今仍是世界上最名副其实的学府之一。

英国政府本身就是个矛盾体。名字叫君主政体，实质是民主政体，但不知怎的，英国人并不感到其中有什么冲突。英国人对他们的国王表示最大的忠诚和热爱，同时又通过国会限制王室的费用。英国有一天会变成共产主义国家，但英国国王仍稳踞宝座，极度死硬派的保守党内阁仍发号施令。英国今天已经是一个社会主义国家，对贵族的田地和房产课以重税——却不叫社会主义的名称——英国在短期内可能成为劳工政府，但人们感到这个过程进行得顺利温和，没有丝毫的剧烈震荡。我坚信英国民主政体的基础是牢不可破的。

因此英国人携伞走去（他们不以带伞为耻），语言只用自己的不用人家的，在非洲丛林里索要水果，圣诞节夜在非洲，他们的“仆人”没有奉献圣诞树和梅子布丁，是不能饶恕的。他们很自信，自信得令人敬畏，又恰到好处。他们不是呆若木鸡的时候，自然有言语举止及姿态。即使英国人打喷嚏时，你也能够准确无误地预料他下一步行动。他会拿出手绢——他们总会有手绢的——咕哝着这讨厌的严寒。你能够知道他心里想的是牛肉汁以及回家用热水洗一次脚，这一切都像太阳翌晨要从东方升起一样的必然。但你不能打扰他。他那目空一切的神态，虽然算不上十分可爱，却能令你钦佩不已。实际上，他就是用他的虚张声势和目空一切征服了世界，而且他成功了，这就是他的最佳证据。

就我来说，我也崇拜那种目空一切，这是一个把任何国家都当作上帝弃儿的人的目空一切。他认为，那些国家的人都不喝牛肉汁，不会在适当的时候亮出不可或缺的白手绢。人们禁不住要察看那张极度厚脸皮的后面，想窥视他的灵魂深处。因为英国人令人钦佩，正如孤独令人钦佩，一个人能够在俱乐部的聚会中孤独静坐，而且看起来安然舒适，这副神态总是令人钦佩的。

当然，其中还有些什么。他的灵魂并不很坏，他的目空一切并不仅仅是要趾高气扬一番。我有时感到，英国银行绝不会倒闭，正是因为英国人都这样相信，相信银行不倒也不会闭。英国银行很不错。英国邮局也这样。制造者人寿保险公司也这样。整个大英帝国同样如此，一切都不错，都必然的不错。我相信孔夫子也会觉得英国是个适合居住的理想国。他一定对伦敦“警察”搀扶老年妇人过街很满意，他也一定很高兴看见青少年儿童对长辈打招呼：“您好，先生。”

中国也是一个充满自信心的很不错的国家。中华民族也是一个富有常识、尊崇常识、蔑视逻辑的民族。如果说中国人也有不擅长的方面，那就是科学的推理力，这在他们的书籍中只字未载。中国人思维敏捷，常常只走最佳捷径，仅凭纯粹直感来获得同样的真理。中国人的心灵惯于牢牢把握生活的精髓，汰去细微末节。最重要的是，中国人具有常识和生活的智慧，不乏幽默，能够安然自得，踌躇满志地面对逻辑的矛盾。

现在，那种智慧和幽默大都失去了，那种曾使祖先引人注目的优良意识凋萎了。现代中国人是异想天开、倔强古怪、神经衰弱的单个人。上一世纪中华民族生活中的灾难强迫自己适应新生活方式的耻辱，使他们丧失了自信心，因而也丧失了美好的气质。

但古代中国有过常识，而且有丰富的常识。中国最典型的思想家是孔夫子，英国最典型的思想家是约翰生博士，两人都是富有常识的哲学家。如果孔夫子与约翰生博士相会，他们一定会发出会心的微笑。两人都不能容忍愚蠢，两人都不能忍受无聊。两人都表现出惊人的智慧和坚定的判断力。两人工作都凭粗浅的经验，都按杂凑的理想，而且两人都极端蔑视毫不矛盾的事情。孟子就曾评论孔子是机会主义者的圣人。孔子也两次讲到，对于他自己来说，“是亦可，非亦可”。

奇怪的是，中国人崇拜这位大师，因为他是机会主义者的圣人——这在汉语中不是贬义词——因为他对生活理解得太深透，不可能仅仅满足于不矛盾。表面看来，在这位穷乡塾师身上也没有什么可敬佩的地方。可是中国人对他的尊崇，远过于对更显赫的庄子或更讲逻辑的商鞅，或理论更深透的王安石。孔子这人，除了他喜爱平凡外没什么显著之处，除他放了些陈辞滥调外没什么特殊之点。他惟一神圣的东西是伟大的人生观。诚如约翰·C·H·伍博士所言：“他太讲仁义道德反倒称不上仁道主义，太清一色反倒算不上清教徒，太泛人性反倒称不上完人，他太适度反倒过度，即使中庸之道也无能为力。”

再没有比他更乏味的人了。中国人崇拜这样一个人，正像英国人崇拜拉姆齐·麦克唐纳，后者的政治生活是按照英国人伟大的态度竭力求得矛盾。作为工党成员的麦克唐纳有一天走在唐宁街十号的台阶上，呼吸空气，心旷神怡。他觉得这个世界很可爱也很安全，他要努力使它更安全。到了这步田地，他肆无忌惮地将工党原则付诸东流。孔子或许也会这样的，因为孔子既会赞成约翰生博士，也就会赞成拉姆齐·麦克唐纳。伟大的灵魂就是这样跨世纪来相会。

今天欧洲需要的和当今世界需要的，不再是眩目的大学问，而是求生存的智慧。人们感到，英国在欧洲，欧洲的生活就更安全，欧洲历史前进的步伐就更稳健。世上少有能使人确信的事，看到一个充满自信心的人总是件好事。

英国与中国的巨大差别在于：英国文化里更多的是男子的气魄，中国文化里更多的是女子的聪敏。中国从英国学一点男子的气魄总是好的，英国从中国多学些适度、对生活的圆满理解以及生活的艺术，也是有价值的。对文明的真正检验，不是看你如何地能征服，会杀人，而是看你怎样能够从生活中获得最大的乐趣，像养鸟雀、植兰花、煮香菇，俭朴的环境里求愉悦等等，这些简朴的和平艺术中，西方还有很多该向中国讨教的哩。

有人说过，理想的生活是：住英国的农舍，雇中国的厨师，娶日本的老婆，陪法国的情妇。如果我们都能这样，我们会在和平的艺术中取得进展，就会忘却战争的艺术。基督教徒也许会反对这个计划，但我相信，生活艺术里的这种合作，将会开辟国际间了解和友善的新纪元，将会让人们生活在更安全的世界里。

美国人

在中国，人们听到的关于美国和美国人的传说，大体上与人家在法国和英国听到的很相似。美国是这样的国家：男人吃红肠面包，女人嚼口香糖，孩子舔冰淇淋。但是，这不是指……某些美国人是这样，而是说每个男人常吃红肠面包，每个女人都老是上下移动着牙床，每个孩子手里常拿着冰棍。

“那不是一个古怪的世界吗?”我们互相问道。接着我们听说一百零二层的摩天大楼，像蚯蚓一样在地底蠕动的汽车，驶向半空的火车。在饭馆里，你投进一枚镍币，一只烧鸡便会自动跳上你的餐桌，电梯间，你无须抬脚就能上楼，警察都是六英尺高，女人一丝不挂地东游西逛。诸如此类的事情令人难以置信但确是真的，我们许多人都能亲眼在银幕上看到这一切。啊，美国!

比这更糟糕的是，我们听说美国人都很守时：美国人约好九点，他就会一定九点到；每个人都匆匆忙忙在街上穿行，谁也不会浪费一分钟；整个社会组织得像个消防队；每个人都像火车，严格地按照时刻表运行。我们听说：在好莱坞人人都很富有、满足而且快乐；在美国人人都是基督徒；美国革命的女儿都是美国民主政体的监护者；黑人每天受虐待；芝加哥的每个街头都藏匿着流氓恶棍；在这片自由的土地上，每个人都欢歌狂舞；在这片平等的土地上，每个人都可以拍拍任何人的肩膀……

因此，我是带着探奇的眼光来观察美国的，但我是明智人，我不希冀得太多，也不要求得太少。那是我的超度方式。从科学上来说，我相信任何事情都是可能的；从人情上来说，我相信许多事情是不可能的。在一切与科学相关的事情中，我发现并未言过其实，但在一切相关人类行为的事情中，我确信美国人与中国人并没什么很大的不同。

我作了最坏的也作了最好的准备。美国妇女虽然没听说过孔子，但她们也像中国妇女一样，照看丈夫的肚子，这正是我意料中的事，我多么高兴!

我走进一家药店，在那里开始研究美国的人情。美国药店正适宜做这种研究。它有四个“C”字母：Cigar（雪茄烟）给男人，Chocolates（巧克力糖）给女人，Candies（水果糖）给孩子，CoughDrops（止咳糖）给老人。我看到男人买雪茄烟，女人买巧克力糖，孩子买水果糖，老人买止咳糖。我也发现，女人和孩子可能比男人和老人更愉快，而且他们的确比其他国家的女人和孩子更愉快。

因为美国是女人和孩子们的王国。它被称作新世界，而欧洲和亚洲则被称为旧世界。你说起旧世界，你的意思一定是：美国的女人是新的，美国的孩子也是新的——与欧、亚的女人和孩子迥然不同。是女人和孩子使美国成了新世界。

美国的女人也能得到机会。女人能有机会，总是吓坏了旧世界的男人，尤其是亚洲的男人。“那会发生什么事呢?”以保护女人为己任的男人会本能地提出这样的问题。如果你让女人得到机会，例如，如果你让女人走进这广阔的大千世界，将会发生什么事呢?

当我发现，女人得到这样的机会后什么也没发生，我不禁有些惊讶。显然她们能够照顾好自己。我不明白：我们旧世界里的男子为什么总要自找麻烦去照顾女人?

经过长时间的思索后，我现在愿意勇敢地承认：女人同男人一样，也是人——如果你给她们同样的阅世经验，她们也有避免失误的能力；如果你给她们同样的商业训练，她们也有出色完成任务、保持清醒头脑的能力；如果你不把她们关在家里，她们也会有观察社会的眼光；最后，如果让女人统治世界，她们也有仁治和暴政的能力，而且不会把世界弄得比男人统治下的今日欧洲更糟。

读过早期女性主义者的著作之后，我相信，解放了的妇女不愿结婚，我发现女人总体上不愿受那种无意义的束缚。如果她们许多人不结婚，不是因为她们不懂得什么是好的。她们在这方面的常识可多哩。没有男人的爱，女人就不能生活，甚至连愉快的生物学意义上的动物也不是。

有些英国姑娘，特别是些丰姿绰约的，被欺骗了。骗得她们放弃了结婚的权利，放弃了她们使用各种行之有效的手段和诡计俘获男人的权利，我要说，她们是受了生物学上一种不合理的哲学思想的欺骗。不管你说中国妇女多受压抑，但你要记住每个中国女人都会结婚的。那意思是，这个世界上有男人，他的命运就得由女人来掌握，这是上帝的恩典和社会的创造安排的。至少有一个有血有肉的男人要受中国女人的支配——上帝把他交在她手里要她继续捏塑和制造男人的工作，尽管在总体上男性居高临下地支配了女性。我们中国有句名言，说男人是泥做的，女人是水做的，这就是为什么男人脏而重，女人洁而轻，水和泥而成形。我相信，《圣经》关于创造世纪的故事应加点中国的色彩重写：亚当是泥，夏娃是水，上帝仅仅创造了个粗糙的、未完全成型的亚当，余下的工作要夏娃完成。每一个嫁给男人的女人，只是继续做上帝的工作，从上帝或她的母亲离开她时做起。现在，聪慧的美国姑娘认为，那有损她们的尊严，上帝不喜欢她们，便罚她们受神经衰弱、寂寞寡欢之苦。美国姑娘愈早些决定不喜欢独居生活，便愈能迅速地得以解脱。让她们走出超富丽的哲学之宫和独处的深闺，让她们将自己纯净的水与粗劣的泥相合，让她们将阴与阳相联。她们正视这个显明的真理——只有男性和女性和谐地互补，她们方能得到充分的表现，因而找到她们真正的幸福。让她们这样做，看看会发生什么，让她们重新发现旧世界妇女很久以前发现过的古老真理。我对美国女人要说的只有一句老套话：走出深闺，千方百计寻找男子汉。潜在的意识已死亡——让我们回归到简单意识能感觉到的真理中去。走出去，寻找男子，生儿育女，养鸡种菜。

我们现在看看美国民主政体的基石——普通男人。美国是一个高度浪漫型的民主政体，染上了普通女子与普通男子的色彩。女人的地位为民主增光添色，同时它本身也带有浪漫主义色彩，这是马丹台·斯坦尔的浪漫主义——广泛、人道、超越国界、注重情感。另一方面，普通男人的地位与民主政体相得益彰。要了解普通男人的地位，首先有必要了解美国民主政体的性质，美国民主政体根本上是基于“为最多数人谋最大幸福”的理想，这是普通男人起作用的地方，他们代表多数人。

也许我错了，但我相信，在美国，是“最大幸福”的理想而不仅仅是“最大幸福”这一虚幻的概念，帮助人们认识了民主主义。因为只有在美国，才听说某人能“卖理想”，无线电广告节目主办人能“买艺术家”。

普通人是美国民主的基石，因为代表最多数的是他们，而不是绅士。最大量的物品向他们推销，无线电节目和电影为他们而办——如果制造商不成千上万地出售产品，电影不为亿万人而拍，那么美国的民主会怎么样呢？

正是这样，在民主的美国我们才能有生活，才能有丰富的生活，因为我们有大量的汽车、大量的杂志和大量的无线电收音机。因此普通人财源茂盛，生活美好，他们愈普通，愈美好。

因为只有在美国，普通男人、女人和孩子才有机会发现自我和自己的潜能。我们善于接受一切新事物，我们把一切放进美国的民主政体这只大锅里——新女人、新孩子、新医术、新风尚、新服装、新游戏、新学校、新机器、新沙发、新爵士乐，把它们一起搅混了烧煮。因为我爱看试验的结果，所以我渴望知道这以后，比如说五十年之后，锅里会煮出什么东西来。

我爱美国的什么

倘若把这些记在纸上，哪怕仅记一次，对外国作家提出的一切问题，在这里至少都可提供预备好的答案。

也许这些好恶都错了。也许过段较长时间后，我们会修正自己的观点，甚至开始好昔日之所恶，恶昔日之所好。但那些更老成的判断，对我的思路价值甚微。那些新接触时的第一次兴奋，那些第一印象、知觉、迷乱、以及新奇的惊异，要把它们重新获得是不可能的。我毋需心理学家给我讲授习性规律——说人类的心性易于轻视不和谐的事物，一旦熟悉了，然后又把一切看作合理的，因为它们已成习惯。

我也不辩解我的好恶。个人好恶是不必究其缘由的事情，它们仅仅是个人的好恶而已。

那么，对于美国，我喜爱它什么，又厌恶它什么呢？在纽约，我最爱中央公园的花冈岩石。石上峥嵘的韵律，跟在崇山峻岭上所见的一样美妙；其次爱那毛色光泽的松鼠；第三是那些男男女女，他们跟我一样的喜爱小松鼠。但我认为，却没有人跟我一样的喜爱石头——那些沉默不语、永久不变的石头。

我喜欢吃红肠面包，但我不喜欢同我一块吃面包的那些人。我最喜欢喝一杯番茄汁，但我讨厌喝番茄汁时周围布满了一瓶瓶的消化药水，一包包的清肠片，一盒盒的阿斯匹林，以及堆得像山一样高的沐浴肥皂、海绵、希克注射器、电烘面包器、牙刷、牙膏、唇膏和剃须毛刷。

我喜欢在鲁易和阿蒙餐厅的地下室里吃生芹菜和蜜露西瓜，或是在奈狄克饭店的露天食摊上吃一顿，随便哪样都可以。但我只要能应付，就决不吃汽水店的午餐。坐在那些会旋转的圆凳上，我既不是带着宗教式热忱品味食物的老练的美食家，又不是乐以忘忧的流浪汉。我是一个忙碌的纽约人，在上帝的宇宙间，没有足够的活动余地供我舒舒服服地抽出一条手绢。如果我要打哈欠，伸懒腰（饱餐之后，每位绅士都会这样），我就会仰跌在地。

我喜欢无线电的一切，却不喜欢它的节目。将美妙的音乐和艺术的享受传送到家里，这是前所未有的机会，颇使我感到惊奇，同时我又惊奇美妙音乐和艺术享受的空前缺乏。我深深地佩服神秘的电线、线圈、开关、真空管，以及那利用电线、线圈和种种仪器来接收空中音乐的机匠。但我极其蔑视用神秘的线圈、电线和真空管最后接收到的音乐。美国的音乐糟糕，但接收音乐的器具很好。

羞愧地把丰富的欧洲音乐搁置起来的成功，使我惊诧不已，同时，我对大减价的广告感到愉快，这类广告是节目的最好部分，因为只有这部分才诚实。我爱那甘美的布本克梨和香喷喷的美国苹果，以及美国人丰满、响亮的声调和一切富有活力、厚实而健全的东西。我恨那稀释的蛤蜊汤、柔弱的曲调，以及那些壮健的美国大学生哼出那硬装做温柔多情的声调，总是把“男”和“蓝”押韵；我还很恨一切假冒的、模仿的和定制的东西。

我爱璀璨的美国菊花，它们跟中国的一样令人艳羡。我也爱第五大街花店里各式各样的兰花，但我讨厌绝大多数花束的摆法，缺乏有生气的韵味和精巧的对比。

我爱听在公园里不怕脏地玩耍的孩子们响亮的笑声，以及少女们唤松鼠的甜润的口哨声。我爱看面容洁净的年青母亲推着童车，以及独身女郎躺在地上打瞌睡。她们仅用报纸遮着脸部：这一切都显示了生活的快乐。但看到男女躺在地上，在大庭广众前接吻拥抱，我就反感。

我爱黑人脚夫、信差和电梯司机，他们走到哪便玩乐到哪，总是眨眨眼睛，微微而笑。但我不愿意看见冷若冰霜的黑人，他们戴手套，着鞋罩，全副文明装备地到处走。

我喜欢新英格兰的可爱女郎的微笑，声调如天仙般的美妙，我讨厌在地铁见到人们老是移动下颚，却没有烟雾吐出来。

我喜欢地铁，如果要送我去目的地，速度总是那样的快。但看到穿高跟鞋的金发女郎，竟在我匆匆而行时赶在了我的前头，我颇觉汗颜。天啊！她要去哪儿?

我爱早晨乘地铁，这时能见到饱睡之后的男男女女，他们目光柔和，喜形于色。可下午乘地铁我就感到十分不舒服，这时见到的是皱痕毕露的头、冷酷的眼和绷紧的脸。

有时我瞥见可爱、宁静的面容，端庄的面容，以及热情的面容，可一会儿他们都走过去了，多么的不和谐，剩下在我周围的人，一个个全是目光粗重灼人，下颚突出，扬言誓要拼命成大业，嗓言粗重，绝不柔和。

我看到中年主妇们从杂货店出来，一路絮絮叨叨，谈个不停，以非常的机敏心细谈论着非常现实的生活。她们令我快慰，因为她们使我想起了中国。有时我看到一个可爱的而又忧郁孤寂的少女，没人跟她谈话，我真希望能透过她的灵魂深处探知她的思念。

我看到童颜鹤发的老人，我猜想他们也跟我一样，在浏览着人潮。我又惊奇地看到别的老人，他们口头上虽抱怨自己老态龙钟，行动上却仍显得青春勃发。

甚至在美国，男人并不总是站起身来给女人让座，看到这我乐不可支；但看到老人也得站在那里时我不禁怒火中烧。

看到五个孪生女，我对这样的奇迹很感兴趣，但看到她们被用来赚钱，我感到惊诧。我钦佩林白夫妇，看到他们被摄影记者缠绕着，不免暗中为他们叫苦。我是美国民主主义的信徒，热衷于人民的权利和自由，可是我很惊讶，美国宪法竟没补充这一条：保护每一个美国公民，让他们免受摄影记者和新闻记者骚扰之苦，保证公民的隐私权利这是惟一使人感到活得有价值的权利。

我钦佩美国的高雅人士，也替他们惋惜：他们的教养和更佳的见解羞得他们战战兢兢——我惋惜他们被迫随和人家。终日缄口寡言，不敢标新立异。高雅人士与政治完全绝缘，这事儿我知其然却不知其所以然。

我赞颂美国的民主政体和美国的信仰自由，也敬佩美国官吏能以良好的幽默意识对待舆论批评。

我听到美国商人的客套话时，听到尽量使用的“谢谢你”时，总是很感动。但我听说“啊，是吗?”却感到好笑，因为这是缺乏智慧的说话人用来遮羞的陈词滥调。

我爱在黯淡的灯光下进餐，也爱去优秀的美国人家里赴约。但我从鸡尾酒会上回家时总是精疲力竭，因为在这样的酒会上，体力极度消耗，脑力极度节省。而且你要与你不相识的人谈你不感兴趣的话题，正如搭错了十次火车，一连十次从曼哈顿车站回来，在毫无目的地徒劳了一小时后，终于在宾西伐尼亚车站下车。

鸡尾酒会不啻高等学府，让你学会在室内一面向你右边的人挥手招呼，一面向你左边的人微笑示意，还得向你前头的女士说“啊，是吗?”别人以为你跟她正谈论哲学课题。

我能鉴赏肉汤巨头、猪肉大王和鬈毛嗣女片砖只瓦地迁走英国和法国城堡的兴致，可对仿工厂式样建造的办公楼和仿办公楼式样建造的住宅很不以为然。事实上，在纽约城，我只看见董事长们在工厂建筑物内办公，男男女女住在办公楼里，却没见过美国家庭住在住宅内。

我钦佩美国人对老式家具和旧式地毯的雅兴，却对他们家里用铬金属家具代替了木制品很觉惋惜，铬金属家具对于家庭太过寒冷，对于灵魂太过坚硬。我感到，淡金发女人、拥有铬金属家具的家庭和锡皮罐头的灵魂这三者之间是很相似的。

我喜爱电视机、电冰箱、真空吸尘器和电梯，可我讨厌看见床从一扇似衣柜门的地方落下来。我喜欢节省劳力的工具，但讨厌所有节省空间的发明。

美国的房屋是从有烟囱的小木屋发展起来的，而后变成公寓式住宅，现在又成了旅行汽车。旅行汽车是美国家庭公寓式住宅的合理发展。有人给旅行汽车式住宅下的定义是，家庭的部分成员等待家庭其他人驱车归来的地方。那么为什么不造一种大一些的汽车，让全家人随时都能住在里头呢?美国人如果不小心，他们很快就要住进用板隔开的饼干桶里去了!

父子话友情

——一个孩子的日中政治入门课

孩　子：爹，今天下午谁来吃茶点？

日路田：王仲会。

孩　子：王仲会是谁？

日路田：一个中国人。

孩　子：你与中国人交朋友吗？爹，你对我说过，中国人没有日本人一半好。我的先生每天说中国人的坏话。

日路田：你住嘴行吗？

孩　子：我也可以来吧？我要见见这位王仲会。

日路田：宝贝，如果你没有爱提问的坏习惯，我倒愿意让你来，可今天我们要谈的是日中关系，这个你不懂。

孩　子：日中关系很难懂吗？

日路田：很难懂的。

孩　子：为什么难懂？

日路田：我们要与中国人交朋友，但他们不愿与我们友好。

孩　子：为什么？他们恨我们吗？

日路田：恨的。他们恨我们甚于恨欧洲人。

孩　子：那是为什么？我们对他们难道比欧洲人对他们更坏吗？

日路田：唔，你别在指头上绕绳子了，好吗？

孩　子：如果我们是他们的好朋友，他们为什么还恨我们？

日路田："满洲国"。

孩　子："满洲国"是他们国家还是我们国家？

日路田：唔，你又在玩绳子了，看把绳屑也掉在地毯上。

孩　子：你要与中国人交朋友吗？

日路田：我们借钱给他们，还给他们派顾问。

孩　子：他们不是已经有了欧洲人作顾问吗？欧洲人也与中国人交朋友吗？

他们也要借钱给中国吧？

日路田：他们要的，但我们不能让他们这样做。孩子你要知道，他们借钱给中国，他们就会统治中国。

孩　子：那么我们借钱给中国呢？

日路田：我们借钱给中国，是要同中国人交朋友，援助中国人。

孩　子：看来中国人宁愿借我们的钱，而不愿借欧洲人的了。

日路田：不，如果我们不强迫他们接受我们的援助，他们就不会借我们的。

孩　子：真有意思。如果他们不要援助，你为什么强加给他们呢？

日路田：指头不要放在口里。你还没找牙医看过病哩！

孩　子：好的。可是，爸爸，假如你是中国人，你想你会相信日本人吗？

日路田：宝贝，知道，我们还没有真正与他们交朋友哩。可现在，我们要与他们友好，要借钱给他们，要向他们派去顾问，要管辖他们的国家，要为他们整顿国内秩序。我们要让他们明白我国的真实意图。

孩　子：我们真实意图是什么？

日路田：你这傻瓜！我已经告诉过你。今天下午，我要让王仲会知道，我们要真的援助他们。

孩　子：王仲会是傻瓜吗？

日路田：你怎敢如此放肆！他是个大律师，学问很好。

孩　子：我长大了也做个王仲会，行吗？

日路田：如果你刻苦学习功课，可以那样试试。

孩　子：假设我是王仲会，你怎样把你们国家的真实意图告诉我？

日路田：哦，孩子，我会告诉你，我们将怎样借钱给你们，向你们派去军事顾问，管辖贵国，整顿贵国的秩序。

孩　子：爹，你说说，为什么你们硬要这样做？你们为什么不让中国独立自主呢？

日路田：你知道，我们要夺取中国的贸易权，将所有欧洲人赶出中国。我们向他们大量的出售，他们大量的向我们购进。这很好嘛，泛亚洲主义是大大的好呀。我们要中国站在我们一边对抗俄国人。如果我们得不到中国这个大后方，我们就没有钢铁、没有棉花、没有橡胶，万一战争要持续一年以上，我们也没有足够的粮食供应。我们必须在中国抵抗俄国。

孩　子：你不会对王仲会说这些吧，是吗？

日路田：我想，作为外交官的儿子，你该明白这种事情了。我们外交官从来不说真话，但我们这些人都学会了准确地探知对方谎言的潜台词。这不必告诉王仲会。

孩　子：真聪明！你们称它为什么？

日路田：我们称它是，为了维护亚洲与世界和平，开辟建立在“共存共荣”基础上的日中合作新纪元。

孩　子：啊，我太兴奋了！听起来真绝妙！你从哪里学会的？他们在学校也教我们把可怕的事情吹得天花乱坠吗？

日路田：那是学校每天在作文课上教给你们的，可外交官是天生的，不是教会的。

孩　子：啊，爹，你真行！可王仲会若是看出了你们的心机，他的同胞也拒绝我们的援助，你们又如何夺取中国的贸易权？怎样奈何它？

日路田：有皇军负责。

孩　子：这不是诚心诚意地与中国友好吧，对吗？他们会越发仇恨我们的。你喜欢皇军的策略吗？

日路田（慌忙地）：嘘！闭嘴！不要让人听见了，你还是快去看牙医的好……莫把铅笔头和绳子扔在地上！

（孩子从地上拾起绳子和笔头，塞进口袋里，离开了房间。日路田如释重负地舒了口气。）

“无折我树杞!”

“无折我树杞!”不知怎的，这句诗常常萦绕我的耳际。这是我儿时学过的《诗经》中最可爱的情诗之一的首句。在《天下月刊》上读吴经熊博士的文章时，偶见J·A·卡本特用英语翻译的这首诗。卡本特的译诗已由薛里尔·司各特谱上曲，很能保持原诗的魅力。这是一位中国古代少女对她的恋人说的情语：

将仲子兮，无逾我里，
无折我树杞!
岂敢爱之，
畏我父母；
仲可怀也，
父母之言亦可畏也。

将仲子兮，
无逾我墙，
无折我树桑!
畏我诸兄；
仲可怀也，
诸兄之言亦可畏也。

下面还有第三节，但这两节足以体现中国古诗的清新活泼。简直就是一首英国伊利莎白时代的诗歌。

也许这句萦绕耳际的原因，是我的邻居最近折断了我的柳树。我有一所很大的花园，是古旧的花园。这是我祖辈留下的花园，这里住过我们几代人，我的东北面邻居是个暴发户，他的儿子爬上来无耻地与我女儿调情。我看到我的那些年岁老大的柳树，成了他们无耻作爱（像那首古代情诗里一样）的牺牲品，我就心如刀绞。实际上暴发户不仅折断了我的柳树，还闯入我的花园，偷占了我东北角上一大片果林，这就是我现在何以要写他的原因。住在我家东北面的邻居是一个典型的资产阶级暴发户。事实上，他有趣地体现了暴发户的心理。他名叫詹姆斯·亚历山大·莱本。他发迹之前，仅称自己为“詹·亚”，可现在要称“詹姆斯·亚历山大”了。然而，与他相邻的我们，只是从他的职业上认识他是“渔人莱本”，而且，他的西北面邻居索菲亚总是叫莱本先生为“渔人莱本”，这使莱本夫妇大为恼火。

渔人莱本率领全家去教堂做礼拜，持之以恒。自发迹后，他在那里买了一个与J·P·摩根同排的座位。我无论怎么也看不出他与摩根同排祷告上帝有何乐趣，因为我注意到，他做礼拜确实是受折磨。莱本太太与摩根太太同排而坐时，又怕又喜。她一直打量着摩根太太的服饰，观察着摩根太太怎样擤鼻涕。莱本一家人乘坐劳雷斯豪华汽车去教堂，他们意识到自己新近踏入了上层社会，渔人的言行举止准确无误，因为他买了一本谈社交礼节的书，详尽地读过三遍。他以惊人的速度，短时间内全部精通了那本礼仪书。他的智慧无可否认，因为一个渔夫没有几分真正的勇气和智慧，是不能跃进有钱有势的阶层的。

渔人莱本仅仅忘记了这样一件事：上层人士不会老去注意社交礼节的所有规则。结果渔人莱本过分的准确无误。反倒显示不出他是个天生的上层人士。有些事情，像仁爱、简朴、微妙和灵巧，是礼仪书上没有谈的，渔人莱本当然也就永远学不到。渔人的举动最准确无误，也粗陋不堪。急切地想装出准确无误的姿态，过分地想炫耀流金溢彩的首饰，莱本太太反倒感觉极度不安。一是因为她意识到自己新得的财富，二是因为摩根太太看不起她，这一点她也清楚。摩根太太对别的女人说，她不介意渔人老婆的首饰，但她看不惯渔人莱本的高礼帽和白手套，因为她说做礼拜是没有人戴白手套的。摩根太太和别的老教民容纳他们，同时又不容纳他们。但渔人莱本有一个方法在教友跟前炫耀财富。教民们尽管在渔人背后叫他作“下流坯”和“趋炎附势的家伙”，但他们对劳雷斯汽车仍然产生了真正的印象。

有一次，他跟J·P·摩根开起了玩笑。玩笑是生活中需要长时间的修养才获得的少有的娱乐之一。渔人莱本像是个很幽默的人。一天，走出教堂时，他拍摩根先生的肩膀说："喂！J·P。你是J·P，我是J·A（詹·亚）。哈！哈！哈！多么有趣！"

摩根先生只是冷冷地对他说："你好，渔人。"显然摩根先生并不觉得有什么趣。

渔人莱本道了歉（因为在世上再也找不到比他更有礼貌的人），走开了，走时按照礼仪书上教的姿势挥舞着手杖。你该知道，挥舞手杖对他来说是很不自然的。"天哪！"皮尔斯太太每次见到那副神态，总要诅咒一声。

莱本太太现在讲英语。她甚至学会了一句美国俚语："我实话对你说！"就因为她老是装模作样地咕哝着"我实话对你说！"说得大家毛骨悚然。她从她丈夫那里学到这句话，她的孩子又从她这里学到了。现在小莱本见到人不是点头说声"对不起"，而是老搬出父母传的法宝："我实话对你说！"莱本全家人身材短小，如此言行的效果滑稽得实在令人捧腹。

这一切的结局是：莱本们成功地讨得了众人的厌恶。

我家与他家世代相邻。他过去是个贫穷汉，以捕鱼为业，我们当时是源远流长的贵族世家。我父亲的公馆里有一片大果园，那里繁花似锦，果实累累。可现在我们已是家道衰落，果园荒芜。尽管这样，我们家仍很看不起莱本一家，这一点莱本也清楚。好些年来，我的邻居一直逾墙偷窥我家的园林，他满心贪欲。如今我的女儿住在园里的东北角庭院，他的儿子竟敢趁便向她求爱。就因为他的儿子对我女儿无耻的纠缠，他便屡次侵入我的园林，折断我的柳树。

几年前，他出国了，回来时腰缠万贯，真是个难以解开的谜，像所有暴发户一样。他开始拆房建新宅，于是抱怨土地面积太少。围炉而坐时，渔人太太经常同她的丈夫讨论他们邻居的房子如何，他们自家的房子也该怎样怎样，而且把房看作是跨入上流社会的第一步。"发奋"拼命？对了，莱本家有的是这个长处。免不了要觊觎我家享有了数百年的古园，尤其是东北角那片邻近的果林花丛。他们在家里经常说我的园子太大。从那时起，他开始自称为我的好邻居，并深切注意我的女儿。

渔人莱本要我的花园，他心里也有数。但他本质上教养极差，他怕偷盗行为不合社会礼仪。他很想偷，但更想高戴礼帽去教堂。因此他摸索了一种偷盗技巧，这种技巧成了大家的笑料，当然他自己意识不到这很可笑。有一样东西是暴发户所没有、也不能假装有的，那就是幽默感。幽默感，源于自信心和豁达大度，渔人莱本不可能豁达。他不能忘怀的是他的“荣誉”，他以“敏感”著称。当然，一个渔人坐上了劳雷斯汽车难免会敏感的。

侵占我的财产之举开始于风筝事件。渔人未发迹时，从不放风筝。但腰杆硬了后，他便成了风筝迷。一天，他的风筝飞入我的园里，挂在树枝上。他很像一位社会上的高雅人士走来对我说：“你的树怎敢挂住我的风筝？我定要砍倒它。如果你不自己砍我来替你砍。我实话对你说！”我的儿子让他去了，我年迈体弱懒得操这份心。

自从第一只风筝被挂，第一棵树被砍，一连串的“风筝事件”纷至沓来，似乎每个星期免不了要飞来一只新风筝，并且被挂住，接着我又有一棵树要受刀斧之苦。他在踏毁了我的篱笆，折倒了篱笆旁的柳树之后，又开始从最后砍倒的那棵柳树上放出风筝。风筝也形成了习惯似的，在我的园林里步步深入，挂住的树枝一棵比一棵靠近园中。靠我屋子近些的树总是最恼人的。这时我的东北角那片园林几乎全被他占了。现在他的风筝老是径直越过我的东北庭院的墙壁。但他还四处游说，对我们教区的人讲，是我的树错了，他的风筝是对的，我的树胆敢挂住他的风筝，损害了他的资产阶级“尊荣”，逼得他只好以占我大片园林来“惩罚”我。他对他的尊荣如此敏感，以至于你会以为他自己也相信尊荣了。因此，做完礼拜，莱本太太向摩根太太及其教民宣布她与我突如其来的“友谊”和把我当作邻居的友爱。他们听后好不容易忍住大笑，没有笑是看在她反常的“荣誉”感及其劳雷斯汽车的面子上。

不久以后，我想是去年春天吧，那个小莱本开始向我风骚的女儿求爱了，她如今住在我的东北角庭院，我年老体弱，也懒得操这份心，像《诗经》中那个古代情人一样，他这天又在我的东北角庭院里折毁我的柳树和桑树。有时我真想对莱本说，“啊，无折我树杞！”或是向他掏出心里话，可我是上了年纪的人，唉，又管什么用呢？况且，不会真有什么大不了的事吧？现在，他竟自己承担起在我的东北角庭院更改道路、发号施令的职责。似乎那是他自己的产业。他一直侈谈着他的“尊荣”从不知道这在旁人听来多么好笑。自从其子同我女儿的那种事情开始后，他对我比以前更加友善了，也比以往更热烈地向我表达友邻之谊。

我的儿子为免麻烦，也回报他，一有机会就向渔人莱本宣称自家与对方的友谊。常常就是这样友好地拜访莱本府上，我的儿子却受到了严厉的拒绝。

“我喜爱你，”我的儿子经常说，“你是我家最好的邻居。”

“嘘！”莱本总是这样回答，“你没有诚意！你为什么阻碍我的儿子跟你妹妹谈恋爱？你们友好的证据何在？”

“可我确实赞成我妹妹的婚事。”我的儿子反复声称。

“不可能！我不相信你们家的人会赞成女儿嫁给莱本家的人！”老莱本说。

渔人对了。我声称我的“友谊”时不可能有“诚意”。他本能知道这一点。

如果渔人莱本是一个坦白的盗贼，他就会说：“如果你给你的房子与我，我就会相信你的友谊。”可是，正如我说过的，他是个暴发户，最怕在社会上失面子，他就因为缺乏面子才没有坦白。但我的儿子完全清楚他的意思，他不仅想要我的园子的东北角，而且想要我的中央庭院。

因此，莱本和我的幼子常常手挽手地从教堂出来，俨然一对好朋友，旁人看了都觉得好笑。有子如此，何以为生呢？

北京颂

北京相对于南京，正如京都相对于东京。北京和京都是古代的首都，都具有气派、神秘和历史的魅力，这些是年轻的首都，如南京和东京所不可能有的。南京（1938年以前）和东京代表着现时代、代表着进步、工业化和爱国心。北京则代表古代中国的灵魂，宁静温和，富有教养，它的一切都为了过好日子，生活愉快，为了给生活派出这样的安排：文明的最大舒适感水乳交融地结合着乡村生活的最大美感。

如果你问一位熟谙南京和北京的中国人，哪一座城市更合他的心，无疑北京是当然选择。以上所述，就是这种选择的理由，也解开了这样一个奥秘：一个人——他可以是中国人、日本人或是欧洲人——居住北京一年后，为什么不愿住到中国的其他城市去。因为北京是世界上的宝珠城市之一。在自然、文化、魅力和生活方面，世界上没有哪座城市像北京那样接近人们的理想，只有巴黎和维也纳（据传闻）曾经出现过这样的情景。

我在这里不拟讨论日本占领北京的是非，也不涉及“煽动”、“自卫”、“远东安定”的问题，或日本军队爱和平的正义性。每次日本人一路狂轰滥炸，一路上还散布传单发誓他们对“敬爱的朋友”的热爱，中国人——好战的中国人——却越来越莫名其妙地害怕友谊，希望“远东安定”少些，再少些。但是你很难听到中国人谈“自卫”，因为中国没有海军前往日本海，等到中国有这能力时，你可以深信，中国将会轰炸京都居民以自卫，会把日本军队驻扎东京看作是对远东和平的威胁！如此看来，中国军队驻扎北京当然是“煽动”性的，是对亚洲和平的威协。因此我们现在不拟讨论这些。

北京像一位尊贵的老人，具有尊贵的老成品格。因为城如其人，各有不同的品格，有的卑污狭隘，好奇多疑；有的宽怀大量，豪爽达观。北京是豪爽的，北京是宽大的，她胸怀新旧两派，而自身依然故我。

穿高跟鞋的摩登少女与着木屐的满洲妇人擦肩而过，北京不理会。胡须苍白的画家住在大学生公寓的对面，北京不理会。新式汽车与人力车、骡马车媲美，北京不理会。

高耸的北京饭店后面有一条小巷，人们在那里过着千年未变的生活——谁去理会它？洛克菲勒基金会资助的协和医学院富丽堂皇，离院一箭之地有些旧式的古玩商店，古玩商人抽着水烟袋，营业方法仍是古旧式——谁去理会它？穿衣尽你称心，吃饭任择餐馆，随意乐其所好，畅情追求美善，玩球拉琴请便——谁来理会你？

北京像一株富态的老树，根脉深入地下至今枝繁叶茂。成千上万的昆虫生活在它的树荫下寄生于它的干枝上。这些昆虫怎能知道树有多大，它是怎样生长的，它的根扎在地下有多深，住在这棵树的别的枝上的昆虫是谁？北京居民怎能描绘北京——如此的老态又如此的富态？

一个人总觉得他不了解北京。在那里居住十年后，你在胡同里发现一个驼背的老人，你后悔没有早先遇见他；或是一位可敬的老画家，在高大的槐树下，露着硕大的肚子坐在竹椅上纳凉，手摇芭蕉扇，梦幻度光阴；或是一个踢毽子的老人，把毽子放在头顶上一点一点地移动着，移近背部平落在他的鞋底上；或是一伙剑术师；或是一所儿童戏剧学校；或是一个人力车夫，成了满洲国王侯家族的一员；或是一个前朝的县太爷。一个人怎敢说他了解北京呢？

北京像一个国王的梦境，它有宫殿、御花园、百尺宽的大道、艺术博物馆、院校、大学、医院、庙塔以及美术店、旧书摊林立的街市。北京像是一座美食家的乐园，它有百年饭庄，招牌被薰得破旧不堪，还有肩上搭着毛巾的光头堂倌，他们礼貌待客，殷勤周到，因为他们受过王朝遗留的传统训练，侍奉过达官要人。这是个贫富杂居的地方，每一间邻近的店铺都让贫穷的老人赊账取货。摊贩的美食很便宜，你可以流连在一家茶馆里沏上一杯茶安度一下午。

北京是购物者的天堂，有众多中国古代的手工艺品——书、画、古玩、刺绣、玉石、灯笼、景泰蓝。这是一个在家里就能买货的地方，因为商贩会送货上门，大清早间，小巷胡同回荡着叫卖声。北京也有清静的地方。这是一个居家的城市。每家都有一个院落，每院都有一缸金鱼和一棵石榴树，那里的蔬果新鲜，梨就是梨，柿就是柿。这是座理想的城市，人人都有呼吸的空间，农村的幽静与城市的舒适相得益彰，街巷水道，错落有致，种果植花，不无余地，清晨拔白菜的时候，可以举目西山——然而距离一家大百货商店，仅有一箭之遥。

北京有多样性——多样性的人。它有法律，也有违法者，有遵纪守法的警察，也有助纣为虐的警察，有盗贼还有窝藏盗贼的人，有乞丐还有乞丐之王。它有圣贤、罪犯、回教徒、“除妖”的藏人、卜卦者、拳手、和尚、娼妓、俄国与中国的职业舞女。日本和朝鲜的走私者、画家、哲学家、诗人、古玩收藏家、青年大学生和影迷，它有政治流氓、年老退位的县官、新生活运动者，现在充当女仆的前清官吏太太。

它五颜六色——新旧都有。它有豪华的帝王色彩、悠久的历史色彩和蒙古的草原色彩，蒙族和汉族商人领着骆驼商队从张家口与南口，穿过古代城门进京来了。它有绵延百里的城墙，四五十步宽的城门。它有门楼与鼓楼，向人们报告黄昏的降临。它有庙宇、古老花园和寺塔，这里的每一块石头、每一株树木、每一座桥梁都有历史典故。

使得北京成为理想的居住城市的因素很多，我撮其三条是：第一，它的建筑；第二，它的生活方式；第三，它的百姓。

北京城始建于十二世纪，但它现在的式样是明朝永乐皇帝十五世纪初建造的——永乐皇帝也重修过长城——因而富有地道的皇室的华贵。南城略小于北城。自南城最南的门向内，有一条绵延五英里的中轴，穿经依次相连的每道门，直抵皇宫正殿。紫禁城位于北城中心，周围绕有护城河与金色瓦顶的墙垣，墙后面是煤山，山上有五间亭阁，附近盖着流金溢彩的瓦。煤山可以鸟瞰中轴；附近是鼓楼。紫禁城的西面与西南面是三海，那里是皇室画舫的遨游之地。

与中轴平行的是两条宽广的大道，在东城的叫哈德门大街，在西城的叫宣武门大街，每条大街宽约六十英尺，在紫禁城前，连接两街。东西直通的大道是宽逾百尺的天安门大街。在外城南门附近，位于中轴两边的是天坛和先农坛，皇帝经常在那里祈祷来年风调雨顺，五谷丰登。

因为中国人对建筑美的观念是，宁要幽静，不求宏伟，因为宫殿屋顶都属于平阔一类，也因为除皇帝外无人许住楼房，所以到处都显得宽阔平坦。

朝着中央大道的方向，穿过依次排列的拱门，你可缓步来到紫禁城的主楼，主楼后面的大理石台坪渐次通往皇宫正殿。在碧蓝的天空下，游客一路上可以饱览宫殿金碧辉煌的瓦顶。

但是，使得北京如此迷人可爱的是它的生活方式与妥贴布局，紧邻繁华闹市的人，也能生活得安祥宁静。生活耗费不高，人人欢乐愉快。达官富翁可以聚餐于大饭馆，而贫苦的人力车夫，也可以用两个铜板买到烧菜所需的油盐酱醋，外带些有风味的菜叶。无论在什么地方民宅附近总会有家杂货店和茶馆。

那里也很自由，你可以自由去学习，娱乐，满足嗜好，或者去赌博和搞政治。没有人横加干涉，没有人理会你穿什么衣服做什么事，没有人四处打听，这就是北京博大的胸怀。你可以与贤人或恶人往来，与赌徒或学者往来，与画家或狡诈的政治家往来。如果你景仰帝皇，你可以阔步皇宫正殿，设想你自己是一个上午或一个下午的皇帝。

如果你有闲情逸致，你可以在城内的九个公园中任意游逛，坐在杉树下的竹椅上或藤椅上，整整一下午喝你的茶，而所费不过两角五分，你放心，你不会遭白眼，那些茶役总是和蔼客气。

或者在夏天的下午，你可以去游什刹海湖，那里半是稻田半是荷池，你可以去那里与劳动农民分享闲暇，观看拳击和戏法。或者你可以出西直门，乘着柳树的凉荫，信步在通往颐和园的御花道上。

你周围全是村庄麦地，到处可见裸体的儿童，他们在路边嬉戏时，常向行人讨钱。你可以和他们交谈，或者闭目装睡，倾听他们在你背后逐渐消逝的悦耳的声音。或者你可以去动物园，它就在西直门外，过去曾是满清的御园。或者你可以去圆明园，寻求意大利宫殿的古迹，它是被八国联军抢劫烧毁的，景象十分凄凉惨淡。你在上帝的跟前。

在路过颐和园的途中，你可以在那里流连一整天的时光，沿路经过了许多美丽的景象，耸立着大理石塔的玉泉山便举目可望。在那里你可以流连一个下午，濯足于碧绿清凉的汩汩泉水中。再往前就是西山，景色迷人，令人流连忘返。

但是北京最迷人的是住在那里的百姓，他们不是圣人和教授，而是人力车夫。从西城到颐和园，路程五英里，车费一元左右，你或许以为这很便宜，这的确是便宜，但车夫欣然收之。一路上，人力车夫自个儿喋喋不休，笑谈不止，笑话别人的不幸，你会被他们的兴致所迷惑。

或许你夜间归来时，会遇上一位年纪老大衣衫褴褛的人力车夫，他要给你讲贫穷、倒霉的遭遇，讲得那么幽默、细致，莫可奈何。如果你觉得他年老体衰拉不动车，而要下车行走，他会坚持送你回家。但如果你跳下车来出乎他意料地付足全程车费，他会骨鲠在喉，只知连声说“谢谢，谢谢!”那是你一生中从未听到过的道谢。

上海颂

上海可怕，非常可怕，上海的可怕在于：她是光怪陆离的东西方下流混合处，她那表面的繁华，掩饰着她的空虚、平庸和低级趣味，她也赤裸裸地表现出拜金的狂热。她的可怕在于：她满城都是矫柔造作的女人，做牛做马的苦力，枯燥乏味的报纸，资本短缺的银行以及民族意识淡薄的人。她的可怕在于她的伟大也在于她的虚弱，可怕在于她的畸形、邪恶与愚妄，可怕在于她的歌舞升平，纸醉金迷，可怕在于她巍然耸立于黄浦江岸的石砌的大厦和靠从垃圾桶里拾破烂为生的贫民。我们实在可以为这座可怕的大都市高唱一首这样的颂歌：

啊！伟大而神秘莫测的都市，为你的伟大、为你的神秘莫测而三呼！

为这座以充满铜臭味和皮肤青白、手指僵硬、肥头大耳的银行家而著称的都市三呼！

为这座狂欢乱舞的都市，都市里有的是饮人参汤、喝燕窝粥的、胸部平坦的太太，太太们尽管饮的是人参汤、喝的是燕窝粥，却仍然面色苍白、生活乏味。

为这座吃饱睡足的都市，都市里有的是笋足柳腰、脂脸黄牙的太太，太太们都像猴子那样“嘻嘻嘻”地度过一生。

为这座跑腿叩头的都市，都市里有的是油头滑脑、油腔滑调的旅馆侍役，侍役们侍奉着皮肤青白、手指僵硬，肥头大耳的银行家，侍奉着脂脸黄牙的狂欢乱舞者。

你真是伟大而神秘莫测！

在夜深人静的时候，我们的脑海里浮现出一幅你的畸形图画：车水马龙的南京路上混浊的人群，比混浊的黄浦江里混浊的鱼群更混浊，可我们从中又想到了你的伟大。

我们想到你那大腹便便的暴发商，却记不清他们是意大利人、法国人、俄国人、英国人还是中国人。

我们想到你的按摩女郎，裸体舞女，赌博大王茄西亚，以及你那福州路上的妓院。

想到你那下野的道台、土匪、知县与督军，戴着玳瑁边眼镜，留着八字胡须，用他们收刮来的膏脂讨好妓女，但讨好几个月后，发现他们的求欢遭到了拒斥，他们饥饿的色欲仍未得到满足。

想到这些下野的道台与督军们痴头呆脑的公子，帮助其老子将那罪恶的不义之财挥霍一空。

想到你那有钱的、堕落的鸦片烟鬼，他们乘坐派克汽车成列地在街上驰骋，随身带着喂得饱饱的、养得壮壮的、衣着整齐的俄国大汉作保镳。

想到每天接待自杀者的黄浦江，想到那些舞女与心碎的情郎混在黄浦江的鱼群里。

想到旅馆里的歌舞厅，那里庸俗相聚又迎庸俗，衣饰装扮都是庸俗。

想到你那跑狗场，穿着袒胸夜礼服的白种女人在那里与店铺的黄种伙计摩肩擦踵，喜笑颜开，与灰毛狗和红眼兔亲昵戏狎，乐不可支。

想到暴发户，他们在觥筹交错、马达震耳的喧闹场中目不暇给，手足无措，想到大富翁，他们吩咐旅馆侍役就像少校下命令，喝汤也要挥刀舞叉。

想到你那摩登的人，他们学了几句洋泾浜英语，便洋洋自得，从不放过向你说“many thanks”（谢谢）和“excuse me”（请原谅）的机会。

想到你那些女学生，她们乘人力车时跨坐在书包上，穿着卷统的短袜，戴着上面绣有五颜六色的知更鸟与菊花的帽子。

想到你那傲慢而粗鄙的外国人，那样的傲慢，那样的粗鄙，使人一望而知他们有其祖国的身份——他们头脑简单，肌肉发达，手脚笨拙，而且还充分利用他们发达的肌肉，笨拙的手脚。

那些付小费大方、结大账吝啬的人，那些乡音未被人懂得，便顿感受了屈辱的人。

我们对这些事苦思、惊叹，却弄不清它们的来龙去脉。

啊，你这不可思议的都市！你的空虚，你的平庸以及你的低级趣味是多么的令人难忘！

你这座城市庇护着下了野的强盗、官僚、督军和骗子，又滋生着未发迹的强盗、官僚、督军和骗子！

你这座中国最保险的安乐窝，即使乞丐在你这里也不老实！

我所欲

一次，亚力山大帝问科林斯哲学家提奥奇尼斯：他想从这位大霸主这里得到什么恩惠。哲学家的回答是：请霸主靠边站，以便他能沐浴阳光。这个人是犬儒学派哲学家，他白天提着灯笼寻找正人君子，他无论冬夏，仅一件破衣裹身，在一只桶里栖身。他曾有过一只杯子，但他知道可以用手捧水喝时，便扔掉了杯子。他这样做在于他相信，他在这世上一无所求。

在我们现代人看来，提奥奇尼斯所代表的理想与我们的截然相反。我们的理想仿佛是，用人的欲求和奢望衡量进步。因此，这则故事总会引起某些哄笑，招致某种妒意。实际上，我们对我们有真正要求，也糊里糊涂的。现代人发现自己对许多问题一直茫茫然搞不清楚，尤其是对最关涉切身利益的问题。现代人不可能放弃自己的奢欲，不情愿实践提奥奇尼斯的禁欲，同时绝不可错过一部真正的好影片。这就让我们有了现代精神的所谓“不安宁”。

当然，现在很容易把提奥奇尼斯撕得粉碎。第一，提奥奇尼斯生活在地中海的温暖地域。住在比希腊冷的国家的女人要件皮大衣，也就用不着害羞了。第二，任何一个人没有至少两件衬衣（万一他要送一件去洗衣店），是得不到我的尊重的。故事书里的提奥奇尼斯能够散发出精神的芳香，但与提奥奇尼斯同床共寝可就不是那回事了。第三，把那种理想灌输给我们的学童是很危险的，因为教育的主要目的之一，是教育他们至少要爱读书，可书本在提奥奇尼斯的眼里，显然一钱不值。第四，在提奥奇尼斯生活的时代，电影还没发明，也没有米老鼠来丰富人们的生活，任何对“米老鼠”动画片不感兴趣的大人或小孩，一定是对文明事业毫无用处的低能儿。一般说来，过着更富足、更完美生活的人，是那些有着丰富的需求和欲望的人，而不是随遇而安、对周围事物漠不关心的人。伦敦郊外的流浪汉对炉边安乐不羡慕，不妒嫉，他一定不是高级动物。

提奥奇尼斯真正诱惑我们的原因是：我们现代人欲求的太多，尤其是我们常常不知道我们欲求些什么。有一句老话：每一位社交界女士，忙碌于歌舞场中，很快就感到厌倦无聊。一个百万富翁的嗣女一年内要从巴黎到布宜诺斯艾利斯横渡大西洋四次，又回到里维埃拉和大西城。当然只是想逃避自己而已。她的雄性配偶——我用“雄性”一词，是有意带上动物的意义——交的女友太多，他竟不知道爱上哪一个是好。这就是现代病。比较起来，古代的提奥奇尼斯有时就像是我们的英雄。

然而，在我们神志清爽的时候，我们知道，提奥奇尼斯崇拜的偶像，我们不会也去崇拜，我们一生中欲求许多东西，而且都是有益于我们的东西。一个知道他所欲求的是什么的人，是幸福的人。

我觉得我知道我所欲求的是什么，那就是使我快乐的事物。我别无他求。

我要一间自己的房间，我可以在那里工作。那是一间不太清洁也不太整齐的房间，房里没有多事的女佣拿着抹布来见一样擦一样。那是一间舒适、亲密、熟悉的房间。在我的躺椅上方，挂着一盏佛灯，是你在佛台或天主教堂里的神坛前所看见的那盏油灯，房内充满烟味、书香味及其他许多妙不可言的气味。躺椅旁的木架上是书，许多种类的书，但也不要太多——只放那些我能够读、或再三读后获益匪浅的书。我对书的选择，与世界上所有书评家的观点完全相同，这里的书不会冗长得不能卒读，没有烦人的争论不休，没有板着冷酷的面孔谈论逻辑。这些都是我真诚喜爱的书。我经常把拉伯雷的书与《王先生与陈小姐》并读，把唐·吉诃德与《好爸爸》并读，还有一两本布斯·泰金顿的通俗小说，几本三流的廉价小说和一些侦探小说。我绝不要那些矫柔造作的自描自写的书，没有詹姆士·乔伊斯的书，没有T·S·艾略特的书。

我要几件我穿过些时候的合身的绅士衣服和一双旧鞋。我要有随意少穿衣服的自由，虽然我不会像著名学者顾千里那样裸体读书，但当室内气温高达三十五度时，我就要不受任何干涉，在自己房间内半裸身子，即使这样出现在我的仆人跟前也不觉害羞。我要在夏天有哗哗淋浴，在冬天有融融炉火。

我要一个我可以自由自在的家。我要在楼下工作能听到楼上妻小的笑语声，在楼上工作又能听到楼下的声音。我要孩子就是孩子，天真烂漫，和我一起雨中快乐，像我一样喜爱淋浴。我要一块坪地，让我的孩子在那里搭屋、喂鸡、浇花。我要听见雄鸡“喔喔喔”的报晓，我要邻近有参天的古树。

我要一些好朋友，和生活本身一样熟悉、亲切的朋友，我对他们不必拘礼节，他们向我倾诉他们的遭遇、婚姻及其他私事的朋友，能够引几句阿里斯多芬语录、又能开几句下作玩笑的朋友，精神丰富、谈论下流事和哲理时都能敞开胸怀的朋友，有一定的嗜好，对人、事有确定的见解，有各自的信仰也能尊重我的信仰的朋友。

我要一个优秀的厨师，他善于炒菜，善于烧出美味可口的汤。我要一个跟随多年的老仆人，他觉得我是个伟大的人物，却不知道我的伟大在什么地方。

我要一间好书房，几支好雪茄，以及一个能理解我、让我自由做我的事情的女人。

我要我的书屋前有翠竹，夏季要雨天，冬季要蓝天，就像我们住在北京时那样。

我要保存自我的自由。

我不为

中国文人有个伟大的传统，爱给自己的书斋取个富有诗意的名字。我依样画葫芦，也给我的书斋命名为“有不为斋”。这个名字很长，但比起另一个著名的斋名“仰观千七百二十七鹤斋”来，还不及它的一半。我如此命名的直接灵感来自1898年的维新家康有为，他的名字意味着他要大有作为；相反，“有不为”意指无所作为的人。当然，一切相反的本质上仍是相似的，虽然我与康有为言论不同，但实质上我们彼此默契。因为我们有一句孟子的至言，说惟有不为者始有所为。

我这个斋名还有一大优点，便是它蕴含着中国文化，它含有“我无能为”、“我无所为”、“我乃无能为者”等意思。因此，它完全可以跻身于“养愚斋”、“古愚庐”、或“藏拙山房”（这也许在大陆商场的三楼）等雅名之列。

友人常常问我，为什么给我的书斋命此名。我所不为之大事是什么。这是一个颇有情趣的问题，不仅我而且人人都这样认为。直到有人首先问我这个问题，我才约略知道我自己有多少不为的事，现在我坐在打字机前一一清理。我总觉得，我不为的事太多，可以祈求上帝的宽恕，但实际上我的疏忽倒确是我的长处，可以送我上天堂。不为事如次：

我不请人题字。

我没本事背诵孙逸仙的遗嘱，在法定的默哀三分钟内，我也控制不住思想开小差。

我从未与老婆离过婚，完全够不上一名教育领袖。我不曾身着洋装主持土特产品推销会，也不曾乘坐高级轿车去运动会场呐喊助威。

我也从来不把做这些蠢事的人当回事。

我憎恨暴行，从不抱骑墙态度；也不翻斤斗，身体的、精神的或政治的都不翻。我甚至不会看风向。

我从来没说过一句讨好人的话，我甚至想也没想过要说那样的话。

我决不会今天说月亮是方的，一个星期后又说它是圆的，因为我的记忆力很好。

我从未勾引过女孩，因而也不认为她们是祸水；我也不赞同长腿张宗昌的观点：禁止女孩入公园，以保全我们民间的美德。

我从未不劳而获国人一分钱。

我始终喜欢革命，但绝不喜欢革命家庭。

我从不贪图安逸，自鸣得意；我照镜时，总是自惭形秽。

我从不打骂我的仆人，不让他们以为我是神秘人物。我的仆人并不钦佩我赚钱的本领，他们总是知道我的钱的来源。

我没遭受过仆人合法的“敲诈”，因为我不让他们有这种朴实的感觉：以为向我要钱正是钱归原主。

我从不在报纸上发表谈自己的文章，也不让我的秘书捉刀写我。

我从不将照得好的相片放大，分送给儿子们，让他们挂在自己的客厅里。

我从不假装喜欢那些不喜欢我的人。我从不谄媚取宠，也不虚伪奸诈。

我极不喜欢小政客。我不能在与我有关联的组织中同他们争吵。我总是惟恐避之不及，因为我不喜欢他们的尊容。

我在谈论自己祖国的政治时，从来不超然淡漠冷眼旁观。我不乏骨气，不阴阳怪气，也不满身书呆子气。

我从不拍人家的肩膀，装出慈善家的神态，也不接受扶轮社的选举。我喜欢扶轮社就如我喜欢基督教青年会一样。

我从未援救过城市姑娘或乡下蛮人。

我从未意识到罪孽。

我想我和别人一样是个有道德的人，如果上帝有我母亲一半爱我，也就不会送我下地狱。如果我上不了天堂，地球就该死。

看电影流泪

因为我看电影常常流泪，所以我总喜欢坐在我身旁的人也默默地抽着他或她的鼻子，或者散场时也满脸闪耀着泪珠。我认为这样的人更好些。现在我真正感到，看电影流泪不是什么羞耻的事，这对于人大有裨益。让我阐明我的理由。

“你流泪吗?”离开南京大戏院时，我妻子问我。我们刚在银幕上看过维克多·雨果的《悲惨世界》。“我当然流泪了。”我说，“凡是看了这部感人肺腑的伟大作品不流泪的人，算不上是个完整的人，对吗?”

我的感情真的耗尽了。那天晚上我头疼，什么事也不能做。我硬撑着玩扑克牌，但也毫无兴致，我输掉了四元二角五分钱。

有人说，不该为一个好故事流泪，无论它是电影还是小说。这不是荒谬透顶么？为了更权威地批驳谬论，让我援引亚里士多德和司马迁的话。亚里士多德说，悲惨的真正功能在于“净化”，净化我们的情感。我们最伟大的史学家和文学家说悲剧“平和血气”。如果伟大的作家创作了伟大的故事，在搬上舞台时观众不流泪，那一定是演员或是观众有毛病。

你会说，流泪不算男子汉，流泪丢人。在一定程度上，如在日常生活里，这话说对了。如果一个人哭得太多，或是笑得太多，你会说他是一个傻瓜，一个感情和性情失去平衡的家伙，或是一个幼稚可笑的白痴。这些都说对了，但一个人就没有深受感动，流几滴泪的时候吗？在电影中，生活以一种更凝聚的形式展现在我们的眼前，以一种日常生活中不可能有的力量激动着我们的情感。如果电影甚至不能催我们泪下，如果电影不能感动我们——我们这些温顺的、守纪律的、遵守传统并为我们的传统自豪的人，那么所谓悲剧的净化功能何以见效?

伊萨多拉·邓肯曾把女人比作乐器，说只有一个人爱的女人好比是只被一个艺术家玩弄过的乐器。每一个善于爱的情人在同一个女人身上得到不同的快感。正如每一个艺术家在同一把乐器上奏出不同的曲调。每一件艺术作品都是艺术家和创作素材或创作工具之间合作的结晶，也是艺术家与读者和观众合作的结晶。表现千姿百态，实则概莫例外。因此，同一幅画面，不论它是电影镜头还是水彩画，可能让这个人看后万分狂喜，而另一个人看后却十分冷漠。观赏者愈敏感，他对富有魅力的艺术作品的反应就愈强烈，他从画面上获得的就愈多，这与气质较迟钝的人形成鲜明的对照。同时落日的景象，可能使这个人看了流泪，而在另一个人看来，不过是一幅普通的日落图而已。老练的商人可以骄傲地宣称，他不会为一幅普通的落日图而多愁善感——他不有时也流泪吗？为他的股票每日涨价一倍高兴得流泪，为银行停止了对他的贷款而失望地流泪。由此可见主张不该流泪，流泪不算男子汉的言论，不是很荒谬吗？

事实上，人有敏感的，有迟钝的，正如提琴有优有劣。一件伟大的艺术作品要求它的观众颇具鉴赏能力，才能充分展现出它所有的价值，这样的观众才能从中得到极大的享受。同样，良马需要好的骑手，优美的乐曲需要聪颖的音乐家和乐队指挥，他们能够把舒伯特的柔情、勃拉姆斯和柴可夫斯基的感伤表现得淋漓尽致。书与作家也是这样。每一个人对优秀作家的鉴赏水准，严格地受到他个人的思想和情感的限制。这个人领会这一点，那个人领会那一点，我们极少发现读者与作者的情感反应吻合得天衣无缝，正如天才指挥的精彩表演也很难把乐曲表现得完美无缺。

是的，人生总有流泪时，问题是我们为何泪下。有欢喜的泪，悲哀的泪，情爱的泪，谅解的泪，母子分离的泪，重逢的泪。有人听到虚情假意的故事流泪，而有的人见到美丽善良流泪。然而，不论谁要流泪，就应该让他痛快地流下，因为我们先是动物而后才能成为理智的人，况且，流几滴泪，无论是谅解的泪、同情的泪、或是因爱美而兴奋的泪，对于人总会大有裨益。

素食者自画像

目前素食者不少。有的人吃素是出于信仰，有的出于秉性，还有一些就因为不能消化美味的牛排，素食者内部各派系之争比素食者与非素食者之争更激烈。信仰型素食者称秉性型素食者为三心二意的美食家，而后者则称前者为看见垂死的小鸡也掉眼泪的懦夫，秉性型素食者还说信仰型素食者根本算不上真正的素食主义者，他们品味不出蔬菜的香甜，他们是其信念的奴隶，而且他们甚至看见血淋淋的牛排也吓破了胆。不消说，这两派都极端蔑视浪费酸牛奶的那一派，约翰·迪属于那个派系，他是因一次偶然事件，凭着他比受害者更大的便利才误入素食者的阵营，结果使他的消化器官遭到了彻底的破坏。第四派都是女人，她们英勇地同自己的腰身作斗争，必欲瘦之而后快，吃白鸡肉时像耗子一样小心翼翼地咬啮，吃猪肉馅饼像兔子一样仅啃层皮，我们素食者对这一派系通常乐其所好，和蔼可亲。

你会判断我是一个秉性型素食者。秉性型素食者与信仰型素食者的区别，就如独身的和尚与已婚的基督教徒牧师之间的区别一样。我推测，前者因为确实怕女人而坚决禁欲——至少理论上是这样，基督教牧师相信，他可以娶一个女人而不必把他的灵魂交给魔鬼，他可以在正常的、体面的范围内过性生活而不致于危及他的灵性。这是勇敢、妥当的举动。它显示了个人身上和人类本性上的诚挚，秉性型素食者也是这样。我们认为吃块肉算不了什么，上帝知道我多么喜欢吃肉！

为避免误解，让我早些证实我的观点。其中有种哲学意义。我是中国人，正因为是中国人，我决不会做任何信仰的奴隶。中国人都不相信干事有十全十美的。这就是历史悠久的中庸之道。做一个素食爱好者，是的，这有何妨，可为什么一定要他合乎逻辑呢？做一个适当的素食者，不要做彻底的素食者。中国教育的目的是培养人的理性。照逻辑说，“如果甲对了，乙就会错”；但理性总认为，“甲对了，乙也没有错”。有理性的改革者不是扫清宇宙的新扫帚，他总喜欢留点污秽下来。有理性的戒酒者也偶尔贪上几杯；有理性的戒赌者也愿意玩牌时押个五分钱；有理性的素食者总喜欢品尝点南京板鸭或带血牛排。孔夫子好像说过，发现了最伟大的科学真理与变得薄情寡义，于人又能有何益？

秉性型素食者有个特别之处。嚼了六七只鸭肫，啖了一只两磅重大鱼的四分之一，一只鸡腿，一两片葱煎羊肉，两三个虾丸，两匙蟹粉，三匙鲨鱼翅，最后自夹自吃了一些油肥板鸭，这时看见一碗白菜煮鸡汤，嘴上抹油，叫起来也就口齿伶俐："呵哈！白菜味真美！我素来爱喝白菜汤。鸡味全溶进白菜里来了！"这就是你心目中地地道道的秉性型素食者。他知道刚才的肉太油了，他总是收场时最信任鸡汤烧白菜。那程序就像一位爱民如子的官吏，蓄积了五十万元私产，而后厌弃肮脏的政界，准备告老山林，赏玩秋月。他津津乐道秋月的美。他以为，他对秋月的清澈、皎洁比看了五十年月亮的农夫有着更深切、更真挚的感受。他欣赏素食的理由就跟娼妓欣赏家庭生活的美好和体面的理由一样。饱餐一顿之后，他第二天早晨醒来就说再不沾肉了，并端起一碗腌萝卜粥，中饭时又抵不住油香味薰人的腊肉片的诱惑，但晚上就寝时他对蔬菜的兴趣更大。

秉性型素食者与信仰型素食者的分歧就在这一点上。"如果白菜不是烧在鸡汤里，鸡肉味没有进白菜，白菜味也没进鸡肉，那样做个光吃白菜的素食者又有什么益处呢？"秉性素食者问。由此可见，中国才是素食者安身的惟一地方。欧洲人分开煎好肉片，也分开煮好萝卜，然后并列在一只盘里！试想炒竹笋没有肉是多么的愚蠢荒唐！那些笋会炒成什么样？你可以随意把肉单独放在桌上，但至少要用它炒笋，这样笋就有了些肉的滋味。因此我相信，全欧洲找不到一个秉性型素食者，只会有执迷不悟、心胸狭隘的和尚式素食者，他们是自己所信仰的主义的奴隶。所有欧洲人知道的素食是"鸡蛋和波菜"。在中国人素食者看来，鸡蛋和波菜不啻灾难。如果吃鸡蛋和波菜，怎能真正口尝素食的美味？我相信他们素食是带着一种责任感，而不是凭着一股热情，这当然跟所有极端的一本正经的素食者一样的是白痴。

欧洲人的确很可笑。他们丧失了、或从来就不知道烧蔬菜的艺术，他们自己吃的是地道纯正、合乎逻辑的蔬菜，然后给人吃的是合乎逻辑的牛排，吃牛排的人也仅见牛排而已。他一手英勇地拿着叉，一手残忍地握着刀，告诉自己他此时要吃肉了。不是谁都见过这种荒唐可笑的事情么？有些人刀叉向下，但当他们停下来谈话时，便刀叉向上，直对交谈者，我常想象，那位交谈者见到那副威吓的架势一定有点心惊肉跳，特别是他们之间的观点相左时。欧洲人是否也愿意学会使用木筷，让我们（至少在吃饭时）少看见些金属武器呢？

裸体的好处

我听说裸体主义到了美国。让它来吧！我没看见它能有什么危害。我一生不知不觉地就成了一个裸体主义者。

首先要弄明白的是，我是一个理智的裸体主义者，与那些教条主义的裸体狂不同，正如我是个理智的素食主义者，与素食狂有别。像所有中国人一样，我遵守中庸之道，我在一定的时候、一定的场所是个十足的裸体评论者，例如说在浴盆里。但要我穿了母亲给我的天然衣服跑上百老汇大街，我是死也不干的。我可以老实告诉你，在浴盆里裸体是很美妙的，如果浴室窗户所见的仅有几只路过的麻雀和窥探的树枝，而无别的罪孽，那就干脆把窗户打开，让皮肤接触冷嗖嗖的空气，倒令人舒心惬意。观察皮肤怎样因微寒而收缩，怎样在阳光作用下而松弛，活跃，渗出自然之油——体验这种过程是最快感的，我说的是在浴盆里。这是放射性引起的——这个词的意思我一点也不懂，但我知道它应该指什么——阳光在我皮肤上的作用。所有神志健全、不抱偏见的人都应当承认，在避开他人目光的房间，赤身沐浴阳光，比方说每天晒个十五分钟，是极利于健康、增强体力的活动，对此我也深信不疑。这些人应当赶紧自称为地道的、明智的裸体主义者，我也是其中之一。

我是说这要在一定的时候，一定的场所。真正的裸体主义与露淫主义有着显而易见的差别，如同山峰上孤独的祈祷者与信仰复兴运动的宗教集会（这种集会是为教徒的福利而布道）上表演型的祈祷者之间的差别一样。一个是为裸体本身、为自己享受而欣赏裸体主义，另一个是借别人的眼睛来嘲笑裸体主义，把自己的裸体当作一块招牌，说："你看！我敢！"这种差别在人们生活的各个方面都有：例如，在家里爱妻子或爱丈夫与在大庭广众称她或他"亲爱的"之间的差别；在私宅内反省自己的缺点与在牛津的集会上供认十年前做过少年扒手（当然略去五千美元不义之财的数额）之间的差别；黄昏时在偏僻的弄堂里给一个漂亮的女乞丐两毛钱与在慈善舞会上发表公开演说之间的差别；为自个儿取乐而骑马与纤指戴着钻石戒指粉脸垂副玉耳环去骑马之间的差别。我认为，所有这些差别的确是有的。纯正的宗教家、情笃的妻子、慈善人和真正的骑手是一类，而另一类则是——表演主义者。

换句话说，我是个道地的裸体主义者，因为我孤独一人时爱光着身子。我无须举出所有的优点，第一大优点就是能有这种认识：人首先是动物，纯然的动物。如果你可能，就听听你的心跳，如果你可能，就看看血在你的血管里流动，关于人生的目的，你得到的深刻的认识，就会比从一大叠哲学书中获得的更正确。大家公认这样的事实：我们有一个躯体，许多事情都得依赖我们的躯体，我们应当看好我们这架自行修补的奇妙机器。裸体给人一定的活动自由。看看你裸体时屈膝是多么的轻松自如，无牵无挂，试比较你穿着裤子时屈膝的情景。我可以在自己的暗室里赤身露体地跑上几圈，享受绝对自由的快感，但我得注意不让仆人看见。人还得屈从于一定的人为之事，还得理智一些。如果你的皮肤十分强健，你也可以舒适地裸体而眠，像因节俭而裸睡的满洲人一样，你可以享受皮肤自由的亲褥之乐。整个地说来，医生都会告诉你，皮肤是排泄污秽的重要器官之一，也是自动消毒的有机体。如果要穿笨拙且不人道的西装，你还得残忍地将躯体裹在紧身的衬衣里，阻止或干扰一切自然的排泄行动，你就应当在一天二十四小时内至少花上几分钟以自然的状态恢复自然的功能，尤其要在阳光和新鲜空气的作用下进行。我想，从美学观点来看，这也能帮助人们意识到运动的韵律。

但是，如果不为其他原因，仍从美学上来看，我是坚决反对当众裸体的。如果诗人不知道，艺术家是会知道的：完美的人体不啻凤毛麟角。美女可能有着漂亮的躯干，可也还有难看的细瘦小腿和不匀称的脚。坚信如果人们在炎夏的下午去海滨观赏自然之情，任何目光敏锐的人都会被吓跑的。十三岁的苏三瘦骨嶙峋；蓓蒂的臀部臃肿突兀；乔治叔秃头底下配副眼镜，实在难看；凯特姐胸部松弛，而柯黛莉亚婶简直是个怪物。一家人中我看只有朱丽亚算得上国色天香。正如中国人所描绘的美女那样，增之一分则嫌肥，减之一分则嫌瘦，她就是这样的恰到好处。可宇宙间能有几个恰到好处的人？就是这几个人在青春消逝之后，仍能保持恰到好处者所剩有几？

因此，彻头彻尾的裸体主义只有在男女看不见自己丑陋的社会里才能容忍，如果深入推理，它将意味着我们美感的大衰退，引起的后果将是：对漂亮裸体的美学鉴赏与观看非洲丛林中的裸体土人相差无几。一般人体都像猴子或像吃得饱的马，只有衣服的掩饰能使有的人看上去像陆军上校，使有的人像银行老板。剥掉他们的衣服，这些人的上校和老板形象就会烟消云散！他们在家偶尔实行裸体主义，说明了他们为什么一般被太太蔑视的原因。剥光国际会议上那些风度翩翩的代表们的衣服，我们就会获得更真切的认识：当今混乱的世界，原来是由一群猴子统治着。

我相信，在裸体主义被习俗推崇的世界上，几乎所有的女人都渴望有块破布把造物主在她们身上永久遗忘的角落掩起来。总之，男子的堕落，女子的卖俏是始于遮羞布。试想想，在裸体主义世界上，多少女人系上乳罩以增强她们的肉感，又有多少人穿上紧身衣！那些胆大妄为、寡廉鲜耻的女性服装设计师，将会受到德高望重的老太太的指责，指责他们没有让女人袒胸露腹。“那些无耻的摩登女郎真不光明正大！”裸体王国的道学太太宣称道，“噢，更年轻的斯特雷奇小姐竟拿一块一尺多长的布片缠在臀部上。我不想传谣，也没亲眼见过，但人家是这么说的！”

“唔，摩登女郎现在是无所不为，”顿第太太接着说。“如果哪一天她们将臀部的布延伸到膝盖，我也不觉得怎么样，你知道这些年轻人，就是敢于惊世骇俗。”

男人只会爱上戴乳罩的女人，或是死于石榴裙下。因此我说，如果裸体主义来了，让它来吧！它无伤大雅。我充分相信，我们人类的美感还没有丧失殆尽，还能够自然地阻止过度的行为。

我平素对人们的道德并不关心，但本文算是我所写的最正经的一篇。

乔迁之喜

我有次搬进一幢公寓。如果美国人知道了，也许会说：“哦，是吗？真有这回事！”如果英国人知道了，也许会说：“啊，天哪，如此堕落！”可是身为中国人，我对自己简而言之：“只能这样，这是命运。”

我是被迫搬进去的。我本不愿搬家，只要我的邻居不再放他的收音机了。在平时，若有邻居偷窥你的房间，你可以关上你的百叶窗。要躲开别人好管闲事的眼光，你可以在前面筑一道高大的石墙，把你家变成一座堡垒，准备把整个世界全不放在眼里，如果你不要电话来打扰，你可以用一块破布塞住它。可是对那无孔不入、震屋欲坠的收音机音乐，你则感到无可奈何。自从我的邻居决定买台收音机，让我免费共听，我就得听任他的摆布了。他可以使我兴高采烈，也可以使我郁郁寡欢，他想听，也非要我听施特劳斯、或斯特拉夫斯基的乐曲，或听梅兰芳的唱腔。而且他愿意听多久，我也得陪听多久。他特别爱听珍妮特·麦克唐纳的《大军进行曲》和苏州小调，那是一种气喘性谵妄。他要我听，我就得听，可我终于忍受不了。进卫生间时听听莫扎特或门德尔松的乐曲倒还不错，但当考虑怎样付裁缝工钱时，或对一封匿名信作出辛辣的回答，以便击中那位下流先生的要害时，任何音乐便都是扰乱人心的。苏州小调哼起来，那气喘性谵妄就会缠上你的笔端。

在这种情况下，英国人会跑到邻居去说：“关掉它，否则我要告警察了。”任何有教养的中国绅士都会准备使自己适应这种环境，抑制自己的神经过敏，以求灵魂安宁。我是中国人，又受了英国教育，我却都做不到。因此，我第五十次听到珍妮特·麦克唐纳的歌声时我就写了张“出租”的广告贴在门口。我要离开——无论去哪里。

住公寓是违背我的天性的，我至今对现代文明不以为然，除非它能让每个人有几码属于他自己的土地，他可以在那里种豌豆、番茄，他的孩子可以在那里捉蟋蟀，欢快地爬翻跌滚，我说过，我不相信在按钮、开关、柜橱、胶垫、钥匙孔、电线和警铃等他们所谓的组合“家具”里会有现代文明。现代推销员摇唇鼓舌，向我宣传白天作沙发、晚上作床铺的杂种货是如何的时髦和便利，我听时暗自好笑。我总是对他说，我不会为之动心的。沙发就应当是沙发，床就是床。在我看来，这种两用沙发是现代家庭衰败的象征，它预示了这样一种严重的事态：现代文明正在哄骗人们离开在世上应有的恰当位置。汽车代替公寓，是件极其讨厌的事，它导致了现代物质家庭的受拘束以致消失，进而引起现代家庭的崩溃。人们搬进了三室一套的寓所，不理解青年一代为什么老不呆在家里。如果我们只得睡在日间当作沙发靠背床上，我们是无法以此自豪的，即使老鼠睡觉，也要设法占有更充足的地盘。

尽管我对公寓天生就有偏见，但我还是搬进去了。是几株老树召我去的。说来令人难以置信，上海真的有一幢公寓能看见矮木丛林和绿树草坪中自然生长的几株参天古树。诱惑难抵，我屈服了。

我不必养盆花。在我的书房，凭窗可见浓密的绿叶，它们送来的怡然绿意注满了整个房间。我也不必备鸟笼。倒不是我不爱鸟，我像世上惟一真正爱鸟的郑板桥一样，但我不喜欢观赏笼中之鸟。这位画家在给他弟弟的一封信中说，爱鸟的惟一正确途径是近林而居，在那里的书房内凭窗可眺飞跃于树枝间的黄鹂，穿越林海，追逐彩云的红肚雉鸟，或是兴致来了，可以窃听杜鹃的情歌。我在屋内写作时，鸟儿在窗前跳来跳去。两三只麻雀在离我的书桌一丈左右的地方情话绵绵。偶尔幸运有几只鸟竟栖息在我的窗台上，劝说我们这些血肉之躯，不要都像三K党一样是百分之百的碧眼白肤的禽兽。如果我长住下去，我相信我能学会鸟语。如果我是诗人，我要为它们写一节真正中国风格的诗：

青青梧桐叶
苍苍穹天景
习习早秋风
悠悠心头恨
喃喃鸟情语
翩翩秋衣裙
羽伴愤然别
弃旧喜迎新
目送去者远
心系爱侣近

中国有臭虫吗？

身为一个有教养的人，我对这类问题不想表态，但我很熟悉就此发表的许多不同观点，它们来自不同的人物，从辜鸿铭、胡适、张宗昌到白莲教徒、佛教徒、死硬派和党部。他们各自不同的观点都很有趣，都值得研究。培根写过关于“部落偶像”、“洞穴”、“市场”和“剧场”的文章，我们将发现，这些人物的心灵偶像通过关于这个难题的形形色色的见解奇妙地展示了出来。

假定我们把问题简化一些，试这样设想：某位中国女主人在家举行中外友人的高雅聚会，一只臭虫偏在这时堂而皇之、慢条斯理地爬上洁白无瑕的沙发罩，欲在社交场上崭露头角。

这种事无论在什么家庭都可能发生，不管是英国、法国、俄国或是中国的家庭，现在我们假定就在中国的家庭。一位能说漂亮英语的高等爱国华人首先发现了臭虫，他的爱国心驱使他跨过去坐在臭虫上，抢住一切战机，或以体重压死它，或为了祖国的荣誉让它秘密地咬几口，而后者的可能性更大。然而祸不单行，使举座为之震惊、女主人也惶恐不安的是：又一只出现了，接着又来了第三只。最后我们只好承认这个无可掩盖的事实：在某些中国城市的某些中国家庭确有臭虫存在。我们因而可能听到关于中国臭虫的时髦议题，现摘要如下。

第一种态度：“中国有臭虫，不错，可这就最好地体现了我们的精神。惟有精神文明的民族才能忘却他们的物质环境！”这位厚颜的吹牛家正是辜鸿铭。人们只能把此种态度定为厚颜而精彩的吹牛，因为按辜鸿铭的意思，人们必须承认：使用豪华卫生间的现代人不如使用简陋茅厕的人有“精神文明”。

第二种态度：“中国有臭虫，不错，可这算得了什么呢？维也纳、布拉格、纽约和伦敦也都有臭虫。事实上有些城市就是以臭虫而名闻遐迩。这些毫不会丢脸。”中国的“爱国者”、“东方人”、“泛亚洲主义者”和要为我们保存“国粹”的人持有这种态度。有一次，张宗昌将军在日本温泉发现一只臭虫，高兴得连连对人说，这是中国文化的必然成果。

第三种态度：“哥伦比亚大学里也有臭虫。中国人的床上没有臭虫，就显得中国人太不文明了。而且，美国的臭虫比中国的臭虫好看，所以应该捉一只，特别要加利福尼亚品种的，将它进口到中国，放在中国人的床上。”这是不能讲一句中国话的哥伦比亚大学哲学博士的态度。

第四种态度：“什么！中国有臭虫？英国是没有臭虫的。所以我要求治外法权。”这是死硬派的态度。他的第一句话是实话，第二句是谎言，第三句是英国日报编辑睿智的评论，这样的评论不能不博得上海居民的喝彩，如果英国日报某天刊登此论时冠以这样的醒目标题：“臭虫肆虐：外籍在华囚犯生活窘困”，那么中国的洋囚犯就只会在治外法权恢复后这样描述他们在中国监狱的经历：他惊奇地发现了中国监狱有臭虫。即令如此，也没有什么大惊小怪的。

第五种态度：“什么？无稽之谈！中国没有臭虫，从来没有过。那是你的幻觉出了毛病。我告诉你中国是没有臭虫的。”这是民族宣传家和中国外交家的态度。某些在国联负责的中国俊杰宣称：中国在1920年前后已经不种鸦片了。因为他只是在奉行他的外交职责，没人责怪他。但国联的英、法代表又干了些什么呢？

第六种态度：“我们不要谈它。我们应该谴责那些胆敢谈臭虫的人。他们没有一点爱国心。”党部的人说。“给他们警告。”他的一位同仁也跟着说。

第七种态度：“不要打扰我的思考，只要人高兴，被臭虫咬咬有什么关系？”中国的佛道诗人这样说，贝特兰·罗素对此也颔首赞同。满清时代的文学翘楚郑板桥不是曾吟咏过蚊子和臭虫么？

第八种态度：“捕捉臭虫吧，”胡适博士说，“看看能否清除干净。”外国自由党的世界主义者也随声附和：“对，我们捉臭虫吧，不论它们藏于哪国，不论它们隶属于什么民族。”

第九种，即最后一种态度，代表了本“小评论”的观点，见到臭虫在高雅聚会上崭头露角，我们会习惯地喊道：“看哪，来了一只好大的臭虫！看它横肉饱绽、雍容大雅的神态！看它在紧要关头的亮相多么优美，多么灵巧，为我们枯燥的交谈提供了新鲜话题！我亲爱的漂亮的女主人，这不是它昨天吸的你的血吗？抓住它吧，抓住、掐死大臭虫会有极大的乐趣。”

我那漂亮的女主人至多只能这样回应我的话：我亲爱的林博士，你应该为自己害臊。

讣 告

“林先生，您已大名鼎鼎了吧?”一位回美国的伟大的高个子朋友问我。人人皆知，只有回美国的伟大的高个子朋友才会问这样的问题。受过某种美国教育的我，没有作出否定的回答：“哦，那当然嘛，你看我每月收到的讣告和求助信有多少？直到上个月我收到一封来自贵州的陌生人的讣告，四川又有一位也接踵而至，我才知道我已是名闻遐迩了。”

我不爱写信。我们的朋友都能证实，我的打字机懒得向亲朋好友致意问候。戒信的方法很多，我喜欢将“要回的信”装订起来，等到觉得现在不回那特殊来信也无内疚之虞时，再把它放进右边抽屉里锁牢，所有信件都在那里平安无事。然而在当今，无论怎样小心翼翼，似乎谁也免不了有讣告的光临。当然，还有别的讨厌的事，像你的挚友来的连锁信即是。如果你复写九份，继续某位美国上校首创的这项连锁运动，就能保证你交好运，但如果你中断了这根连锁，那就会命交华盖。我收到一些寄自圣地的这类信，有一封信甚至是国学之城——中央大学来的，那所学府里到底是谁竟敢在他缩写的姓名后面以恶运来恫吓我，实在是我无法解开的一大疑案。就我来说，连锁信通常以扔入废纸篓而收场。

讣告是我们文明的最优成果之一。讣告在中国能最好地证明：人死后若有活着的人写一篇好讣告，那么他的死也值得。不仅死者的生平能永载史册，而且他的子孙和亲友也有详表细述其功德的机会，即是说，那些给你发讣告的人不在乎一张四分钱的邮票，死者的生涯卓越不凡，加上他许多卓越的亲友写的各有千秋的卓越生平，必定使你感到活在中国值得，死也值得，任何人读完我最近收到的下面这篇讣告，就不难明白：讣告为什么是人在生追求、暮年期盼的一桩事。讣告如下（为效果完美，假设我们念讣告时，基格夫人站在身边）：

不孝之子某某未能殚精力竭，致使德高先父罹遭不测。逝者富春——满清二品官员，曾任财务大臣，疏淮督办，两广学政，南巡使臣，荣膺梅花。（我相信基格夫人一定兴高采烈）……其兄曾为翰林学士及太师，亦曾荣受御赐诗酒。（基格夫人兴味倍增）此兄娶西湖总督某某千金。总督系内阁学士，曾任兵部侍郎，荣衣黄马褂，谥忠信。（基格夫人头晕目眩了）……其长子系甲子年监司，历城道台，山东巡抚，娶四品官员、徽州道台之女。（基格夫人昏倒了，不知以下所云）其次子毕业于保定军校，任陇军军需官，曾因考察工业周游过美、英、德、法、丹麦、比利时、意大利和奥匈帝国，现任S——外汇银行董事长，被授予虎头文学勋章。其三子毕业于科内尔大学，后在哈佛研究生暑期学校攻读，获威斯康坦大学文学硕士、哥伦比亚大学哲学博士，任山东教育协会主席，1909年东京第几次工业会议代表；P——大学校务委员会委员，S——大学政治系主任，弘扬儒学学会副会长，1913年北京教育会议代表；现任同济大学校长，授丰勋章。四子系……

然而，该给基格夫人头上泼水了。人们都透不过气来。

收看讣告就不难理解我何以成名，如果我依赖于我收到的讣告来获得名望，那么人们有理由说我要享誉全国了。

讣告在东方为何能对庄严的政治产生强有力的影响，这也易于理解。例如，众所周知，可爱的老曹锟成为中华民国的贿选总统，是因为他预先就有要在讣告上收入“大总统”三字的愉悦。类似的还有，张作霖在他的北京统治结束前不久，也是出于同样的动机，被同样要当中华民国大总统的欲念逗弄得心急火烧，只有阎锡山发动北方叛乱是否也基于同样的心理，还不能确定。要查证他的欲望何在，恐怕也是舍讣告无其他了。如果这个习俗在奥林匹斯山区风行，宙斯也不会满足自己的天国和艳遇，而会大闹霄汉，直到给自己添上司管海洋与陆地的祖神之桂冠，在喜马拉雅山上重建他的住所，在安第斯山上重建他的庄园。他的讣告写上这一笔，那将更加名声显赫，令人景仰。

这些就是支配和限定我们人间事务之神的动机。毕竟在这个国家要死得体面好像也是极难的事情。

皖南行

患了重感冒的人很难谈旅游。我相信，没有人旅行回来不力尽筋疲的。好的生活应该是有规律的生活。中小学生星期一上午一般都没精打采的，老师发现他们复活节休假后便注意力集中不起来。人人都夸耀自己的周末旅行。他天南海北地吹嘘，是因为他神经衰弱，不可能全神贯注于某一专题。他满脑子的一团乱麻：奇闻怪事。车喧马嚣，唇干舌燥的困境，清风朗月的良宵，白纸般面孔的和尚，银铃般声音的村姑，都像做梦似的颠三倒四地缠绕在一起。今天，我一夜睡了十二小时之后，旅途上的喧闹声还在我的头脑里回响。但这一觉睡得最舒服，是我好些年来未曾睡过的舒服觉。人们只有在回家后头靠在熟悉的旧枕头上，才能体会到旅游是多么的使人心旷神怡。还能睡上那样一觉我说什么都干，显然这能够补偿因离家远行招致的膂力的损失。

这完全像一场梦，像一场紊乱而美妙的梦。在崇山峻岭间的盘旋公路上直奔安谧宁静的田园胜地，景色万花筒般地变化着，一时一个模样。有人渐渐习惯于这些新奇的变换，便开始打瞌睡了，这时他被好友的叫声惊醒："啊，多奇妙的山峰！"要不是奇妙的山峰，那就是魔幻般的美丽农舍，蓬门紧闭，桃花盛开，孤芳自赏中虚度光阴。我的一位诗人朋友即景吟成妙诗一首。我记得最后两句是：

农人赴耕地
桃花倦孤寂

我译了这些很难翻译的文字。

这一切都在杭州至徽州（歙县）的新修公路旁（我应该撰写此文，公开报答浙江政府安排我的这趟免费旅游。但我写它更真实的动机是，激起那些春假期间仍得蛰居上海的人的妒忌，要让他们诅咒自己无能游历）。

这次游历中有三处景深刻地留在我的记忆里，也很值得读者艳羡。第一当然是离汤家屯几里路外公路旁的碧绿的天然游泳池。从汤家屯到玉灵观另一侧的整段路上，或浙皖交界的山道口，是这次旅程中景色最迷人的部分。碧绿的池塘更是锦上之花。实际上路边共有三个这样的池塘，约五英尺深，一两百码长。池水碧清，池底小石历历可见。其中一个池塘里有一块光滑如镜的大岩石。我想夏季的下午徜徉此地，赤裸着双脚站在石板上，那是多么的惬意称心，看见年轻女郎在这明澈的池水里潜游，她们雪白的肉体展现的风韵与青松投在水中的绿影编织在一起，那是多么美丽的图像。好似一派真正的田园风光，附近是风光如画的村庄，叫三阳坑，绵绵群山环绕四周，潺潺溪流横亘中央，足可媲美瑞士。若要建幢避暑宾馆，此地便是最佳选择。

离池塘不远，我要提到天目山的松竹丛，从杭州驱车两个半小时抵藻溪站，然后乘轿三小时便到那里。禅源寺坐落在山下，这里比一般寺院要大，有五百多个床位接待每年来的香客。其中约有二十个设备豪华的一流客床。和尚的素餐也很奢靡。卧室旁是一条小溪，带着一条瀑布直溅巨砾。十六世纪的袁中郎曾写道，他的朋友以为瀑布声是下雨声，这位朋友还很担心倾盆大雨会妨碍次日的旅行哩。自古至今，这雨一样的哗哗瀑布为多少亲临其境的旅行者奏着催眠曲，哄着他们酣然入睡。庙宇背后的西天目山上，漫山遍野的苍翠竹丛和参天松林，从一百至一百五十英尺高的都有。漫步林间，仰卧地上，倾听溪水汩汩，完全无所事事，那才令人心花怒放哩。

最后，我要谈屯溪，皖南的商业中心，当地人誉之为“小上海”。歙县至屯溪是一条坑坑洼洼的公路——乘车约一小时，尽管这段路上坐车很不舒服，但游览该城仍然值得。我们睡在宽敞、洁净的游艇上，饱览沿河风光。层次分明的小群山顶排列成线，与地平线平行而上，宽逾百尺的大河在峡谷间蜿蜒而下。春色撩人的下午，信步河堤会诱你步入诗境。按照中国的传统，这样的胜地出产美人和诗人，我有点相信这话。我的一些朋友以为他们在那里见到了几位绝代佳人。我想，是胜地美境的魅力使他们着了魔，花了眼，导致他们的判断力失灵，倒也情有可原。

春风又绿我家园

我从安徽旅行回来，看见家里已是春光满园。她轻步走上草地，玉指抚摸林木，她把气息吹给细柳枝、嫩桃树。虽然我没见到她的到来，我已感到了她的存在。玫瑰又一次含苞待放，与托负蓓蕾的枝条一样青翠欲滴；蚯蚓在园地里拱翻土层重新露面；被我砍成一两尺长，堆放在庭院的杨木条也奇迹般地萌出了生机勃勃的绿叶。三周后一个阳光明媚的日子，我看见叶子投影在地上婆娑起舞，这是我久违了的景致。

动物界（包括高级动物人与一般概念的动物）的情况大异其趣，到处是忧郁。也许不叫忧郁，但我没有别的词形容它。春天令人忧心忡忡，春天催你昏昏欲睡。我知道，本不应当会如此，如果我是农家小孩，如果我家的全体成员从主人到厨子都必得去放牛，我确信我们不会伤春的。但我们是住在城里，城市使你忧郁。我想我找到了这样的词，就称之为“春过敏症”。

人人都在患春过敏症，我的狗肉墩也不例外。治愈我的春过敏症全搭帮这次去安徽旅游，饱览玉灵观绿沁的风光。但我对厨子夸耀我的旅游时，他倍觉忧伤，因为他碰巧正是安徽人，更因为他在春天要洗碗碟，切萝卜，收拾厨房用具。我的男仆是江北来的一个高大健壮的农夫，整日都在擦窗扫地，为我粘信斟茶，这使他忧伤。

厨子的妻子又成了我们家的洗衣女。我很喜欢她，因为她谦恭待人，长相可人，集中体现了中国良家女子的全部美德；她终日缄口不语，终日手脚不停，移动她半放开的小脚，一声不吭地烫着衣服，一个劲地烫呀烫的，她笑起来不是格格作响，而是笑得平静自然，她说话轻声细语。也许就她一人无忧伤感，因为我们家满园春光，她满怀欢喜：这样多的绿色、嫩叶、青枝，这样宜人的春风。她喜笑颜开，心满意足。可还有什么呢？还有极不公平的事，她的男人常拿她的工钱去赌博，有时甚至还打她，他后来住了手是因为慑于我太太的威吓：如果他再这样干，就解雇他，不管他的菜汤烧得多好。他从不愿带她出去，因此她一年上头呆在家里。现在我家又来了一个黄妈，她实际上是管家婆兼孩子的保姆，一看见我把衣袍扔在床上或椅上，她便放进衣橱里。有了她，一切布置得井井有条，春天有了名副其实的春意。她年过四十五，我想她见过四十五个春天，因而已对春天无动于衷了。我不能不尊重这两个女仆，因为她俩具有中国传统的最佳教养。她俩谁也不贪婪，不多舌，她俩的头发都梳得很整齐；她俩操持家务黎明即起，必要时她俩照管我的孩子，非常称职。

可我还得谈春过敏症。厨子已经变得像风流倜傥的花花公子，现在干活也漫不经心了，给我们烧的饭菜比平常差了很多。他大部分时间萎靡不振，饭碗菜碟全扔给他老婆去洗，以便自己好早些外出。还有“童仆”阿青——他确是名高个子——有一天来向我请一下午假。阿青请假！我十分惊讶。我对他说过每月可休一天假，但他从未休过。现在他要请半天假去“同家乡来的朋友办一件大事”。因此，他也染上了春过敏症。我说，“好吧，不要同家乡的朋友办什么大事；去新世界或大世界，或租条舢板坐上去，你们要不会划桨，就看看水也好。”我嬉笑着，他认为我是个知书识礼，通情达理的人。

阿青离开我家，另有人也离开岗位来参观我的花园。他就是K图书公司的信童。很长时间没见过他，因为近个把月里是一个成年人来送稿件、校样和信函，现在一定是这个男孩取代了大人，改由他来我家送校样，或一封信，或一本杂志，甚至就来向我问问好。这童仆——我知道他住在东区，那里只是墙壁连墙壁，小门扉通垃圾桶，地上水泥板，周围无绿叶。是的，绿叶能够生于岩石罅隙间，但不可能生于水泥地缝中。所以他必须每天或每隔一天来我家，徜徉其地，流连的时间大大超过了必要的限度。因为春风又绿我家园。当然，他不是游春，他只是去西区给林语堂先生送一封重要的信。

动物也忧郁，我指的是真正的动物。肉墩属于和尚型，没有春天它倒是一只知足常乐的狗。我总以为我的花园很大，足有它的游玩之地，所以我从不让它出外。因为让我气喘吁吁地带着肉墩去田野散步，我并不能获得特别的乐趣，肉墩走得太快，我撒开两腿也难赶上它，可现在花园对它来说并不大，决不会大，尽管里面有的是骨头和可口的残菜剩饭。当然它要的不是这些。我理解它。它要的是她，不论她是白肤金发，还是黑肤褐发，也不管她是美貌绝伦还是奇丑不堪，只要她是一个她，可我何以为之？在这件事上我实在无能为力，肉墩十分悲伤。

接着我们的鸽子小家庭里也演出了悲剧。现在仅剩下一对，原来有六七只的。我调整房屋时，它们都移窝了，只有那对甜蜜的伉俪恋巢不动，它们要在汽车库的鸽房里养家落户，但总没有福气，花了两三次功夫才孵出一只雏鸽，不久雏鸽没学会走就去学飞，结果摔死了。我不愿去看这对父母的眼神，眨巴眨巴的，它们默默地站在对面的屋檐上，静观雏鸽的葬礼。然而雏鸽临终前，它俩好像还露过尤其成功的喜色，因为雏鸽在一天天地长大，甚至出来趴在鸽房窗台上瞧着外面的世界，已经振翅欲飞了。但有一天我们全家惊慌了，那是因为一个人力车童来报告说：那只雏鸽死了。它怎么死的？车童说他看见它在地上滚了滚就死了。这得要我这样的福尔摩斯的脑袋才能探知原委。

我满腹狐疑地摸遍了雏鸽的遗体。颈下的肚囊过去填满了食物，可现在明显的空空如也。窝里还有两只蛋，母鸽又在孵崽了。

“你近来看见父鸽吗？”我开始调查。

“好几天没见过了。”车童说。

“你最后一次见它是在什么时候？”

“上星期三。”

“唔！”我说。

“你在附近见过母鸽吗？”我又问。

“它很少离窝的。”

“唔！”我说。

显然这是一宗遗弃案，春过敏症引起的。毫无疑问，雏鸽因饥饿致死。母鸽不能离窝，她也就不可能给雏鸽找食物。

“像所有的丈夫一样。”我低声怨道。

母鸽被丈夫遗弃，她的雏鸽死了，她也不会孵卵了。家破人亡。她在对面的屋檐上蹲了一会，朝着她昔日的幸福家庭（她的两只蛋还在那里）看了最后一眼，便飞走了——我不知她飞向何处。也许她再也不会相信雄鸽了。

磕头——中国古代的健美体操

“卫生”一词的含义，汉语与英语完全不同。按照中国人的理解，它可以定义为“除运动外的一切事”，而运动则是白费精力。我想读者们会认为这是一条起码的常识：西方人运动中过于出力，身体器官过于发达，会有损健康的。打打高尔夫球，一天步行几里路这于人很有好处，但某人若打破百米短跑纪录，那他一定是——当然也承认有例外——光会跑步，一事无成。常有“心脏肥大症”之类的事。

另一方面，中国的卫生学着重于保重精力，无论是规定或推荐什么运动项目，其总原则是适可而止，无论什么“体操”总是动作和谐，适宜于摄生疗法正常进展而不是加以刺激。首先以心理保养为基础，其主要目的是平和心气，在这基础上，引起体内呼吸和血脉流通获得正常功能。因此便有“静坐”或“坐禅”这种伟大的法术，其要诀是：身体笔直，摩掌擦额，有意识、有规则地吞咽津液，呼吸均匀，腹部根据心跳的节拍做深呼吸。这种促进身心安宁的体内摄生法是中国卫生学的目标。

根据这个卫生学原理，中国发展的各种动作，都以缓慢和匀称为特征，所有动作都符合绅士风度。磕头的艺术是这些动作中的一种，实际上，这种体操是为减肥发明的最佳智慧结晶。

要理解磕头的艺术及其健美的巨大价值，就得首先明白缓慢、匀称的动作原则。这些动作的最佳例子也许可以在中国舞台的姿势——台步中找到，对于中国演员来说，台步有时被看作与唱工同等重要。台步不就是一种节奏匀称、规范一致的程式化动作吗？在一个优秀演员身上，台步与台词恰好节拍相符，我们便看到了有韵律的语言与有韵律的动作之珠联璧合。他一字一句的韵律正如他一招一式的节奏，都很清晰准确。在他的笑，他的狂笑，甚至于他的咳嗽、喷嚏和吐痰声中有一种抑扬顿挫的优雅韵律。我有时数数中国上等人吐痰的节拍，发现全是这样的准确无误：1:2:3。前两拍代表准备吐出来时鼻孔向内吸的动作，吐出来的动作占去第三拍的一半时间。向内吸时响亮悠闲，朝外吐时干脆利落。如果连续反复操练这个“1:2:3”的动作，那是颇具美感，令人愉悦的，试纪录下中国上等人的笑声节拍。一连串“哈！哈！哈!”的“爆发”极富艺术性和感染力，这段渐强音符演奏得精妙绝伦，最后音量增大，逐渐消逝。中国上等人抑郁地离家时，通常有个甩袖的动作，文学上叫做“拂袖”。中国上等人工作时经常卷起衣袖，便产生了所谓“马蹄袖”。上等人情绪低落时，总是将左手衣袖朝下一抖，使卷起的衣袖放了下来，他同时节奏分明地表演着摆动臂膀的姿态，踱出门去。无疑他的长袍有助于将他两腿的痉挛性动作改造成一系列匀称、连续的双曲线动作。这就叫做“踱方步”。与这种步态比起来，外国人的裤脚管动作就显得粗俗不堪了。

关于中国人缓慢的韵律动作之美学意义已经谈了很多，我所说的叩头这项健美体操之价值指的什么，外国读者已能明白了。叩头不过是一种敬礼而已，只是比别的礼节更进步，更高雅。例如十八世纪女士的“屈膝礼”和现代德国男士咔嚓一声并拢双脚优雅地行的鞠躬礼，北平的满族妇女“打踵”的动作，也有着奇妙的韵律。有时她弯起一膝，踮起一只脚跟旋扭身体。就这样优雅地一转，便给在场的人都敬了一礼。

我们还是回到叩头上来吧，这是中国文化中最高尚、最独特的艺术，麦卡尼男爵或是别的一位洋人，曾拒不向乾隆磕头，因为他不知道这是中国上等人应能做出的最高贵、最合卫生学的姿态。当然，美容专家为妇女减肥发明了各种不同的体操，但我相信，无论哪一种都不如叩头体操有疗效。正如划船，叩头要动用全身的肌肉。双膝平安跪下，顿时心境宁静，万虑俱消。然后胸脯挺直，两掌合拢，就像“祷告”或唱“圣母曲”时的姿势。接着腹部突起，模仿游泳动作，双臂向下甩开，身体前倾，头颅触地。叩头三次，再伸直上身。这种奇妙的身体起伏操对锻炼腹部肌肉极有益处，对削减腹部脂肪最有帮助。如果这种体操做得正当火候，便能增强深呼吸，促进血液循环。

可惜这样一门优雅的艺术现已消亡了。但仍有一线希望：随着中国文化其他项目的复兴，例如鼓励“寡妇守节”，磕头的艺术体操也将会在短期内英姿再现，再现于上流社会和下层阶级。我有此预感是因为我知道，1644 年满清军队乘胜进取浦口时，礼部尚书兼大学者的钱谦益在南京扬子江岩屈膝拜迎征服军，一路磕头，磕来了个异族新政府礼部侍郎的官职。然而，有趣的是，满清统治者对钱氏没有厚爱，只有轻蔑，乾隆皇帝查毁禁书时，钱氏著作首得回禄，显然使这类可耻的“两面派”垂头丧气。这很不公平，因为钱氏诗才横溢，文笔漂亮。

孔子在雨中歌唱

尽管孔子缺点难免，言行不一，经常疏忽大意，但他不失为一位富有魅力的人物。其魅力在于他具有强烈的人情味和幽默感。《论语》中记载的许多格言，只有当作孔子与其亲近弟子之间轻松幽默的谈话来读，才能得到正确的理解。有一次子贡对他说："有美玉如斯，韫买而藏之。求善贾而沽诸。"孔子答道："沽之哉！沽之哉！我待贾者也！"他有时妙语连珠。例如他有次说："不曰'如之何？如之何？'者，吾未知如何也已。"

又一次，孔子与他的弟子在郑失散。有人看见孔子站在东门，便告诉子贡说："东门有人其颡似尧，其项类陶皋，其肩类子产；然自腰以下，不及禹三寸，累累若丧家之狗。"他们重逢后，子贡把那人说的话告诉了孔子，孔子说："形状末也。而似丧家之狗，然哉然哉！"我相信这就是真实的孔子，他出差错。强挣扎，时而得意，时而沮丧，但总是保持自身的魅力和良好的幽默感，也不惜自我嘲弄。这是真实的孔子，他并不是儒家学者和西方汉学家欲使我们相信的那种圣洁完美，无可指责的人物。

实际上，人们只有通过孔子的幽默感才能真正鉴赏他的人格美。他的幽默不是庄子式的睿智和讥讽，而是和蔼可亲、听天由命的幽默，这更具典型的中国特色。孔子的人格美经常不为批评家所注意，要感知他身上的巨大吸引力和真正可爱处，惟有与他朝夕相处，形影相伴，就像他与其门徒那样的亲密无间。在我看来，孔子的伟大不在于他是社会公德的光辉典范，也不在于他是中年初出茅庐便杀少正卯的激进改革家，而在于他是中年老成的孔夫子。他在政治上失败后才彻底放弃政治抱负，潜心从事学问研究。

《史记》记录他一生中这段时期的事迹。其动人心魄的力量，可与《新约·福音》写客西马尼园的一段相媲美，不同的是前者以幽默的情调结尾，因为孔子总是敢于嘲笑自己。那时，孔子周游列国，想找到信任他的统治者，让他掌权，结果四处碰壁，饱受羞辱。他两度被捕，还曾与弟子挨过七天饿，因为他要像疯狂的预言家一样游说各国。而得到的却是轻蔑，嘲笑和闭门羹。

他愤然离开齐国。连半小时就能够做熟的午饭也等不及吃，仅带上从锅里舀起的湿米就走了。在卫国他羞辱地坐在车上跟随卫公夫人的车子招摇过市，他只得自我解嘲说："吾未见好德如好色者也。"他论说仁义时卫灵公仰头看着凌云展翅的大雁。于是他在陕西涉黄河往见赵简子，却又遭间阻，他呆在黄河边叹道："美哉！水洋洋乎！丘之不济此其命也乎！"因此离开卫，又回到卫，再离卫后，接连去了陈、蔡、叶、蒲诸国，跟随的有几个忠诚的弟子，犹如一群流离失所的人，这时弟子也露出了失望的神色和些微的懊悔，但据说孔子"仍旧讲诵弦歌不衰"。《史记》里说，孔子那个时候正是"温温无所试"。

那时孔子及其追随者发现自己困于陈蔡之间，他们当时的谈话深深感动了我。这是孔子一生的转折点，从那以后孔子便回到故乡鲁国致力于编著书籍。

孔子知弟子有愠心，乃召子路而问曰："诗云，'匪兕匪虎，率彼旷野。'吾道非耶？吾何为于此？"子路曰："意者吾未仁耶，人之不我信也。意者吾未知耶，人之不我行也。"孔子曰："有是乎？由，譬使仁者而必信，安有伯夷叔齐？使智者而必行，安有王子比干？"

子路出，子贡入见。孔子曰："赐，诗云，'匪兕匪虎，率彼旷野。'吾道非耶？吾何为于此？"子贡曰："夫子之道至大也，故天下莫能容，夫子盖少贬也。"孔子曰："赐，良农能稼而涌穑；良工能巧而不能顺。君子能修其道，纲而纪之，统而理之，而不能为容。赐，而志不远矣。"

子贡出，颜回入见。孔子曰："回，诗云，'匪兕匪虎，率彼旷野。'吾道非耶？吾何为于此？"颜回曰："夫子之道至大，故天下莫能容。虽然，夫子推而行之，不容何病？不容然后见君子。夫道之不修，是吾丑也。夫道既已大修而不用，是有国者之丑也。不容何病？不容然后见君子。"孔子欣然而笑曰："有是哉，颜氏之子！使尔多财，吾为尔宰！"

孔子在雨中歌唱，谁能不为雨中高歌者所感动？他在那里，带着弟子飘泊荒野，无计可施，无路可走，像一群难以言状的叫化子或流浪汉，"匪兕匪虎"，匪鱼匪肉，亦匪美味熏鲱。但他仍会开开玩笑。他没有愤怒的情绪。我不明白，中国画家为什么不绘出一幅最能表现孔子其人的荒野图。

乔治国王的祈祷

我曾读过英国乔治五世的行动准则，据说这是他制定的，并挂在卧室间。通过这些准则，可以兴味盎然地了解陶冶英国人品格的思想。国王祷辞如下：

教我遵守娱乐规则。

教我分清感情与感伤的区别，扬此与抑彼的区别。

教我既不奉承别人，也不接受奉承。

倘要我赴汤蹈火，让我像一头精心驯养的走兽去赴汤蹈火，死而无怨。

如果我有条件，教我当常胜将军；如果我没有条件，也教我成为失败的英雄。

教我既不觊觎游天的月，也不痛惜泼地的水。

在这里，我们洞察到翻滚在英国国王内心的思潮——中国国王很陌生的思潮，如果我们有国王的话。无哪位君主是真的每夜如此祈祷，或是并不慎重其事；看到现代绅士们也没有每夜祷告，我们可确信那位国王已进入了现代人的行列。正如萧伯纳所言，英国国王备受爱戴，就因为他是一位现代派的人物，很有教养的上流人士，而不是因为他佯充博学，假作斯文。但事实上，英国国王一定非常喜爱这些祷辞所表述的美好情怀，他要人誊录，挂于自己的卧室内，也就意味着他要每晚诵念。这篇质朴的祷文简洁而深刻地表达了公平合理、正大光明、坚韧不拔、勇猛顽强的意识。这使得英国民族著称于世。

然而，这些良好的箴言不适用于中国，中国统治者的行动准则应该按照不同的路线来制定。我们中国的统治者读到第三个词“遵守”时可能很苦恼，我得花足一刻钟向他解释：制定规则者与“遵守”规则者之间没有根本冲突。阐释“娱乐规则”也要花我一刻钟。让他明白感情与感伤间的区别，我缺乏信心；实际上我也不想为之努力。而且，我说明“不接受奉承”的简单道理时，他可能恨我，使我难以讲下去。他问“我为什么不能接受?”我不知如何回答是好。这时，我很讨厌对一个功成名就的权威解释陌生的道理，我真情愿将这篇祷文割爱，变换一下以投合这个虚拟的统治者的味口。我接着讲道：

“倘要我赴汤蹈火，我就推却，让人们知道，是我的泌尿系统有毛病。”

如果我有条件，教我当常胜将军；如果我没有条件，那就教我及时逃到外国租界里去读古书。

教我既不要觊觎游天的月，也不要痛惜泼地的水，而要在失败之时吟唱——

有子万事足

无官一身轻

社会学家告诉我们，不同的国家有不同的习俗。因此各个国家通往成功之路不尽相同。乔治国王的卧室铭当然无助于中国官吏的进步，与中国统治者的行动准则迥然有别。如果新的马基雅维里要编辑一卷“快乐意识”挂在我们中国王子的卧室里，让他每天早晨起床后诵读，他就会发现下文中的某些智慧。

教我记住每一位将军的生日，每一位将军母亲的寿诞，教我敬送比长寿面更重要的礼物；

教我把人际关系当作政治武器，把婚姻大事奉为国家神圣的权利；

教我文质彬彬，风度翩翩，让我与世无争，谨小慎微，谨慎得连黄油含在嘴里也不溶化；

教我多才多艺，大家称我善人善行。

增强我对外国友人谦恭的礼貌，给予我对民众异议无畏的勇气；

激励我坚决果断地处理学生示威，鞭策我干净利落地平息劳工骚乱；

教我舌巧如簧；

教我笔走龙蛇；

保佑我伶牙俐齿，谈笑风生；

勉励我与人生平等互利，让我放下架子，放下包袱，既敬献寿礼也笑纳寿礼；

催促我丢弃生活空虚感，让我把握时机，趁热打铁；

赋予我幽默感，指导我观看政界闹剧，教我对任何事情不要神经过敏；

教我宽恕部下的冒失，因为我也希望人家宽恕我的冒失；

救我避开众目的注视，无论发生什么事，让我销声匿迹……

苦力的神话

中国是个神话之邦。有些神话是新产品。像萧伯纳的戏剧一样，中国神话可以分成两类：乐人的神话和恼人的神话。例如，中国有一则乐人的神话(在纽约知识界很流行)：医务工作者，我们不称“医学博士”（doctoy of medicine）而称“医生”（doctor of health）。“多美妙的观点！”我那位在纽约的女主人曾经兴奋地说。“但是，太太，那只是个美妙的误解。”我诚意地解释说，因为“医生”一词只是指“治愈人”，而不是如亲华人士所想像的“医治你复生的人”。况且，真正的意义不在于称谓，而在于这些医生对你都是置你于病床，你怎样称呼他们没关系。的确，中国人更富有创造美妙的新称谓的天才，如果这些称谓体现了美妙的思想，那么我就拥有许多美妙的思想，欧洲人非常讲究实际，他们称消防门（fireexit）就是消防门。爱咬文嚼字的中国人认为那样的名字太俗气，便取“太平门”而代之。然而，实际上，我看到“消防安全门”的门牌比看到“太平门”的门牌更有安全感，因为一旦起火，后者很容易使我脑海里浮现出一幅森然地狱图。因此，这样的神话实在没有多大意思。

另外有些乐人的和恼人的神话。一则带有侮辱性、毁谤性的神话说：我们中国人吃炒杂碎，并且认为是美味佳肴。美国太太在中国友人跟前赞美炒杂碎，正是她在愚弄自己。我们不吃炒杂碎，因为宴席上的残羹冷饭通常只是给仆人吃的。上海确仅有一家杂碎店，颇有名气，就因为它收集各家店的残菜剩饭，以每碗若干铜币价格卖给人力车夫。现在一些行家声言，这种炒杂碎确实美妙，但明摆着的事实是，上海的中国居民并不是杂碎店常客。

威尔斯王子也认为我们是电影的最早发明者。我不知道他圣意是指灯笼还是北京的皮影戏，很大可能指后者。我承认我们是聪明绝顶的人：我们发明了指南针，印刷术，纸和丝；我们发明了火药及赋予其恰当的用途，即用于制造敬祖辈寿辰的爆竹；我们发明了举世闻名的麻将牌以及包括九龙圈在内的中国铁丝谜。我们做了许多聪明的事情，但是如果这就意味着我们具有爱迪生那样的科学头脑，并已显示了我们的发明天才，那么这种看法就应归于乐人的神话一类。

我们再来看苦力的神话。苦力在中国从未有过。它是欧洲人的创造，仅存在于欧洲人的头脑中，汉语没有这样的词。我们所谓“做苦力的”，是指“从事体力劳动的人”。但“苦力”从来不用作名词，也不是中国人约定俗成的习惯语。因此，体力劳动者不是苦力，或者说他过去一直被看不起他的欧洲人视作苦力，但他现在是可敬的劳动者，手艺人，搬运夫，服务员，木工匠，家具师或干其他体力活的人。即使他是个仆人，可他在汉语里也不是苦力。

因为“搬运夫”、“服务员”、“侍役长”、“仆人”与地道的苦力之间有着细微的差别。因为搬运夫或仆人是人，而苦力则不是。至少这个差别在使用这个词的人心中是有数的。例如，搬运夫是与你一起信仰上帝的人，是说你所能懂他的话的人。你懂得搬运夫的话，但你不能懂苦力的话，因为你不必懂。你可以跟仆人交谈，但你不会跟苦力交谈——你所要的只是两块上帝赐予的壮牛腓和一双人工制造的厚套靴。你永远懂得那些话。你会在仆人面前为某事而羞愧，但你不必因做同样的事在苦力面前也羞愧。这里也有个玄奥的问题：圣托马斯·阿克南和他的神学家们早就证实了仆人有灵魂，至于苦力是否有灵魂，或荣誉感，仍是悬而未决的问题。

因此，苦力作为一个阶级是不存在的，欧洲人的划分除外。当然，并非所有的欧洲人都有这种心理。在我的外国朋友中，有人看到了他们所谓的苦力的身上也有人的特征，他们认为苦力具有羞耻、悲哀、屈辱、疼痛、骄傲、幸福、忧郁等一切人类情感。但是这个词的一般定义已经或多或少地得到确认，一般人使用这词的意思，就是十九世纪中国海岸出现的早期航海家、冒险家和鸦片走私分子所使用的意思。据此看来，珀尔·巴克益发伟大，她在小说《我的中国阿妈》中，把她孩提时代的老阿妈描写成一个丑陋的、迷信的，但心地善良、宽宏大量、很有教养的农妇，我把这位农妇称作自己的母亲也不会感到羞耻。

“苦力”的概念，在中国人心中如此陌生，以至于欧洲人使用了一百年之后，我们仍未将它纳入汉语词汇中。今天我们无法用汉语表达这个概念。因此。这个概念应用范围仅限于讲英语的“高等”华人圈内。在享受过西方教育的高等华人看来，人力车夫就是真正的苦力。但如果他们能够读、写，甚至讲汉语，此事就另当别论了。一旦他把码头苦力不叫苦力而叫小工，他的脑海就会立即浮现出一幅不同的图像。因为小工可能贫穷、命苦，但他们不是苦力。在理解他们的中国人看来，他们是劳动者，是组成中华民族的材料，是推进民族工农业的动力，尽管中国的高雅人士一直在千方百计地阻挠他们完成大业。

是的，许多学徒伙计的命运凄苦，但窃以为，伙计与老板之间的关系比苦力与欧洲贵人之间的关系多一些慈善、人性。至少他们之间有礼貌一类的事。每一个伙计仍然被“赏脸”。

我所能发现的仅有一个苦力阶级。但这个阶级的形成也还是欧洲人光临之后的事。他们与讲英语的华人共一个祖先，但讲英语的华人无论地位高低，都耻于把人力车夫当作自己的同胞兄弟。他们也学会了使用高贵语言，学会了贱视苦力劳动。他们的腿比欧洲人的细，但他们也穿起了灯笼裤。他们可以讲完美的书面英语，或仅讲洋泾浜英语，他们讲汉语也开始夹带点英语腔调。他们才是真正的苦力。

行乞的诀窍

有一次，我对一位受过高等教育的英国人说，我喜欢伦敦的乞丐。他听后吃了一惊。他这是双倍的吃惊，因为他以为伦敦没有乞丐，也因为我把乞丐当作英国伟大的象征。他本不相信的，但我说服了他。他属于战后成长的新一代人，属于相信自己的民族是世上最愚蠢的民族的那一类人。“你喜欢英国的什么?”他诘问道。

我说：“我喜欢你们英国的女孩，她们足蹬低跟鞋，阔步走在牛津街上，她们活泼嘹亮的笑声回荡在伦敦雾海里。我也喜欢她们在电影院里银铃般的笑声，听起来是那样的饱满甜润。她们的笑声和步态表现出独立、乐观和刚毅的精神。这种独立和自尊的意识，你在伦敦的乞丐身上也能找到。”

当然，那位英国人会说伦敦没有乞丐的，有的只是街头卖火柴的老太太。乞丐问题，那位英国人不会承认，老太太自己也不会承认。对英国人来说，乞丐是不存在的，那好吧，我还是以为有乞丐。但我没有联想到卖火柴的老太太，我倒想到上海西藏路和爱多亚路人行道上的炭画家和涂鸦者，他们在伦敦也能找到意气相投的同志。上海人称之为“告地状”——走投无路的失业文人和画家在街头展销他们的文学艺术作品。但仍有区别，因为中国街头艺术家给你讲催人泪下的故事。而伦敦的则给你些快乐以报答你向他帽子投入了两便士。

行乞有两种方式：一种是诉苦，一种是恭顺取悦路人。我在南京夫子庙看见一个年龄在三十五岁至四十岁之间，体重约一百五十磅的男子站在一个十二岁女孩的肚子上，那女孩仰面躺在地下，死一般的悄无声息，观众看得见女孩脸上绷紧的肌肉。但愿新生活运动英明的倡导者们也看见了这张脸，他们很有可能都见过，因为他们常去夫子庙。男子从女孩压弯了的胸脯最高点上下来了，他乞求看客怜悯他们的遭遇，丢几个铜板，他忘记了告诉人们那不是他的胸脯。吞剑的人至少在这方面要诚实一些，他四处讨钱，喉咙插下一把剑，脸上一副疼痛难忍的表情，但脸是他自己的脸，喉是他自己的喉，并且他显出了点本事。上海城隍庙老茶园内“九曲桥”上的九个拐弯处全被乞丐占据，他们向游客袒示溃疮烂疤，这确是一种颇具代表性的诉苦方式。描述上海乞丐的诡诈伎俩可写满一整章篇幅。

因此我印象最深的是，看到伦敦的乞丐画家用希望和勇气的格言来振奋我的精神。罗素广场附近的吉尔福街上有一个这样的乞丐。我现在记不清那些格言了。有一条格言说“早起的鸟儿捕虫多”。我承认教我这一观点的他很了不起，尽管我并不相信这句谈早鸟的鬼话，因为夜半黑灯瞎火的忙碌总是收效甚微。布卢姆茨伯里区还有一位过去常用彩色蜡笔画一些玫瑰覆盖的家宅，光芒四射的夕阳和风激海浪托船高之类的风景画。他甚至给首相画过妙趣横生的漫画。乞丐给首相画漫画！我想：“赏他一先令实不为多。”

国王大道上有一名失业的记者。我不知道他那些精辟的警句是从《笨拙》和《珍闻》上剽窃来的，还是他自己头脑里想出来的。他厚实的宽额裸露着，礼帽放在人行道上，后面写着粉笔字“谢谢！”我在爱多利亚人行道上也见过这类机灵的文豪，而且在南京大戏院附近也见到一位写英文字，我觉得他的英文字地道、漂亮。但他对我的施舍毫无反应，因为他一直在诉说自身的经历。剑桥马戏场的查令十字桥上有一个乞丐就没有那样好，他老是在号哭怨骂世界不公平，因而我便一个子儿也不给他。他乖戾刻薄，没有丝毫的儒雅气质。期望一个受过教育的乞丐在他的街头表演中不带一点尖酸味，也许会说我不近人情，但我不喜欢他。我喜欢布卢姆茨伯里区的人，他幽默，体面，有自尊心。他那些描绘伦敦黄病色天空下玫瑰覆盖的英国家宅的彩色蜡笔画杰作，至今仍然鲜明生动地留在我对伦敦的回忆里。

搭车记

像往常一样，我及时赶到，搭上了正要离开码头的汽轮。我要去漳州，那是我想念的故乡。我离别家乡多年，十二月的这个上午我回家时欣喜若狂的情状，是在外漂泊者中少有的。厦门离漳州三十五哩左右，公路已经修好，通了客车，乘车约一个半小时便可抵家。在我看来，这是自我上大学以来国内环境的一大改善。

汽轮就要载我告别厦门岛，驶向连接漳州的大陆。船上旅伴二十余名，其中两个女学生。一个南洋归来的商人，他衣冠楚楚，金链手表和镶金烟斗更显得光耀夺目。他四十开外，油头粉面，脚着短袜，使我想起了此时的厦门正值寒冬。他谈吐不凡，声音宏亮，使周围的人都能够或应该听到。“沙里巴亚……暹罗……安南……沙里巴亚……”嘴唇吐字铿锵清脆，宛如刀削大理石。他身边的妇人举止文静，仪容不赖，佩带着一副手镯和一根系有半斤重小金盒的金链子，更显得珠光宝气，璀璨动人。那两个女学生正望着妇人吃吃地笑。她们披的羊毛披肩宽绰长大，很像西班牙围巾。这种装扮立即给人留下极深的印象：女学生下穿超短裙，人们见到的只有围巾和大腿而已。女学生与南洋商妇之间的对比，简直妙不可言。一个是旧式中国，另一个代表现代中国。而现代中国正在嘲笑旧式中国。现代中国——或准确地说这两位现代中国——一头波形卷发。

横渡厦门海峡，通常比较艰难，但这天上午正巧风平浪静。没有平素间汹涌的巨澜，海面脉脉含情，浮现出甜蜜的金色酒窝。一刻钟后，我们抵达嵩屿，这是汽车路的终点。一座悬崖矗立在海岸上，崖顶有一个白色大油池和一幢亚洲石油公司的住宅。悬崖约有三四十尺高，即使在这无风的上午，仍有海潮咆哮着拍打岩石。在和煦的阳光下，悬岩犹如一堵饰以紫蓝粉彩的墙壁，下面渐成褐土色，上面趋于灰白色，顶端全是青山翠绿色，蓝天飘过白云，与大海相映生辉。这是一卷极美的图画，而在狂风暴雨的黑夜，人们很容易把这尊孤崖想象成格利尔巴塞所作《茜尔罗与林德》一剧的布景。在景中，林德正欲渡海峡，爬岩石，去向美丽腼腆的茜尔罗唱情歌。再稍加想象，也可以将厦门海峡改作剧中的黑利斯蓬海峡，将石油池改作茜尔罗企盼林德的观望塔，这对情人的激情狂涛淹没了身边的风呼海啸，某天上午，格利尔巴塞发现林德在孤崖下洗澡也不会感到惊奇的。

汽轮抵港后，我们买了车票，却没有车。来了辆车，都挤满了大兵，我知道该公司有十二辆车运行，八辆已被“军队”接管。“车呢?”我问站长。“车藏在附近村里的某个地方。不一会就来，现在派人去唤也是枉然。要等到我们先把这些丘八送走，不然我们有多少车，他们就会占用多少。”

大兵走了，真的很快来了客车。所有旅客都挤上了座位。我幸运上了先到的那辆，并占了前面的座椅。那位南洋归来的油头商人及其夫人与我同乘一车，可惜那两位女学生上了另外一辆：现代中国告别了旧式中国。还没定神，又听见后面像有吵架声，两个大兵无票上了车。售票员要他们去售票处买半价票，他们不下，说愿在座位上购票。

“大家如果都在车上买票还要售票处干什么?”售票员说，“开车时间还早。”

那两个大兵气冲冲地各从口袋里掏出一张一元的钞票递给售票员，这一着令我吃惊不小。

“福建这个鬼地方!”一个操河南口音的大兵说，“交通糟糕透了。”

油头商人也是无票上车的。“你要研究人们心理。”他说道，小心翼翼地使用了“研究”和“心理”等新名词。“想先占个座位，这是人之常情嘛。”商人那种遇事爱讲个头头是道的本能，不愧为我的真正同胞。

“福建这个鬼地方!”那个大兵又怨道，但没再得到商人的附和。

我们的旅行就这样倒霉地开始了。汽车正要发动，司机发现离合器踏板的弹簧跳出来或是断掉了。几分钟过去，司机不谙机器，所以摆弄踏板也是瞎子点灯。踏板出了毛病，就无法移动齿轮，只有用第三挡的齿轮才能跑完全程。我们爬上爬下。想到此，我的心不由得凉了半截。出师不利!

问题的关键是怎样发动汽车。车站又安排一辆车来带动我们的机器。他们没用绳子（也许不易找到），而是用另外的车将我们这辆朝后撞了一下，好像从后面撞的。每撞一步，我们的车就跃动一下，整个车厢也随之咔嚓一声。我想，这车每年的折旧率一定是75%。车拐弯时又陷进了路上的沙坑里，几个妇人和一个小女孩吓掉了魂，吵着要下车。司机说没事，可是一只车轮仍困在沙里，汽车已是寸步难行了。油头商人认为，那个小女孩要求下，就有下车的“权利”（又一个新名词）。事实上，我们都得下车以便减轻车身的重量。

汽车终于恢复正常，我们又上了座位，南洋商人提议——实际上是在下命令——大家都应按原来的位置就座。新司机取代了原来那位，发动客车，熟练自如，简直如驾小车一般。一旦开动，便畅通无阻。这是第三挡齿轮，我们的车一路上都是用的第三挡。我看见前方有一无法回避的高坡，便礼貌地问司机怎样爬越。“以每小时四十五哩的速度飞跃过去。”他这样说也是这样干的。因为这一带是山区，接着又有一连串这样的高坡。每次司机都乐于放高速“飞跃过去”，俨如檀香山的冲浪运动员跨波跃浪。“真够险的！”我称赞司机说。他是个冒失鬼，一只眼睛血红，头戴一顶形如半只桔子的毛织便帽。

快而安全地奔驰了一段路，车进了一个站，有的旅客下了车。后来，不仅车子开不动，发动机也失灵了。

“互相帮助！”南洋商人喊道。他建议下辆车拉我们这辆车走。可哪来的绳子？碰巧在车站找到一些很粗的铁索，缠成四根结实的链条，分别系在两辆车上，二车相隔三十尺左右的距离。正当车要启动时，一个带有日本某面粉公司月历的人走了过来，给大家赠送月历，嚷道：“旧历本！旧历本！”人们都争抢这意外之物。甚至站长也跑出屋来要了一本。旧历本在国内是受查禁而又极抢手的东西。

我们又启程了。前边的车拖着我们悠然自得地行驶。然而，四根铁索长度很难绝对相等，因此，全车重量实际上都落在一根铁索上，而不是四根全使上了劲。来到一个急弯下坡处突然“崩”的一声铁索断了。剩下的只有三根，无论怎样系也不能好过离站时，不一会又断了一根，剩下的两根大为缩短。就这样再断再缩，二车相距只有二十尺了，随时可能相撞。我提心吊胆的。

“千万小心呀！”我对司机说。

“莫怕，”红眼的冒失司机说，“我也不舍得丢命呀。”

“你还没结婚，可我是有妻小的人。”我辩解道。

这一下打开了商人和其他旅客讲话的话匣子，旅客们到底辩赢了。我们放弃了去漳州赶午饭的念头。又断了一根，只好做牵引的车先走，说定它还会回来接我们这些乘客。我们原地站着等车，谈论起旧漳厦铁路的好处。这条铁路曾经荣幸地上过《大不列颠百科全书》呢。但它已被福州的秏子及其堂表兄弟和姻亲兄弟们吃光了。路过嵩屿时，我曾见过列车车厢里的残骨，那是福州秏子留下的。这就足以证明，别的秏子现在想来咀嚼它没处下口了。我记得我见过半节车厢的骨架还竖在那里。我不知道美国第十四版的《百科全书》里还有没有漳厦铁路，倘若有，就该删去。很久以前秏子已将铁路的骨肉咬尽消化了。

有一则故事，说某乘客请火车司机等他一会，他要在餐馆吃完面条。司机说，火车不能等，但他先吃面再上车也来得及。

二时许，先走的那辆车来了。我们换乘那辆车，继续奔漳州而去。时至今日，油头商人或红眼司机的脸，仍然留在我的记忆里。

月亮的危机

月亮成了中国当代文坛笔墨聚讼的焦点。她其实不能算是笔墨官司的起因，因为她有盈亏圆缺，深得各个学派的欢心；“左翼”作家和他们的论敌时常都称自己的意图仅仅在于讨论“月亮”，编辑恳求撰稿人“少谈些政治，多谈些清风朗月”；不知怎的，现在只有我还在鼓吹发展中国闲适的小品文风格——发扬几位中国“艾利斯”的传统——而有些激进主义者则断定，月亮会毁了中国；要把中国从林语堂腐朽堕落的影响下拯救出来，我们就必须消灭月亮。我必须告诉读者：他们的观点一言以蔽之曰“幽默亡国”。他们很难意识到——我指出这点后，他们也不会有所敏感——虽然他们好像思想先进，但他们在精神上仍旧是毫无幽默感的，迂腐不堪的宋儒理学之残余。

因此我被迫重整旗鼓，为月亮辩护，捍卫她不致被消灭。因为我生怕中华民族一旦丧失欣赏朗月，享受清风的能力，这个民族就会变得更加渺小粗俗、惟利是图了。我们今天进步到了这样的程度：谁若是中秋观月亮、吃月饼，谁就是“封建的”，“反革命的”，因为月饼是中国的，因而也是旧式的；谁若是同一名女学生吃瑞士的牛奶巧克力，谁就是“进步的”，“革命的”，因为巧克力奶糖来自西方。让他们吃他们的瑞士巧克力吧，这些聪明的青年，完全漠视月亮的存在。但月亮仍然照耀着他们，而且还将继续照耀着他们，悄无声地照着，一点也不想奋起自卫。总有一天她会俘获他们的心，只要他们的灵魂还未丧失！

因此消灭月亮并不如青年作家想的那么容易。陶渊明、苏东坡、杜甫和李白，激进主义者必欲除之而后快，但这些人也没被他们轻易消灭掉。“毒”是他们常用的词。但只要中华民族仍能保持自身的特质，仍能保存自己的天赋，陶渊明和苏东坡就不可能被消灭。据我所知，那些激进主义青年连苏东坡和陶渊明的诗文也没读过。他们说这些作家是“封建主义的”，“有闲阶级的”和“逃避现实的”文人——陶渊明，唱“采菊东篱下”、“鸡鸣桑树颠”；苏东坡，吟“江上之清风，山间之明月”，确是封建透顶！山间月、江上风只能属于资本家有闲阶级所有吗？只有资本家的雄鸡才知道怎样鸣叫于百万富翁家的桑树之颠吗？难道雄鸡和桑树不是“现实”世界的一部分吗？实际上，陶渊明和苏东坡已经够进步的了，他们不仅谈论黎民百姓——而且他们自己也成了伟大的百姓，他们的思想感情与农民十分融洽。

因此，不能消灭月亮。我们倒是应该永远消除一切有关月亮的问题。中国诗歌、中国随笔以及中国浪漫主义的独特风格都与月亮有着密切的关系。西方人对中国的浪漫主义风格还很陌生。

中国的浪漫主义者不同于西方的浪漫主义者。西方浪漫主义者表达狂热、强烈的情感，中国浪漫主义者则表现甜蜜、宁静的状态，但他们的内心蕴藏着丰富的感情。中国人称这为“风雅”。风雅意指艺术修养，对诗歌的爱好，轻视钱财，知足常乐的秉性，乐于交朋友的情趣，以及蔑视官场的志气。《浮生六记》的作者沈复和他在萧爽楼中的朋友就是最合风雅标准的人。沈复对这些朋友的描绘很有代表性：

> 萧爽楼友朋之间，有禁止四事：第一，谈论他人之升官晋爵；第二，闲谈诉讼与时事；第三，讨论科举之八股文章；第四，赌博，凡有犯此一条者，得罚酒五斤。但尚有四事不禁止：宽宏，浪漫，自由不拘和安静。

这些朋友都涉猎诗歌绘画，都爱品茗，但都不过度，并都爱交友攀谈。他们最有兴趣的是月下小酌。他们贫穷时乐天知命，富裕时花钱如水，但他们不是资本家的走狗。中国浪漫主义者总是视财势如粪土，他们饱经世态炎凉，甚至不愿与势利的和尚交谈。

“城里的情况怎么样？督办还在衙门吗？”沈复的朋友偶入一寺庙，庙里的和尚问道。

“这个秃头的势利小人！”沈复的朋友嗤之以鼻，长袖一拂，夺门而去。

但在这种旷达的浪漫主义下，中国历史上的浪漫主义者名声大振；在国家危难之际，他们以英勇无畏闻名；在短暂的仕宦期间，他们以廉洁闻名。苏东坡、白居易、袁枚、郑板桥（那个奇人怪才）和袁中郎——他们每个人的品行都要比满嘴仁义道德的孔教徒清白得多。他们当官时，确是人民的

“父母”；他们离任时，农民或立或跪在他们的轿子旁，送行的队伍几里长，感激的热泪流成河。“哦，你写歌女的诗那么多，写人民的诗这样少。”一位孔教徒嘲笑白居易说。孔教徒似乎心里装着人民的利益，但白居易为官清廉，孔教徒却做不到。十七世纪的杰出批评家金圣叹，传统的批评家说他亵渎神明，但正是他不能容忍对穷人的压迫，正值苛捐杂税多如牛毛之际，他与诸生群哭于孔庙策动农民起义，因此而英勇就义。站在穷人一边的是他，而不是那位巡抚大人。巡抚以“侮君”和在百日国丧期间哭庙“震惊先帝灵位”为借口，将他处死。他申辩说，对农民横征暴敛，巡抚的灵魂竟然能安宁，先帝的灵位也就应该能安息。任何时候，我宁要月亮，而不要那些伪装爱国的儒生！

遗老不能走

中华民国一个最大的不幸，便是前清遗老的失踪。我在满清王朝的遗迹里竭力搜寻这位遗老的稀世珍品。因为我相信，他是中国文化最优秀的成果之一。

清朝也许很腐败，是的，无以复加的腐败，但清政府里的那些骗子却装扮成道貌岸然的君子。这批遗老是数百年来文化、教育和传统的产物，纯然的遗老也许跟绝色的美女一样地难得。这是天性使然。我们过去在任何时期至少有大批优秀官吏，可现在我们仅有几个忠诚的党内同志。前清遗老是真正的正人君子。我们曾有一大批这样的人，他们值得保存。无论他的思想如何退化，他的存在总能令人高兴。他的生活习性不仅是给他自己，也是给那些贿赂过他的人的上等礼品。他的嗓音深沉、洪亮，他的举止稳重、平静，他的语言是一种艺术，他的品性融会了博学、温和、谦卑和高雅。

给遗老下定义也许跟给君子下定义一样，是毫无意义的事。他来到世上，是宇宙间不容置疑的事实。这事实在不断地作出定义又推翻定义。但你听见他谈话，你就能认出他是遗老，正如你根据头发分梳的方式就能识别君子一样。君子讲话的声调和讲话的姿态都含有打动女人心的魅力。李鸿章的美髯或袁世凯的眼神迷惑过多少洋人！这样的东西不复有了，该是何等可悲的事啊！

要知道一个人是不是真正的遗老，你只需听听他讲话。他当然讲的是官话。遗老讲话的节拍是一种艺术——一种为了自我消遣、花了半辈子时间才培养完善的艺术。这并不全是声调有问题，像牛津学者慢条斯理的语调，任何一个孩子三个月内也能学会。诚然，声调也起重要作用。我记得我听到过他那深沉、洪亮的声音，那带着北京口音的抑扬顿挫的韵律，其中还夹杂几段适时的、有节奏感的笑声。能再听到这样纯正的官话死也心甘！如果那些官僚也掠夺人民，那么他们的掠夺则是文质彬彬，谦谦有礼，整个过程使掠夺者和被掠夺者都感到温和文雅。现在的情形不同了。我们现在的官吏只会饱食终日，无所用心，他们粗野如牛，笨拙似猪，厚颜无耻，荒淫无度。如果我们必须被掠夺，至少也要掠夺得我们愉快一些。但我们没有享受那种愉快掠夺的福气。这就是为什么说遗老失踪是极大不幸的原因。

如果官话只讲究声调，那还够不上艺术的称号。和一切艺术一样，它还需要艺术家的智慧和精神作背景。在纯正的官话交谈中，一切都是和谐融洽的；言者的性格，室内的家具，亲切的气氛，说话的声调，纯正的口音，精炼的措辞，圆圆的丝记扇，官僚的胡髭，马褂——所有这些综合起来造成了和谐的艺术效果。讲官话的人不能穿西服，因为这样的风度与之不协调。再如该擦鼻涕，而应该代之以咳嗽和吐痰，用最雅观的仪态咳嗽和吐痰。第二，便是留须，有时得拼搏半辈子才能把胡须蓄得威风凛凛。我认为在这方面只有于右任才合格。第三，心理要平衡，谈话要镇定，要讲究语调节奏，这些能体现一个人高贵庄重、泰然自若的气质。而养成庄重、泰然的气质需要饱满、愉快的精神，培养这种精神又需要学识、冷静、阅历和勇气。遗老可能会失宠，但决不会失去尊严。他的呻吟温文尔雅，他的喷嚏节奏明快。如果他跌倒在地，爬起来后要做的第一件事，就是扶正玳瑁眼镜——悠闲而准确地扶正。我们现代的官僚们好像会踢足球。踢足球是一种大失尊严的举动……有的甚至抽雪茄。可是抽雪茄的人怎么能讲官话呢？水烟筒才是合适的东西，我知道实际上官僚们都不想讲正经的官话了。他们讲的是广东——苏州——无锡的混合话。正好像……

最后，讲官话需要一套特别的语汇。这语汇一部分是职业上的，一部分是文学上的，至于职业术语，我们有些政府文书也能教给官僚们，因为文书懂这些。如果我们的官僚资质聪颖，他们学起来就很快。而且那些东西学起来也的确很有趣味。例如，你提起自己的儿子时，便称他为“犬子”，你提到人家的儿子时，便称“虎子”。又如，你自己的妻子是“拙荆”，而朋友的妻子是“令阃”。邀请某人来家作客，便说“大驾光临”。这些礼貌用语确能把人装扮成有教养的模样，而且也能提高人们的思想意识。

至于文学语言，我劝我们的官僚莫去尝试为好。这是需要受几十年寒窗苦读之罪的。这就是你稍有所获时，你便知道纯正的官话之所以那样珍奇有趣的原因。不论你如何反对说官话的人，他一般情况下总还有着丰富的中国历史、文学和语言知识，他能背诵几篇文学散文和几首诗歌。真正地道的官话交谈也是文学语言的交谈。谈话者对伦理、政治问题谙熟于心。因为中国官僚不是法国型的朝臣。中国官僚是职业学者。他的谈吐也像学者。他有一套公用的政治哲学，还有一套私用的伦理哲学。他是朝臣和学者的混血儿。你可以同卓越的满清官僚谈论荀子、墨子、元杂剧、宋理学和明代瓷器。我们现代的官僚只能谈小麦出口，一又百分之二点五加仑的汽油能跑二十哩。

是的，封建官僚的时代过去了，说谎的艺术也衰败了。我们现在所有的不是李鸿章，而是哥伦比亚大学的毕业生。我们的将军给自己取名为“福祥”、“福麟”，他们的姨太太仍用当歌女时的原名，像“玉小姐”、“春小姐”之类。我们被这样一些人掠夺，实在是奇耻大辱。

仅有一次，我遇到一个装束、气质全是地道的前清官僚的人。他保养得很好。他手里拿着一本司马光的《资治通鉴》。他喜欢历史、诗词和书法。他用纯正的口音说着纯正的官话，字斟句酌，一看便知是个饱学之士。我听他谈——我高兴地听着——人民的穷困，官吏的荒淫，电影的害处，孔儒理学的重要性，以及建立好内政机构的必要性。他侃侃而谈，我不禁默默自语：“这是最后一个遗老，他具有前清官僚的博学、温和、谦卑和高雅。”他可能是个大官，他可能不忠诚，但中国还是有救的。

我喜欢同女人谈话

我喜欢同女人谈话。她们很可爱，常使我想起拜伦的不朽诗句：

男人是怪物！女人是尤物！

可想而知，我并不像尼采和叔本华那样，是个讨厌女人的人；我也不接受莎士比亚那句男性主义格言所表达的伟大思想："弱者，你的名字是女人。"

我喜欢女人，因为她们没有甜蜜的幻想，也没有痛苦的幻想。尽管女人矛盾、轻浮、肤浅，但我仍很信任她们的常识和生活的本能——即她们的所谓第六官能。在肤浅的表面下，她们比男人生活得更深层，更接近生活实际，我因此而尊重她们。她们享受生活，男人则谈论生活。她们理解男人，男人却不理解女人。男人的生活是抽烟、打猎、发明或作曲，她们却要生儿育女，这才是伟大的事业。我相信世界上没有哪一个光杆父亲能够单独养孩子。如果世上没有母亲，所有孩子就会患麻疹而死，即使三岁前没有夭折，十岁时也会流浪街头成为扒手，孩子上学会迟到，我怀疑大人上班也难准时。手帕无人洗，雨伞常丢失，公交车线路会乱套。世上将没有生日聚会，少有葬礼，也一定不会有理发店。是的，操办生老病死之大事的是女人而不是男人。女人，只有依赖女人，我们才能保持种族的延续，民族的纯正，社会的团结。世界没有女人，就不会有习俗、礼仪、教会以及阶级地位等。男人生来都不懂规矩，而女人天生都懂规矩。男人不住豪华气派、标准统一的公寓和别墅，而会住在标新立异的三角房内，那里的居住者在卧室吃饭，餐厅就寝，最高级的使馆官员也意识不到区别黑、白领带的重要性。

以上阐述了女人的本能如何优越于男人的逻辑，我再来说说为什么女人在交谈中能讨得男人的欢心。实际上她们谈话的内容都是她们生活中的事情。她们不讨论干巴巴的抽象名词，我们称她们的谈话是闲聊，实则她们谈的是现实的人的一切问题：或儿时的滚爬，或成年的婚聚。倘若女人介绍某位知名的鱼类学教授，她绝不会说他是鱼类学教授，而只会说，他是哈里逊上校的姐夫，她动阑尾炎手术后在纽约住院时，哈里逊在印度死了。从这点出发，她能够朝日本政治家所谓“现实”的方面尽情发挥：不是说哈里逊上校常与她在肯新顿花园里散步，就是说阑尾炎使她想起“她亲爱的布朗老医生，布朗那长长的美髯”。不管谈话如何漫无边际，女人总是扎根于现实的土壤。她知道哪些是生活实际，哪些是无聊的空话。所以，真正的女人就像《碧眼儿日记》中的少女那样，参观巴黎凡都姆广场时，情愿背对着纪念碑，仰观戈蒂和喀提叶等别的历史伟人的名字。凡都姆怎样？戈蒂怎样？凭直觉判断。她知道戈蒂意味着实际的人生，凡都姆则不然。同样，阑尾炎是实在的，鱼类学则不然。生活是由生死、阑尾炎、麻疹病、戈蒂香水和生日聚会所构成而不是由鱼类学或本体论等概念所制造。当然，世界上也有居里夫人、埃玛·戈尔曼和比阿特丽斯·韦布等杰出女学者。但我要说的是一般的女人，举例为证：

“某某是一个大诗人，”我有次在火车上对一位女士说，“他有着音乐天才，语言自然流畅。”

“你是说——？他太太抽鸦片。”

“对，他自己也抽，不过是偶尔抽抽。但我是谈他的语言。”

“她教他抽的。我看是她毁了他的一生。”

“如果你家厨子同别人的老婆私奔了，你会因此而不喜欢他做的糕点吗？”

“噢，那可不同。”

“完全一回事，对吗？”

“我觉得不同。”

感觉是女人的最高法院，聪明的男人知道她作出了最后的判决，就应当向她顶礼膜拜。

中国姑娘怎样爱美

——致一位法国作家的公开信

尊敬的M·德克布拉：

世事多变。我上次在福州路的裕丰泰酒楼与你晤面，我们当时不仅吃螃蟹肉，饮绍兴酒，还有上海的几位窈窕淑女陪座。想到你们的“夜间快车之女”，我建议你写一篇“螃蟹与淑女”的随笔，但你不以螃蟹为意，专在倾听淑女的谈话。酒美蟹佳（你却醉翁之意不在酒），中国淑女俏丽娇媚。那天晚上的情趣至今使我回味无穷。我在席间不禁想到，你有幸看到的中国现代女郎正值青春韶华，这样的运气可能会改变你对中国女人的整体看法。我不知道，你的热情会使你忘乎所以，你对中国女人的过誉之辞会置你于尴尬境地。现在我们北平有些女大学生在向你抗议，说你夸赞她们漂亮等于唐突了她们。也许你自己弄不清楚惹祸的原因，我愿为你分析中国女大学生的心理，帮你排忧解难。

现在，我遇见所有属于一流艺术家的欧洲游客都有这样的看法：中国姑娘美丽娴雅，她们的衣饰也有着欧洲女士身上找不到的诱人魔力。但就我所知，你是开诚布公敢于宣称中国姑娘漂亮的第一人。据说你的品味很差，你喜欢中国的菜肴，还喜欢中国的姑娘，更有甚者，兴许你有一天会放弃你坚定的独身主义而娶一个中国女子。像你这篇石破天惊的言论，见诸中国报刊还是头一遭。我从未听到侨居上海的欧洲人赞美过中国菜肴、中国服装、中国建筑或中国女人，就算我个人听到过，但整个中华民国仍然不知道自己有如许值得赞美的事物。有些英国人私下羞怯地承认他们真的喜欢中国菜肴，但体面的英国人决不会在上海的夜总会里声言他喜欢中国菜肴、中国女人或中国民众，否则他会被讥为“怪种”而即刻面子丢尽……事情发展到这样的地步：中国人当着洋人的面不敢按自己的方式啖饭吃菜，不敢穿自己的长袍，不敢讲自己的语言，不敢拥有中国风格的园林。现在你竟冒天下之大不韪，胆敢说中国姑娘很漂亮，当然没人相信你，中国姑娘自己更不会相信你。女大学生们不愿信任你了。在北平发起抗议你的潘小姐当然说你是在挖苦人。

当然你是开玩笑——可令人不能容忍的是——你是在嘲笑她们。一位女作家在《大晚报》上问：你为什么要嘲笑中国女人而不嘲笑巴黎女人？潘小姐质问你为什么不谈文学仅谈女人（这是大学生提出的有代表性的问题）。给《中国时报》撰稿的一名男子提的问题更是一针见血：你为什么不侮辱其他国家的女人，而偏偏侮辱中国姑娘？对于这个问题，中国女人难道不也应当反思吗？《大晚报》上登的一位女读者的回声词意诚恳，发人深省：虽然我们不高兴受人侮辱，可我们也应引咎自责……啊，姐妹们，我们必须猛醒……所有这些就因为你说过（据《申报》消息），你理想的女人是快乐的东方美女！

不，我们吓怕了，我们受辱丧气，我们再也不能相信任何说中国好话的人了。看到外国游客虔诚地呆立于天坛之前，我们感到天坛应当俯首自惭。我们深感遗憾的是，天坛不是钢筋混凝土建的，楼高也才三层。听到洋人说天坛漂亮，如果天坛是潘小姐，即使不指控洋人是在蓄意侮辱，也要不满地对他说："你没半句正经话。"天坛像个女奴，尽管一生备受虐待，但突然发现有人拍她的背，她就会惊怒地叫喊："你怎敢无礼！"但是，德克布拉先生，你偏敢这样做。现在除了你老是赞不绝口地说"中国姑娘美极了"，再没有别的法子使她们相信你。倘若以后有个欧洲小说家跑来赞同你的观点，他的烦恼也许会比你的少些。

当然，你知道我用意何在。"自卑感"一词虽然已是陈腐的老调，现在还得重新弹起。作为一个小说家，你当然知道，自卑心理的存在，并不是因为一个人是真正的卑下。你只需对某人说他不中用，一天说十次，他自己很快的就会信以为真。主日学校就是这样培养了那么多的"坏孩子"——培养的方式就是警告孩子们，他们想要红带或糖果，他们就是坏孩子——于是他们像罪犯一样回到家里，告诉父母他们是坏孩子，真令人焦躁不安。德克布拉先生，你在远东的白人兄弟都是主日学校的传道师，他们凭胡须剃尽、貌似和善的优势，总是说他们憎恶肮脏、肥脸的黄种人。这样一来，使得我们也以为我们是魔鬼的孩子，而且还在我们对此半信半疑时，他们就会这样直率地告诉我们。当然，上海夜总会里的白色人种表现出的优越感，并非完全出于自私。他们需要优越感。人生通常乱成一团，人类又是如此渺小。所以，能有一个好祖先，沾点祖传的光辉，这于人实在大有裨益。如果没有那份福气，如果并非每一个侨居此地的洋人都能在自己的客厅里挂上一幅祖先的油画像，他就应该相信他身上流动的是他那穴居时代的优秀始祖的正宗血液，这样对他也很有好处。如此做来就会一切如意，就能产生自信心。自信意味着成功，正如所有美国心理学教授一致指出的。自信的人是不必去为中国的事情操心费神的。但我刚才讲的是自卑感的由来，特别是解释潘小姐何以自卑。不管白种人的优势怎样，不管梅·韦斯特与格莉特·嘉宝主演的电影如何，中国女大学生对这些金黄卷发的蓝眼人都是求之不得。潘小姐从没想到，垂发乌亮、柳腰款摆的中国姑娘居然能迷惑欧洲人。电影广告的作用真不小，其显著效果是，潘小姐主张举国声讨你，因为你胆敢说你的理想就是东方美人。真是东方美人！你们为什么不讨论文学。却单单谈论我们可怜的女子呢？

现在你该明白了，为什么你对中国姑娘竭力鼓吹，说她们是多么的妩媚文雅，也许比她们的西方姐妹更加端庄高贵，而你没有灰心丧气吧，是吗？那么请你回到巴黎去，研究一套为女士涂染金发蓝眼的方案，你再来中国便能发大财。你下次光临中国时，不仅有中国女大学生代表团挥舞彩旗拥向码头热烈欢迎你，而且所有的中国女大学生们都会是你热诚的好顾客。那时她们才相信你不是开玩笑了。

你的……

林语堂

为卖淫者辩

当代社会最常被人误解的阶层之一是所谓淘金者。淘金者的存在是现行经济体制的组成部分。我认为在当代社会，淘金姑娘就某一层次来说，比她们的姐妹神志更清爽，因为女人群中有她们，正如男人群中有“大商人”、“房地产经纪人”、银行家和一切成功的谎言家。银行家与淘金者都知道他们要的是钱，他们都会把货物卖给拍卖场中的出价最高者，他们都会不择手段地达到自己的目的。而且，我相信，他们都有两种道德观，一种是职业道德，一种是个人道德，各自为政，互不干涉。

银行家可以是最慈祥的父亲，最亲密的朋友，但在商业竞争场上，他倘若为重情义而不忍心击败对手，那才是十足的傻瓜。为了生意兴隆，财源茂盛，能够抢对手之先，踩对手于脚下的人，一定会因他卓越的业务手腕和“经营才能”而备受人们的景仰。我相信，淘金者出外捞取银行家及其有钱阶级的金银，也是采取同样的职业性愤世态度来达到目的，我还认为，她仍然会是母亲的好女儿，是命运更惨、能力更弱的姐妹们的坚定朋友。

只有了解淘金者的经济地位，才能明白个中道理。人们经常存在这样的观念：“女娼”与“男盗”应相提并论，女人群中的淘金者却不可与男人群中的银行家同日而语。我认为这种观点是极其错误的。因为盗贼无物可卖，而淘金者有——她们的色相。

男人对卖淫者大多数是深恶痛绝。说女人卖淫不如说她们卖身更恰当，更准确。但卖淫已经是更大众化了的事。母亲在舞会前为初入社交界的女儿梳妆打扮，是为了勾引上年轻的百万富翁或英国贵族，这就等于把女儿的色相当作娼妓来出卖；百货公司的经理解雇年老色衰的女店员，代之以年轻漂亮的求职女郎，他也是想向顾客出售后者的色相，严格说来，这是为公司股东谋利益。她的青春，她的美貌，加上她被迫掏自己腰包施的脂粉，是公司资产的一部分，用来兴旺公司的生意。我们通常的道德观认为，女人每天足登高跟鞋站守柜台八小时，直站到青春消逝，花容萎谢，这样来为雇主的利益出卖色相才算道德高尚。而女人直接卖淫就是不道德，这里的关键是因为男人不能从中捞一把。

当代工业社会里，我们对女人的理想要求是，女人应当让男人出最低价格享最大的艳福。如果她标价不高，男人会对她不屑一顾，如果她标价很高，她便是个淘金者。有时神志清爽的女人凭自己的直觉认清了事情的真相，她决定趁她那身财宝还没跌到一钱不值时，一定要售以高价。W·L·乔治《玫瑰梦》中的维多利亚就存有这种丑恶的想法，她是在饭馆跑堂跑得两腿青筋臃肿，玉足变形后才认识到这一点。

当然，男人宁愿要免费投入怀抱的女人，他们说这样的女人才有高尚的道德。所有男人都喜欢美貌多情而又分文不取的女人。理想的女性应该是讨厌铜臭味的人。确有不少这样多情的姑娘，她们为男人做牛做马，节衣缩食，只愿以自己的满腔情爱换来对方一颗忠诚的心。也有许多男子，他们上班，领薪，安分守纪。当然，无论男女，两性中总有人能够现实地认识到钱的重要性，他们终生为获取尽可能多的财富奋斗。其中的男人便成为银行老板，实业大家。其中的女人只有充当淘金者，除非她嫁给富商巨贾。她们一有机会，确会嫁给富商巨贾的。富商的妻子看不起淘金姑娘，正如蹬三轮车的瞧不起拉黄包车的，但我认为，不能因为拉黄包车的拉了许多人就受到歧视，也不能因为蹬三轮车的仅拉了一个人而受到尊重。谁能担保蹬三轮的不会有时也背着老板拉上许多人呢？

因此我主张，形形色色的道德观都应享有存在的席位。即使淘金者是道德上的罪人，我也决不一马当先向井下投石。我所要说的是，男人群中的银行家和女人群中的淘金者根本上都有着同样的远见卓识："不治生产，其后必致累人；专务交游，其后必致累己。"十七世纪张潮的话表达了他们的心声。银行家和淘金者都怀有这样一种顺乎人性、值得称道的抱负：购置别墅以度残年，而不"必致累人"。不仅如此，而且银行家赚足钱后，会钟爱、钦佩他那厌恶铜臭味的妻子，淘金姑娘也会最终嫁个诗人，并且无条件地对他百般温存。如此看来，银行家与淘金者有何高下之别？为何不可同日而语？

所以我要说，淘金者只是比她们的姐妹神志清爽些，银行家只是比他们的兄弟心肠狠毒些。因此银行家与淘金者相见，应当相互恭维才是，互赞对方清醒的头脑。如果一位银行家能在自家摆满牛皮书籍的书斋里，坐于安乐椅上吸烟斗，我们便敬佩他；那么，一位退隐的贵妇人头顶华发，从她的“玫瑰山庄”的窗口向我们莞尔而笑时，我们为什么不对她宽容一些，不也敬佩她呢？谁能担保她不会像许多富商巨贾一样地捐献一些卧榻作病床呢？

杭州的和尚

我兴致一来去了趟杭州。在我们的生活中人们有时会感到百无聊赖。若不出外走走，就会身体萎缩，精神萎靡。这种情绪名称繁多，有称为自由的“内心冲动”的（娇生惯养的孩子如是说），有称“神的召唤”的（出外冒险的异教徒如是说），有称“宗教职责”的（拜佛的香客如是说），有称“潜意识里突发的流浪本能”的（我们的心理学教授如是说）。我更简单地称之为“气候”。是的，是气候。我要出外走走。

我们在一个雨天的下午抵杭，住在西泠饭店。云翳偎依在山间，西湖在这潇潇春雨天更加美丽，更有诗意。我伫立窗前，感到空气中充满了春天馥郁的雾霭，细雨濛濛，只听得柔弱的润物声，轻微得像天使的脚步蹑于树叶、绿草丛中。看到此地农人拥有着丰富的自然景色，人们想到上海银行家住宅周围的寒酸相，不禁痛哭流涕：为什么一定得攒足二十五万元巨资，才能拥有可怜的一英亩草坪，而且是刀刈车辗，画地为牢的，局促地设置几个几何形花圃，就像是小孩玩的积木。

在杭州时，我常去玉泉观鱼，鱼在建于泉井边的清澈透明的水池里。这些鱼是珍贵的品种，一位谦恭有礼的和尚告诉我，有些鱼已经五六十岁了。它们年老病多。平素深蓝的鳞壳现已变成了灰白色，就像老人的头发，后来它们消化能力很弱，不能动弹，终有一天突然谢世。和尚说他们为亡鱼举行了隆重的葬礼。

“你们吃素的人也吃鸡蛋吗？”我问。

“不吃。”他的答话带有河南口音。“只要是不吃肥料长大的东西，我们就真的不吃。我们这里的和尚不吃这些，但天竺的和尚吃肉，甚至结婚养孩子。”

我们的交谈兴味盎然。我想，不论说素食有多少好处，但我从没见过一个身体健壮，脸色红润的和尚。我不禁要问，独身生活就非得素食不行吗？

和尚有很好的教养，看见同行女人在座，不便应对，因此我请女人去另一个角落观鱼，我与和尚的谈话便能深入到当代婚姻问题。和尚的忠诚坦率有利于我们的讨论。

“就说那个女孩吧。你对她身上的性感能够无动于衷吗？”

我这粗莽一问，却引起和尚一篇难得的独身主义的伟论。其大意多与柏拉图关于哲学家不应结婚的理论相同。

“当然，我知道她的魅力，但我也知道其魅力的后果。每天有多少男子自杀身亡，为什么？为恋爱！为女人！”他跟《旧约圣经·传道书》的作者一样的怀疑人生。“为什么有那么多人离婚？离婚就意味着，以前你无女人不活，而今却非摆脱她不可。你看我！高兴起来我可任去泰山或妙峰山，我多自由！”我明白，他是保罗·康德和柏拉图的同志，我也发现叔本华谈女人的许多理论都是由佛经得来。他劝我研究佛经。某些关于性压抑技巧（如盘腿）的说明，和性压抑失败后作的破绽百出的忏悔，《小评论》必须为之严守秘密，必须当作无关紧要的小事一略而过，如果该刊想要继续保持高尚而不俗气的本色的话……

翌晨，我们雇了一辆小汽车游虎跑，车过苏堤，西子湖刚从四月春雨中出浴，湖光潋滟，仪态万方。绿洲上树木苍翠，宛如水中浮出，实体、倒影宁静如画，相映生辉。在这片美丽的景色中，仅有一幢灯塔式的建筑，丑陋不堪，如同美人脸上的烂疮。我问车夫那是什么，他说是西湖展览会纪念塔。真没想到有这等无耻的事，如果让我率领军队攻打杭州，我首先就向西湖脸上这块烂疮开炮，一定要将它从这片土地上彻底抹去。

往虎跑的寺庙散步，是游览西湖周围的最大乐事之一，山溪旁有条小涧湍流而下，我看见一位父亲正在苦劝他的六岁的女孩去涧边，那里有小瀑布。小女孩不愿去观瀑布，那会溅湿她的鞋子。她极力否认瀑布有什么乐趣。我于是知道中国非亡不可。

虎跑的茶很有名。我听说有些人几里路外专程来虎跑品茗。然而更吸引我的是虎跑的茶壶。这样的茶壶可能在中国的其他地方也有，但我没见过。无疑，这是独具匠心的创造，是佛庙闲暇的产物。西方的和尚能酿造美酒，虎跑的和尚为什么就不能发明好壶。茶壶是红铜制的，其形状与普通的圆炊壶同，壶柄、壶嘴也都俱全，只是特大，高约两英尺，直径两尺半。壶本身集水罐与火炉于一体，底部烧炭，顶部有两个式样很科学的烟囱。壶柄是一种仅有观赏价值的装饰，壶嘴却是一般所见的实用型，只是很难想像水能从嘴里倒出来。我请求表演个示范动作。和尚操起锅，给一只烟囱里灌进些水，开水立即从壶嘴里溢了出来。和尚总是拿锅接开水。操作简单容易。我知道其中含有物理学原理，但我真无脸向他讲科学名词了。它的最大优点是：有出便有入，壶常满水常开。如果政府也有发明这种壶的和尚那样聪慧，量入为出，每次也能取于民多少便用于民多少，啊，那可……

虎跑庙顶是济公塔，为纪念著名老僧而立。铭文说，济公圆寂那天，他又在余姚露面，并丢下一双草鞋（那时草鞋已同济公尸体一起火化了），与他要好的和尚认得那是他的旧草鞋。同一天，他又出现在几里路外的六和塔旁，并递给伙伴一封信，都认定那是他的手迹。这些传说是他的同时代人亲眼所见的事实，本应像讲“传道人行踪”的许多故事一样载入《佛祖统纪》。附带说明，济公是当地圣贤，济困扶危，为民治病妙手回春。关于他的传说在他死后才传播开来。通俗小说《济公传》即写他的一生，篇幅相当于《红楼梦》的两倍。我还记得小说中写济公某天为一个六岁小孩治疗，他说所需药物很普通，只要一个五十二岁老人的眼泪，老人须是五月初五生，并掺和一个十九岁女孩的眼泪，女孩是八月初五生。我记不清这些眼泪最后是否找到了，但讲这些故事的人都见过活生生的济公，那是在他首次显身于余姚，再次显身于葬有其信徒的六和塔之前。

天目山的和尚

先天赋予我这样的才能：参观寺庙时，以侦探家的本领，侦探和尚的全部罪孽。从小时候起，我读过、听过许多讲和尚诱奸女孩、尼姑勾引汉子的故事，因为和尚在中国小说中跟在薄加丘的故事里一样，是嘲弄的对象。我把这类故事的流行，归于人类爱看虚伪如何暴露的基本欲望。我听说过尼姑在密室里收养汉子好几个月的故事，也听说过好几处寺庙的和尚在一个地窖里收养大批女人的故事。然而，我真的认为，和尚不应该享有那样大的荣誉，虽然在中国历史的不同时期，例如在明代成化年间，寺庙就已用作犯罪的温床，那里开始隐藏打手和政客，也不可能不在地窖内藏匿一些女人。但据我的观察，绝大多数和尚营养缺乏，血气不足，不可能像唐璜那样放浪形骸，而通俗小说则写成是他们的荣誉约束了他们的行为。除了人生来俱有要与那些自称比我们生活得好的人相持平的欲念外，还有更深一层的审美意识：在宗教背景上插入一段俗恶的故事，目的是引起人们的联想，增强艺术效果。

我避暑的西天目山，有个寺院而非庙堂叫做禅——那里自然没有藏匿女人的地窖。我在那里花了好几天才获得满足，因为这是一所能住下百名和尚，容纳七八百名香客的大寺院。许多庭院禁止涉足，许多门扉紧闭。我窥探每一个缝隙，走到每一条闭门的死胡同的末端，冒险闯入退位的住持寓所的圣地。我察看每一道矮墙，审视每一处地下装置，用孔方兄开道潜入每一间封闭的庭院。过了好几天，我才发觉自己是个十足的笨蛋。虽然那里很可能有藏女人的地窖，但我确信真的没有。然而，我成功了，我逐渐摸清了中国和尚的品性和中国寺院的内幕。如果我没发现和尚的淫荡无度，我会把他们看作是凡俗之人。在这个避风港内，一切进行得多么策略，多么振奋人心！风波乍起，住持跑了，跳阳台跑的。找不到愿意担起住持重任的人——仅仅有人答应临时担任。这几乎像暨南大学一样的糟糕！

像所有杰出的侦探一样，我也伙同小孩搞侦探。当我约我的孩子在庙旁的山溪里赤手捉虾时，我遇到了一个机灵可爱的十四岁男孩。他走过来跟我说话，我们聊得很投机。他在寺院干活。我递给他两支雪茄，我们成了亲朋密友。他抽一支，另一支留在身边。第二天，他告诉我，有几个和尚向他讨烟抽，他没给。关于和尚的内情，我从他那里知道的比从成年人那里获得的多，我以为我知道了住持没见到的事。例如，我知道有一个和尚偷偷摸摸地在附近下馆子，别人不知道这事。那个男孩告诉我某某和尚真的仅吃斋，我也愿意相信他真的仅吃斋。据他说，真正吃斋人的比例好像小得惊人，但我并不感到惊奇，况且中国人说的数目一般是不可信的。

在女色问题上，和尚不比外界坏，也好不了什么。男孩告诉我的案例使我相信，他们也是凡俗之人。我们还是搁下他们及其女人不表，再谈谈寺院的政治吧。

我抵庙时对政治的潜流所知甚少。外表看来寺院是宁静的太平港，随喜它的人常留下这样的印象。但在我到达之前，那里敌对的两派曾有一场血战，有一派要将住持驱逐出去。住持在自己的起居室里挨刀，幸亏他身强力壮，从十二英尺高的阳台上跳下跑了。他的几个兄弟被打得遍体鳞伤，送往了杭州的医院。

三天后，约摸六个农夫在我们房间下的花园里佯装除草。不一会儿，几个士兵来到墙外堵住侧门。士兵首领召唤农夫跟他去寺院的另一头，眨眼之间，有人报告：五个和尚因抽鸦片被捕。事情是这样的：这些人是反对派留下的头目，抽鸦片之事只是一个借口，借以叫来士兵把他们押送警局，以便消除这派作乱的势力。

因此我相信，在人群聚集的地方，总会有足够的小说素材；倘若有人不辞辛劳去发现人们的精神生活，僧庵、尼庵或医院里有的是。嫉妒、爱恋、浪漫的激情滚滚而来！现代医院最讲究清洁整齐，任何人穿过它崭新明净的走廊，就会看到：激动人心、扣人心弦的人生戏剧总是由医院和护士上演——充满着同行的嫉妒、勃勃的雄心、悄悄的恋爱、无私的奉献、英勇的牺牲，有时演成凄惨悲剧，近来写医院恋爱的故事片和小说汗牛充栋，有的人只得另辟蹊径，以寺院为背景挥毫泼墨。我还要交待：住持从杭州回来了。听说那些头目已遭缧绁之厄。他的忠实信侍们，仍有两位脸上缠着消毒的棉纱。

与萧伯纳一席谈

萧伯纳曾来上海观光。他抵沪的那天上午，报载，“扶轮国际”上海分社决定冷淡他，让他“悄然而过”。其用意很明显：萧伯纳悄然而过，就会蒙受上海扶轮社员加给他的耻辱，他便再也不能重振名声了。当然，鉴于香港扶轮社员曾被萧伯纳冷淡得更惨，上海扶轮社员的此举是非常英明的。那天上午全上海的外国报刊停止发行，生怕挨上他的边。扶轮社的态度只是此次骚动中很典型的一例。然而，上海扶轮社给后代留下的惟一传说将是，萧来的前一天，这些扶轮社员，或按萧伯纳的定义，这些“墨守陈规”的人，称萧伯纳为“流氓”、“蠢驴”、“发子”、“八格牙鲁”。但最好笑的还是上当受骗，如果辛克莱·刘易士某天途经上海，上海扶轮社就真的会无知到邀请这位《巴比特》的作者进午餐，而且他们极乐意这样干，倘若他们没有读过他的那本书的话。这座区区小城的巴比特们一事无成，只会使用“流氓”、“发子”和“八格牙鲁”一类更国际化的咒语，他们将会因为冷淡过两位诺贝尔奖获得者而名垂千古。

午餐时分，在孙逸仙夫人客厅。萧伯纳坐在炉边的安乐椅上环顾四周，又看看炉火，神态悠然，身体健康。他那双不大的浅蓝眼睛里闪烁着怪诞神奇的思想光芒，这些思想争先恐后地从他那神魔般的高额中源源涌出。大凡英国人坐在炉边时。都是这样的无拘无束，也就是萧伯纳的这副神态。蔡博士和孙夫人在家里，还有几位客人未到，我们开始随便聊聊。

谈到给萧伯纳写传记的作者，我说弗兰克·哈里斯的比亨德森的可读性强。

“可读性强，是的。”萧说，“但哈里斯很讨厌，他一贫如洗，所以要写一本耶稣的传。出版商不要耶稣传，建议他写萧伯纳传。这就是那本书的由来。可他对我的生平一无所知，把许多事实都弄错了，哈里斯快要完成此书时便去世了，他死前将书稿托付给我。我花了三个月时间编订、更正、补充书中的事实，他的观点仍然保留。”

“哈里斯提到过，他觉得写耶稣的题材情感太强烈。”我凑合地说道，只是表明看过此书。

“是的，哈里斯发现与他在一起的都是一些放荡鬼，他便大谈耶稣人格的高尚，但你带他到英国圣公会教徒一伙人中去，他便大放厥词——嗯——他就好像在同巴黎最淫荡的高等妓女交谈。”我注意到他说后一句话时中间顿了顿。因为我记得他在为哈里斯著作所写的跋语中也说过这样的话，不同的是，没有使用“巴黎最淫荡的高等妓女”的词语，他在书中是这样写的：如果哈里斯“收容了一位性格冷漠的教会女执事，假定她的个人道德感和宗教观跟战后夜总会里的一样，他就会招待她”。

“她死时，留给妻子的是家徒四壁。”萧继续说道。

“我希望他的妻子能够得到他的著作的全部版税，尽管你也为该书出力不少。”我说。

“那当然喽。”萧说，“有趣的是，我的一些朋友写信给我，对我保留他冒犯我的话提出抗议。实际上那些话不是他说的，是我自己写的。”

他谈话时，浅蓝的目光不时闪烁，给人的印象是，他有着高度灵敏的头脑，也难免有点羞怯感。他最具特色的表情无疑是双眉紧皱，皱成森然的斜线，这在中国戏剧的鬼怪、坏官脸谱中常见，人们描绘萧伯纳的漫画一般也是这副模样——斜线由狡黠的裂嘴笑舒展开来，笑隐藏在浓密的白胡须里。

这是一位瘦高个子的爱尔兰思想家，他在作品中以最强有力的语气，用渎神的非基督教形式陈述真理，令许多人敬畏不已，他又是那样通情达理，和蔼可亲，潇洒自然，他像所有着灰色花呢西服的人一样属于我们这个人类世界。世人不相信萧伯纳会震惊世界，就因为他恪守耶教圣戒中的第八戒(不说谎)，而我们的基督教道德观和社会习俗却不许基督教徒奉行此戒。勇于直面人生说真话的人一定能够震惊世界。萧伯纳具有一切真正幽默家的特性，他头脑里的常识比常人更谨严、更可靠，这样的常识使得他在与人交往中很近人情，谦恭有礼，温文尔雅，尽管他的外貌威严可畏。

我受委托请求孙夫人让萧伯纳去笔会俱乐部消遣二十分钟。听到这事，萧说：“我倒乐意从命，但你知道我可能被推上台演讲。你知道，我去香港大学就是抱着誓不演讲的决心去的，可到了那里，学生一个劲地接连高呼‘我们——要——萧——伯纳’，我只得屈服了。唔，结果怎样，你可想而知。”

他提起了香港扶轮社员的烦恼，“你知道，我自己也是笔会会员。高尔斯华绥要我参加，我答应只做一个名誉会员，就是说我交纳会费比一般会员多，但其他事情概不参与。”

然而再三劝驾后，萧伯纳出于礼貌，接受了邀请。午餐吃的素食。萧伯纳谈论起素食主义、中国家庭制度、世界大战、英国大学的戏剧教学、中国茶、波士顿饮料等等。萧氏侃侃而谈时没有吃，只是试图驾驭筷子。萧翁充满哲理的话语是那样的娓娓动听，使人犹如欣赏音乐似的陶醉其中。

午饭后，宾主出门逛花园。午后的阳光照在萧翁雪白的头发和颀长的身躯上，容光焕发。当时天气异常的好，这至少在今年的上海是难得的，我们不禁猜想，萧翁对上海的气候一定会有良好的印象，过高的评价。

“您真有福气，在上海见到了太阳。”有一人说。

“噢，实际情形并非这样难。”我插言道：“太阳 1905 年照过上海，1923 年又光临了。”我摆出历史学家的架势。

“不，是太阳有福气，在上海见到了萧伯纳。”这位爱尔兰才子妙语惊人。

我由此想到了穆罕默德与山的关系——人不就山山就人。

夏令读物

气温升高，我们自然对避暑胜地、瀑布、松林和游泳衣心驰神往，实乃人之常情。我们寻求“巴士”之类驱车胜地，去松林凉荫下或潺潺溪流边打发时光，此亦人之常情。

夏令阅读选书之难，在于我们的需求随心境而变。随身携带一大箱书，显然不可能，选带一本能够满足千变万化之心愿的书，更谈何容易。于是，人们的理想书籍自然是小说了。但带一本小说又常给人带来不安感，因为小说即将阅毕，人们又担忧下周该用什么消遣。热浪也妨碍如此冗长的连续阅读。况且，夏令读物不应当像床头柜上的书，迷恋得你夜不能寐。适合夏天也适合枕边阅读的好书，应该是鲍斯威尔《约翰逊的一生》之类，融趣味与知识于一体，让人可抽页开读，也可随睡魔的入侵而丢开。而且，这种书不应限于某一领域，它应包罗最广大范围里的丰富知识。有感于此，我诚意推荐词典。

正如许多评论家所指出的，英文书中有这样一部词典，它不仅是优秀的工具书，也是大众化的阅读材料，这就是《袖珍牛津现代英语词典》。它是浓缩精练的珍品，用得越久，越让人心悦诚服，叹为观止。

试设想翻开这本体积不到两双长统袜大的小册子，你能立即领受到“horse”一词带来的快感。我不认为，任何人都厌倦生活，都不可能从那个词条里获得乐不可支的兴趣，在下列短语中感到一定程度的激动：“flog a dead horse”（徒劳），“grin through a horse 's collar”（搞点低水平的幽默），“look a gift horse in the mouth”（对礼物吹毛求疵），“mount a high horse”（耀武扬威），“eat, work, like a horse ”（多吃，苦干）。若能这样也别有情趣：了解“horse flesh”（马肉）和“horse marines”（骑马的水兵，指不存在的东西），如“tell that to the horse marines”（鬼才会相信）的确切含义，注意“horse - leech”（蚂蝗）在英语中的用法，如“dught ers of the horse - leech”（贪得无厌的人）。“horse latitudes”（回归线无风带）也不乏兴味。我本人尤其喜爱“horse laugh”（大声笑）

和"horse play"（恶作剧）这两个短语，我感到"horse sense"（起码的常识）好像不是这样，而应当——它可能是地道的美国成语？我们通常使用的语言，局限于司空见惯、无生命力的陈腐词汇里，以至于听说还有"horse sense"和"horse laugh"等词，而觉耳目一新。

我体会到，我从《袖珍牛津现代英语词典》中获得的乐趣，也许与在学英语的中国学生相同，但我不认为它全面介绍了词的出典。每一个具有把握词义色彩天赋的人，应有兴趣探究其母语的常用词是怎样在日常交谈中颠来倒去的。假定中国学生会对这种探究的兴味更浓，那么，我同样认为，任何英国人研究中文词典也会获得浓烈的兴味，如果该词典的编写原则与《袖珍牛津现代英语词典》相同的话。某君在中文词典里偶见"他口若悬河"、"我们走过羊肠小路"、"欲死不能，欲生不成"等措词，我们可想象他当时的高兴劲。发现"我是他肚里的蛔虫?"的提问，恰与英语的通行说法"How could I know what is in his mind?"（我怎知道他的心思）意义相当，谁能不对汉语的妙喻发赞叹？发现表达"闲呆在家，光吃不做，即使有万贯家财也会耗尽"之意，英国人要用上二三十个词，而汉语仅用"坐吃山空"四个字，谁能不为汉语的精炼所折服？

举汉语"马"字为例。"马"的词条下，像"对准马屁股投放爆竹"的短语，意指在大段貌似褒扬的颂文结尾处，暗中给予致命的一刺，或指某政府官员离任时，公开向他示威。还有短语如"莫为儿孙做马牛"，是忠告老人们莫做金钱的奴隶，以免生前建立起大宗产业，死后即被儿孙挥霍一空。别的短语，有"马首是瞻"（甘愿听人指挥），"马齿徒增"（人已太老），"鞭长莫及马肚"（力不能及），"害群之马"（为非作歹的人）等等。

比较不同民族运用口头和书面成语的不同方法，可以探究民间心理。例如，从汉语"肠"和"肚"的用法上，可以了解中国民众的重要心理特征。这两个词，在英语里属忌讳之列，表现了英语民族的过分拘谨，而在汉民族最诗意的语言中不胜枚举。华兹华斯关于作诗遣词的理论，提出写诗要取简朴的日常用语，但华兹华斯贯彻自己的这个理论，从来没有达到过中国诗的高度。在中国文学的其他方面，我很少发现汉文的忌讳语，因为我们热爱尘世生活。举例来说吧，我曾在杭州一家饭馆的墙上，见到这样的诗句：

嫩笋下饭碗太小，
鲜鱼佐酒肠正大。

美国诗人就不敢把火腿与甘薯结合进诗中，也不敢吟咏消化道的实况！

对于“肚”（腹），中国人的情意比欧洲人深厚得多，因为在我们看来，肚是思想、感情、才华和学识的发源地，有短语“满腹才气”、“满腹经纶”、“满腹忧愁”可证——这些“腹”非常接近圣经意义上“bowels”（肠）的英语用法。现代心理学家已经确认，肠管是人的恐惧、愤怒、憎恨和忧愁等情绪的发源地，情绪都是通过循环在肠和肠内的分泌液产生的。既没有内分泌腺的知识，也没有现代心理学的其他发现，中国人本能地感到忧愁来自膈下；例如，他们的感知建立于这样的事实：极度忧伤会减尽食欲。我们进一步认识到，显然是内脏机制受到了破坏。

我关于汉人思想女性化的理论，由此得到了证实，因为中国人考虑问题就像女人。伊莎多拉·邓肯言之有理：“女人的思路起于腹部，向上延伸；男人的思路起于头部，向下伸展。”我深信，中国人的思路起于膈下，如所有的女性一样。的确，思维中越情意缠绵，肠管与思维的关系越密切。我也确信中华民族就是这样的伟大诗人，因为他们靠肠管思维。英国人说“绞尽脑汁”想主意，我们则说“搜索枯肠”炼诗句。

这就是阅读词典的乐趣，所有种类的词都可随意挑出。例如，人们惊奇地发现：对中国人来说，“愚”字包含着与英语“stupidity”全然不同的意思。中国人自称“愚生”，称自己的书房为“愚斋”，枝柯光秃多皱的古老柏树也饰以“愚”字描写，意味着一种古、怪的美。表达“恙”、“羸”、“惰”、“倦”之意的字在汉语诗中用得极普遍。我不要求这样的中文词典目前就有，但我坚信，这样的作品应该花费一些学者有益的劳动，他们对词的魅力兴致不减。

印刷术诞生五百年

活版印刷在欧洲发明五百年了，没有什么人会对我们感激古腾堡提出异议。白痴才会反对印刷术给我们日常生活带来的好处。有了增益和普及知识的条件，当今整个知识界的形成才有可能。而且，文明的真正进步，必须靠新增知识的适用性及其带给民众的新利益来检验。

试假定在这点上大家意见一致。再进一步假定，谁也不愿回到中世纪文盲充斥的天堂。我要指出的是：如同生活中一切好的事情一样，印刷术也在我们日常的精神生活中惹出了新问题，解决这些问题，还得我们绞尽脑汁，不遗余力。

阐明了我的总的看法后，我可以接着指出，目前的局势变化快得让人难以控制，这种局势的产生，是由于发明印刷术所带来的一切当代的发展、知识的激增，以及我们今天面临着的科学信息和一般信息的堆积。问题是，这种局势，加上阅读材料的低廉，怎样影响了普通人的精神生活——心灵深处与周围世界的精神联系，以及基本的阅读符号和思想符号。

倘若认为，在这三方面现代人的生活正蒸蒸日上，这种过于乐观的想法恐怕是极其危险的。没有印出的书报，很难设想有精神生活，然而头脑清醒的人还记得：莎士比亚的确没有读过专门的英语词典，他每周读的书也不如当今租书店里的常客读的那样多。

首先必须承认，这里有一个大众面临的问题。一般的书报读者都认为，知识无疑拓宽了现代人的视野。真正的问题在于：是更好地还是更糟地吸收知识？没有真正消化，所学的点滴知识是否就没有增长？显然我们吸收知识的能力有限。同时，知识量增加之快，使我相信，吸收力的充实无法赶上知识量的膨胀，这会有损于我们的精神健康。现代人阅读愈广泛，反倒愈糊涂，愈困惑，总体上对他周围的世界了解愈少。他们甚至不知道该读什么，结果通常比古腾堡之前的中世纪学者读的更杂乱。

将现代学者的精神状态与古代学者的进行比较，是很有趣的事情。有些古代学者懂得书籍中所有该懂的东西——包括经典、诗歌、历史、哲学以及那个时代的天文物理方面——并且感觉良好，因为他们有一种占有欲，欲集人类知识于一身。在某种意义上来说，他们确是知识占有者，“教师”之称，是崇高的荣誉。知识完整无缺。

现代学者的条件差多了，一般说来，学者厌恶的事，世人也不会感觉很好。今天有用的知识多得叫人无法驾驭，再不是某一个人的头脑所能装下的。书籍激增，加上发展趋势越来越专门化，把我们逼入了迟早要被公认为世界性问题的精神陷阱。

发明印刷术所带来的变化，莫过于改变大众心理。这种心理是当代离奇恐怖的现象之一。我们知道得太多又太少。我们对大千世界有广泛的了解和多样的看法，从希特勒的精神分裂症到墨索里尼的女儿，从基马尔·帕夏的上任到火鸡的精心饲养。但实际上我们对这些问题所知甚少。我们的浮想联翩与民众的街谈巷议很相似，宽泛得足以囊括全世界。似乎我们在通过单筒望远镜观看远处的风景，清晰可辨，并能证实形形色色的激动联想都有道理。我们都在遭受读书过多消化不良的痛苦，同时还在洋洋得意地借着别人的无稽之谈吹得天花乱坠，实则没有人能懂得什么。我们读得越多，变得越加愚昧。现代受过教育的人所要面临的选择只有两项：不学的无知与饱学的愚蠢。

显然，人类文化的终极将是：有知识、好思考的人对其周围发生的事有明智的理解，他自身保持着完整的人格。从现状来看，1940 年的人对周围事情的了解，不如 1450 年的欧洲人和 1740 年的中国人了解的多，这不能归罪于印刷术，而应责怪当今生活的混乱复杂。当然，从数量上来看，现代人肯定知道得更多，但相对周围世界而言，他们无疑知道得更少。

“周围世界”之义，必须限定为与人息息相关的世界。影响人的生活因而人们需要了解的世界。中古时代的人知道的更少，但他们所处的世界更容易了解，他们的心理也就更易于满足。实际上，现代获得的各项知识更多，而周围世界也变得空前复杂了。人类的问题愈积愈多，超过了人类的承受力，不仅使一般人感到束手无策，即令英雄豪杰也觉力不从心。

多印书妨碍读好书，多读书妨碍多思考，这种现象今天还有可能顺理成章地继续下去。按照叔本华的观点，读书太多会禁锢我们个人的活跃的思路。“别人澎湃的思潮必定限制和淹没我们自己的思绪，最终使头脑瘫痪……我们读书时，著书人代替我们思想……因此若有人整天抱着书本啃……他就会逐渐丧失思维力。”

有些题材陌生的书，因相距遥远无法亲自验证，我们杂乱无章地读过之后，自然会探究其真实性，进行查漏补缺的工作。无疑这种做法在一个有文化的现代民主国家里，可以自由形成个人意识。如果我们拒绝接受我们不想相信的东西，把它当作宣传或反宣传，我们就会进入真正愚昧状态——连自己一无所知还意识不到的愚昧。

医治愚昧有何药方？答案当然不是停止印书、停止读书，而是读得更多更好。我认为合乎情理的答案是，更多地思考一般人的阅读问题，提供更好的读书指南，实现我们高等教育培养全能人才的更明确的理想。最后，还得更好地懂得读书的艺术。

没有治疗智力缺陷的灵丹妙药，但在这方面能够采取而且已经采取了具体步骤。在高等教育领域里，哥伦比亚大学为所有新生安排了阅读一定的经典原著，而不是依靠“历史”和“概论”课程。现在安纳波利斯的圣约翰学院要求学生在四年时间里，阅读人类思想史方面最划时代意义的上百本著作，这应该是一种可贵的努力——对人类知识各方面有一致认识。

我十分惊讶：适合自学者的优秀阅读指南竟如此奇缺，价值甚微的出版物则泛滥成灾。好的公共图书馆有给读者献计献策的管理员，但指导个人藏书的手册却绝无仅有。关于某一课题的千字说明书（比如说苏联就有）可以对编目中这类书籍的实质内容作出简明的提示。这种文字说明书已在德国由艺术出版社编成了一卷本的《读书指南》。

这些想法可能很明智，也可能很愚蠢。但不论怎样，民众读书的现实问题不可忽视。

基本英语与洋泾浜英语

当乔治三世统治英国而不愿学讲正确的英语之时，他绝没想到，一百五十年后，英语会成为当今世界国际交流的通用语。他也很难料到，英语变化这样之大，以至于门肯 1923 年会用美国话骂他（见门肯作现代美国话之《美国独立宣言》），说他使“the Legisla ture meet at one - horse tank - towns out in the alfalfa belt,”（议院在乡村小镇外的宿营地上开会，）或是“getting the judges under his thumb by turning them out when they done anything he didn ’t like, or holding up their salaries, so that they had to cough up or not get no money,”（法官们干了违逆他的意愿之事，他便任意将他们清洗出去，或是冻结他们的薪水，逼令他们交出赃款或分文不取，）或是“every time he has went to work and pulled any of these things, we have went to work and put in a kick, but every time we have went to work and put in a kick he has went to work and did it again!”（他每次上班磨洋工，我们上班则拼命干，但我们上班拼命干，他也才干起来！）老实说，乔治三世因其傲慢，不肯学英语，造成美国的独立，间接帮助了英语的普及。而现代的英国人因其傲慢，不肯学别国的语言，便使英语不得不成为今日的国际语。

英国人脾性古怪。他们既无计划也无目的便创造了一种有效的国际语言。假如英语成了国际语，英国人是讲不出其理由的。德国语言学家大雅可伯·格林是与乔治三世同时代的“德国佬”，他预言，英语有一天将会成为国际语，因为“它丰富、通达与简练，为各种现代语言之冠”。英国人并没想到要创造一种世界性的交流媒介，可他们仍然创造出来了，他们所以有此成绩的简单理由，就是他们不肯学别人的语言，认为“厌烦”。英国人在法国餐馆里叫一杯牛肉茶（beef tea），而法国茶房给他一个牛排（beef steak），那当然是法国茶房因不懂英语而应向他赔罪；但是法国文豪泰纳跑到伦敦叫一个牛排，而英国茶房给他一杯牛肉茶，那便全是泰纳的不是。这就是英语所以必然成为国际语的原委。

但是事实上，英语已经成为国际商业上、交际上共同的语言，尤其是在东方，日本除外，等到日本人也讲英国话，那必定，不是英语便是日本人有什么反常。但是除了日本人，我知道他们没有一个人说得一口漂亮的英语，英语已经比较其他语言在国际交流上占了优势了。语言历史告诉我们，凡一语言已稍占优势而相当的风行与有地位时，它必然逐渐扩充其势力，如伦敦土语之为现代英语之祖，或如巴黎方言也对现代法语有相同的关系。国际间的语言，也应有相同的动向。英语已然这样的逐渐发展，又得电影及无线电之有力的推进，比之生造的国际语，如世界语及其后来的简化世界语，当然大有强弱悬殊之势了。

近来有几种运动，要摒除采用英语为国际交流语之障碍。最不重要的，就是属于文法上的改良。现代英语早已演化淘汰了语言学上最难解释的“性别”：那就是不合理而且极不方便的 whom，在现代英国读书人的口中，也快要消灭了“Who is it from?”（谁给的）“Who to?”（给谁的）；单音组的 don 't 不久也要取那双音组的 doesn 't 而代之（现在哥伦比亚大学讲堂已经通行），理由显而易见。詹姆士·乔伊斯及洋泾浜英文，再为之推波助澜，自然会完成它历史演化的进程，使英语变成如中文之简单与合理。

关于使英语易成为国际之拼音上的改良，最重要的是瑞典厄普萨勒大学扎克里森教授创造的“简易英语”。这拼音改良已经得到杰出学者的赞许，如伦敦大学的丹尼尔·琼斯教授。平常的英国人看见音标错乱，就头昏脑胀，所以不知道英语拼音可以做得十分简单：只消五个长元音（加 r）、五个短元音、oo 长短音，和 ah，aw，ow，oi，er 及一个轻读不明音，已可将一切元音有系统地表达出来。简易英语用 ae，ee，ie，oe，ue 代表长音。短音依原字母。这种拼法，无论谁看便能读出，而且比通常英文拼音准确合理。

C·K、奥里登首创的“基本英语”从另一角度来解决这个问题。他的方法，就是限制国际通用之英语为八百五十个词。意思是立一个便于记忆的单词表，可以抄在一张信笺背面，所选的是文法上没有极大变易的词，不求文雅，而足以供日常粗用的。其中前一百个词为造句常用之词，包括十八个动词和“if，because，so，as，just，only，but，to，for，through，yes，no”（如果、因为、因此、由于、正是、仅仅、但是、至、为了、通过、是的、不）等词，再便是四百个普通名词，如“copper，cork，copy，cook，cotton”（铜、木塞、拷贝、厨子、棉花），二百个常用器物名称，如“cake，camera，card，cart，cat”

(蛋糕、照相机、卡片、马车、猫)，一百五十个形容词，如“common，complex，conscious”（普通的、复杂的、有意识的)。最特别的就是没有动词，除了十八个以外：“come，get，give，go，keep，let，make，put，seem，take，be，do，have，say，see，send，may，will”（来、得到、给、去、保持、让、制造、放置、似乎、拿取、是、做、有、说、看见、派遣、可以、将要)。有这十八个动词与三个代词“I，you，he”（我、你、他）是照常依文法变化字体的，但实际上，普通名词中却有表示动作之词，如“reading，writing，knowledge，talk，thought，run，look，cry，cough，sleep，sneeze”（读、写、知识、谈话、思想、跑、看、哭喊、咳嗽、睡觉、打喷嚏)。由名词加上“－ing”或“－ed”，又生出约略三百个词（如“based”一词，可由名词“base”［基础］变化而来）数目、量度、钱币、四季月名以及一切专有名词，皆不在内，但可另学。科普读物需要时，可再加上一百五十个科学名词，而凑成一千个词。据说，这八百五十个词足供普通之用，表中不见者皆可用表中的词婉转达意，而学生遇有生词，也可用基本词为他们解释。

取材适当，限定基本词数，使无暇深造，只有勉强对付的人学习，是有价值的。但是所要记得的是：八百五十个词之强记认识，与这八百五十词之自然纯熟使用，两者全然不同。但是学生学了自然纯熟使用，而读用基本英语写的书籍信函，自然可以字字认识。至于各字之用法及成语之学习，自然须另经一番练习。英语之特别，在于运用常见词，组成成语，其变化无穷。在欧洲各国语言中，英语最接近汉语的分析性，英语之所以便予限制词汇，就是这个原因。很少人知道“going to”在现代英语中，已常用来代替语法书上的“shall”或“will”(shall不见于基本英语)。“have to”已用来代替“must”(亦不见于表中)，而且可以表示过去，现在或未来（had to，have to，will have to)，“must”却不能用于过去。又如“看轻”不用“despise”，可用“look down upon”三词凑合表达，“看重”不用“respect”，可用“look up to”三词凑合表达。这种分析性特征也见于“look over”(“复习”课文)，“look into”(“检查”公司账目)，“look upon”(“把某事看作”)，“look back”(“回顾”往事）等等。英语的分析性和单音组性的程度，可以从下一句美国话看出：“What a guy want is a lot of push and grit that will keep him on the go and not see red or fall flat and get scared when some one shoots a pop－gun at you.”（有人用玩具枪瞄准你时，看客所要的是使他精神振奋的充分的毅力和勇气，而不是要看血流如注，或吓倒在地的惨状。）多萝西·迪克西就全用这些简短单词。

再引洛·吉里格的话为例：“I ’m not a guy to pop off and claim that I ’ll do this or that。I ’m doing the best I can. If it isn ’t good enough，McCarthy will get me out of there. If it is，then I ’ll stick. I feel fine. so far as I know，I haven ’t changed my style at bat. J just don ’t hit in the spring，that ’s all. And as you get older，it takes longer to get into the swing of things. I ’d like to help you and say something，but what can I say?（我这个人不想匆匆离去，也不要干这干那。我在尽我所能，如果这还不够，麦卡锡就会将我驱逐出去。如果还可以，我就坚持下去。我感觉不错。就我所知，我打棒球的风格仍然未变。我春天不打球，我就这样。你年龄大了，办好一件事情得花费更多的时间。我倒想帮助你，想说点什么，可我说什么好呢?）

更重要的问题，就是这基本词之选择标准。正因为英语有多用习惯语的特色，所以假如不选择常见的词，而因为要避免语法上的变化而选择比较高深的词，像奥格登教授所选的那样，那不能不认为戕贼了英语的本质。比方最常见的“can”和“know”两词就没有，只有“able”和“knowledge”。所以学好基本英语的人，不能说“I do not know”（我不知道）。只能说“I have no knowledge”（我没有知识）。基本英语不取“die”而取“death”（因为后者是名词，少变化）。古文不能说“he dies”（他死了），而只能说“Death comes to him”（死临到他）。奥登教授指出：“在基本英语里，我们 hear（听）云雀 caroling（啼啭），但我们 conscious（意识到）这种鸟清亮的歌声，嗓音那么甜润，感情那样充沛。”由于选词依照“更高效率”的原则，所选的词可以做别的词的解说，婉转曲折地表达表中所无的词，所以他不能不造抽象的具有普通意义的词：“operation，observation，representative，process，lump，space，vibration，parallel, religion，existence”（操作、观察、代表、过程、块、空间、振动、平行、宗教、存在）这些词在别的单词表的前一千个单词中找不到，例如桑代克、诺尔斯等人的表就没列这些词。

因此，在《卡尔与安娜》一书中，我们就发现这样奇怪的婉转达意的例子：“the most fervent image of imagination”（想象中最撩人心魄的形象）成了“the most burning picture that has existence only in the mind”（仅存在于心的燃得最

旺的画面)，“beard”（胡须）成了“growth of hair on the face”（面上之毛)，妇女的乳房成了“milk - vessel”（奶袋)。这种严谨风格的总体效果可以在下例中得知：

“Slowly he went to her，feeling her attraction. There was something troubled about her parted lips；at the same time they said‘yes’. He put his arms slowly round her. They were to get her in one another’s arms，not moving，and，waiting for him，and took them again and again，no word was said.”（他感到了她的魅力，缓步走近她，她微开的嘴唇上有点病态；他俩同时说声“是的”，他慢慢地搂着她。他俩相互拥抱在一起，一动也没动。他抬起眼睛，看见她的嘴唇张开着，等待着他，他雨点般地吻她的双唇，一声未吭。)

我想洋泾浜英语不但非常佳妙，而且是有远大的前途的。据我所知道，只有萧伯纳和奥托·叶斯帕森曾替洋泾浜英语说过好话。曾见报载萧氏谈话，谓洋泾浜英语的“no can”（不能）比标准英语的“unable”还要响亮达意。比方有一位女士谢绝你的邀请，说她“unable to come”(不能来)，你心里总在疑心，她也许会改变主意而来吧。但是当你请她时，她给你一个干脆响亮的“no can”，你只好怅然决然做她必不来的打算。

依照本尼迪托·克逻斯及其学派的美学观，凡文艺美术作品，只能依其表情达意的能力为批评的标准，不得以呆定的形式（如诗之体律，或是语言上的文法）为凭。所以，依照这个美学标准，很达意很爽利的“no can”（不能)，“now anchee”（不要)，“maskee”（由他去吧）等语，同弥尔顿的绝妙佳句比起来，有着同样的文学价值，说不定还会使弥尔顿相形见绌哩。因为这种口语说来人家总是可以懂得，而弥尔顿的佳句却不一定。

我们不但可由克逻斯氏的美学批评而明了洋泾浜英语的文学价值，并且可由马克思的唯物史观辩证法证明，它必于五百年后成为世界上流社会的普通话。鼓吹英语是国际语的人经常举这样的事实证明自己的观点：现在讲英语的人已超过五亿。若以数字作准绳，汉语应该升为第二国际语，因为讲汉语的人有四亿五千万，占世界人口 1/4。世界语言学家奥托·叶斯帕森和布伦兹等常称中国话为最简单、最合理、演化程度最高的语言。其实英语在历史上全部演化的趋向，就在告诉我们，英语是在逐渐演变趋近汉语这一派的。英国人的常识战胜了语法的荒谬，现代英语已经不肯承认一只茶杯或是一张写字台，有什么阴阳性别，这是英语与法语、德语之不同点。英语实际上已经淘汰了性别，而且也几乎废除宾主格了。所以英语早已走上汉语的路，而且已经达到汉语一万年后才能达到的地步了。

假如我们再进一步，记得将来世界市场要转移到太平洋来。如经济学家所说，又记得将来的世界是无产阶级的世界，而综观以上所论例，就不能不承认洋泾浜英语必然成为五百年后最体面人讲的惟一的国际语。即使将来的人口不增加，也有五亿操英语的人与四亿五千万中国人在太平洋往来贸易，而且这九亿多人都有无产阶级的脾气，厌恶英语语法，视为有闲阶级的奢侈品，所以除非承认洋泾浜英语为惟一的不腐化的将来国际语还有什么办法?

近来奥格登教授发明基本英语八百五十词，据说也是因为英语的分析性与中文相同，才有这样限制词汇的可能，这在德、法等语种是不可能的。可惜现代的英语尚非十分分析性的，所以基本英语没法表示“gramo - phone”（留声机），只能绕个大弯子说成“a polished black disc with a picture of a dog in front of a horn”（一个磨光墨色的圆圈中，画一只狗在一个喇叭之前）（见《卡尔与安娜》第三十九页）。到 2400 年，我们用地道的洋泾浜英语可以更简单地称之为“talking box”（话匣子）。基本英语表达不了“telescope”（望远镜）和“microscope”（显微镜）的概念。到 2400 年，我们将简单地称之为“ look - far - glass”和“ show - small - glass”。我们可以废除“telegraph”（基本英语无）一词，而称之为“elerctric report”（电报），也可以洋泾浜的“eletric talk”取代“telephone”（电话）。“cinema”（电影）将简单地说成“electric picture”，“radio”（无线电）也将简单地说成“no - wire - electricity”。

洋泾浜英语的另一种演化方法，可以用来帮助基本英语的创制者选择单词。不幸的是，奥格登教授不得已选择了那些普通抽象的词，遗弃那些更特殊的词。表中所选的词颇有心理学研究室的气味（列有“behavior”、“reaction”、“impulse”、“observation”、“normal”等词）（举止、反应、冲动、观察、正常），不像洋泾浜英语选词纯依乎日用需要为标准的。我曾听见一个老奶妈一小时内骂了一个外国小孩一百次的“you damfoo”（你这该死的笨蛋），可见“you damfoo”是一个使用频率很高的短语。

在八百五十个词表中找不出“ladies”（女士）和“gentlemen”（先生），只有“man”（男人）与“woman”（女人）。然而我们却知道将来太平洋的商人，非用“女士”与“先生”不可，除非他打算到处见个女士要呼为“that woman”(那个女人）而失去了主顾。基本英语有“able”而没有“can”，但是奥格登教授要惋惜的发现是在2400年，人人要说“no can”而不说他那带有书本气味的“unable”了。

读基本英语的人要吃饭只好说“meals”，却不能说“dinner”或“supper”(表中所无)。他在用基本英语写的菜单上找牛排、肉片、排骨、鸡肉、或小牛肉，将会一无所获。他只知道有“fowl”（禽），却不知道有“鸡鸭鹅”（见表中），所以去吃西餐，只好叫一碟禽，由茶房随意给他吃鸡、鸭、火鸡或鸽子。他也只能叫一碟鱼，而由茶房给他桂鱼或黄鱼。如果他要吃葱，我们就建议他说要“white root that makes eyes full of water”（眼孔盛满水的白根)。由于基本英语里没有“scramble”（炒）一词，我想最接近“scrambled egg”（炒鸡蛋）的词语是：“egg in bad shape”（形状难看的蛋），“troubled egg”（捣蛋）或“twisted egg”（乱七八糟的蛋）（本想用“ disturbed egg”，但基本英语未收此词)。要说“poached egg”（水煮荷包蛋)，我不揣冒昧地这样称它：“egg boiled without hard cover in boiling water”（去了硬壳放在开水里的蛋)。我会多语中的。

无论哪一个说洋泾浜的侍役都会开一张菜单，让西欧旅行者满意。他由经验得来，知道“cutlet”（肉片)、“chop”（排骨)、“steak”（牛排)、“fillet”（鱼片）等词应该排在前一百个单词里。可是在基本英语里不仅没有这些词，就连当今汉语常说的“吐司”（“toast”即烤面包）也找不到。我用基本英语戏拟了一份菜谱，发表于此，以待中国酒家的侍者斧正。

A BASIC MENU

False soup of swimiming animal with round hard cover

or

soup of end of male cow①

Fish with suggestion of China or the Peking language

Young cow inside thing nearest the heart boiled in oil②

Fowl that has red thing under mouth, that makes funny, hard noise and is eaten by

① 基本英语中没有“OX”（公牛），只有“COW”（母牛，奶牛）。

② 这是炒小牛肝。这样写来不会引起误解，因为欧洲人吃的最靠近小牛心脏的东西就是肝。

Americans on certain day[①], taken with apple cooked with sugar and water, but cold Meat with salt preparation that keeps long time

Hot drink makart jump or you don 't go to sleep

(汉译如下)

基本菜谱

用有圆硬壳的游水动物烧的假汤（即假甲鱼汤）

或是

用公奶牛之末烧的汤（即牛尾汤）

使你想到中国北京话的鱼（即“满大人鱼”）

少年奶牛体内最靠近心脏的、烹在滚油里的东西（即炒小牛肝）

美国人某节日吃的，嘴下有红物，嘴巴能滑稽地喊叫的禽（即火鸡）

拌以糖水煮的苹果（即苹果酱），腌盐才能长时间保存的冷肉（即火腿）

使你心跳不寐的热饮料（即咖啡）

---

① 汉语叫做“吐鸡”(turkey)，俗称“火鸡”(fire－hen)，因吃燃炭而得名。

还债的驴子

我去扬州游览，瘦西湖的自然美景使我陶醉得几乎成了诗人。它与杭州西湖的不同之处在于，它并不是湖，而是由几条长而宽的弯曲水道所组成，一弯一个景，像中国的园林一样，时而媚态毕现，时而曲径通幽，而杭州西湖则是一览无遗。它与西湖的区别还在于它更显得荒凉孤寂。如果说西湖是富贵人家风韵犹存的半老徐娘，那么观瘦西湖就如在荒郊野外遇见一位花容月貌的二八佳人。

五月间一个细雨濛濛的上午，只见雾霭轻轻地罩在瘦西湖上，使人感到这里的空气充满了诗意。在这样的地方你不能不想到赋诗：在此地作诗人只需要心情平和，凝神致志，然后将诗意融入自己的思想，而不是急于去寻章摘句。人们也可以把眼前的景致看作是一幅图画，天空明净无尘，画面没有一丝不和谐的线条，也没有一点人为的煞风景的痕迹。弯曲的水道，垂柳的绿影，我们的小舟底下柔弱的汩汩流水声，“船娘”低微的笑声，天上百鸟欢歌的交响乐，沼泽地里几只苦恶鸟的惊飞——面对这一切景物，自然联想起昔日文人骚客寻欢作乐的繁华景象。现实与梦幻汇集于此，使我感到我在度过一生中少有的充满田园牧歌情调的美好时光。

试想在这样的环境里，有人给你讲一个世界上最幽默的故事。人变驴子还债的故事和扬州修脚匠给我修脚时的极度快感，是我从扬州带回来的两件最佳纪念品。这个故事幽默有趣，很像马克·吐温的《跳动的青蛙》。我相信，它跟《跳动的青蛙》一样也是个真实的故事，而且你听完我以下讲的故事后，就能明白为什么一个父亲真的可以变成驴子。

安徽巢县有个村庄叫柘皋镇，位于巢湖之滨，沿一条河去芜湖九十里路。柘皋镇地理位置很重要，是合肥、全椒、巢县和含山等邻近四县的商业中心。镇内人口尚多，最重要的贸易品是大米，此外还有棉布与干货进出口。

几年前，镇内有个老米商叫王永明，他跟邻村铜锡镇上的老米商谢凤山是好友。他们友好多年，直到1931年遭大水，谢被迫向王永明借了五百块大洋，他写有借据存于王手里。水灾过后，谢西去合肥谋生，他们俩便相见日少了。王家生活富裕，加上他俩是多年好友，他便没有催逼债务。

后来，谢凤山一死，王永明就想起他还欠自己五百块大洋。因此便怀揣借据往铜锡镇的谢家，既为朋友奔丧，同时也去索讨旧债，这样，朋友的债务和情义便可兼顾。

王抵谢家时，果见朋友的灵柩停在堂屋，全家人正忙于丧事。谢家儿子出来招待他殷勤有礼，使王感到债务临到嘴边难出口，他想还是推迟几天等到丧事完了再说。

几天后，王对谢子说起债事，并出示借据，婉言请求归还。

“令尊是我的好友，”王说，“因此我把请他还债的事一拖再拖。现在他已离世，倘若我在府上时我们能把债务理清，我将非常感激。”

“当然啰，当然啰，王伯伯。”小谢说，“我们困难的时候，您慷慨解囊借钱给我们，我一定要竭力还您。如果您能稍候几天，我想我就可以周转过来了。”

王于是又回到旅店，接连几天里小谢常来看他。一天小谢请他的帮手陪王去公共澡堂洗澡。王急于回家。洗完澡后便来到谢家，说他现在该讨钱了。

“我已经替您准备好了。”小谢说，“请您给我借据，我就给您借款，这样咱俩间的债事便清了。”

王于是掏借据，但他在口袋里找来找去，怎么也找不到。他清楚地记得，前天晚上他还看见过借据，他同谢的帮手去洗澡时把它装在口袋里，在澡堂他们曾并肩坐在一起。

“你拿不出借据，我当然不能还钱了。”小谢说。

王疑怒交加，愣了好一阵。小谢又说他自己不知道借钱的事，但他知道，还借款必得凭借据。

“父债子还，理所当然。”小谢说，“我理当偿还我父亲亲笔署名欠下的债务，就是说借款，一定要有借据。”

王揣摩他的话中之意，不禁怒火中烧，却也无可奈何。

“你是是是是说……”

气氛逐渐紧张，他们终于争吵起来。

“好！好！好！”王说，“我不同你争，幸好你先父的棺木还在这里，我们就在他的棺前发誓。”

两人都同意。王发誓说，如果他没借钱给死者，如果他来这里哄骗他儿子，他愿意来生变成毛驴任他骑一辈子。王发誓以后，在朋友的棺前失声痛哭。小谢也烧香发誓，说他如果冤屈了王，他的先父就会变头驴子给王骑，以还欠款。

王回到旅店，对人讲了欠债之事和棺前发誓，然后怒气冲冲地回家去了。到家后对全家讲了此事，人人怒不可遏。

后来，一个阴雨的下午，老王站在自家门前吸烟斗，看见老谢进了他家门，随即便消失在厢房后面了。他喜出望外，正要跟过去与老谢聊天，突然想起老谢已经死了。他搜遍家中，找不到谢的踪影。那一定是老谢的鬼魂。

全家人都惶恐不安，这时仆人跑来告诉说，他家的驴子在后院生了个小驴。老王来到后院，说来也怪，刚生下的驴崽看见王时就会向他点头。王对小驴说：

“小驴啊！如果你真是谢凤山，就向我点头三次。”

小驴点了三下头。老王惊喜交集。他饲养着小驴，精心照料它。过了几天，他发现小驴肚子下面有一簇毛，很像“凤山”二字。“山”字尤其明显，从此，老王相信小驴就是他的老友。

左右邻居知道了这件事，随后又在村里乡间广泛流传，许多人老远地跑来看这头还前世债务的奇怪小驴。

更奇的事还在后头。一天，老王骑着驴子去巢县购货。他路过一家瓷器店时，这头蠢驴一头闯进店内，无故踢倒了一架子瓷器。店主要求赔偿损失，老王盛怒之下抽打驴子说：

“谢凤山，你真不知耻！（他总是用这名字唤驴子）你为什么要给我闯祸？”

“你怎么管驴子叫谢凤山？”店主疑惑地问。

于是老王给他讲了朋友的故事。

“那么，这事就算了吧。”店主说，“我也还欠老谢七元钱哩。他一定是来讨债的。”

他们估算损失，折价是八元多一点，如果连本带息，抵债刚好。

这件事情越传越神，越传越远，谢的同乡也听说了这件事。人们谈论着小谢的父亲转生变驴给好友老王骑。小谢听到这事愤怒已极，便上法院指控老王，说老王捏造事实，败坏了他的名誉。

据我所知，这件事至今悬而未决，仍在审查中。

老王真的看见老谢的鬼魂进了他家吗？驴肚上为何会有一簇毛，又是怎样类似老谢的名字的？至于瓷器店的故事，我是1922年参观北平附近的十三陵时亲耳从一个驴夫口中听到的。前面那段转生变驴的事一定是给加上去的，要不就是老王也听说过这个旧故事，便与瓷器店老板安排好，按照他的需要导演了这么一个完整的故事，以奇妙的手段索取他明知讨还不到的那五百块大洋的。

我所知道的是，这个故事完全合乎情理，老王因此得到了最大的满足。

中国的前途

不知道我们如何确定这个庞大的种族实体和民族实体的意义，就不可能讨论中国的前途。中国正日新月异地发生变化，告别着漫长的历史，蕴藏着只看表面的人所不能发现的人的要素和活力：这样的事实又给讨论增加了难题。

脱颖而出的中华民族不是一个民族，而是一种文明，如果不能深层地认识到这一点，就不可能预测战场的命运，不可能推断当前中日战争的范围及其结局。这个新崛起的民族之前程，只是表面上为战争结局所左右。我个人认为，中国有强大的内在力造成僵局，而后赢得这场战争的彻底胜利。但无论胜败，中国把自己的命运掌握在自己手中。这是其他任何人无法插手的事，即使日本的坦克和飞机也无济于事。

战争爆发之后，我们瞥见了中华民族新的实体。她惨败于战场；她丧失了大片土地；她甚至丢弃了昨日的首都。但是中国的团结抗战，至今丝毫未变。另一方面，所有的事例——改组中国政府，迁移首都，拒绝日本接二连三的和谈建议，采用“焦土”政策和游击战术，集中训练百万新兵修筑千里公路……都显示抗战到底的坚强决心。这些事例，五年前不可能发生，现在让人们看到了改变中国的神威。

有必要回溯往事，回头看看二十九年前。那是1911年，满清帝国土崩瓦解。青年共和主义者以为他们能够将这个古老帝国一举改造成为现代共和国。但是共和国落入了许多地方“督军”的手中，居统治地位的“督军”是接受了满清时代的培训残存下来的。搞议会政府是个失败，由于无人捍卫便迅即罢手了。

所有这些都可理解，因为不仅帝国丧失了，一般的社会价值和文化价值也丧失了。没有现代通信工具，实现统一是不可能的。查理曼帝国或拿破仑帝国灭亡后欧洲的事态，也在满清帝国灭亡后的中国重演。各派旧军阀的势力此消彼长，旧军阀与革命军的斗争你死我活。

十一年后，即1922年，在华盛顿会议上，西方列强没有被中国一时的混乱所吓倒，他们坚信中国有能力重整纲纪，发誓要“给中国最充分、最适宜的机会，为她自己发展、维持一个稳定、有效的政府”。

事实上某些中国人憎恨华盛顿条约是侮辱性的，但近十年来海外关于中国的记载也没有证实太平洋列强对中国能够“发展、维持一个稳定、有效的政府”的坚定信念。

华盛顿条约为保证誓言的神圣性，给了西方列强休整海军的时间，给了中国设法自救的“真正”机会。还有与之类似的事：华盛顿会议之后的十年内，日本的开明人士执政，能够控制塔那卡式的军事梦想家。华盛顿会议后的十年，是日中关系惟一像样的时期，1931年东北沦陷，新的时期从此开始。

中国发生的一切，不是任何个人的杰作。有助于中华民族觉醒的力量，是潜在思想和创造国际交流环境的力量。什么也不能阻止思想的力量，报刊、绘画的力量，电影和广播的力量，交通和通信的力量，民众日益进步的力量。

男男女女的观念在更新，新的一代大学教授取代了前朝官僚（我在北京大学的同仁中，有一位经济学教授、一位地质学教授和一位曾在哥伦比亚大学研究过教育的校长均在南京内阁任过职）；受过西方教育的新一代银行家和金融家取代了北京政权的旧金融家，旧金融家们具有筹集军费的天资，但他们不是通过改革货币制度，而是通过钻税务法的新空子。要说新旧有区别的话，那就是后来居上的一代更左倾一些，更激进一些。可以期望，为中国的斯大林主义和托洛茨基主义而战的人是具有社会意识的人。

从1931年起，日本为提高和加速中华民族的觉悟做出了卓有成效的宝贵贡献。中国铁路在以惊人的速度延伸（估计日寇要封锁，工人们点着火把，夜以继日地筑完了粤汉铁路）；公路网遍布各省，把南京与中国的西南、西北诸省连接起来；杭州钱塘江铁路两用大桥和耗资七百万元的江湾远洋客轮码头在战争爆发前竣工。

货币制度的改革，银两储备的集中，官办银行的兼并，大大增强了政府的财政实力。显然，中国终于抖擞精神，重显神威；新中华的崛起吓坏了日本人。曾经推动国家进步的民族主义现在又坚定了人们与日寇血战到底的决心。民族主义决不会屈服于外来的侵略。种子既已下地，就一定会破土而出，茁壮成长。

这个民族主义现在正经受着考验。沈阳事件后六年才来临的考验有利于中国。我说过，日本军队犯下了振奋中国人的民族精神的罪行，这种民族精神在事理上和事实上与“抗日主义”或对入侵者的仇恨心理毫无二致。在东北（热河、察哈尔、冀东、绥远）沦陷后的六年里，中国的领土和主权遭到接连不断的侵犯，这期间，觉醒的民族意识（也就是对日寇仇恨心理的同义语），逐渐深入中国各个阶层的人心，又在南京政府的镇压下日益增强。南京政府为避免不合时宜的“事件”发生，通过审查制度压制所有的抗日情绪和行动。

当前，日本正在强化中国人的民族主义，促进中国人的团结一致，这是日本人干了违背自己意愿的事。日本人一路南下，勇往直前。他们持之以恒，以摧毁中国的抵抗力量为目标，毫不犹豫，毫不懊悔，尽管他们知道他们所采用的手段只能激起愈来愈强烈的仇恨。如果他们达到了目的，中国就会悲惨地放弃战事，那正中下怀；如果他们的目标落空，中国的抵抗力量就会立于不败之地，他们就得准备自食其果。

我相信日本在铤而走险。事已至此，她知道今后要么同中国进行日满式的合作，要么破釜沉舟。炸弹是爱情和友谊的危险品。

日本炸弹每降临一个地方，金属碎片刺进中国人的肉体，抗日战火也随之燃在中国人的胸间。如果对中国各个阶层都仇恨日寇的事实尚有怀疑的话，那么成群结队的日本轰炸机就会彻底消除这些疑虑。谈到对外来侵略的反应，中国人的心理跟世界各国人民完全一样。因此，我把日本的轰炸机看作是扬中国军队之威的最有效率的宣传机器。因为日本人素以勤劳著称。

持久战的结局不难推测：日本将被这场战争拖得精疲力竭，仍要苟延残喘。使日本头痛的，不再是她能占领中国多少版图，而是她如何能不费大的代价保住已占的多少地方，不被游击战争逼入进退维谷的绝境。

换句话来说，日本的问题，不是她能够深入中国的内陆多远，而是她愿意为中国的政权保全多少辖地。正如满洲国需要日本军队永久驻扎，中国伪政权也需要日军永久维护——兵力一撤，就会倒台，伪政权的辖区越大，占据辖区的军队就要得越多。运用游击战术，实施“焦土”政策（这本身就是确切地显示出中国抗战到底的决心），将会逼出一盘僵局，我相信这是必然的结局。

中国民族主义正经受着最严峻的考验，其中包括人民的极度痛苦。战争结束将会两败俱伤：中国惨遭蹂躏，日本也被削弱为二流强国。经第三国调停保存面子，日本被迫停战后，他们将返回祖国忙于民族复兴的艰巨事业。战争留下的阴云将在中日两国飘荡十年。

我坚信，中国，经受了惨痛折磨而后摆脱外人奴役的中国，将会带着新的自信心和新的民族自豪感再起东山。然而，目前的战争意味着八年前即已开始的复兴中华的工作，将会在比以往更低的起点上重新开始。

发生过的事情还将继续发生；现代观念的无形威力将改造这个有教养的古老民族，因为勤劳智慧的现代民族（中华民族也不例外）是任何力量也征服不了的。俾斯麦打败了法兰西，俾斯麦想过要胜利；协约国打败了德意志，协约国想过要胜利；日本正要打败中国的新民族主义（这就是这场战争的目的），现在日本也这样想。如果俄国在战争尾声中插进来，给失败在即的日本一个毁灭性的打击，俄国就会以为她将要永远打败日本，然而今天的日本能被打败么？世界总有攻而不克，战而不胜的事。

因此，如果中国的民族主义既已形成，我相信，中国吸取战争的教训，动用浑身的力量，将会在战争的灾祸中卷土重来。我相信，这个身负战争创伤的民族会一跃而起，重整旗鼓，励精图治。我相信，这场战争带来的最有价值的礼物是纪律的教训。纪律不是中国人民显著的美德。

因此，我们的政权应该通过多种途径来显示它的特性。第一，要无限“提高”蒋介石的“威望”，这对他的工作会有很大的帮助。第二，人民要更大地增强战争意识。第三，人民当然要有更强烈的社会民族意识。特别是在练习游击战时通过政治教育来增强；农村改革和复兴要在领导人心中占有最重要的地位。第四，许多文官要撤掉。

中国的出路在于民主。

中国崇尚中庸很值得重视。中国现在不是日本，将来也永远不是。战后或迟或早，西方人在中国享有的治外法权将会取消，外国租界代之再起。但我相信这个变化不会打上暴力的烙印。百废待兴的形势使得中国急需外国资金重建家园，民主政体的列强就会趁机利用这种急需尽可能长久地保持他们的地位。但是中国的国际关系将会展示出相互尊重、更为健全的新特征。

至于日本，中日关系将会出现许多更新更大的问题，但解决这些难题是日本的事也是中国的事。我料想，日本对自己的经济问题费神太多，将无暇顾及中国的事情。

中国本要在战后同日本建立真诚的友好关系，但日本毁掉了所有这样的机会。无论是充当征服者还是作为邻居，他们都缺乏赢得民心的政治才略。“满洲国”可以作证。日本现在是，将来也永远是可怜的殖民主义者。

观念比炸弹更可怕

在人类文明的进程中，生活的艺术和屠杀的艺术——艺术技巧和战争技巧——总是并肩而行。任何民族的历史都表明：没有内外战争的和平时期从未超过三百年。这种历史的形成似乎基于这样的事实：人是既好斗又爱静的动物。人身上有残忍杀戮的本能与平安生活的本能——我称之为食肉的本能与食草的本能——两者奇妙地融于一体。

这并非意味人性不完整；问题是：那种彻底驯化人类、消除人身上的战争基因的文明是否值得建设。生活伴随、或应当伴随有斗争，否则种族素质就会蜕变，这种蜕变发生在富裕家族更换几代人的短时期内。

我不准备饶恕战争，只是指出我们生物学上的遗传因素。在自然界里，战争的本能和生活的本能是同一事物的不同方面。那些原始的生物本能比任何昙花一现的思想意识或政治信念更加根深蒂固。在生物界里，与残酷的战争并存的是青年恋情的执著表露和形形色色的求偶方式，这些方式无一不是美的炫耀，如香花妩媚的笑颜，云雀婉转的鸣声，蟋蟀柔情的歌唱。

研究自然界的人，如果见到在貌似和平的森林里，日夜进行着公开的或秘密的残杀，便神情沮丧，或想到鱼狗吞食无辜的小鱼后凯旋归来，安然地坐在树枝上沐浴着夕阳的余晖，便心灰意冷，但当他知道生存的自然本能总是威力无穷，总能够在自然灾害后重显神威，那他也就心满意足了。任何游览过长岛海岸的人看到那里经历了毁灭性的飓风之后，仍然一片绿树成荫、宁静如故的景象，他便不禁为自然界顽强的生存意志欢欣鼓舞。

今天，欧洲又一次遭受战争的劫难。在每一个观察家看来，慕尼黑事件之后战争是不可避免的，因为法国人和英国人都认为，和平很像战争，暂时的和平意味着又来一次惨无人道的浩劫。为混淆是非打仗的人自诩为和平的使者，侵略者指控他们的受害者为“战争贩子”。希特勒屠戮波兰归来时双手沾满淋漓的鲜血，又将这双“伸长的魔爪”伸向整个欧洲，却还貌似清白地发问：“为什么要有战争呢?”日本在大肆屠戮亚洲大陆的同时，宣称只是为了建立“新秩序”。现在的和平与战争比以往更加颠倒错用，鱼目混珠。

这一切意味着什么？人类要求和平生活的本能已经被战争的本能所抑制、所遮封、甚或毁灭了吗？文明——意指艺术、宗教、人类的普遍信仰、现代科学成果以及生活方式——这些现代文明被毁灭了吗？让我们来看问题的另一面。

许多人一想到轰炸机摧毁大都市就害怕，当今许多一流思想家深信现代文明（我们理解的文明）将会毁灭。对此我不敢苟同。

我知道战争本能只是生存本能的一方面，我相信任何好战的人从未放弃过生存的欲望，因此我认为，生存本能在两者中所占比重更大，因而不可能被毁灭。既然这种本能不致毁灭，文明，或叫生活的艺术，也就不可能被毁灭。我们说现代文明将被战争毁灭，我们的理由何在？

按照自然规律，艺术和科学可能会出现暂时的倒退，但我保证，战后鸡仍会下蛋，人仍不会忘记怎样做蛋卷，羊仍会长毛，英国的工厂仍会生产花呢和土布。最无情的炸弹可能会使城市面目全非，也不难设想，不列颠博物馆里的旧手稿，甚至大宪章会不翼而飞，或毁之一炬。有些英国诗人和法国科学家可能饮弹身亡，有些贵重的实验仪器，甚或整个牛津大学可能被抢劫一空。但博德林地下图书馆不致毁灭。而且科学方法仍会流传，也很难设想，所有的科学论文和教科书都会丢失。留声机唱片和肖邦的音乐仍在，因为人们对音乐的兴致不减。

民族之花遭摧残，人类的素质显然也会受影响。然而，只要民族没有被穷凶极恶的轰炸机斩尽杀绝，现代文明和所有的艺术科学遗产就会流传下去。战争浩劫之后，要求和平生活的巨大本能和人类天才的创造力将会在极短的时期内使欧洲恢复元气。

仅凭物质的暴力手段决不可能达到任何目的，这个道理不难明白。中国的大中学校和文化机构在当前战争中遭受日本的破坏固然惨重，但它决不可能坏得更系统些，更彻底些，把物质糟踏得更干净些。那种以为现代中国文化因此被毁灭的看法，是牵强附会的。浙江的大学教授和学生从东南向西南挺进千里，在云南复课。

人不灭种，物不绝迹。1859 年英法联军劫掠北京时，世间仅存的永乐大典遭回禄之灾，中国古代文化的热心之士对此痛惜不已。然而，这对整个中华民族能有多大损失呢？大独裁者秦始皇（万里长城的首建者）最残暴的焚书坑儒也没有毁灭儒家文化。

再来看这个问题无形的、更微妙的方面和人类生存的积极方面。如果有利于文明的因素，我们认为这些因素是合理的——信仰自由、人权和个人自由、民主、普通百姓现在动摇不定的信念——如果这些因素被消除，现代文明才会消亡。极权主义国家剥夺人民的这些文明天赋，逼令人民监视自己的同胞，即使没有战争，这样的国家也已开始扼杀文明了。有难以驾驭的民族，有已获得自由的人民，文明就不可能毁于战争。

事实上，如果让和平的本能受制于屠杀的本能，文明就完全可能自我毁灭。如果天赋予人的这些价值得不到更谨慎的保护，天赋的生活自由和权利得不到更自觉的享受，文明就会毁灭。在当代思想和当代生活中充满了这样的危险信号：普通的生活权利正屈从于国家这头怪兽的权利。欧洲极权主义国家的公民已经失去了一定的思想和生活的权利和自由，而这些权利和自由就连非洲的野蛮人也已享受过、并且还在享受着。

实际上，我们与一般所理解的文明偏离了很远。一切自然本性在告别人类。有了文明，人类就没有了生活的享受，换来的是自由的丧失，即通常所谓责任感。马没有责任感，所有的信鸽飞回家就因为它们喜欢家。可人还得劳动。

首先，他奉命为生存而劳动。其次，他奉命为生存而战斗，以捍卫他劳动的权利，现在我们奉命枕戈待旦，以为马革裹尸比寿终正寝来得光荣。我们要回归自然，我们要自然的自由，不要人为的自由。

由此可见，当今置文明于危险境地的不是战争本身，也不是战争的破坏力。而是某些政治原则派生出的、不断变化着的人生价值观。这些政治原则直接侵犯人类应有的、普通的、自然的生存权利，使之服从于民族残杀的需要。强权主义的观点是：屠杀为重，生存为轻。

无可否认，从国家（这是为战争和征服而组成的国家）的观点出发，强权主义为它强词夺理，但站在个人（文明有利于把个人当作最终目标）的立场上出于享受生活起码的幸福之目的，个人无须自我辩解，毁灭现代文明的不是机器也不是战争，而是愿意把个人权利交给国家的倾向，这种倾向在现代观念中大有市场。

罗马帝国可能毁于耗子或蚊子，而最根本的是毁于人性的窳败。现代文明可能毁于那种引起类似的种族窳败的和平，这种事实或是基于物质意义，或如胡顿教授所说，基于丧失了人类自由的精神意义。从物质意义上来说，20世纪戴着防毒口罩的人，其可怖的形状足以吓倒穴居人；从精神意义上来说，某些国家里的人恐怕看起来更显得道貌岸然。

民众的地位一落千丈。在强权世界里，惠特曼的《大路之歌》像是吟唱被遗忘的梦境：

我悠然自得地走在大路上，
活泼、自由的世界朝我张开臂膀，
棕褐色的漫长道路伸向我想去的地方。
他的预言不会落空：
啊，我走着的大路，你对我说过“别离开我”么？
你说过“别冒险——假如你离开我，你便迷失”么？

只有实现人类自由的梦境，恢复民众生存权利和生活自由的价值及其重要地位，才能防止现代文明陷入绝境。我最最相信，决不放弃一寸自由的流浪汉将是伟大的救世主。

在本文开始我说过。战争的本能与和平生活的本能是同一事物的不同方面。很少有人理解到：奔赴前线的志愿兵既是出于要在大路上作新的冒险之本能，也是为了满足战死沙场的更崇高之欲望。

有人说战士抓到敌兵比抓到因觅食迷了路的小鸡更兴奋。我看战争前线的真情实况并非如此。在大路上人们突然意识到：生命最宝贵；在死亡面前，生活越发显得甜蜜可爱，胜过一切。潜伏在战壕里的人，没有愤怒到极点，没有非得杀敌的极度复仇欲，是不去理会敌人的存在的。

业余诗人朗诵他灵感突发新写的打油诗，田鼠村姑的耳朵可受了罪；下士闷声抽着烟斗，而同伴却在听讲旧小说，也许是他们的同志布尔活利顿的作品；年仅十八、有点神经质的白面青年进来报告他惊奇的发现：附近的废墟里有紫罗兰；有的人弹起吉它唱起歌。在满目疮痍的前线，天上云雀的鸣声，地下蟋蟀的歌唱，更加令人陶醉，使人销魂。

战士突然看到了人世间伟大的真相：生活值得享受，生命值得珍惜。他回头看看生活在后方的人们，顿时觉得原以为微不足道的普通生活，现在有如天堂般的美好，具有奇妙无穷的魅力。跃跃欲战的心血来潮，志愿兵可能欢蹦雀跃，披坚执锐，但穿过两三年的枪林弹雨之后，便感到星期天下午胸系红领带，手挽意中人悠闲漫步才是生活中惟一有价值的事情。当你不可能系上红领带的时候，你才充分意识到系上它的重要性。在休假回家的战士眼里，城市或乡村生活中最普通的情景——面包摊、夜间的霓虹灯、甚至闹市区的红绿灯——也是美好的、安全的。即使做个不知起床号为何物的贪睡的懒虫，似乎也能建立人类文明庄严的美德和永久的功勋。

人们突然真正感到：生活中所有美好的事情——早晨饮牛奶咖啡，吸新鲜空气，傍晚闲庭信步，甚至挤地铁，或是搭早班列车时避开持月票的朋友——都是文明的组成部分，因为这些事情正是生活的目的。战争使我们认识到，我们以为平凡普通的事情其实具有重大的意义。没有人把理发店里豪华奢侈的美发修面看得比战士从前线归来更有价值。

生活的目的就在于生活本身的道理过于简单明了，以致于我们从未认真去想它。甚至我们和平时期还怀疑它是否真是那么回事。例如，道德家好像瞧不起睡懒床的行为，神学家总以为不图舒适才是美德。然而前方的战士迟早会深信：酣然饱睡是文明赋予的最崇高的权利之一，与枕戈待旦比较起来，高枕无忧才是真正的生活方式。

汉语中关于性的比喻

各种语言中都有性比喻，汉语自不例外。我对这个专题没做过深入的比较研究，不敢说汉语在这方面高出一筹，但总体印象似乎如此。比较起来，英国矿工的语言和水手的语言可能会使汉语相形见绌，但我疑心，这类语言更多地限于船上，流布范围较小。说到我极熟悉的厦门方言，我可信手拈来几个明显指性的比喻，如“儒雅风度”、“精疲力竭”或“能干”。“你晓得洋芋吗?”这句很通俗的话无疑原来指性……但我意识到我们钻入了禁区。我没有准确无误地探究这个专题的绅士资格……我怕自己陷入性问题的另一面，因此不拟讨论汉语中专门指性的语辞的流行，这会使得众人羞愧难当，而是另外讨论无伤大雅的语辞的丰富性，这些语辞在使用过程中附上了性的意义。我想人们用不着见到“云雨”一词便脸红一阵吧，尽管它是指性交的一个最常用的书面语。本文仅仅阐释涉及性爱的委婉语。解决禁忌问题，以帮助中国小说描写“不可言传”之事时不会毒害情窦未开者。

最为常用的是以自然之物作比喻，其中使用率最高的恐怕要算“蝴蝶”和“鸳鸯”。说到“痴蜂采蜜”和“鸳鸯交颈”，人们易于联想起相应的说法：“凤凰于飞”。喻忠贞不二的情侣的“连理枝”和“比翼鸟”等词，专指性的意义淡化了些（这毕竟不像莎士比亚的《奥赛罗》和《罗蜜欧与朱丽叶》中说的那样露骨）。

“春”一般是做爱的象征，尤指性爱。因之“春情”、“春心”和“春宫”应运而生。谈性交，就会提到“房”字，“房事”是指交媾的极体面的用语，如大夫们就常用它。除了“春”，“风”和“月”两字合用时，也指性爱。

汉语的“花”是女人的象征，尤指漂亮女孩。“寻花问柳”意味着纵情嫖妓。歌女聚集的场所常被称作“花花世界”。汉语称性病为“花柳病”。当然，还有某些花在特定的场合专指性交。“露滴牡丹开”描写淫秽，毋庸置疑。

“云雨”一词专指性交，其出典有关长江三峡上的巫山，那里是天地相接处，云雾变幻无常。我猜想，这可能受到楚国神话中早期男性生殖器崇拜影响。

新近赋予了淫秽意义的现代词语有“无线电”、“注射”和“电铃”。我警告自己，不要谈论源于民歌所表现的各类生活中的性比喻。略举几例足矣：“井中水桶”、“地里庄稼”、“船夫”、“和尚”等等。

然而，奇怪得很，“人道”一词居然也指男子的性旺盛。还有，“懂人事”即指“到了青春期”。“SEX”的当代同义词是“性”，该词在儒家经典中大受挞伐。今天，“SEX”在汉语中又有了最普通、最体面的表达方法，如称“SEXUAL DISTINCTIONS”为“性别”，“SEXUAL INTERCOURSE”为“性交”，“SEXUAL DISEASES”为“性病”，“SEXUAL PROBLEMS”为“性问题”。

女人应该统治世界吗？

有些美国妇女提出了这样的“漂亮主意”：男人统治世界，把世界弄得一团糟，今后应该将世界的领导权移交给我们女人。

作为一个男人，我举双手赞成。我不愿意统治世界，很乐意把这项伟业交给任何有统治欲的傻子。我需要休假。我无能透顶。我再也不要统治世界了。我相信所有心智健全的男人都与我感想相同。让塔斯马尼亚人接手这项伟业，我毫不介意，只要他们想干。我就怀疑他们不想干。

我感到，也相信我所有的男同胞都有此同感：戴王冠的脑袋总不自在。据说，我们男人是我们的命运和世界命运的主宰者，我们是我们的灵魂和世界灵魂的统帅，世上最好的工作，如领袖、政治家、市长、法官、剧场经理、糖果店主等等都由男人充任。其实，我们男人谁也不喜欢这些。真实的状况很简单。用哥伦比亚大学一位心理学教授的话来说，男女间的真正分工，就在于男人挣钱，女人花钱。我举双手赞成改变这种状况。我很乐意见识女奴们工作在造船厂、营业间和会议上，而我们男人则穿着凉爽的绿色晚礼服，坐在工作场所外，等待我们的爱妻领着我们去看电影。我要说，这就是漂亮的主意。

但是，撇开自私的观念不说，我们确应汗颜之至。女人无论统治也好，不统治也好，这世界不可能比我们男人统治下的更糟。因此，女人既然说“我们姑娘也应享有机会”，我们为什么不老老实实地认输，在统治权上拱手让位呢？

“她们女人”抚育了所有的孩子，我们男人却跃马横刀，发动战争，屠戮了其中无数的无辜。这令人毛骨悚然，却也无可奈何。我们男人天生就是这样。我们必须你死我活地打仗，女人只是你抓我撕地打架，这当然不可能造成血流成河的惨景。只要不引起败血症，就绝不会有大的危险。女人可以做针线活消遣，我们必须用机关枪战斗。据说只要男人听见军乐响，就必须去作战，我们抵制不住军乐奏响。倘若我们也能静坐一会，闲呆在家，习惯了晚上聚会，你以为我们还愿打仗吗？在女人统治的世界里，我们可以这样对她们说："女士们，你们在统治世界啦。你们要打仗，你们自己去打好了。"那时没有了机关枪，世界终将和平安宁。

我们确应汗颜。经济会议失败了，裁军会议失败了。人类失败了。大家知道，我们还得携手来制止战争，筹划彼此平安地做买卖。人们没为会议殚思极虑，而是心向爱因斯坦、罗素、罗曼·罗兰。我们把全部大事交给了"能人"，我们派去参加裁军会议的，都是些不爱和平爱屠杀的陆军能人和海军能人，我们却又对会议何以失败一无所知！接着我们要做的是，摆脱萧条困境，促进世界贸易，废除战争赔款，可我们干了些什么呢？我们派遣了许多热衷于海关纳税的经济学教授、统计师和专家，我们却对经济会议何以失败一无所知！干出如此糟糕透顶的事情，简直无异于这样荒唐可笑的做法：欲简化英语，不去召开作家会议，而是召集热衷于动词变化表的语法学家开会，期望他们简化成功。

我不担忧后果如何。男人们温文尔雅地交谈时，战争乌云正在滚滚而来。姑娘们跃跃欲试，我愿说："干吧，上帝保佑！你们不会把世界弄得比我们更糟。"

我好说，我正要辞职，把世界的统治权让给百老汇的大、小姑娘们；如果我有大笔积蓄，我就去南海群岛或非洲丛林隐居。等到文明之光普照全球，我可以在非洲的大树颠上这样自慰："主啊，至少我对自己说了真心话。"

言论自由

几年前，我应邀跟中华民权保障同盟谈言论自由。这是个大题目，我想最自由地发表我的言论，但这绝不可能，因为任何人一宣布他要自由言论，大家就会捏一把汗。这就表明，根本就没有言论自由那回事。没有人愿意让他的邻人知道他对他们的看法。社会的存在只能依赖于这样的基础：可以说一些动听的诺言，不能说半句真心的话儿。

言多致祸。惟有人类才有表达力强的语言，因为动物只能靠叫声作为表达本能需要的信号，例如疼痛、饥饿、恐惧和满足的叫声。无论狗的叫声怎样千变万化，但万变不离其直感需求之宗旨。老虎吃人后，可能会满足地哼哼，但它不会像我们的战前将军杀了记者后那样说："看哪，我的义愤迫使我杀了你，因为你要使中华民国失去安全感。"惟有人才具备这种真正的人类语言。这就是人与动物的区别。

因此，我完全同意何芸樵的观点，他曾经谴责现代小学教科书让熊哥哥这样说，兔弟弟那样说，进而指控动物使用了它们所不可能有的语言，使得兽类也像人类一样的奸佞欺诈。伊索寓言通篇都是对动物王国的诽谤，即令动物能够读寓言，它们也无法知道里面的造谣中伤。狐狸够不着葡萄串，他只会一走了事，他不会以骂声"酸葡萄"而使自己成为人类的笑柄。除非人，动物绝不会堕落到这种下贱的地步。如果狐狸想要通过在不种鸦片人的身上收取鸦片捐税的方式逼令中国农夫种植鸦片，它不会美其名曰"懒捐"。倘若它这样做了，它就不是一只诚实的狐狸……

因此你们看得出，人与动物的区别就在于：人能说话，而动物至多不过尖叫而已。萧伯纳说得好：惟一值得拥有的自由是，受压迫者喊痛的自由和改造压迫环境的自由。我们中国现在需要的自由是喊痛的自由，而不是言论自由。我们大家都能畅所欲言，但很少有人敢在受伤时叫喊。我们的语言太高雅，很少表达我们的生存需求。我想，这也是人与动物的区别之一。深夜猫叫，猫有为所欲为的自由，它叫声总是富有表现力。中国农夫就不能这样。

他受到伤害，只是回到家里骂几声，怕别人听到他的咒语。

言论自由是舶来思想，因为中国从未有过这玩意儿。我们的伟大常识是：少说为佳，缄口为上。我们有句格言说："病从口入，祸从口出。"中国官吏总是小心翼翼地"防民之口甚于防川"。人民的口总是被防。我发现惟一说准许部分议论自由，那就是：

笑骂由他笑骂，

好官我自为之。

但这与言论自由并非完全相同。因为只有人民的笑骂无伤大雅时，人民才有那种自由。一旦人民有伤大雅，"好官"就会枪崩了他们。

因此，我们必须认识到，所有言论都是灾祸，在官吏眼里议论自由是更大的灾祸。官吏喜欢沉默寡言的人。喜欢受了伤也一声不吭的人。例如，倘有侦探在座，我想他一定认为我是灾祸，认为所有默然静坐和"守口如瓶"的听众都是比我好的国民。

我们必须认识到，我们为人民争得言论自由就意味着官吏失去行动自由。官吏爱他们的自由犹如我们爱我们的自由。我们要求新闻自由，也就是要求取消官吏查封报馆的自由。我们要求宪法规定的人身自由，也就是要求取消官吏滥杀无辜的自由。这两种自由势如水火。无可奈何矣。

如果我是一个官吏，我也想要有脾气——一来便杀人的自由，我也想动辄挥刀，杀人如麻。我知道，我的家乡漳州的张毅师长就享有这种自由并以此为乐。他一旦郁郁不乐，一时找不到刺激来排遣他的郁闷，便在纸条上大笔一挥，命令杀几个囚犯让他观赏，以医治他的头痛。我之所以现在能安全地报告这个事实，就因为张毅师长死了。

因此民权保障同盟要求削减官吏的自由、支持人民的权利，民盟就成了军、政界达官显宦的眼中钉、肉中刺。军阀喜欢将人秘密处决，民盟则要求公审。官吏喜欢绑架政敌，迫使他们销声匿迹，民盟则要通电全国，要求知道他们的下落。民盟表示，只要能够实现自己的纲领，愿意成为部分人的眼中钉、肉中刺，而且要越刺越深。

这在中国并非史无前例。明末东林党人主张自由地、无所畏惧地批评政府，其勇气可与《水浒传》中一百零八名盗贼相伯仲。后来全国禁止提及他们的名字，他们死于宦官之手。宦官党崔呈秀等人起而代之，时人称为"五虎五彪五狗十孩儿四十孙儿”。东林党人身陷囹圄，头餐刀斧，而虎彪狗儿则庆功贺胜，耀武扬威。

指望当今的情形会有所改变，实在是痴人说梦。任何拥护人民言论自由的人一定会成为敌人监视的对象。中华民权保障同盟与东林党的区别是，民盟为争取符合宪法原则的言论自由权而斗争。当东林党人弹劾声名狼藉的变节者太监魏忠贤时，这个臭名昭著的太监所要做的只是，哭拜在皇帝跟前，请求清除东林党。今天的情形实质上没有改变。只有争取符合原则的新权利而斗争，才有改变现状的可能。

论性急为中国人所恶

——纪念孙中山先生

记得一二月前报上载有一篇孙中山先生的谈话，他说“我现在病了，但是我性太急，就使不病，恐怕于善后会议，也不能有多大补助。”我觉得这话最能表现孙先生的性格，并且表现其与普通中国人性癖的不同。因为性急为中国人所恶。且孙先生之与众不同正在这“性”字上面，故使我感觉改造中国之万分困难。如鲁迅先生所云，今日救国在于一条迂谬渺茫的途径，即“思想革命”，此语诚是，然愚意以为今日救国与其说在“思想革命”，何如说在“性之改造”。这当然是比“思想革命”更难办到，更其迂谬而渺茫的途径。中国人今日之病固在思想，而尤在性癖，革一人之思想比较尚容易，欲使一惰性慢性之人变为急性则殊不易。中国今日岂何尝无思想，无主义，特此所谓主义，纸上之主义，此所谓思想，亦纸上之思想而已，求一为思想主义而性急，为高尚理想而狂热而丧心病狂之人，求一轰轰烈烈非贯彻其主义不可，视其主义犹视其自身革命之人则不可得，有之则孙中山先生而已。难怪孙中山有“行之匪艰知之维艰”之学说。

若由历史上求去，性急者每每为中国人所虐待，乃至显的事实。中国也本来不喜欢性急，故子路早已得孔子“不得其死然”的诅咒。若屈原，若贾谊便略可为中国性急者之代表，尤其是贾谊，然贾谊也早有苏东坡之诌其短见。此乃中庸哲学及乐天知命道理之天然结果。徐先生的非中庸论诚是：“听天任命和中庸的空气打不破，我国人的思想，永远没有进步的希望”①。个人以为中庸哲学即中国人惰性之结晶，中庸即无主义之别名，所谓乐天知命亦无异不愿奋斗之通称。中国最讲求的是“立身安命”的道理，诚以命不肯安，则身无以立，惟身既立，即平素所抱主义已抛弃于九霄之外矣。中国人之惰性既得此中庸哲学之美名为掩护，遂使有一二急性之人亦步步为所吸收融化

① 此句话引自徐先生1925年3月20日《猛进》第3期答鲁迅语。徐先生，指徐炳昶，字旭生，当时任北京大学哲学系教授，《猛进》周刊的主编。

(可谓之中庸化）而国中稍有急性之人乃绝不易得。及全国既被了中庸化而今日国中衰颓不振之现象成矣。即以留学生而论，其初回国时大都皆带一点洋鬼子之急躁性，以是洋气洋癖，时露头面，亦不免为同事者所觑笑，视为不识时务。由是乎时久日渐少有不变为识时务及见世面之时贤。及其时务已识，世面已见，中庸不偏之工夫练到，乐天知命之学理精通，而官运亨通名流之资格成矣。

我觉得孙中山先生性格不大像中国人，是指孙中山先生不像现代的中国人。至于孙中山先生能不能像将来的中国人，这便是吾人今日教育之最大问题。果使孙中山是像将来的中国人，那末我们也可不必为将来的中国担忧了。要使孙中山先生像将来的中国人，换言之，要使现代惰性充盈的中国人变成有点急性的中国人是看我们能不能现代激成一个超乎“思想革命”而上的“精神复兴”运动。

岂明先生已经说过“照现在这样做下去。不但民国不会实现，连中华也颇危险……‘心所为危不敢不告’希望大家注意。”诚然应希望大家注意。

提倡“精神复兴”我觉得是今日言论界最重要的工作。

粘指民族

染指，中饱，分羹，私肥，还是中国民族亘古以来上自王公大臣下至贩夫小卒文武老幼男女贤愚共同擅长的技术。根据这技术之普遍性及易学性，我们几乎可以主观的演绎的断定这染指性已是中国人之第二天性了。最近普斯基大学生物学教授摩尔君发明，中国人巴掌上分泌出来一种微有酸味之粘性液质，分泌管之后有脑系膜直通第五脊椎与眼系脑筋联络。凡眼帘射到金银铜时，即引起自然反应作用分泌额外加多，钱到手时尤甚。此时所发出之泌液特富粘性，特别见于拇指与食指之末，而巴掌正中的一生蒂米突见方亦然。因此银钱到手，必有一部分胶泥手上，十元过手，必泥一元，乃无可如何之事。故中国人向来认为钱不沾手，违反天性，“粪夫挑粪，亦必醮一醮。”此粘指性，科学名词名为Agglutindigitalism。最近赈灾委员（记不清姓名，但必是慈善家，又必是仁义之徒），以侵水灾款而被老蒋枪毙，即粘指性下之冤魂。又本日（十一月五日）《福尔摩斯》载，“《东北捐款七百万元查无着落》”一文，令人想到“若不染指，非中国人”八个大字。因此我们梦想中国自杀团计划也不能实行了。原来中国人很可以自杀，大规模的相约投入东海，以免身受亡国之痛。但自杀团亦必举出几位委员，办理该团旅行购票事项。然而自杀委员如果是中国人，定必大做其中饱，克扣，私肥，分羹的玩意起来，因此自杀委员之旅费亦无着落，并自杀亦不得。呜呼，神明帝胄！

谈孟子的文体

“喝！孟子。”——这“喝”字是佩服称赞的感叹词，是给孟子喝彩的语气。国语中能用文字表出感叹之声音者不多。“啊”阴平，“嗄”阳平都有点勉强。“ㄟ”上声里头就有几种不同的感叹，儿女英雄传就以“吪”字表出，“吪！你这么一个人”（国语辞典引；至于“ㄟ”去声有承诺及答应意，用“欸”表出，实在不清楚，也难表达语调，实在不如直用注音字母省便，直截了当。此外如以“哼”表达 hmm！越出注意字母的通常范围，真是无可如何。“ㄏㄨㄚ拳”作“豁拳”“划拳”“搳拳”一样也是尴叹。北平戏院中叫彩的声近“又”，不知应怎样写法。难道造一个“叹”字吗？

我想用“喝！”字表示赞叹孟子的了不得，赞叹他的才气。才气与文字分不开，有才者必有其文，有其文者，必有其才。孟子的思想内容且不说，单说他的文字风格，就有一种磅礴之气。“喝！孟子”是感叹词，但是国语中在路上碰见熟人或所亲热的人，向他招呼，我就不知道怎样呼法，我的意思是举手招呼，如在台语说“林兮”“杨兮”。若说“喂，喂”，不好意思吧。英文如熟人路上相逢喊 Hi！那是非常亲热而天真自然的口语。中文同音的“哈”“咳”“嗨”都有愁眉不展长吁短叹的意味。我若在路上碰见孟子，还是 Hi！

我想在此专讲孟子的文体。孟子能诡辩，善辩，好辩，并能近取譬。这是大家所知道的。他的辩才无碍。这且不去管他，所要在他磅礴的文气。在他文章体格上，找不出什么太史公笔法，也不应该谈什么古文臭“义法”“章法”。孟子在文字上，是性灵派中人，能发前人所未发，倒不在乎什么呼应，章法；行于所当行，止于所不得不止而已。此种文字，文气特别雄厚。章法他是有的，但不是桐城谬种之所谓义法。

第一，孟子为文好重叠。若说文法，重叠可省；若说文气，重叠是好的，并非赘瘤。公孙丑章，接连三次言“自生民以来，未有孔子也”，看来似重叠，而反复周徊三次言之，则感叹之情特别深厚。说不定塾师厌他烦复，谓第三句可省，但是省了就有伤文气。“乡为身死而不受，今为宫室之美为之；

乡为身死而不受，今为妻妾之奉而为之；乡为身死而不受，今为所识穷乏得我者而为之”，也是这一类动荡之文笔。“可以取，可以无取，取伤廉；可以与，可以不与，与伤惠；可以死，可以不死，死伤勇”，都可以作一唱三叹念法。“一乡之善士；斯友一乡之善士；一国之善士，斯友一国之善士；天下之善士，斯友天下之善士”，也是雄辩之才华文气。

在这种精辟透彻的议论文，孟子常很泼辣，也管不到近乎鄙俗字眼儿。“逾东家墙而搂其处子，则得妻，不搂则不得妻，则将搂之乎?”——“搂”字似不便出于道学的口，学校作文，当认为不雅，应删去。但是删去，又失了那雄辩的力量，因为是与上文“紾兄之臂”同等，搂乎不搂乎之间，同于上文紾乎不紾乎之问。陈仲子不吃他阿哥的鹅，皱着眉头说“恶用是鶃者为哉!”便是近于白话俗话口气。鶃就是 Quack，Quack，他母亲杀鹅给他吃，正要吃时——阿哥回来，看见他吃鹅肉，说“是鶃之肉也”取笑他。于是陈仲子“出而哇之”。所以孟子批评陈仲子，说他要真做到充分的廉操，只好做蚯蚓，又是不文不俗。(“若仲子者，蚓而后充其操者也。”)所以孟子嬉笑怒骂，皆成文章，斥杨墨为“无父无君”。齐人一妻一妾章“所求富贵利达者，其妻妾不羞也，而不相泣者几希矣”——都是这类喜笑怒骂不大“得体”的文章。

孟子好辩，所以文中问辩反驳之语颇多。《论语》问答是片段的，到了孟子，便有近于现代文的对白。许仲子一节有很好的例。以下是孟子与陈相的会话：

孟子曰：“许子必种粟而后食乎?”

曰：“然。”

“许子必织布而后衣乎?”

曰：“否。”

“许子衣褐，许子冠乎?”

曰：“冠。”

曰：“奚冠?”

曰：“冠素。”

曰：“自织之与?”

曰：“否。以粟易之。”

曰："许子奚为不自织？"

曰："害于耕。"

曰："许子以甑甑爨，以铁耕乎？"

曰："然。"

"自为之与？"

曰："否。以粟易之。"

我想这是一段很近自然的会话描写。诸子中难见这样完全逼近口语的问答。

中国人与日本人

目前的远东局势鲜明地表现出中国人和日本人的迥然差异。如果我们要准确地预测这场中日闹剧将来如何发展，就必须了解这些差异。

日本和中国属一个种族，这不是几个符号和方案所能轻易分开的。种族特性是一个十分复杂的问题。有时甚至在同一民族内也能发现相互矛盾的特性，因为这些特性是在同一时期或不同时期民族历史的不同支流中形成的。

有一个最奇怪的现象使我纳闷了好些时候，这就是日本人和中国人之间不同的性情。在文学艺术里，日本人有良好的幽默感；他们有幽默文学的原型（“理发店聊天”和“浴室聊天”），而且即使不能优于中国幽默，也可与之相媲美。但在行动上和民族生活中，日本人实质上倒有几分像缺乏幽默感的德国人——他们愚笨迟钝、循规蹈矩、专横跋扈。另一方面，在日常生活里，中华民族实质上是富有幽默感的民族，但在其古典文学中，闷声暗笑和纵情大笑似不多见。

在这同一民族中有相矛盾的地方，无疑可以文学传统为例作出解释。但也有难处：把事情放在近距离内考察时并不总是那么简单。想想看，清教主义的故乡竟是以哈佛大学为代表的广泛学术自由的发祥地！

遇事不要轻率地下判断，我们还是看看中国和日本的种族特性，辨清两者的异同。中日差异足以使两国成为敌对邻邦，中日相同足以加强彼此的仇恨心理。像美国人和他们的英国亲戚一样，我们讨厌看到我们之间如此相似。但这就是美妙的生活，异中见同，同中见异。并不是说日本种族和我们有亲戚关系，日本语就不属于印度支那语系。

首先让我指出两个民族的相同之处。在可视的文明进展方面，日本人很像中国人。因为日本善于学习中国。由古至今，日本文明（这是指我们通常意义上的文明）的全部构架，实质上就是中国的，是从中国引进的。

中国给日本输送了诗歌、绘画、丝、漆、印刷术、书法、铜币、纸窗、灯笼、爆竹、祝火、禅宗哲学、宋代理学、儒家政治、唐诗、茶道、养花、亭榭和石园。中国也给了日本许多节日，如元宵、七夕和重阳。只有中国是否教过日本人崇拜萤火虫，我还不能确定。

要培训贤内助，在让她们温顺有礼、无私奉献方面，中国教授给日本的比中国传授给自己女儿的更多更好。惟一的一项中国不能接受、日本不能接受的是道家微妙的“无为”哲学。日本人身上没有道家的血液。教育学原理告诉我们，欲揭示某人身上原本不是他的东西，这种努力是徒劳的。这就带来了日中之间最惊人的差别，因为日本人是至善论者，中国人是乐天派，这种差别意义深远，特别是在工业化时代。

过去日本人容纳了他们从中国学到的某些东西，拒绝了别的。在他们的全部历史中，他们比得上、有时还超过了他们的老师。在艺术领域（包括诗歌、绘画、置花、居室等方面）里，他们掌握了中国的精神实质，而且在中国人淡忘了之后他们仍保持得很好。从许多事例中可以看到，他们创造了他们自己的风格和流派。在东方艺术领域（我可以概之为对诗歌意境之飘忽和生活琐事之美妙的独具慧眼）里，日本人以自己的方式超过昔日的老师。十七音俳句短诗（用于表达，或仅仅是暗示心境、感情）的发展证明他们精于此道。

蝇自摩手足，
问罪何若哉。

或如：

蛙跃古池边，
静潴传情响。

——这在情感方面很像中国人的中国诗，甚或有过之。

我说过。在幽默故事和笔记的发展过程中，日本没有借鉴中国的形式——人物的创造，例如，在游记里，恶棍在轿子的座垫下拾得一吊钱，默不作声地藏进衣袖里，然后神气活现地掏出来请客。

幽默，在日本的连环画中也可找到，他们在这方面有历时八百年的丰富多彩的传统，现在又体现在举世闻名的木刻中：一对弈手沉浸于对弈中，某孩子在其中一位的头上放了点东西也不会被发现；或是有如贫寒的教师被玩耍的学童失手将球击中头部时所呈现的表情。这些就是日本艺术家所喜爱的事情，在这方面他们比中国艺术家更中国化。日本人如此完善地理解、感觉和表达了他们的内心世界，我怎能不为日本艺术家唱赞歌？最重要的是，他们懂得简朴之美。简朴之美，完善地体现于他们的内心深处，类似于中国“窗明几净”的理想环境，亦见于他们对未上油漆、却已洗净擦干的木面的纯然喜悦。如果要我用一句话来说明日中间的差别，我倒愿说，日本人缺乏中国人的中庸精神、宽阔视野、和平主义与民主政治。这些品质融为一体，比起中国人来，日本人对皇帝和国家更忠诚，纪律性更强，更有生活下去的勇气——因而出现了惊人的结果——更拘泥于礼节。日本人更忙碌，而中国人更精明。

我的观点的形成，在于我是中国人，但我感到，如果你要求得深刻性和独创性——一个民族文化素质的最后验证——那么日本人的记载会使得你大失所望。然而，深刻性和独创性并不是一个民族求得生存的必需品，因为世界上到处都有既无深刻性也无独创性的民族，而且他们生活的很顺畅。这就是我讲的那些文化财富。艺术上出现了这样的奇迹：日本的东西好的多，美的少。日本人懂得精致，他们对小巧轻便的微型艺术之美，也许比别的民族懂的更多，但我仍然想发现日本艺术的深奥和富丽。迄今为止，我的总体印象是，日本的一切都像他们的木屋一样轻飘飘的。

成语“中庸之道”——温和品性之母——能够解释和概括上述的区别吗？也许能。日本人的好战精神，日本人的意志，日本人对天皇狂热忠诚以及日本人高度的民族感，都是缺乏中庸之道的表现。讲中庸的人都不好战，讲中庸的人意志薄弱，讲中庸的人都不狂热。

中国人太讲中庸便不好战，太讲中庸便意志薄弱，太讲中庸便不赞成任何形式的狂热，太讲中庸便不是好的极端民族主义者。党派之争用汉语的最后起诉是：“这是中庸吗？”承认是中庸的党派大受攻讦而失败。

例如，中庸之道调和中国人的繁文缛节、中国人对妇女和君主政治的态度，外国人猜测中国人的交往高度礼仪化，这种猜测完全错了。因为外国人是从中国人会面时说的套话中得出这种夸大了的想法，实则套话仅仅是套话而已，中国人对它从来不介意。事实上，在我所知的各民族中，中国人大概是最自由自在的——因为他们是最大的乐天派，才最自由自在。他们对日本茶道的繁文缛节感到厌烦。日本妇女仍在现代女子师范学校学习怎样彬彬有礼地鞠躬和匍匐。今天试着教中国女孩鞠躬看看——那简直不可思议。

日本男人把歌女带回家，希望自己的妻子侍奉、款待歌女，而妻子也都谦和礼貌地这样做，或者过去常常是这样。中国人看到这些时，至少承认他们过去给女人较低地位并不合理。日本女人见到男人，甚至母亲见到儿子，都是使用一套贬低自己的不同语言，中国女人则没有这回事。

因此，儒家制定女人屈从男人、贫民屈从贵族、臣民屈从皇帝的等级秩序，在中国实行得并不怎样，而在日本则成了苛严的清规戒律，人们不得越雷池一步。日本人崇拜天子，在中国人看来，很像是一种狂热。狂热，无疑有助于民族力量的形成，但它毕竟是缺乏思想的产物。日本发展了中国没有发展的武士阶层。况且，即使在中国君主体制下，武士精神实质上也是民主的。

令人惊奇的是：尽管日本具有两千年的历史，尽管它的幕府首领的地位千变万化，但日本只有一个持续不断的天王朝，中国则有二十多个。即使在封建战火弥漫全国的动荡年代，如1336年～1392年和1467年～1583年期间，日本天皇的权力化为乌有，但皇族和王位仍完好无损。总之，日本君主扮演了准神的角色，这是中国君主从未享受过的。中国人太讲中庸便不愿接受那种角色，中国史学家因而形成了这样的理论：皇帝将王位托付给天命，一旦他统治失误就会丧失权力，所以应该为造反的权力辩护，这在日本可是“异端邪说”。

不久前，日本的一位大学政治教授创立过民族、内阁危机论。他的学术观点是：“皇帝是国家的器官，而不是国家本身。”我记得，这位教授最后收回了这一观点。这样一种思想方式对中国人是不可思议的。

这实质表明了日本作为一个民族的更巨大的凝聚力。无疑日本民族是一个更有秩序、更守纪律的团结如一人的民族，若试图给中国人讲凝聚力的优势和纪律性的好处，他会暗中好笑。

你不能使一个达观的个人主义者成为好公民。今日世界，民族纷争，也许多一些极端的民族主义分子和爱国分子，总比多一些过中庸生活的中庸个人要好。也许中国人最终要将自己朝这个方面纠正，但他们这样做，只是出于他对世界的屈从心理，因为他们是苦命地来到这个世界的。要使中国人相信民族强盛的益处，你还得苦口婆心。你可以教他观察时髦的游行和令人敬畏的舰队，但你对他的期望也只能仅此而已。有舰队看——那是美妙的意境。

我的书房

在《人间世》上我刊发了姚颖小姐的一篇文章——她其实是一位太太而不是小姐，英语中似乎没有称呼女士而不暴露其婚否的办法。倘若她是一位知名女作家，你介绍她时只能称“夫人”，不提名字，那更是冒犯人的事。在中国，至少我们使用“女王”一词便无冒犯之虞，同样我们使用第三人称无须分辨“他”或“她”——男女平等的方案仅仅在华夏之邦通行。

我考虑，我们能不能仅用一个属类的代号“M”称某人，省得我们去挂牵着这是已婚或未婚的“他”，还是已婚或未婚的“她”？好了，M姚颖写了一篇脍炙人口的文章，谈她对布置书房的看法，那观点与我的完全一致。如果我以前发表过谈这问题的片言只语是同她见过面，我简直可以指控她剽窃了我的文思。因此我为该文写了一篇很长的“跋”——我情愿编辑们都写些长篇跋言——说明她的理论与我的不谋而合。实际上我们只是有一种共同的理论，文摘如下：

> 自然，将书报分门别类，报则装订成册，书则搁诸柜中。或用杜威式的分类法，或用王云五氏的检字法，使人一望而知，清清楚楚，这是所谓的正道，应该这样办的。但这种办法，除团体或机关外，惟资产阶级办得到，一般中产阶级以下的人，是不易办到的。以上海、南京两地来说，月租四五十元的房子，大抵不过三四间正屋可以使用，除了寝室、客厅、饭厅或必要的亲属之卧室外，至多能剩一间半间，供读书阅报之用。
>
> 在别人，不知道怎样安排？在我，是将一切书报，听其自然的安放。譬如书报到了，我是坐在桌前，我就坐在书桌上看，看了就搁在书桌上，假若有客人来了，我对书报兴趣正浓，不妨携至会客室中，我若余兴未阑，不过因坐的时间过久，感觉不舒服，那么，

我就将它带到床上并躺床上去，再慢慢的玩味，若果有趣，就不妨以之作枕头，作靠背。总之方式没有一定，一概听诸自然，连个爱放在哪里就放在哪里的爱字，都说不上。

这样，遂使书桌，沙发，床头，饭厅，洗脸架，马桶边，都堆了不少的书报。这是不可以以杜威或王云五的分类和检字的。

积久成习，也觉趣味无穷。第一是具有不整齐的美感，横一本，竖一本，大一本，小一本，厚一本，薄一本，高高下下，疏疏密密，或线装，或精装，有的书上印有古代英雄，有的封面上画些摩登女郎，上下古今，各备一体，使人见之不觉心旷神怡。第二是具有不单调的情趣，哲学书堆中，夹入一些科学书报，幽默刊物中，发现几本道家书籍，譬彼园中花木，秉性不同，各具其趣！亦有几种相互攻黠的书报，忽然聚集在一起，看其彼此责难，针锋相对，如见众人，如闻对语，情趣复杂，使人不致感觉孤寂！第三是浏览异常便利，若果书报均搁置书房，则非书房中，便觉无报可看，自由搁置，则无论起居坐卧，甚至于坐马桶，均可取之左右逢其源。

不过，这种办法，只是表示我个人生活的片断，固这不必他人仿效，亦无须他人赞美。但是，近来竟有许多朋友，见了我这样生活，不是摇头，便是长叹，我没有问他们的理由，摇头未见得就是非议，长叹或许竟是惊服……用不着去管他。

以上文字是当代中国小品文的一个好例子。它有古文的轻松愉快，现代文的无拘无束。下面是我的跋语摘录：

得来稿，题目已然触目，如有人夺我至宝然，一读下去又尽发我心窍里所谓独得之秘。噫，吾乌可无言乎！夫读书雅事也，而偏有暴富商贾，以藏书目文其陋，非善本不购，非全本不置。既购之，则又封之锦帙之内，藏之庋架之上，以豪于请客之前，然书本卷卷齐全，则未尝抽阅也可知，书页无卷耳（美文所谓dog's ear），无签注、指痕、汗迹、烟屑、枫叶，则未尝赏读也可知。

看来藏书也堕落成了庸俗。明人徐旭写过“说古砚”的文章暴露收藏古玩的庸俗，现在姚小姐用这个意思来谈藏书，我感到十分有趣。说出你的真心话的仅有你自己，但世上同意你的说法的不乏其人。王云五的分类法用于公共图书馆恰到好处，但对一个穷书生的书房有什么用呢？我们必须有另外不同的原则，这就是《浮生六记》的作者指出的，“大中见小，小中见大，虚中见实，实中见虚”。这位作者是为穷儒生的住宅和花园布置定的原则，但这原则也很适合书籍的布置。这个原则应用得当，就能把穷儒生的书房变成真正未探索的大陆。我的理论是：

书绝不应分类。给书分类是一门科学，不分类则是一种艺术。你的五英尺高的书架本身就是一个小天地。让诗集与科学论著并列，让侦探小说与高雅的文集相伴，这就可以达到那种效果。这样一布置，五尺书架就成了丰富的书架，它就能投你所好。另一方面，如果书架上放了一套司马光的《资治通鉴》，当你不想看《通鉴》时，这书架对你便毫无意义了，就成了贫乏的书架，只是一堆枯骨而已。大家知道，女人的魅力在于她们的神秘和乖巧，像巴黎和维也纳那样的古老城市之所以令人兴味盎然，就因为你在那里住了十年后，你还根本不知道小巷里有什么奇迹。书房的情形也是如此。它的神秘和乖巧在于：你弄不清楚你几月或几年前在这特殊的架上藏了些什么书。

所有的书都要有各自的个性，不能有统一的装帧。我从不愿买《四部备要》或《四部丛刊》就是这个原因。它们的个性一部分取决于它们的外貌，一部分取决于购买的环境。你也许夏季旅游时在安徽的一个小镇上偶获一册，或是有人曾出过更高的价钱而求访此书。假如这些书买来了自然放在书架上，你便能随意翻阅王国维的《宋元戏曲史》，那是一册很薄的书。你像打猎似地开始搜寻，上找下找，东寻西寻，当你发现了它，你才是真正地发现了它，而不仅仅是拿在手上。你的额头有了几滴汗珠，你像一个满载而归的猎人一样高兴。也许你的追踪要深入兽穴。但当你要找急需的第三卷时，又发现它不见了。你不知道借给谁了顿时呆若木鸡。长叹一声，像学童惊走了差点被抓到手的鸟。这样，你的书房将永远罩上一块神秘而迷人的面纱，你永远不知道你会找到些什么。总之，你的书房将具有女人的乖巧和大都市的神秘。

几年前，我遇到清华的一位教书同事，他有一个“书房”，那里仅有一箱半书，但书籍注上标签分类，从一排到一千，按照的是美国图书馆协会分类法。我向他打听一本经济学史的书时，他立即洋洋自得地告诉我，书号是“580、73A”。他很为他的美国效率而自豪。他确是美国回来的留学生。但我提及此事，并无恭维之意。

旧历新年的诱惑力

中国旧历过新年，是中国人一年中最大的节日，与它比较起来，别的节日似乎都缺乏假日精神的完整性。那五天里，全民族穿上最好的衣服，关起店门，闲逛着，赌博着，敲锣打鼓，放鞭炮，拜年，看戏，这是吉利的伟大节日，人人期望着新年更加顺利、更加昌盛，为又增一岁而高兴，给邻居送去吉祥的祝福。

在春节，最卑贱的侍女也有权不挨打受骂。最奇怪的是，就连那些日夜操劳的中国妇女也悠闲起来：嗑着瓜子，既不洗衣，又不做饭，甚至菜刀也不拿。怠工的理由是：新年切肉就等于把好运切掉，往沟里泼水就等于把好运泼掉，洗东西就等于把好运洗掉。挨家挨户的红门联都含有这样的词：吉利、幸福、平安、昌盛、春光。因为这是大地回春的节日，也是万物生机、财宝归家的节日。

在庭院里，在街道上，到处都是爆竹声响，硫磺味浓。父亲失去了尊严，祖父更加和蔼可亲，孩子们吹口哨，戴面具，玩泥娃。乡下妇女盛装浓扮，步行三四里去邻村看戏，纨绔子弟趁机恣意调笑。这是妇女解放的日子，从煮饭、洗衣的劳务中解放了出来。如果男人饿了，他们会煎年糕，或就汤下面，或进厨房偷吃几片冷鸡肉。

中国的国民政府已经宣布废除旧历新年，可我们照样过我们的旧历新年，都不愿废除它。

我是彻底的现代派，谁也不能指责我保守。我不仅赞成阳历，而且还赞成一年十三个月，一月四周或二十八天的阴历。换句话说，我的观点是很科学的，我的推断是很合理的，但这科学的自傲已受到严重的损伤，我发现我庆祝官定的新年大大失败了，因为任何佯装真正庆祝它的人，实则毫无诚意。

我不要旧历新年，可旧历新年还是来了，这是二月四日。

我伟大的科学头脑教我不要照旧历过新年，我也答应我不会。“我不能让你照旧下去。”我说这话时自信心不足，但坚强得意志有余。因为早在元月初我便听说春节快来了，那是元旦刚过的一个早晨，我早餐吃的是一碗腊八粥(即掺有莲米和龙眼的稀饭)，我端起碗便敏感地想到已是腊月初八了。一星期后，我的仆人来预领他的额外月薪，这本该在除夕给他的。他请了一个下午的假，给我看了他为他老婆买的新蓝布。二月一日和二日，我只得把小费分给邮递员、送奶人、车夫、书店童役等人。我觉得万事俱备了。

二月三日，我还对自己说，“我决不过旧历新年。”那天早晨，我妻子要我换衬衣，我说：“为什么?”

“周妈今天要洗你的衬衣。她明天不洗了，后天不洗，大后天也不洗。”我是通人情的，没法拒绝。

这是我食言的开始，早饭后，我全家去河岸举办一次可口的野宴，这是违背官方不准过旧历新年的禁令而办的。“语堂，”我妻子说，“我们去雇辆车。你可以来理个发。”理发对我无所谓，可汽车对我有极大的诱惑力。我从不喜欢在堤岸上喧闹，但我喜欢汽车。我想趁便去城隍庙为孩子们买点什么。我知道眼下一定有不少灯笼，我要让我的幺女见识走马灯的模样。

我不该先去城隍庙的，你知道春节期间去那里会有什么结果。在回家的路上，我不觉有了走马灯、兔子灯和几包中国玩具，而且还带了几枝梅花。回家后我发现家乡来人送了一盆水仙花。我的家乡因水仙花而闻名全国，我在儿时过春节总有水仙花鲜艳夺目，幽香扑鼻。我闭目回想儿时的生活画卷。每当我闻到水仙花，我的思路就会回到红纸对联、除夕盛宴、鞭炮、红烛、福建蜜桔、大早拜年以及那件一年只许我穿一次的黑缎袍。

午餐时，水仙花的香味使我想起了福建的萝卜糕。

“今年没人给我们送萝卜糕来了。”我感伤地说。

“这是因为厦门没有人来。不然他们会送来的。”我妻子说。

“我记得我在武昌路上的一家广东店里买到过完全一样的那种糕。我想我还能找到的。”

“不，你找不到了。”我妻子挑战地说。

“我当然能找到的。”我连忙应战。

下午三点，我拎了一大篮重两磅半的年糕，乘公交车从四川北路回家了。

五点，我们吃油煎年糕，屋子里充满着水仙花的幽香，我感到我犯了戒。“我决不过除夕的，”我坚决地说，“我今晚要去看电影。”

“你怎么好走?”我妻子问，“我们已经邀请了TS先生来吃晚饭。”看来事情弄糟了。

五点半，我的幺女穿着彤红的新衣跑来了。

“谁给她穿新衣的?”我责问道，显然有些激动，但仍然比较庄严。

“黄妈穿的。”她答道。

六点，我看见壁炉架上点的红蜡烛灼目耀眼，那扑闪扑闪的火焰向我的科学意识投来胜利的嘲笑之光。我的科学意识因而暗淡模糊，虚无低落了。

“蜡烛谁点的?”我又问。

“周妈点的。”她答道。

“蜡烛谁买的?”我问。

“噢，你自己上午买的。”

“我买的?”这不是我的科学意识使唤的结果，一定是别的什么意识。

我想我一定显得有些可笑。与其说是想起我今天上午的所作所为而觉得可笑，不如说是此时此刻我的脑海里与内心冲突引起的可笑。不一会，邻居“嘭——啪”的鞭炮声把我从思想意识的冲突中震了出来，这一连串的声音一响接一响地潜入我的灵魂深处。它们有着震撼中国人心灵，而欧洲人体会不到的力量。东邻挑战，西邻即刻应战，接着响成一片，震耳欲聋。

我是不甘让他们占上风的。我掏出一元钱，对我儿子说：

“阿经，拿去买冲天炮和散花鞭来，拣最响的、最大的买。记住，越大越响越好。”

于是我在“嘭——啪”的鞭炮声中坐下来吃年夜饭。我高兴得忘乎所以了。

信　念

G·H·切斯特顿先生有一次叹息着说，报纸争论的艺术在今天随着“坚定信念”衰落而衰落。切斯特顿先生认为，这就是“新旧报刊的主要分界线。现在关于政治、哲学或宗教问题的绝大多数讨论中很少有明确的判断，还只是一种互不牵涉的孤立研究——似乎作者在观察和描绘鸟的飞翔”。

他错误地以为坚定信念的缺乏是当今社会的弊端。这种对待真理的冷漠、游离态度，他比之为自然科学家对鸟飞的观察，其实用中国“蜻蜓点水”的比喻更为恰当，这种事在中国屡见不鲜。切斯特顿正确地把这种态度归因于“当代社会怀疑论的裂变”。然而，怀疑论跟古雅典一样陈旧，在中国，我们只会说这种当代思想病正是道教和庄子认识论的遗症。总之，庄子真理和杜威真理披着同样的外衣。例如，切斯特顿先生哀惋地追溯古代，“那时人们尚有些宗教或哲学的根据可参考”。现代帝国主义者说：“我认为你要推翻国王的企图是违反基督精神的。”社会主义者会反驳：“我认为你要消灭黑人的政策是可鄙的。”如果庄子晚于1905年才出生，如果他参加了帝国主义者同社会主义者的那场舌战，他会嘲笑这些仁人君子的“坚定信念”，他会捧着脸来笑个不停，拉长的面庞犹如标出个大问号。

在此我不想为怀疑论辩护，不论它是时髦的还是陈旧的，我只想描述一下我心头的纷乱。这种纷乱盘根错节，常使我在许多事务中手足无措，举步维艰。我记得上大学时正值欧洲战争爆发，我很嫉妒同学们的信念，他们坚定地说，这次战争是德国人挑起的，惟德人须引其咎。后来俄国脱离协约国进行举世无双的社会政治试验，即所谓布尔什维克革命，我的同学甚至一些教师明确、坚定地认为布尔什维克十恶不赦，我对此印象尤深。我知道，如果我要对布尔什维克形成这样明确、坚定的看法，那得经过长期艰难、痛苦的思想斗争，斗争中且经常首鼠两端，踟蹰不前，而那些幸运的君子们取得这样的成果只需凭天赋的智慧火花闪耀。这些君子不同我辩论。我提出质疑时，他们只是投以轻蔑的眼神，或是笑我的言论不屑一驳。

我的困惑并不仅仅限于学院内关于社会或政治问题的讨论。不仅教授和大学生的坚定信念使我慑服，甚至商人也对我有同样的效力。这两个阶层的声调如此相像，以至于很难判断谁应受到切斯特顿先生更多的赞扬。有一天，我要为办公室添置一台雷明顿牌打字机，我倒并不是特别要买雷明顿牌，在我看来，安德伍也很好。我一生分不清安德伍和雷明顿两种牌号的特点有何不同。一句话，我对东西不抱任何信念。我去雷明顿牌的销售处而不往安德伍牌处，纯粹出于偶然。但我惊讶地听人说，雷明顿与安德伍有很大的差别：例如，后者没有一个保护键的半圆弹簧。他说，嗬，两者简直无法相比，他们以为我应该听说过“大商人喜欢用雷明顿”。我坦白地对他说，我没有大商人的头脑，也不想有那样的头脑，我现在已过三十五了。他悄悄地告诉我，几年前有家大型的打字机公司因不善经营差点破产。这使我在纷乱的心理中比以前陷得更深，为了自拔，我默默地买下了他的机子。

选择香烟也是我心理纷乱的又一例证。我的神经非常敏感，烟瘾非常之大，总是信任雪茄或烟斗，不信任卷烟。因此人们不能责备我缺乏鉴赏家鉴别烟味的能力。但至今我仍说不清哪个品种最好。我接连试抽过绞盘牌、金叶牌、法蒂玛牌、威斯敏牌、三堡牌和懦夫牌“A”型烟，但我不能稍具信念地判断哪一种最好。我经常爱抽绞盘牌，那是因为它的烟味稳定不变，但抽绞盘牌者的正直道德观也刺激了我的神经。我一直认为，抽尼姑牌的纯然乐趣，既在烟味本身，也在抽烟人的情绪。有时我抽二十铜元一包的红仙女和抽高五倍价钱的绞盘牌感到的愉快是一样的。就抽烟来看，我是懦夫、变节者、机会主义分子，在这件事上我没有固定的信念。我可能今天舍弃卧椅牌，下周的某个晚上心血来潮时又抽起“卧椅”，并突然觉得“它们令君销魂”。没有别的牌子，我也愿吸“骆驼”，但我决不“长途跋涉找骆驼”。

何必还要举例呢？从高深的哲学课题到琐细的厨子问题，庄子的认识论都使我困苦不堪。有一天，我含糊其辞地说出医院杂工该给小费但护士不该给的想法，一位女同胞蔑视着我，振振有词地予以反驳，那架势仿佛公理、习俗、尊严都在她身上。我妒嫉她清晰的思维和透彻的表述。孙中山博士无疑是一位比卡尔·马克思更伟大的经济哲学家。一位经济学教授逼视着我，向我阐述过他的这一观点时，慷慨激昂，唾沫四溅，我感到他有必要用防腐液或别的除臭剂之类嗽嗽口，可他不是没有向我这样保证吗？